Riikka Pulkkinen

De grens

Roman

Vertaald uit het Fins
door Lieven Ameel

Uitgeverij De Arbeiderspers
Amsterdam · Antwerpen

De vertaler heeft voor enkele citaten gebruikgemaakt van Sophocles' *Tragediën*, vertaald door Emiel de Waele, DNB/Uitgeverij Pelckmans, Kapellen, 1972/1987, en van Tomas Tranströmer, *De herinneringen zijn mij*, vertaald door Bernlef, De Bezige Bij, Amsterdam 2002.

Deze uitgave is mede tot stand gekomen dankzij een subsidie van FILI (Fins Literatuur Informatie Centrum).

Eerste druk september 2009
Tweede druk december 2009

Copyright © 2006 Riikka Pulkkinen
Copyright Nederlandse vertaling © 2009 Lieven Ameel/
BV Uitgeverij De Arbeiderspers, Amsterdam
Oorspronkelijke titel: *Raja*
Oorspronkelijke uitgave: Gummerus Publishers, Helsinki, Finland

Niets uit deze uitgave mag worden verveelvoudigd en/of openbaar gemaakt, door middel van druk, fotokopie, microfilm of op welke andere wijze ook, zonder voorafgaande schriftelijke toestemming van BV Uitgeverij De Arbeiderspers, Herengracht 370-372, 1016 CH Amsterdam. *No part of this book may be reproduced in any form, by print, photoprint, microfilm or any other means, without written permission from* BV *Uitgeverij De Arbeiderspers, Herengracht 370-372, 1016 CH Amsterdam.*

Omslagontwerp: Mijke Wondergem
Omslagillustratie: Tony Anderson/Getty Images

ISBN 978 90 295 7146 3 / NUR 302

www.arbeiderspers.nl

Voor mijn vader en moeder,
die mij leerden lezen en schrijven.

Voor mijn zussen Johanna en Marikka.
Omdat ik in jullie gezelschap mocht opgroeien.

Voor mijn beste vriendin Ilona,
mijn meest kritische lezer, die mild en wild als geen ander het leven leeft.

Anja

De dag waarop Anja Aropalo besloten had te sterven, was de lucht zoet en dik geweest als een suikerspin. Het was augustus, warm nog, de nachten waren heet maar donker als in zuidelijke landen. Toen Anja die ochtend was ontwaakt, stond het haar helder voor ogen: vandaag zou ze het plan moeten uitvoeren. Geen twijfel meer, of zwakheid. Vandaag was de juiste dag.

De eenzaamheid van Anja Aropalo had twee jaar geduurd. Sinds haar man was weggegaan, had ze die eenzaamheid gevoeld als een snijdende pijn onder haar borstbeen. Het leek wel of haar hele lichaam ermee was besmet. Het gemis was fysiek voelbaar, uitte zich in de vorm van akelige steken en een zeurende pijn, overal in haar lichaam. Ze huilde bijna nooit, behalve soms 's nachts als ze zich op haar zij draaide en in de leegte naast zich tastte. Maar meestal voelde ze alleen die zeurende pijn.

Anja liep van de winkel naar huis. De gedachte van die morgen had zich in de loop van de middag versterkt van een eenvoudig voornemen tot een vaststaand besluit. Ze had haar dagelijkse bezigheden afgehandeld in de stad, en op weg naar huis was ze naar de winkel geweest en naar de apotheek. Brood, kaas, koffiemelk en vlees voor het avondeten. En Doxal. De tabletten lagen op de bodem van haar tas, negentig stuks in keurige doordrukstrips. 'Bij depressiviteit' stond op het recept vermeld.

Ze had de pillen verrassend gemakkelijk gekregen. Ze had een afspraak gemaakt bij een dokter van het medisch centrum, was erheen gegaan en had haar verhaal gedaan. De dokter had antidepressiva voorgesteld en Anja had achteloos gezegd dat ze liefst medicijnen van de oudere generatie had, Doxal misschien, of anders Triptyl. 'Ik word altijd zo misselijk van die nieuwe antidepressiva. U weet wel, bijwerkingen,' had ze eraan toegevoegd, nog steeds op luchtige toon. Ze hadden een blik van verstandhouding gewisseld. Hij had haar voor drie maanden Doxal voorgeschreven. 'Het is prettig om ook eens patiënten te hebben zoals u, die weten wat goed voor hen is, en die niet alles zomaar aan de dokter overlaten,' had hij gezegd toen ze elkaar de hand hadden geschud bij het afscheid. Anja had zijn blik vermeden en was zonder omkijken de kamer uit gelopen, het gebouw uit; ze had haar pas versneld en was langs de door bloeiende paardenkastanjes omzoomde weg gelopen totdat haar schaamtegevoel was weggezakt.

Ze was in juni naar de dokter geweest en nu was het augustus. Ze had steeds een reden gevonden om het uit te stellen. Eerst hadden de seringen gebloeid, die had ze nog willen zien. Nog twee weken en dan was het aardbeientijd, had ze eind juni gedacht. Niemand wil sterven als de aardbeien rijp zijn. Nu was het al bijna herfst; de lucht begon zwoeler te worden. De pioenen pronkten weelderig langs de kant van de weg. Hun zware witte koppen waren te groot voor de tengere stelen. Vaag was ze zich er wel van bewust dat het allemaal zinloos was, maar door de schroeiende zomerhitte bleef het bij die gedachte. Dit is mijn werkelijkheid, realiseerde Anja zich. Dit laat ik achter: een heel leven van heen en weer sjouwen tussen de winkel en mijn huis. Het wordt herfst en winter en lente en weer zomer, met steeds weer dezelfde dagelijkse beslommeringen.

Ze keek naar de bomen om zich heen, naar de berken met hun ranke, witte stammen, en de appelbomen, die in mei pijnlijk glanzend hadden gebloeid. Ooit was hier een dichtbegroeid bos geweest met alleen een kronkelpaadje over het mos, en later een karrenpad. Nu lag er een grindweg, en er waren nog maar enkele sparren overgebleven. Het leek wel of hun toppen reikten tot aan de diepblauwe hemelboog. Wat maakte het uit dat je een weg baande voor jezelf; altijd bleef je in het midden van het bos. Je moest voor jezelf een baan breken door de tijd, en een betekenis, zin toekennen aan gebeurtenissen terwijl het leven door je vingers gleed, en pas als je eindelijk jezelf had gevonden, als je leven en je grenzen eindelijk gedefinieerd waren, moest je alles opgeven en weer naar iets nieuws reiken.

Anja zuchtte en bleef staan om iets te drinken te zoeken in haar boodschappentas. Ik loop naar huis en geef meteen de rozen water, dacht ze; en ze voelde zich schuldig over de bloemknoppen op de veranda, die slap hingen in de hitte.

De zon gloeide in haar nek en deed haar oren suizen; ze voelde zich volkomen uitgeput. Het leven was vol van zulke zware momenten, van dagen waarop ze gewoon maar zat te wachten terwijl de tijd verstreek, te wachten tot ze naar huis mocht, en eenmaal thuisgekomen sloot ze de rolluiken en maakte ze eten klaar, dan at ze en wachtte ze tot de nacht viel. Maar nu zou de nacht niet komen, niet voor haar. Eerst geef ik de rozen water en daarna begin ik aan het eten, dacht Anja. En dan de pillen.

Aan de voordeur kwam haar een stoffige, muffe warmte tegemoet. De kamerplanten knikkebolden in de hitte. Anja haastte zich om de ramen van de woonkamer te openen. De lucht hing als een vochtige muur boven de blakende pelargoniums buiten. Het was volmaakt stil. De muurklok tikte de seconden weg in uitdijende kringen. Anja wiste zich het zweet van het voorhoofd. De rozen. Ze haalde een gieter uit de keukenkast en ging weer naar de veranda. Ze opende de buitenkraan in de hoek. Het water vloeide traag door de tuinslang en stroomde uiteindelijk de gieter in, glanzend in het zonlicht. Het leek wel of de rozen zuchtten toen ze water kregen. De druppels vielen als tranen van het fluwelen oppervlak van de bloemknoppen. Een bij, dik en lomp van de volle midzomerhoning, zoemde als in trance in een van de rozenknoppen.

De rubberlaarzen van haar man stonden nog steeds op hun vertrouwde plekje in de hoek van de veranda. Anja trok ze aan. Er zat nog een paar grijze wollen sokken in, die zo vaak nat waren geworden dat ze vervilt waren; ze hadden nog steeds de vorm van zijn voeten. In de winter had hij die sokken en laarzen 's ochtends aangetrokken en de sneeuw van het tuinpad geveegd terwijl hij de krant haalde.

Anja liep het gazon op, grassprietjes werden onder de laarzen platgedrukt. Op deze manier laat ik sporen achter en neem ik deze ruimte in bezit. Dit lichaam, met zijn grenzen en zijn dimensies in tijd en ruimte, is van mij. Ze liep naar de moestuin en bekeek de opkomende kool. De aarde in het groentebed was vaal geworden en gebarsten door de hitte.

Anja haalde de tuinsproeier en plaatste hem in het midden van de moestuin, naast de worteltjes. De sla en de peultjes hadden het meeste water nodig. Ze spoelde een emmer schoon die aan de rand van de tuin lag te verkommeren, en deed er enkele courgettes en wortels in. De peultjes zou ze in hun geheel in de salade doen, en ook nog radijsjes. De slablaadjes zagen er verdord uit, maar ze nam er toch een paar mee. En uien.

Anja kleedde zich uit voor de spiegel in de slaapkamer. Voor een vrouw van drieënvijftig zag ze er nog steeds sierlijk uit. Haar benen waren pezig en glad, haar buik was strak. Haar borsten waren een beetje uitgezakt en minder stevig dan vroeger, maar ze zagen er nog altijd mooi uit. Het mooist vond ze haar hals en sleutelbeenderen. Die waren recht en hoekig, waardoor ze er vroeger robuust en jongensachtig had uitgezien. Dat jongensachtige was nu verdwenen, maar haar kaarsrechte houding had ze nog steeds, en ook de vorm van haar schouders, die haar iets nobels gaf. De rimpels in haar gezicht koesterde ze als een dierbare vriend. Ze waren haar masker, gevormd door ervaring, en ze voelde er een diepe genegenheid voor.

Anja keek in de spiegel naar haar armen en naar de gebruinde rand om haar schouders, die er in de loop van de zomer was verschenen. Haar armen en hals waren gebronsd, het gebied van haar borsten was lichter. In de spiegel verscheen ook een andere grens, en in het beeld van deze vrouw van middelbare leeftijd werd die andere figuur zichtbaar, die in de loop der jaren in de vergetelheid was geraakt, maar die zich toch nog in vage contouren aftekende. Haar heupen waren minder rond dan toen, de haartjes op haar huid minder donzig. Haar gelaatsuitdrukking was intenser geworden; op haar huid was af te lezen dat ze wist hoe de werkelijkheid in elkaar zat. Verder was deze vrouw dezelfde als die op wie haar man verliefd was geworden, jaren geleden; het raamwerk van haar botten vertoonde nog steeds de contouren van het meisjeslichaam, die haar man zich nog had kunnen herinneren toen hij al het andere al was vergeten.

Hoe was het allemaal begonnen? Het vergeten. Wanneer had ze voor het eerst een verandering ervaren? Er waren zoveel van die zomers geweest, van die herfstavonden en koude winterdagen samen met hem, zoveel van die eerste lentedagen met hun rozige zonsopgang, als de sneeuw begon te smelten en ze met zijn tweeën naar het bos waren gewandeld. En toen: een flauw vermoeden dat er iets niet klopte – misschien had hij iets vreemds gezegd of gedaan of was hij gewoon anders dan anders geweest. En al snel was haar vermoeden overgegaan in besef, en daarna in de zekerheid dat er geen weg terug was naar dat wat haar zo dierbaar, zo vertrouwd was geworden.

Anja waste haar voeten en trok haar witte zomerjurk aan. Ze bond haar haren samen met een elastiekje en ging naar de keuken. De eerste windvlaag van die dag deed de dunne gordijnen een beetje opwaaien, en de seconden tikten verder, opgaand in zichzelf. Ze opende het pakje Doxal en plaatste elke doordrukstrip keurig op de keukentafel. Ze liep naar het aanrecht en keek daarvandaan naar de rij pillen. De witte tabletten keken terug met lege, onverschillige ogen.

Ze sneed de uien terwijl de olie in de pan opwarmde. De geur van uien die lagen te bakken, gaf haar een sterk gevoel van innerlijke rust. Ze herinnerde zich uit haar kindertijd een bepaalde sfeer, een gevoel van vredigheid dat langzaam maar zeker haar hele lichaam doordrong nadat ze eindeloos had moeten wachten. Moeder was thuisgekomen van het werk en maakte samen met haar het eten klaar. Nog even, dan was haar vader er ook. In de keuken hing de geur van gebakken ui. Ze herinnerde zich de ruwe stof van haar moeders rok en de zwarte gietijzeren pan, en de stemmen in de tuin; haar zus was buiten aan het spelen met andere kinderen, en Anja had dat intieme moment met haar moeder, voordat haar vader thuiskwam, helemaal voor zichzelf alleen gehad.

Anja deed stukjes paprika en tomaat bij de uien, en sneed ook een grote courgette in stukjes. Het vlees sneed ze in blokjes, die ze in een andere pan lichtjes bruinde in boter. Ze plukte verse kruiden uit de potjes op de vensterbank en deed die bij het vlees in de ovenschaal, samen met wat wortels en uien. Terwijl de aardappelen zachtjes kookten, haalde ze een fles witte wijn uit de kelder. Op zich paste rood wel beter bij vlees, maar het was zo heet dat ze al moe werd als ze daaraan dacht. Ze schonk een glas in voor zichzelf. De fles voelde koel aan in haar hand; de wijn parelde in het glas en smaakte een beetje bitter. Hij bracht de eerste meimaand in herinnering die ze samen met haar man had doorgebracht. Zij was pas met haar studie begonnen, hij was derdejaars en was ouder dan zij, en Anja had een verwarde dankbaarheid gevoeld toen hij belangstelling voor haar had getoond. De maand mei was al vanaf de eerste dag onwerkelijk warm geweest. En toen, halverwege de maand, leek het wel of de lente in één enkele nacht plots was doorgebroken. Ze hadden de hele nacht gefeest, en in de vroege uurtjes, terwijl ze buiten op de zonsopgang zaten te wachten, was het opeens gaan regenen. Hij had haar onder een appelboom getrokken en haar daar gezoend. De kus smaakte bitter, naar wijn: naar citroen en dennennaalden en naar een belofte van geluk, waarin toen al, onder de knoppen van de appelbloesems, een stil en stellig element van treurnis had gelegen. Destijds had ze gedacht dat het angst was, maar nu wist ze wat het was geweest: de stille zekerheid dat geluk het sterkst tot uitdrukking kwam als alles nog mogelijk was, in het ogenblik waarin alles binnen handbereik lag, maar nog niets was toegezegd. En als je je hand naar het geluk durfde uit te strekken en het probeerde te grijpen – op datzelfde ogenblik besefte je al dat het allemaal maar tijdelijk was.

Anja nam pen en papier uit de la en ging aan tafel zitten. Ze moest een afscheidsbrief schrijven. In ieder geval aan haar zus Marita, en ook een aan haar nichtje. Ze pende zomaar wat woorden neer. Het leek zo zinloos om te proberen alles uit te leggen. 'In de koelkast staat een stoofschotel met rozemarijn. Eet maar op, gooi hem alsjeblieft niet zomaar weg. Het spijt me dat ik het niet meer aankon. Alles wat je wilt hebben, mag je houden. De rest kan naar het Leger des Heils. Het geld op mijn rekening moet naar de rekening voor mijn man, die waar het verzorgingstehuis van betaald wordt.' Anja las het briefje nog eens. Het klonk bot. Maar ze wist niet hoe ze het anders moest zeggen.

Aan haar nichtje Mari, de dochter van Marita, wilde Anja iets schrijven waar ze iets aan zou hebben in het leven. Een advies. Ze bladerde door haar beduimelde notitieboekje, maar vond niets wat geschikt was. Uiteindelijk schreef ze 'Vergeef me'.

Ze at wat vlees en een paar aardappelen en dronk twee glazen witte wijn, en duwde toen de tabletten uit de doordrukstrips op het tafelkleed. Ze besloot nog een glas te nemen. De pilletjes rangschikte ze tot woorden: DOXAL, SHIT. Als ze een stokje van de h van plaats veranderde en er nog een paar tabletjes aan toevoegde, verscheen het woord SPIJT. Het volgende woord dat ze maakte, was LIEF.

Eerst stopte ze de i van 'lief' in haar mond. LEF. FEL. Ze veranderde de volgorde een beetje. LAF. Nee, toch niet. Laf was ze niet, in geen geval. Ze stak ook LAF in haar mond.

Nu had ze al behoorlijk wat pillen ingenomen, dus ze kon evengoed ook de rest slikken. Ze graaide alle woorden bijeen en propte ze in haar mond. Ze spoelde ze door met witte wijn.

Wie zou haar eigenlijk missen? Als haar zus niet zou merken dat ze er niet meer was, dan zou haar afwezigheid op de universiteit pas over een paar weken opvallen, wanneer ze haar eerste spreekuur als hoogleraar had moeten houden.

Anja vroeg zich af waar ze gevonden wilde worden. Moest ze nu op haar bed gaan liggen? Met haar kleren aan of in nachtjapon? Onder de lakens of op de sprei? Als ze naar de slaapkamer ging, zouden ze haar misschien niet meteen vinden. De kans bestond dat iemand die haar kwam zoeken niet boven zou kijken. Die is op reis, zou men misschien denken. En dan zou ze pas na lange tijd gevonden worden, als ze al begon te stinken. Ze dacht aan de krantenkoppen waar de boulevardpers mee zou komen: 'Gemummificeerde vrouw ligt wekenlang in slaapkamer te rotten.' Nee. In haar bed kon ze niet gaan liggen. Ze bedacht dat ze de afscheidsbrieven ook op de muur in de hal kon plakken, met een pijltje ernaast dat naar boven wees. Dat was lachwekkend, zo'n pijl die de weg wees naar haar lijk. Ze zou een tweede pijl kunnen bevestigen aan het hoofdeinde van haar bed, gericht naar boven. 'Vertrokken naar de hemel.'

Ze schoot in de lach. Ze schrok er zelf van. Haar gelach, in dit lege huis, op dit moment, klonk grotesk. Dit was helemaal niet grappig. Het ging hier nog altijd om de dood.

Anja merkte dat ze tamelijk dronken was. Het voelde verkeerd. Dit was helemaal niet het devote moment dat ze voor ogen had gehad toen ze haar eigen overlijden had gepland. Aan de andere kant kon je de dood ook best aangeschoten tegemoet treden. Het kon in elk geval geen kwaad.

Ze ging op de keukenvloer liggen, drukte haar wang tegen de gele strepen in het tapijt, licht duizelig en met een wee gevoel in haar maagstreek. Ze sloot haar ogen en liet haar gedachten wegdrijven, steeds verder, tot aan de grens van haar bewustzijn, en nog verder, voorbij die grens, totdat ze zich diep in een dichtbegroeid bos bevond.

Er stonden varens. Ze hadden felle, vreemd intense kleuren. Anja ging dieper binnen in het koele gewelf dat door het bladerdak van de bomen werd gevormd. Het zonlicht werd gefil-

terd door een wirwar van takken. De vochtige aarde onder de varens dampte van de hitte.
Een sprookjesbos.
Anja zag zichzelf en haar zus: ze waren klein, hadden vlechten in het haar en ze renden over het bospad zonder om te kijken. De wereld om hen heen baadde in het junilicht, en boven de sparrentoppen fladderde een vogel. Het bos vervaagde en verdween, en Anja dreef er langzaam uit weg, terug naar dat misselijke gevoel, naar de keukenvloer en de gele strepen van het tapijt waarop haar hoofd rustte. Ze sperde haar ogen wijd open en voelde hoe er een wafelpatroon in haar wang was getekend. Ze zag een plek speeksel. Er kwam onweerstaanbaar een gevoel van misselijkheid opzetten.
Ze haalde diep adem.
Het hielp niet.
Ze ging zitten.
Nu begon ze zich echt misselijk te voelen. Ze moest overgeven. Het volgende ogenblik rende ze al naar de wc. Ze was er nog maar net of alles kwam er al uit: de stoofschotel met rozemarijn, de witte wijn, de nog onopgeloste tabletten Doxal. Tussen het kokhalzen door hapte ze naar adem. Het braaksel kwam zelfs via haar neus naar buiten. Haar ogen traanden. Ze kwam huilend overeind en trok de wc door. Haar gesnik weergalmde als lelijk gereutel in de kille, betegelde ruimte. Ze zakte weer ineen op de vloer, naast de wc-borstel. Ze huilde ongeremd; in haar mond proefde ze braaksel en het zout van haar tranen.
Toen stond ze op en spoelde ze haar mond. Ze bedacht dat ze al jaren niet meer had moeten overgeven. De laatste keer was achttien jaar geleden, en destijds had ze gedacht dat ze zwanger was. Maar het was gewoon een soort voedselvergiftiging geweest; ze hadden nooit kinderen gekregen.
Anja ging terug naar de keuken. De etensgeur deed haar walgen. Ze voelde zich duizelig, ging op de vloer zitten en wilde haar hoofd even laten rusten; ze strekte zich uit naast de speekselvlek en sloot haar ogen.

Anja werd wakker door het lawaai van de grasmaaier van de buren. Haar hoofd voelde zwaar aan, haar mond was plakkerig. Ze ging voorzichtig zitten en stond toen op. Alles duizelde om haar heen. Ze draaide de kraan open, liet het water lopen tot het kouder werd, en dronk vier glazen leeg. Haar hoofd bonsde, ze was nog steeds misselijk. Een ogenblik bleef ze afwachtend staan. Het weeë gevoel werd niet erger.

De lege medicijnverpakkingen lagen op tafel. Anja gooide ze niet weg; dat zou vernietiging van bewijsmateriaal betekenen. Om de een of andere reden vond ze het belangrijk dat er bewijs bestond voor haar poging om te sterven, al was het maar voor zichzelf. Maar vandaag zou ze niet sterven. Ze voelde opeens een onbestemde genegenheid voor haar tegenstribbelende leven. Vandaag zou ze het niet meer proberen. Haar sterven werd noodgedwongen uitgesteld.

In plaats daarvan moest ze op bezoek gaan bij haar man.

Terwijl de middag overging in de avond, hadden wolken zich opgehoopt aan de hemel, zoals vaak bij zo'n hitte. De warme lucht steeg op en maakte plaats voor wind. De schuine zonnestralen schenen nog steeds warm op Anja neer toen ze de huisdeur achter zich sloot, maar op het moment dat ze bij de bushalte aankwam, was de hemel al dreigend grafietkleurig. Het grijze wolkendek werd doorbroken door de laatste, helle zonnestralen. De hitte maakte plaats voor de regen. In een boom zat nog een fitis te zingen. Zijn melodieuze lied klonk onheilspellend tegen de kleur van de lucht.

Toen Anja op de bus stapte, viel de regen al met bakken uit de hemel. Telkens weer diezelfde tocht: de bus reed de wijk met eengezinswoningen uit en versnelde op de autoweg. Halverwege de rit voelde ze een vertrouwde weerstand opkomen, het was bijna angst. Ik wil niet. Ze moest zichzelf aansporen, en de slechte gedachten verdringen. Ik heb geen keuze, dát moest ze denken. Altijd als de bus in de buurt van het stadscentrum kwam, voelde ze een aanvechting om uit te stappen, de tram

naar het park Kaivopuisto te nemen, daar een ijsje te kopen en dan gewoon wat te wandelen, om alles te vergeten.
 Het eerste duidelijke teken van zijn ziekte was als een verrassing gekomen. Haar man was plotseling, midden op de dag, van zijn werk thuisgekomen. Anja was die dag thuis aan het werken en opeens was hij opgedoken, hij was blijkbaar naar een winkel geweest en had tien pakken aardbeienijs gekocht.
 Ze herinnerde zich de blik van haar man, zijn verwarde, aarzelende gelaatsuitdrukking, de angst die erdoorheen scheen. Hij stond in de hal met het aardbeienijs in zijn armen, dat aan het smelten was en traag op zijn schoenen druppelde. Anja herinnerde zich dat ze in eerste instantie had gelachen; ze had gedacht dat hij haar voor de gek hield. Toen had ze gevraagd waarom, waarom al die pakken ijs? En hij had gezegd dat hij het niet meer wist, dat hij het gewoon echt niet meer wist.
 'Wat is er met me aan de hand?' had hij gevraagd, en Anja had niet geweten wat ze moest zeggen. Ze was op hem afgestapt en had hem omhelsd. Elkaar aanraken: de enige manier om deel te hebben aan de angst en de pijn van een ander. De enige, maar altijd ontoereikend.
 De bus sloeg een smal weggetje in, en Anja stapte bij de volgende halte uit. De bui was overgewaaid; felle zonnestralen kwamen achter de wolken vandaan. Het lage gebouw van witte bakstenen zag er altijd hetzelfde uit, en ook de mensen binnen keken Anja steeds weer op dezelfde manier aan, met dezelfde uitdrukking op hun gezichten. Verdwenen herinneringen, vergeten levens, en dan dat stevige, onveranderlijke asfaltpad dat naar het gebouw leidde; daarnet was het nog heet door de hitte van de zon, en nu wasemde het van vochtigheid. Geplette wormen, plassen water en rozenstruiken langs de kant van de weg. Een bedwelmende, benauwende muur van vochtige lucht na een regenbui, vlammende herfstbladeren, gevolgd door een knerpende ijskorst in de vrieskou en dan, eindelijk, de zachte genade van het sneeuwdek. Binnen, in het verpleeghuis, altijd dezelfde gezichten, vergetelheid en de muffe geur van vlees-

soep, abrikozencompote en donderdags bonensoep.

    Anja opende de toegangsdeur. Haar voetstappen weerkaatsten tegen de witte muren van de hal. De vertrouwde varens knikkebolden voor het venster in de achterwand.

    Op een gegeven moment had ze de ernst van de situatie moeten inzien. Zijn geheugen liet hem in de steek. Iemand had tijdens een receptie gevraagd hoe lang ze al getrouwd waren, en zelfs dát kon hij zich niet meer herinneren; niet veel later vergat hij hoe hij koffie moest zetten. Ze zag het zó weer voor zich: haar man die hulpeloos de randen van een filterzakje staat om te vouwen, en zijzelf op de drempel van de keuken, hem betrappend op de drempel van de vergetelheid. Op dat moment was de waarheid keihard tot haar doorgedrongen.

    Langzamerhand waren alle dagelijkse bezigheden – tandenpoetsen, veters strikken, de krant lezen – meer en meer tijd gaan vergen; alles was ingewikkeld geworden. De tijd leek trager te gaan. Hij had zijn werk als architect moeten opgeven en een arbeidsongeschiktheidsuitkering gekregen, en alle herinneringen die ze samen hadden gehad, die haar man nog niet had verloren, hadden aan belang en betekenis gewonnen. Ze hadden ze samen doorgenomen; zij had gezegd wat zij nog wist, en hij had hardop verteld wat hem nog te binnen schoot: bepaalde geuren, het krulhaar dat ze als jong meisje had gehad, lang geleden, en de welving van haar heupen. Hoe belangrijk was het dat hij zich de vorm van haar heupen nog had herinnerd, en een bepaalde geur uit het verleden, op het moment dat hij zijn werk al helemaal vergeten was – zijn roeping nota bene. Ondanks het feit dat de details van zijn eigen lichaam hem ontgingen, had hij toch nog een besef van de kleur van de hemel op een zomeravond van jaren geleden, en van donzige haartjes op een dierbare wang. We bezitten ons geheugen, en daardoor onszelf. Het geheugen is belangrijker voor de eigen identiteit dan het lichaam. Dat kan langzamerhand wegrotten en uitdrogen, het kan zich tegen zichzelf keren en uiteindelijk verdwijnen, maar het geheugen leeft nog voort, zelfs wanneer het lichaam niet meer aan de wil gehoorzaamt. En daarna verdwijnt het ook, of het gaat over op hen die achterblijven.

Anja liep door de linoleum gang naar de huiskamer, en groette in het voorbijgaan een medewerkster die ze vaag kende. Het licht viel in strepen door de jaloezieën naar binnen en vormde een raster op de muren. Haar man zat naast het raam, en opende zijn mond terwijl een verpleeghulp hem te eten gaf.

'Hé, hallo,' begroette ze Anja vriendelijk.

Heette ze Annika of Anniina? Anja kon zich haar naam nooit herinneren.

'Neemt u het van me over? Meneer heeft vandaag een goede dag, het eten smaakt hem prima,' zei Annika of Anniina.

Anja knikte en kwam dichterbij. Ze werd door genegenheid overvallen, haar schouders trilden van emotie. Ze legde haar hand op de zijne en kneep zachtjes. Zijn warme hand was bleek en beefde.

'Ik ben het maar, Anja. Het is Anja maar.'

'Ja ja, Anja. Anja maar,' zei hij hees.

Zijn ogen dwaalden rond, zochten die van haar, gleden weg. Uiteindelijk keek hij haar toch aan, en ze zag een hartverscheurend vertrouwde blik, alsof alles slechts een droom was waaruit hij straks zou ontwaken. Het kon elk moment zover zijn, als ze maar de juiste woorden zou vinden, de juiste poort naar zijn herinneringen – en alles zou terugkomen. Maar het gebeurde niet. Hij opende zijn mond als een vogeltje en keek naar zijn bord. Er lag nog wat vleessaus. Anja nam de lepel en begon hem te voeren. Hij at, en ademde tegelijkertijd zwaar door zijn neus. Ze gaf hem vruchtensap uit een drinkbeker met een tuit.

'Kijk eens, een eekhoorntje,' zei hij, en hij wees door het raam naar een boom.

Er zat een eekhoorntje op een tak van de spar; het hield zijn klauwtjes voor zijn snuit alsof het aan het bidden was, en knabbelde ergens op.

'Kijk nou,' zei Anja. 'Inderdaad, een eekhoorn.'

'En daar, een paard dat in de top van de spar wroet,' zei hij, en hij keek omhoog.

'Nee maar, een paard, je meent het,' zei ze; ze gaf hem te drinken en veegde zijn mond af.

'Dank je,' zei haar man en hij keek Anja in de ogen, erdoorheen, erlangs. Zijn gezicht leek net een masker dat over vertrouwde gelaatstrekken was geschoven. Er was geen spoor van lijden meer te zien, en in zijn blik lag niet langer de schaduw die haar nacht na nacht hardop had doen huilen, toen hij twee jaar geleden alleen nog maar overdag in het verpleeghuis was en 's nachts thuis naast haar sliep. Niet meer die peilloze angst die in zijn ogen had gelegen die nacht, jaren geleden, toen hij zich naar haar toe had gebogen en haar een verantwoordelijkheid had gegeven die niemand voor zijn geliefde zou willen dragen. Een helder besef, een nachtelijk moment van helderziendheid en de duidelijk uitgesproken woorden: 'Zo kan ik niet verderleven. Help me, alsjeblieft.' En met die woorden had hij niet zomaar om hulp gevraagd, maar om de extreemste vorm ervan, het soort hulp dat ze niet mócht geven.

Die bodemloze angst was nu uit zijn ogen verdwenen. Er was een andere blik voor in de plaats gekomen: vriendelijk, een beetje bedachtzaam, hulpeloos. Met trillende hand tikte hij tegen Anja's arm.

'Wie ben jij? Je ziet er wel leuk uit,' zei hij.

Anja streelde over de dunne, zachte haren op zijn hoofd.

'Het is Anja maar, gewoon Anja,' zei ze.

'Ja ja, Anja. Gewoon Anja maar,' herhaalde hij.

Op weg naar huis leunde ze tegen het raam van de bus, dat koel was en nog nat van de regendruppels. De regen sijpelde langs het glas, veranderde af en toe van richting en vormde lukrake beekjes. Het was haast onzichtbare, willekeurige kunst, dat naar beneden lopende water, die schijnbare doelloosheid, waarin toch een regelmaat verborgen lag die een vage logica leek te bezitten. 'Wie ben jij, je ziet er wel leuk uit.' Zijn woorden

weergalmden in haar hoofd, hees en schuchter; net of er tegelijkertijd een kind en een oude man spraken met dezelfde stem. Dat had hij tegen zijn vrouw gezegd. 'Je ziet er wel leuk uit.'
'Wel leuk.'

Thuis lagen de lege pakjes Doxal nog steeds op tafel. Anja bleef op de drempel van de keuken staan en zag hoe de ondergaande zon traag achter de bomen in de tuin verdween. Er begon zich een gedachte te vormen, die eerst nog vaag en onduidelijk bleef, maar daarna steeds sterker naar voren kwam: je mocht niet voorbijgaan aan het verzoek van een ander. Er zijn geen luchthartige woorden of halfslachtige ontmoetingen. Betekenis bestaat altijd in haar volledigheid, en verantwoordelijkheid is altijd onvoorwaardelijk. We nemen geen verantwoordelijkheden op ons omdat we zo grootmoedig zijn, maar vanwege onze menselijkheid. Er zijn geen woorden die een reële verplichting of de druk van wederzijds vertrouwen kunnen verlichten of makkelijker kunnen maken, kunnen opheffen.

En nu moest Anja het onvermijdelijke inzien: ze kon niet sterven. Niet nu. In plaats daarvan moest iemand anders sterven, iemand die haar een verzoek had gedaan. Deze verantwoordelijkheid was haar opgelegd, deze wens. Ze voelde zo'n verpletterende druk dat ze haast moest glimlachen als ze daarbij dacht aan haar eigen situatie.

Mari

Af en toe – eigenlijk best wel vaak – denkt Mari aan de dood. Het is een spelletje dat ze speelt waar ze maar kan, meestal als ze zich verveelt: in de bus, in de tram, tijdens de geschiedenisles op school of als ze aan de kassa staat te wachten om lipgloss of aardbeienyoghurt te kopen. Het spelletje heeft een vaste volgorde.

Eerst stelt ze zich voor hoe ze zal sterven. Er zijn verschillende variaties.

Misschien een verkeersongeval. Heel onverwachts, op een doodgewone dinsdag, komt er een auto op haar af; de wagen versnelt, alsof er een gek aan het stuur zit, en rijdt haar aan waardoor ze de lucht in wordt geworpen. In een prachtige boog vliegt ze door de lucht; in slowmotion lijkt het wel een dans: haar benen bewegen soepel en beheerst als van een ballerina, en haar armen beschrijven wonderlijke, sierlijke patronen. Dan een smak, en Mari verandert in een vormeloos hoopje, een onherkenbare mensenbrij. Voorbijgangers blijven geschokt staan en bellen een ambulance, ook al weten ze dat het niet meer mag baten. 'Zo jong!' roept iemand uit. 'En zo mooi!' vervolgt een ander. 'Hoe tragisch!' voegt een derde zich bij het koor. Maar Mari hoort die woorden al niet meer. Haar ogen zijn opengesperd en zien niets meer, ze zullen nooit meer de wereld zien. Ze weerspiegelen alleen nog de wolken die langs de blauwe hemel drijven.

Of misschien beslist ze zelf wanneer ze doodgaat, en slaat ze de hand aan zichzelf; misschien pleegt ze zelfmoord, maakt ze zichzelf simpelweg af. Ze zou haar polsen kunnen doorsnijden, om dan in de badkamer toe te kijken terwijl haar bloed in liefelijke kronkels langs de randen van de tegeltjes naar de afvoer van de douche stroomt. Of ze zou kunnen vliegen, ergens afspringen en haar armen spreiden, alsof ze haar vleugels wil uitslaan en vliegen. Van een dak? Van een boomtak? Van een rots? Maakt niet uit. Het enige wat telt is het resultaat: Mari is er niet meer.

Ze krijgt nog het meeste binnenpretjes als ze denkt aan een sluipende ziekte. Vreemde symptomen, flauwtes, ademhalingsmoeilijkheden en uiteindelijk: de fatale diagnose. Mari kwijnt weg; ze lijdt en heeft niet meer de kracht om te lopen. Ze ligt tussen de witte lakens terwijl familie en vrienden machteloos om haar heen staan te huilen, totdat ze met een beverig stemmetje haar laatste woorden uitspreekt en daarna de laatste adem uitblaast. Af en toe oefent ze dat moment, voor de spiegel. 'Het leven is mooi,' zou ze kunnen zeggen. 'Ik hield zoveel van het leven. Ik hield van jullie allemaal. Ik draag jullie allemaal in mijn hart mee naar de eeuwigheid.' Dat soort zinnen. Hortend haalt ze adem voor de spiegel, ze forceert een paar tranen en laat haar handen beven. Ze denkt aan haar moeder en haar vader, aan haar andere familieleden. Ze huilen allemaal. Mari haalt moeizaam adem en slaagt er nog net in haar laatste woorden uit te brengen, voordat haar adem stokt en zijzelf heilig wordt, eeuwig jong, ongerept en mooier dan het leven zelf.

De begrafenis is natuurlijk een hele gebeurtenis. Ze stelt zich voor hoe ze klein, mooi en star in een witte kist ligt. De rouwenden dragen gedichten voor en zijn zo verdrietig dat ze tijdens de herdenkingsplechtigheid geen hap door hun keel kunnen krijgen van de romige citroencake die bij de koffie wordt geserveerd. De predikant die Mari heeft geconfirmeerd, zal misschien een gebed uitspreken, en de oudere jongens en meisjes die haar bij haar confirmatie hebben begeleid, spelen gitaar en zingen. Mari zelf is stil; ze ligt in haar kist met op haar lippen een eeuwige glimlach.

De gedachte aan haar begrafenis kan haar niet echt bevredigen. Ze speelt er een beetje mee en stelt zich voor hoe de kist in de grafkuil wordt neergelaten; de toespraken, de bloemen – enkele rode rozen die vóór de eerste scheppen aarde op de kist worden gegooid – en de huilerige gezichten van de mensen. Daarna begint het haar te vervelen. Soms begint ze dan opnieuw van voren af aan – een verkeersongeval, vliegen, ziek worden – en soms gaat ze over naar het overlijdensbericht dat in de krant zal worden geplaatst, en naar de reacties van de mensen daarop.

Denken aan de dood is een spelletje. Natuurlijk wil ze niet écht sterven, meestal tenminste. Meestal wil ze leven. Maar ze is niet van plan de onthutsende mogelijkheid dat ze overlijdt volledig uit haar gedachten te bannen – de onvoorstelbare idee van haar eigen sterfelijkheid. Het is mogelijk dat ze er binnenkort niet meer is. Over een maand, over een jaar, volgende week. Het is mogelijk. Het is haar eigen ideetje, helemaal van haar alleen. Het maakt haar blij.

Ze is zestien. Ze heeft een alledaagse naam: Mari, dat tweelettergrepige, botte Mari. Het is een naam voor een lief meisje. Een meisje dat Mari heet, zal in de loop van haar leven nooit iets groots of bijzonders doen, nooit van huis weglopen, straatmuzikant worden, kinderen uit een brandend huis redden of een remedie voor een zeldzame ziekte vinden. Nee. Iemand met zo'n naam tekent in de kleuterklas bloemetjes in haar schriftje, precies zoals het moet van de juf, tot op de millimeter nauwkeurig in het midden van het blad, waarbij elk bloemblad in een eigen richting wijst. Iemand die Mari heet, eet haar bord met kippenragout leeg, ook al moet ze ervan walgen. Die doet alles precies zoals het hoort: ze gaat naar de lagere school en de middelbare school, doet eindexamen vwo, studeert voor tandarts, kleuterleidster of opticien. Ze trouwt, zorgt voor de kinderen, komt thuis van het werk, maakt het eten klaar; en na het avondjournaal bedrijft ze de liefde met haar man in het blauwe schijnsel van de slaapkamer.

Maar het meisje met deze naam, deze Mari, deze ik, is nu zestien.
Ze zit in klas 1 van de bovenbouw. Ze heeft kleine borsten met tepels als bloemknoppen en een achterwerk dat wellicht ongemerkt steeds breder wordt. Dat moet ze in het oog houden. Er zijn nog veel meer dingen die ze in het oog moet houden, ze mag haar aandacht geen seconde laten verslappen, momenten en gedachten en gevoelens niet laten ontglippen. Mari heeft een negen voor wiskunde en voor biologie en ook voor alle andere vakken behalve voor Fins – voor Fins heeft ze een dikke tien.
Mari is bang dat ze stinkt. Ze is er eigenlijk van overtuigd dat ze stinkt; de geur verdwijnt maar niet, zelfs niet als ze zich wast. Af en toe schrobt ze haar huid onder de douche, met een washandje of een nagelborsteltje of een boender, alsof ze een vloermat aan het wassen is. Maar de geur blijft hangen. Om hem te camoufleren smeert ze zich in met aloë-veracrème. Hoe zou het voelen als je daar een shirt van ruwe stof over aantrok? De crème trekt in de huid, de huid in het shirt, de geur blijft overal hangen.
Ze woont met haar vader en moeder in een groot bakstenen huis aan de westkant van de stad. Elke lente, elke zomer, elke herfst en elke winter dezelfde bomen: ranke berken die met hun tengere takken het tuinpad omzomen tot ze de weidse ruimte binnen de stenen muren bereiken, en de woonkamer met de zware, veilige gordijnen langs de geruite boogramen, en de keuken, waar alles is zoals het hoort: in de koelkast leverworst en boter en melk, ontbijtgranen in de kast en roggebrood in de broodtrommel. 's Morgens staat ze op en leert ze Zweedse woordjes voor de vocabulairetoets terwijl ze een boterham met kaas eet en cacao drinkt, en daarna kleedt ze zich aan; ze kamt haar haren en trekt de zware houten buitendeur achter zich dicht, die altijd op dezelfde manier in het slot valt. Dan loopt ze de 263 passen tot aan de tramhalte, en neemt de tram naar het centrum. Op de hoek van de straat wacht ze tot het licht

op groen springt en dan loopt ze in de frisse morgenlucht naar het lichtbruine stenen schoolgebouw; de straat glooit zachtjes en het suist in haar oren. Ze vangt flarden op van de alledaagse gesprekjes die de voorbijgangers met elkaar voeren, zo 's ochtends.

Ze steekt de straat over zonder naar links te kijken, ze kijkt altijd alleen maar naar rechts. Haar linkerooghoek en de weg die daarin opdoemt, houdt ze open als een mogelijkheid, als een poort naar de sterfelijkheid en de leegte. Ze loopt nog een klein stukje over de schaduwrijke straat en voelt de ochtendlijke kilte als ijzige vingers in de haartjes in haar nek, en dan opent ze de deur van de school. In de grote hal hangt een geur die nu nog nieuw is, maar waarvan ze nu al weet dat die in de komende jaren meer dan vertrouwd zal worden. De geur van een schooldag, en van gerangschikte dicteeschriftjes.

Mari bedenkt dat er in haar hele leven nog niets is wat zijn volledige waarde al heeft verworven. Alles is nog leeg. Alles ligt nog open. Alles is nu nog mogelijk. Het enige betekenisvolle is de wetenschap dat er iets – nog onbekends – op komst is.

Terwijl de najaarszon over de muren van het klaslokaal strijkt, maakt Tinka haar goudrode haren los, die ze over haar schouders laat vallen, zodat het even lijkt of haar hele hoofd in lichterlaaie staat. Tinka en d'r haren. En haar glimlach. Die verandert alle mannen, jong en oud, in zoutpilaren. Tinka kent haar eigen toverkracht en glimlacht vaak, altijd, ook nu, tijdens de Finse les.

Ze kennen elkaar al twee weken. Meteen tijdens de eerste schoolweek kwam Tinka op de gang een praatje maken, en daarna had ze Mari zonder omwegen tot haar nieuwe beste vriendin verklaard. Nu wil Tinka in elke les naast Mari zitten, en Mari wil dat eigenlijk ook wel, want de gunst van een meisje als Tinka kun je maar beter dankbaar accepteren. Het enige wat Mari zorgen baart, is die geur. Altijd als Tinka dichterbij komt, wijkt Mari instinctief terug uit angst dat Tinka die zal opmerken. Tinka zelf stinkt zeker niet. Ze ruikt licht naar een mengsel van rozenmelk en lavendel, en haar haren hebben een appeltjesaroma, en nog een andere nuance, die niet in woorden uit te drukken is.

Tinka – een geheimzinnige en ondeugende naam, het lijkt wel een naam voor een veroveraarster. Iemand die Tinka heet, brengt al op de crèche de jongenshoofden op hol, die gaat in de laatste klas van de onderbouw met de knapste jongen van de school, en tijdens de bovenbouwjaren draagt ze strakke spijkerbroeken en rookt ze in de middagpauze sigaretten achter de school. Op haar dertiende verliest ze haar maagdelijkheid aan een voetballer naar wie de hele school smacht, ze doet vwo en slaagt moeiteloos voor haar eindexamen en alle mogelijke toelatingstoetsen; ze wordt aangenomen op de theaterschool of gaat politieke en sociale wetenschappen studeren of wat ze maar wil, en daarna trouwt ze met de rijkste, intelligentste, knapste man van de wereld, met wie ze twee volmaakt mooie kinderen krijgt. En ze stinkt gegarandeerd niet.

Maar nu is Tinka zestien, en ze zitten naast elkaar tijdens de les Fins en nemen het huiswerk door. In een wolk van rozengeur buigt Tinka zich naar Mari toe, en ze fluistert: 'Kijk 's naar die leraar, wat een hunk, hè?'

'Eh, wat?' fluistert Mari met een stom gevoel.

'Gewoon, een lekker ding. Die leraar.'

Mari kijkt. Hij ziet er jong uit, bijna jongensachtig. Zijn blonde haar krult een beetje op in zijn nek en boven zijn oren. Een rechte houding, de blik van een schrander dier – roofdier en redder tegelijkertijd. Hij staat iets uit te leggen en draait zich om om iets op het bord te schrijven. Mari kijkt naar zijn nek, zijn rug, zijn achterwerk.

'Je zit 'm aan te staren,' fluistert Tinka.

Mari slaat blozend haar ogen neer.

'Ik heb hier een opstel waar ik even speciaal de aandacht op wil richten, dit is echt heel goed,' zegt de leraar. 'Wie van jullie is Mari? Sorry hoor, ik ken jullie namen nog niet.'

Mari schrikt op. Tinka glimlacht. Mari steekt aarzelend haar hand op.
'Ah, Mari, daar zit je. Jouw tekst is echt buitengewoon interessant. Waar haal je die ideeën vandaan?'
Ze bloost, krijgt geen woord over haar lippen.
Hij kijkt haar aan.
Ze glimlacht terug met haar allerlieftalligste amandelogen.
'We hebben hier met een heuse filosofe van doen,' zegt hij knipogend.
Zijn opmerking is in de lucht blijven hangen. De laatste lettergreep is niet vragend omhooggegaan. 'Mari' zegt de leraar; door het uit te spreken wordt het een definitie. Hij zegt haar naam en daarmee geeft hij de bezitster van die naam een duidelijke plek op de as van tijdruimtelijkheid, een plaats waar ze thuishoort. Mari heeft het gevoel dat het een heel betekenisvol moment is. Hij glimlacht, en Mari ook. Ze glimlachen allebei.

'Wat hebben jullie op school gedaan? En wat vind je van de lessen? Heb je al wat mensen leren kennen?'
Mari zit aan de keukentafel de krant te lezen en haar moeder is weer in haar rol van bezorgde mama gekropen, hult zich in een mantel van zorgzaamheid zoals ze dat altijd doet, één keer per week, meestal op vrijdagavond zoals nu, als ze haar werk heel even heeft achtergelaten in de glanzende, dure handtas in de gang en tijd vrijmaakt om interesse te tonen voor haar dochter. Mari snuift met gespeelde verveling, maar voelt tegelijkertijd een vage genegenheid: ze moet denken aan de eerste dag van de lagere school; haar moeder had toen dezelfde vragen gesteld. En nog meer herinneringen: gestreepte kousen en een plooirokje, het schoolgebouw en de geur van gehaktsoep en crackers, die er altijd hing, zelfs als het geen etenstijd was. De veilige warmte van haar moeders hand toen ze haar schoolbank ging zoeken, met haar eigen naam erop; een ijsje. Het was vanille-ijs in een kartonnen bekertje, zo'n ijsje met jam in het

midden. Ze aten het met een houten wegwerplepeltje, soms smaakte het meer naar hout dan naar ijs.

'Nou, hoe gaat het op school?' herhaalt haar moeder terwijl ze een dampende theepot op tafel zet.

'Eh, nou ja, goed. Ik heb iemand leren kennen, ze heet Tinka.'

'En welke vakken heb je?'

'Fins. En eh, geschiedenis. En wat talen en zo.'

'Heb je leuke leraren?'

Mari bloost, ze voelt een golf van warmte en haar hart begint te bonzen. Ze neemt een croissantje aan van haar moeder, trekt er een stuk af en steekt dat met gespeelde onverschilligheid in haar mond. Mari heeft aan de leraar Fins zitten denken. Ze heeft een en ander nagepluisd. Hij is negenentwintig jaar oud en zijn naam is Julian Kanerva. Julian. Nailuj. Zo'n naam, net een romanpersonage. Mari heeft zin om die naam steeds maar te herhalen, om elke lettergreep te proeven. Maar de leerlingen noemen hem niet Julian, maar Kanerva. Alle meisjes uit de hogere klassen zijn volgens Tinka helemaal wezenloos van hem, maar hij heeft een vrouw en twee kinderen. Mari heeft besloten om hem na de volgende les wat leestips te vragen. Misschien merkt hij wel dat Mari niet de eerste de beste naïeve meid is.

'Mam, alsjeblieft zeg, je weet toch hoe leraren zijn; gewoon, normale mensen,' zegt ze terwijl ze in de krant bladert.

's Avonds gaat Mari naar haar kamer, en ze sluit de deur. Ze kijkt naar zichzelf in de spiegel. Ze voelt de verleiding opkomen om weer haar doodsspelletje te spelen en roept de gedachte op, laat hem toe. Zoekend strelen haar handen de contouren van haar lichaam, en Mari spoort zich aan om te bedenken hoe bijzonder en onvatbaar het wel is dat deze ik bestaat.

Ze trekt haar lichtblauwe, ragfijne nachthemd aan, dat ze voor haar zestiende verjaardag van haar moeder heeft gekregen. Haar tepels zijn als bloemknopjes door de dunne stof te zien. Haar lange, donkere haren reiken tot onder haar schouderbladen, kortere lokken omgeven de witte huid van haar gezicht.

Ze gaat voor de spiegel staan, er heel dicht voor. Hier staat het meisje dat zal sterven, misschien zelfs al heel binnenkort. Hier staat het meisje dat kan sterven. Een traan glijdt over haar wang, eerst één, dan een tweede. Ze likt de tranen op. De gedachte aan de dood komt moeiteloos in haar op. En weer zweeft Mari door de lucht, misschien werd ze door een auto aangereden, misschien is ze zelf gesprongen.

Op een dag zullen we van alles losraken.
Wij zullen de lucht van de dood onder onze vleugels voelen en milder en wilder zijn dan hier.

Ze spreidt haar armen, daar, voor de spiegel, terwijl het Winnie de Poeh-klokje op het nachttafeltje tikt en de takken van de lijsterbes tegen het raam schuren. Op een dag zal ze zich van alles losmaken, dit meisje. Op een dag, misschien wel heel binnenkort.

'En we zullen milder en wilder zijn dan hier,' zegt Mari zachtjes de verzen uit de dichtbundel die ze uit de bibliotheek heeft geleend.

Ze zucht, werpt nog een snelle blik in de spiegel en gaat dan naar de badkamer om haar tanden te poetsen. De kindertandpasta smaakt naar snoep, heeft een duffe en plakkerige smaak van aardbeien, totdat hij eindelijk flink begint te schuimen.

Anja

'Zou ik mogen vragen wat dit te betekenen heeft?'
Marita wapperde twee papiertjes voor de ogen van Anja heen en weer. Het duurde even voordat Anja begreep waar het over ging. Haar afscheidsbrieven. Ze had ze stomweg op de keukentafel laten liggen. De briefjes hadden daar een week gelegen en er waren kranten en reclameblaadjes op terechtgekomen, en Anja was ze straal vergeten. En nu had Marita ze gevonden.
Anja keek naar haar zus; de vraag had zonder meer verwijtend geklonken. Marita stond in de keuken met haar schoenen en haar jas nog aan. Er viel een drukkende stilte. Er lag een beschuldigende uitdrukking op haar gezicht, die radeloosheid verried. Haar handen trilden. Anja had haar nog nooit eerder zien beven. Altijd was ze beheerst, haar gezicht verschoot nooit van kleur, haar stem klonk altijd helder. Maar nu stond ze te trillen op haar benen en in haar stem was irritatie hoorbaar.
Anja antwoordde niet. Het had toch geen zin om alles uit te leggen, of te zeggen dat het hier om een privéaangelegenheid ging. Volgens Marita was alles wat zich om haar heen afspeelde automatisch ook háár zaak.
Ze was uit het niets opgedoken en had daardoor de harmonie van die middag aan het wankelen gebracht. Ze stond in de keuken zonder een woord te zeggen en uit haar houding sprak de autoriteit waarmee ze Anja's breekbare wereldje was binnengedrongen. Anja keek naar Marita's schoenen. Ze zagen er duur uit, weloverwogen. Haar zus was zo iemand die dacht dat dure schoenen je levenshouding weerspiegelden, dat men daaraan

kon zien dat je je ambities serieus neemt. Schoenen, en de inrichting van je huis.

Anja bedacht af en toe hoe zinloos het leven van haar zus welbeschouwd eigenlijk was: de routine van werken, boodschappen doen en dan naar huis, in haar eentje warm eten en tv-kijken en dan maar wachten tot haar dochter thuiskwam, wachten tot ze kon gaan slapen. Anja was ooit eens op zo'n avond binnengevallen, haar zus had thee geschonken uit een dure theepot, en ze hadden zonder een woord te zeggen naar het avondjournaal gekeken of naar een of andere quiz; haar zus had in een interieurblad zitten bladeren en had af en toe opgekeken, en Anja leek te zien hoe Marita's blik naar een verre droomwereld was afgedwaald. Hunkering, verdriet en het verlangen naar ergens anders, ver weg van dit leven, dat ongemerkt zo saai was geworden.

Ze begreep het natuurlijk best; het feit dat Marita zich met haar zaken bemoeide, was louter goed bedoeld. Haar zus wilde haar redden, wilde zich een beeld vormen van wat er mis was, en haar dan helpen. Zo ging het altijd. Marita verscheen op het toneel en zorgde ervoor dat alles weer in orde kwam.

Marita's redenering was simpel: mensen moesten beschermd worden. Tegen zichzelf, tegen de wereld, tegen allerlei omstandigheden.

Anja wachtte opzettelijk met haar uitleg. Het liefst had ze gewoon gezwegen. Haar zus was gaan zitten en had haar zelfbeheersing al bijna weer herwonnen.

'Ben je dan echt helemaal ten einde raad?' vroeg Marita gesmoord.

Anja snoof. Ze schaamde zich, en voelde hoe haar maag opspeelde. Ze probeerde het gerommel te overstemmen door hooghartig te zeggen: 'Wat nou, ten einde raad. Ga jij me soms vertellen wat er aan de hand is? Je hebt geen flauw idee van wat zich hier heeft afgespeeld.'

'Door deze brieven krijg ik anders wel een aardig goed beeld van je problemen.'

Anja kon alleen gesnuif uitbrengen. Ze werd door schaamte overweldigd. Haar zus was weer de rust zelve en creëerde nu het soort situatie dat ze sinds hun kindertijd kenden. Met haar woorden trok Marita opnieuw die onzichtbare lijn die hen altijd van elkaar had gescheiden: zij was degene die het verloop van de gebeurtenissen bepaalde, die wist hoe je dingen moest regelen.

'Ik kan het hier niet bij laten,' zei Marita kordaat. 'Nu moet ik ervoor zorgen dat je de juiste behandeling krijgt, therapie en...'

'Therapie, therapie – is het nog niet genoeg dat mijn man dag en nacht in behandeling is?'

'Als het moet, regel ik zelf wel een afspraak voor je,' zei haar zus met samengeknepen lippen.

'Ik ga toch niet,' zei Anja als een nukkig kind.

'Dat doe je wel.'

*

Het licht, zo typisch voor eind september, hing laag; het deed zwaar aan, rijp als de wijsheid van een oude vrouw. De bus naderde een kruispunt en vertraagde. Ik heb afgelijnde contouren, dacht Anja. Ik moet de angst buitensluiten, op mijn huid krijtlijnen uittekenen voor de hoop, die in het reine binnenste van mijn lichaam zetelt. Al het andere is vuil, betekenisloos afval dat niet in mij thuishoort.

Anja stapte uit aan de rand van de binnenstad. Ze keek naar haar benen, die over de natte weg verderliepen in de richting van het ziekenhuis aan de overkant van de straat.

Ze ging door de schuifdeuren naar binnen. Voor haar ogen verscheen de weidse linoleum horizon van de hal van het ziekenhuis. De dame aan de receptie tikte stuurs kijkend op een toetsenbord. Anja liep naar het loket.

'Pardon, ik heb vandaag een afspraak voor een evaluatie.'

'Eerst een volgnummer trekken.'

De vrouw keek niet op van haar scherm. Anja keek stomverbaasd om zich heen. Er waren geen andere mensen te zien.

'Maar...' begon ze onzeker. 'Er is hier verder helemaal niemand.'

Nu richtte de vrouw overdreven traag haar blik van het computerscherm op, zodat er geen enkele twijfel kon bestaan over haar irritatie. Ze perste haar lippen gefrustreerd op elkaar, liet haar kin zakken en nam Anja van onder haar wenkbrauwen op. Op haar gezicht verspreidde zich een glimlach, schaamteloos nep, die een uiterste neerbuigendheid tentoonspreidde.

'Daar gaat het niet om, het gaat om het systeem,' sneerde ze.

Haar glimlach lag op haar lippen bestorven, ze leek net een plastic pop.

Anja huiverde onbewust. Ze bracht een onzuiver lachje uit, om de spanning die in de lucht hing wat te breken, maar ze begreep meteen al dat ze daarmee een fout had gemaakt.

'Er valt hier helemaal niets te lachen. Gaat u eindelijk eens een nummertje halen,' herhaalde de vrouw als een bandrecorder.

'Ja, goed. Sorry.'

Anja ging naar de andere kant van de hal en trok een papiertje uit het volgnummerapparaat. Zesentwintig. De vrouw hing weer over haar computer gebogen, en Anja bleef er hulpeloos staan met het briefje in haar hand. Het digitale beeldscherm aan de muur stond op drieëntwintig. De vrouw aan de receptie duwde op een knopje. Pling. Anja nam een paar voorzichtige stappen. De vrouw hief haar arm afwerend in de richting van Anja, en schudde met opeengeklemde lippen het hoofd. Anja zette nederig een stap achteruit. De receptioniste keek met een lege uitdrukking op haar gezicht door Anja heen. De secondewijzer van de klok aan de muur ging vijf schreden vooruit. De wachtkamer was leeg. Het enige geluid was het eentonige geborrel van het filter in het aquarium, dat tegen de wand stond. De vrouw opende haar mond en liet een veelbetekenende stilte vallen. Anja gluurde gealarmeerd naar haar nummertje: was het wel echt zesentwintig? De vrouw duwde nog eens op het knopje voor zich. Pling. Het beeldscherm versprong nu naar vijfentwintig.

Het aquarium borrelde. Anja voelde het zweet langs haar rug lopen. Ze kreeg het warm in haar dikke jas. Het nummertje in haar hand trilde. Nog één keer moest ze het controleren. Pling, nu verscheen nummer zesentwintig. Ze liep aarzelend naar het loket. De vrouw toonde haar plastic glimlach.

'We hebben onze regels, ziet u. We moeten vijf seconden wachten tussen de nummers in,' zei de vrouw.

'De regels, natuurlijk,' antwoordde Anja ontmoedigd.

'Wat kan ik voor u doen?'

'Wel, eh. Ik heb een afspraak om twee uur. Bij de psychiater.'

'En wat is de naam van de arts die u behandelt?'

'Ik, eh... Het schiet me nu even niet te binnen,' stamelde Anja.

Paniek overviel haar. Hoe was het mogelijk dat ze zich de naam niet kon herinneren? Valtimo of Laskimo of zo, namen die in het Fins verband hielden met de bloedvaten, ze durfde niet zomaar in het wilde weg een van beide namen te noemen, anders zou de receptioniste nog denken dat ze haar voor de gek hield.

'Nou?' beet de vrouw haar toe.

'Ik weet het niet meer,' antwoordde Anja ellendig. 'Maar eh ik, ik heet Aropalo, Anja Anneli.'

'Er wordt hier niet met namen gegoocheld!' snoof de vrouw zegevierend. Anja zat weer in de val, gevangen in haar eigen domheid.

Al die mensen, dacht Anja. Mensen als die receptioniste, ze regeren de hele wereld. Als kleine kinderen al roepen ze andere mensen ter verantwoording, en als ze ouder worden, groeien ze op tot leraren en belastingambtenaren en receptionisten, en overal eisen ze van anderen dat die tekst en uitleg geven bij wat ze doen, en dwingen ze tegensprekers op de knieën tot ze kronkelen en smeken om hun bestaansrecht. Waar worden die despoten eigenlijk gekweekt? Misschien worden ze tijdens hun vroege kinderjaren door hun ouders zodanig vernederd dat ze zich als volwassenen gedwongen voelen de leiding te nemen en anderen te laten boeten voor wat ze hebben meegemaakt door hen te vernederen. Of misschien huisde er een intrinsiek kwaad in hen, dat zich niet door exorcisme liet uitbannen en door geen enkele toverformule kon worden uitgeroeid. De duivel was in hen werkzaam en zaaide er de vruchten van zijn doortraptheid.

De receptioniste kwam nu pas echt goed op dreef.

'Wat zou er gebeuren, denkt u, als alle Aropalo's in de hele stad op hetzelfde moment een afspraak hadden? Dit is een groot ziekenhuis. We hebben hier tweehonderd Aropalo's en ze hebben allemaal een ander probleem. U komt hier binnen en wordt met chemo behandeld voor uw psychische problemen, en een of andere ongelukkige zou antidepressiva krijgen voor haar tumor! Hoe zouden we die knoop nog kunnen ontwarren, denkt u, nou? Dan zou de hel losbreken.'

'Ja, dan zou de hel losbreken, inderdaad,' herhaalde Anja; ze kon wel door de grond zakken.

'Dus geeft u me nou maar uw burgerservicenummer.'

Anja deed wat haar werd opgedragen.

'Nou, kijk eens aan,' zei de receptioniste op een belerend toontje nadat ze het nummer in de computer had ingevoerd. 'Zo komen we er wel. U bent Anja Anneli Aropalo en u vertoont suïcidaal gedrag en uw zus heeft voor u een afspraak gemaakt. En hier staat ook de naam van uw dokter, Anna-Liisa Valtimo. Op deze manier vertelt uw nummer ons alles over uw identiteit en uw situatie.'

'Goh,' prevelde Anja.

'Nou, gaat u maar die gang door tot aan het einde, en daarna door de deur naar binnen, en daar wacht u tot u wordt geroepen.'

'Dank u.'

Anja sjokte naar de dubbele deuren. Ze voelde zich alsof ze uit zichzelf was getreden. Ze kwam in weer een andere wachtkamer terecht. Op de muren vielen eenzelfde soort lichtstrepen als in de huiskamer van het verpleeghuis. Het was er stil. Er stond één deur op een kier. Ze bleef zenuwachtig staan en keek ernaar. Moest ze hier gewoon wachten tot iemand haar binnen zou roepen? Ver weg klonk zacht gepraat, ergens anders het gedempte gepruttel van een koffiezetapparaat. Aan het plafond hingen dunne, felgekleurde doeken om het licht van de tl-lampen te dempen. Ze zagen eruit als rekwisieten of coulissen in een theater. Anja voelde een onbehaaglijk gevoel opkomen. Weer keek ze naar de deur. Ze had om twee uur een afspraak en het was al vijf over twee.

Ze stond op en zette behoedzaam een paar passen in de richting van de deur. Ze schrok bijna van het gedempte geluid van haar eigen stappen. Traag liep ze door, en ze duwde de deur verder open; de kamer leek leeg. Nog steeds op de drempel deed ze de deur wijd open. Opeens deinsde ze terug: in een hoek, in het smalle stukje in de schaduw van de open deur, stond een leunstoel met daarin een vrouw. De vrouw keek Anja belangstellend aan, alsof ze haar op een of andere kwajongensstreek had betrapt. Op haar gezicht was overduidelijk te zien dat ze in haar nopjes was over een geslaagde observatie. Anja voelde hoe ze na de eerste schok nog meer begon te beven; ze voelde zich zo overrompeld dat ze van schaamte en deemoed begon te blozen.

'Eh, ik,' begon ze stamelend. 'Ik wist niet dat u hier al was, ik stond buiten te wachten.'

De vrouw zweeg nog steeds. Om haar lippen zweefde een soort gespannen lachje. Na de gebeurtenissen van daarnet leek het wel of ze Anja in haar gezicht zat uit te lachen.

'Dit is toch... U bent toch de psychiater?'

'Tja, wat denkt u zelf?' vroeg de vrouw vriendelijk.

'Nee gewoon, ik dacht alleen maar... Eh...'

Anja zweeg, van haar hele uitleg bleef toch niets over omdat het allemaal zo onbeduidend was. Ze durfde niets ondoordachts meer te zeggen, anders zou de vrouw misschien allerlei conclusies gaan trekken.

'Zou u het makkelijker vinden als ik zei dat ik gedragsconsulente ben, om maar wat te noemen?' vroeg de vrouw, nog steeds verdacht vriendelijk.

Anja ging in de leunstoel tegenover haar zitten.

'Goed, dus...' zei de psychiater.

'Juist,' zei Anja.

'Ik heb begrepen dat u in uw leven bij een periode van veranderingen bent aanbeland.'

'Tja.'

De vrouw zweeg. Ook Anja zei niets meer. Wat had ze moeten zeggen? Er schoot haar niets vermeldenswaardigs te binnen. Inderdaad, hetzelfde licht, dacht Anja, en ze probeerde iets te verzinnen om te zeggen. 'Presence is never mute', stond er op een ingelijst kaartje op tafel te lezen. Er stond ook een mandje met zakdoekjes. Hier kwamen mensen naartoe om bittere tranen te storten over hun levenssituatie, en om dan hun neus te snuiten in die doekjes die zo attent naast hun stoel waren neergelegd; ze sloten daarna de deur achter zich, deden boodschappen, kochten kippenboutjes of gehakt, gingen naar huis en keken naar het avondjournaal. 'Presence is never mute.' Is het een lege of een volle, een woordeloze of een schreeuwende gewaarwording, dat ik met al mijn zintuigen dit gemis voel, dag en nacht? Het is woordeloos, in de eerste plaats is het woordeloos.

'Wat vindt u er eigenlijk van dat uw zus deze afspraak voor u heeft gemaakt? Welke gevoelens roept het bij u op?'

Anja trok haar lippen tot een dunne streep samen.

'Mijn zus heeft haar eigen voorstelling van de situatie.'

'En blijkbaar is ze nu van oordeel dat u hulp nodig hebt.'

Anja zweeg. Het liet haar allemaal onverschillig. De psychiater deed er weer een tijdje het zwijgen toe, totdat ze, alsof ze opnieuw begon, zei: 'Welke dingen vindt u zinvol in het leven? Wat is voor u waardevol?'

'Niets,' antwoordde Anja kortaf.

Ze voelde zich net een weerbarstig kind dat haar zin niet

kreeg. De psychiater zweeg. 'Niets.' Het echode als een schel geluid door de kamer, ketste af tegen de muren en sloeg tegen Anja's achterhoofd. Het ergste was dat ze niet eens had gelogen. Niet dat er helemaal geen zinvolle dingen in haar leven waren. Het probleem was alleen dat de peilloze leegte die tegen de zinloosheid van ieder moment weergalmde, het meest betekenisvol was. Of was het juist de zwaarte van die momenten? Alles wat al achter haar lag, bezwaarde haar leven en bemoeilijkte het ademhalen.

Er schoten haar gebeurtenissen te binnen, toevallige en onbeduidende gebeurtenissen.

Toen haar man nog maar pas ziek was en alle tekens al aanwezig waren, maar de diagnose nog niet was gesteld, en toen geen van beiden het inzicht of de moed had gehad om de ernst van de situatie te onderkennen, had ze gedacht dat hij een minnares had. Hij begon 's avonds laat weg te blijven, elke week een beetje later.

Op een donderdag komt hij pas midden in de nacht thuis. Anja staat hem in de donkere keuken op te wachten en probeert een onverschillige houding aan te nemen.

'Hallo,' zegt hij, alsof hij het tegen een collega heeft.

Ze pauzeert veelzeggend voordat ze antwoord geeft. 'Jij ook hallo.'

Hij steekt de lichten aan en zet een zak met broodjes op tafel. Vanillebroodjes. Uit de verpakking kan ze afleiden dat hij ze bij een tankstation langs de snelweg heeft gekocht. Anja trekt haar conclusies en verwaardigt zich niet er iets over te zeggen.

Hij loopt naar de keukenkast en neemt een pannendeksel. Wat wil hij daar nou mee, denkt Anja. Op donderdagnacht, om één uur in de ochtend. Hij legt de broodjes op de deksel. Het zijn er zeven.

'En nu ga je dus koffiezetten.'

'Ja.'

'Midden in de nacht ga jij koffiezetten.'

'Inderdaad.'
'Ben je op je werk geweest?'
'Op mijn werk, ja.'
'En het is een beetje uitgelopen.'
'Inderdaad ja.'
Hij neemt een kaasstolp uit de keukenkast en zet hem over de broodjes. Anja kijkt verbluft naar het hele gedoe. Hij neemt de kan uit het koffiezetapparaat, giet er water in en meet tien kopjes af.
'Godverdomme,' zegt Anja. 'Dat zet hier een koffiekransje op touw! Eerst gaat ie de hort op en dan komt ie thuis om gezellig een bak koffie te drinken met zijn vrouw na een avondje uit! Denk godverdomme niet dat ik niet weet wat er aan de hand is!'
'Goddomme,' briest hij. 'Wat heb jij opeens? Ik sta in mijn eigen keuken koffie te zetten.'
Ze begint te snikken. Haar vraag wordt gesmoord door de eerste, niet te onderdrukken tranen; haar stem klinkt ontroostbaar, en zo voelt ze zich ook. 'Waar wás je?'
Hij komt tot rust, zet een stap in haar richting. Anja ziet in zijn blik voor het eerst de radeloosheid, die ze door haar woede niet eerder had opgemerkt. Hij streelt met zijn vingers haar haren. Zijn handen trillen.
Hij probeert te glimlachen, maar zijn stem verstilt tot een bang gesnuif. 'Ik ben verkeerd gereden.'
'Wat? Waar dan?'
'Weet ik niet.'
'Hoezo, je weet het niet?'
'Ik weet het niet. Ik weet het gewoon niet. Ik was verdwaald.'
Hij glimlacht moeizaam, het is een gekwelde grijns waar besef en zekerheid doorheen schijnen, en plotseling is Anja bereid om alles te zeggen, om het even wat, als hij maar ophoudt zo te glimlachen.
Wat zal ze zeggen? Wat kan ze doen? Misschien zegt ze wel datgene wat hij horen wil, wat ze allebei willen horen. Ze zou

hem kunnen kussen en dan lachen, hem kunnen plagen met zijn verstrooidheid, en zo het pantser van de angst dat om hen heen ligt doorbreken. 'Gekkie,' kan ze zeggen, en daarna zou ze hem teder in zijn arm kunnen knijpen.

Daar zitten ze dan, man en vrouw, samen vanillebroodjes etend en koffiedrinkend op een donderdagnacht om één uur in de ochtend, en geen van beiden maakt een opmerking over het feit dat er zeven broodjes onder een kaasstolp op een pannendeksel liggen.

Geen van beiden zegt er ook maar iets over.

Met een idiote uitdrukking van medeleven op haar gezicht keek de psychiater naar Anja.

'Als we nu toch eens een nieuwe afspraak maken,' zei ze geduldig. 'Wat denkt u van volgende week, dinsdag bijvoorbeeld, weer om twee uur?'

Anja stemde zwijgend in. Ze schudden elkaar de hand en Anja trok de deur achter zich dicht. Aan het einde van de gang maakte het gevoel van beklemming plaats voor een van schaamte doortrokken woede. Hier zou ze nooit meer terugkomen.

De rest van de dag bracht Anja in de bibliotheek door. Eerst woelde alles wat er die dag gebeurd was nog wild door haar hoofd, en haar hart bonsde onrustig. Maar geleidelijk aan bracht de muffe vredigheid van de bibliotheek haar gedachten tot rust.

Op weg naar huis zag Anja een merel in een boom. Hij zat stil op een tak; hij zou pas in de lente zingen. Het begon al te schemeren, het laatste zonlicht was verdwenen, maar hing nog als een rode nevel om de kronen van de naakte bomen en gleed langs hun stammen naar de aarde. In de herfst, vlak voordat de nacht valt, wordt alles op die manier roze gekleurd. Er lag nog geen kille, helle sneeuw op de grond te glimmen. Als de grond bevroor, was de vorst in de ijzige, donkere aarde zichtbaar als een zacht schijnsel, waaraan het dovende zonlicht een milde purperen kleur verleende. De hemel en de aarde, met daartussenin een zacht ademende mens. Op een tak van de lijsterbes naast de bushalte zat een merel, alsof hij waakte over het invallen van de schemering, over hemel en aarde.

Thuis aangekomen pakte Anja de boodschappen op de keukentafel uit, en zette ze de televisie aan. De opbeurende tune van het eerste avondjournaal bracht haar tot rust. Ze nam een overhemd van haar man uit de klerenkast en ging op de bank zitten. Ze sloot haar ogen en zocht in de plooien van het flanellen overhemd de geur van zijn huid, die in pluisjes en in de naden was blijven hangen. Het leek wel of haar eigen ik weer op zijn eigen plek terecht was gekomen, alsof haar hele zelf om zijn as was gedraaid. In de geborgenheid van die vertrouwde geur liet Anja zich door gemis overweldigen; het vloeide langs de groeven in haar bonkende slapen naar beneden, via haar schouders naar haar ledematen, waar het drukkend bleef hangen.

Mari

Zaterdagavond, voor het schoolfeest begint, is Mari bij Tinka. Tinka is voor de spiegel met eyeliner in de weer. Mari zit op het bed in de *Cosmopolitan* te lezen. Tinka heeft een korte spijkerrok en netkousen aan. Onder haar lichte shirt van visnetstof is het rasterwerk van haar wonderbra te zien, als bij een fotomodel. Haar ogen vliegen zenuwachtig over de tips voor intiem contact: kussen, verschillende standjes. Tinka lijkt zoveel te weten. Mari heeft het gevoel of ze nog heel wat te leren heeft.
'Heb ik mooie borsten?' vraagt Tinka vertwijfeld voor de spiegel. 'Zijn ze niet te vet?'
'Kom nou,' zegt Mari. 'Niemand kan zijn ogen ervan afhouden. Ze zijn precies goed.'
'Hé!' bedenkt Tinka. 'Je kunt vanavond mijn Gossard lenen. We maken je zo mooi op dat je geheid een vent scoort!'
'Eh, ik weet niet...'
'Jawel!' giert Tinka, terwijl ze in de klerenkast nog een beha zoekt.
Mari kijkt ontzet naar het ding dat in Tinka's handen bengelt.
'Doe hem nou aan, en dan nog een likje eyeliner – je bent zo mooi, als je je maar een beetje opmaakt,' probeert Tinka haar over te halen.
'Nou, goed dan.'
Ze kleedt zich verlegen uit, de koele kamerlucht doet de knopjes van haar borsten samentrekken tot donkere rozetten. Tinka kijkt weg, maar Mari ziet hoe ze haar in de spiegel in het oog houdt. De wonderbra is te groot, Mari vindt het net twee

theemutsen: stramme, kanten koepeltjes die luchtig haar blanke vlees bedekken, met enkele centimeters lege ruimte tussen hun welvingen en haar huid.
'Daar doen we wat toiletpapier bij', zegt Tinka bemoedigend.
Ze boetseert twee passende proppen. Mari stopt ze op hun plaats en kijkt in de spiegel. Haar borsten springen als gekunstelde uitsteeksels naar voren.
'Ik weet het niet,' twijfelt Mari.
'Jawel, doe nou maar. En nu nog van die femme fatale-ogen,' zegt Tinka enthousiast.
Ze geeft Mari heldere amandelogen en kamt haar haren op. Mari ziet er anders uit dan daarnet – in de spiegel ziet ze een onbekende vrouw. Tinka kijkt haar teder aan.
'Kijk nou eens, wat ben je mooi.'
'Och.'
Een gevoel van welbehagen glijdt langs Mari's schouders naar beneden, blijft een ogenblik hangen ter hoogte van haar ribben en nestelt zich dan sluimerend, bonzend in haar onderbuik.
Geroutineerd als een volwassene opent Tinka een wijnfles die ze ergens heeft opgeduikeld.
'Waar heb je die vandaan?' vraagt Mari.
'Mijn ouders zijn van die wijnliefhebbers, ze hebben tientallen flessen, die merken het nooit als er een ontbreekt,' antwoordt Tinka losjes.
'Is ie duur dan?'
'Geen idee. Proost!' Tinka haalt haar sierlijke schouders op en neemt een slok uit de fles.
Mari drinkt ook. De wijn smaakt bitter en vies. Een geheimzinnige nevel omhult hen.

Het feest wordt gehouden in de zaal van een studentenvereniging. Er mochten alleen leerlingen van hun eigen school naartoe, maar Mari merkt meteen dat er heel wat meer mensen zijn.

Er zijn geen surveillanten te zien. In de deuropening staat een jongen met dreadlocks rozige gal over een tuinkaars uit te kotsen. Mari is bang. Haar wc-papieren borsten in de Gossard-wonderbra steken overdreven naar voren, zelfs door haar overjas heen. Tinka voelt zich meteen thuis en begint al in de hal met een groepje jongens te flirten. Iemand biedt Tinka iets te drinken aan uit een frisdankfles van anderhalve liter. Het goedje heeft dezelfde kleur als de maaginhoud van die rastajongen van daarnet. Tinka kijkt niet meer naar Mari om.

Doelloos dwaalt Mari door de benevelde mensenmassa, op zoek naar bekende gezichten. Een jongen die ze van de scheikundeles kent, komt haar begroeten; hij wankelt en glimlacht dronken.

Ze weet niet wat ze moet zeggen.

'Hé hallo, wat is je naam ook weer?' vraagt hij.

'Mari. Ik ben Mari.'

'O ja, Mari,' lispelt hij, en hij stommelt dichterbij. 'Mag ik je wat zeggen, Mari?'

Ze wordt een vertrouwd gevoel gewaar in haar maag. Hij buigt zich naar haar toe tot zijn hoofd vlak bij haar oor is en grijpt dan een van haar borsten beet.

'Hartstikke leuke vulling heb je daar,' fluistert hij, en beschonken begint hij te bulderen van het lachen.

Ze deinst geschrokken achteruit en loopt door de menigte naar de wc's. In de geborgenheid van het hokje slikt ze haar tranen weg en scheurt het wc-papier uit haar beha. Haar handen trillen. Ze kan haar tranen nauwelijks bedwingen.

Klein kind, tiert ze tegen zichzelf. Achterlijke strijkplank met je platte babykont, zit niet zo te janken, je wist toch dat dit zou gebeuren? Iemand bonkt op de deur en vraagt hoe lang het nog gaat duren. Ze haalt diep adem. Nu moet ze zich vermannen. Grote meid.

Als ze in de zaal terugkeert, stormt Tinka op haar af.

'Waar was je – ik heb je gezocht, ik heb de perfecte man voor je,' smoezelt ze opgewonden.

'Nee, laat maar. Echt, laat maar zitten.'
'Doe niet zo kinderachtig zeg. Ik heb toch niet voor niets een paar uur aan je haar zitten sleutelen.'
Ze trekt Mari de dansvloer op, Mari moet wel toegeven. Er beginnen lampjes te flikkeren en Tinka duwt haar naar een jongen die ze niet kent. In het felle licht kan ze niets zien, maar ze voelt de stoppels op zijn wang en het natte T-shirt dat aan zijn rug plakt. Hij komt dichterbij en grijpt haar achterwerk vast. Ze dansen dicht tegen elkaar aan, traag wiegend, ook al klinkt er nog steeds een snelle beat.
Ze voelt onder de spijkerbroek zijn stijf wordende lid.
Hij duwt zijn tong in haar mond.
Ze probeert zich de tips over kussen te herinneren die in de *Cosmopolitan* stonden. Zijn mond smaakt naar bier en tabak. Je mag je tong niet te stram houden, weet ze nog, en je moet je mond goed bewegen. Ze probeert te kussen zoals in het tijdschrift stond uitgelegd. Hij dringt zijn tong dieper naar binnen, totdat Mari het gevoel heeft dat ze geen adem meer krijgt, en ze terug moet deinzen.
Hij glimlacht.
'Wil je iets drinken zo? We kunnen ergens gaan zitten als je wilt,' zegt hij. Voor het eerst kan ze zijn ogen goed zien.
'Oké.'

Ze krijgt een groen drankje met een rietje. De jongen drinkt bier met gulzige slokken. De mensen om haar heen worden steeds erger dronken, voor de deur staan wat jongens met elkaar te stoeien.
'Ik ken daar in dat bijgebouwtje een mooi plekje, kom je mee?' vraagt hij.
Ze lopen over de binnenplaats naar een rood saunagebouw. De jongen opent de deur met zijn eigen sleutel. Binnen is het donker en bedompt. Rond een krakkemikkig laag tafeltje staat een al even versleten donkergroen pluchen bankstel. In één muur is er een witbetegelde open haard, zwart van de rook. Er

liggen kroonkurkjes tussen de houtblokken voor de haard, ze glinsteren tussen het droge, op boomschors lijkende hout als vrijpostige ogen die aan hun lot zijn overgelaten.

Hij gaat op een bank zitten.

'Kom 's hier.'

'Hoe kom je aan die sleutel?'

'Laten we zeggen dat ik de juiste mensen ken.'

'Aha.'

Ze gaat naast hem zitten. Ze beseft dat ze niet eens zijn naam heeft gevraagd. Ze slikt verlegen. Met één been tekent ze cirkels op het tapijt onder het salontafeltje. Het vloerkleed heeft een patroon van donkere ruiten, in het midden lichter van kleur dan aan de randen. De jongen schuift zijn hand onder haar truitje. Ze laat het gebeuren.

Vakkundig opent hij met zijn ene hand de haakjes van de geleende Gossard, en hij plaatst zijn hand als een koepeltje over Mari's borst.

'Ik heb altijd al een voorkeur gehad voor meisjes met kleine borstjes,' zegt hij, 'van die elfjes zoals jij.'

Ze probeert erachter te komen hoe ze zich nu eigenlijk voelt. In een vaas op de vensterbank staan verwelkte veldbloemen, iemand heeft ze vorige zomer geplukt, misschien tijdens het midzomerfeest. Ze voelt eigenlijk niks. Hij likt aan haar borst en opent met zijn andere hand zijn gulp.

'Zou je me, eh, kunnen pijpen?' vraagt hij hees.

Ze kijkt naar zijn lid. Ze buigt voorover en proeft behoedzaam. Het smaakt niet zo slecht als ze zich had voorgesteld. Smaakt eigenlijk naar niks. Een zoutig, beetje muf aroma. Mari pijpt hem voorzichtig en denkt aan aardbeienijs en chocolade met mintsmaak, aan perenlimonade of ijslolly's met frambozensmaak die je vroeger, toen ze nog kind was, alleen 's zomers kon krijgen. Die lolly's hadden de vorm van een hand, met gestrekte duim en wijsvinger, zodat je altijd eerst die wijsvinger eraf beet.

Frambozen, lolly's, denkt Mari, en ze houdt de walging op een afstand.

'Hé, zit niet zo te sabbelen de hele tijd, zuig eens wat harder, please,' zegt hij ongeduldig.

Ze begint zich misselijk te voelen. Ze probeert aan lekkere dingen te denken.

Druiven.

Dropjes.

Hij duwt zijn penis dieper in haar mond en stoot ermee tegen haar verhemelte.

Aardbeien met slagroom in juli.

Gedroogde, gekonfijte ananas en citroenmeringue.

Het gaat niet meer, ze staat op en stormt naar de veranda, de frisse lucht in. Het duizelt haar, ze heeft het gevoel dat ze moet overgeven. Haar beha bengelt aan een bandje om haar linkerschouder. Ze hapt naar adem om maar niet te hoeven braken. De jongen komt de veranda op en knoopt verveeld zijn broek dicht.

'Ja sorry hoor, je had wel even kunnen zeggen dat je geen ervaring hebt.'

Mari is stil en kijkt de andere kant op.

Achter het terras bevindt zich een stuk bos met daarachter een glinsterend beekje. 's Zomers lopen we na de sauna zo het water in, denkt ze; eerst gooien we in de sauna flink wat water op de stenen, en daarna plonzen we het zachte, frisse water in. Dan streelt de zomernacht over je naakte huid – net melkwit, zacht fluweel. Ze weet niets vermeldenswaardigs te bedenken. Ze kijkt naar de bocht in het beekje, dat bedekt is met een dun laagje ijs. Er is een inhammetje met een aanlegsteiger en daaronder een paar eenden. Ze drijven onbeweeglijk op hun plaats, alsof ze vastzitten.

'Nou, dan ga ik maar een sigaretje roken,' zegt de jongen.

'Ja, doei.'

'Doei.'

Mari loopt naar huis. Het begint te vriezen. Tijdens herfstnachten als deze sneeuwt het soms al; ijzige motregen trekt samen tot sneeuwvlokken, die zacht naar beneden dwarrelen en alles bedekken, alles verzachten en verstillen.

Ze denkt aan de jongen op het feestje, en aan het pijpen. Ze heeft het nu in ieder geval al een keer gedaan, of geprobeerd althans, een beetje geproefd.

Ze dwingt zichzelf ertoe tevredenheid te voelen: nu heeft ze ervaring – niet veel, maar een beetje.

Ze dringt haar gêne en schaamte naar de achtergrond. Dit is prima, zonder meer, dit is prima.

Ze komt thuis en trekt haar jas uit, loopt de vertrouwde trap op naar haar kamer. Ze opent de la van de ladekast, die waarin ze haar ondergoed bewaart. Onder de slipjes met een teddybeerpatroon heeft ze een keukenmesje verstopt. Ze vindt het spannend te denken dat ze zichzelf kan markeren. Ook die gedachte is een spelletje. Ze heeft de contouren van haar huid gestreeld en met haar vingers een grenslijn over haar lichte huid getrokken, en bedacht dat er meisjes zijn die zoiets doen, die zich met wonden bijeenhouden, zichzelf openhouden. Misschien bestaan er ook wel zulke jongens; ze weet het niet. Maar in elk geval zijn er meisjes die dat doen. Het is een fascinerende gedachte. Misschien kwam ze voor het eerst op dat idee in de sauna, toen ze zich per ongeluk aan het luik van de saunaoven stootte. En kijk, een brandwond, een brandmerk: het onweerlegbare bewijs van haar bestaan. Of misschien gebeurde het toen ze met een scherp mes brood stond te snijden, dunne sneetjes, en hop, één foute beweging en ze had een jaap in haar gladde vlees. Bloed sijpelt helder over haar blanke huid en trekt een lijn tussen haar en de wereld. Ze weet niet of ze het een leuk spel vindt. Ze weet niet of het haar wel ligt. Maar ze wil het proberen.

Met trillende handen neemt ze het mesje uit de la met ondergoed. Ze heeft zich voorbereid; ze heeft ook verbandgaas en pleisters. Ze gaat in een hoek zitten, rolt haar mouw op en neemt het mes. Ze heeft geen idee hoe ze zich zou moeten voelen. Gedeprimeerd misschien? Ze voelt zich niet bijzonder gedeprimeerd. Ze probeert haar gevoelens te onderzoeken, neerslachtigheid op te roepen. Er zijn meisjes – misschien ook wel jongens – die op zo'n manier het verlangen op hun huid zichtbaar maken, meisjes die zichzelf tevoorschijn halen met een mes, met een scheermesje of met een glasscherf. Er zijn meisjes – misschien ook wel jongens – die op die manier binnenstappen in het nu. Misschien voelen ze zich down, misschien verlangen ze de hele tijd naar elders. Mari is niet gedeprimeerd. Maar verlangen, dat doet ze wel. Naar ergens, naar elders, naar zichzelf. Het is reden genoeg. Het geeft haar toestemming dit te doen.

Ze zet het mes op haar pols. Om de een of andere reden is haar pols de eerste plek die in haar opkomt. Maar dat kan natuurlijk niet – niet haar pols. Mari drukt het blad van het mesje alleen maar tegen de doorzichtige huid van haar pols om even te testen, gewoon om de nabijheid van de dood te voelen, die niet te negeren mogelijkheid. Ze drukt een beetje, een heel klein beetje – tot er een klein krasje in haar huid ontstaat. Hoe vreemd broos is die blanke huid, die haar pezen en aders bedekt en die dit leven tot een op zichzelf staand geheel begrenst. Van dichtbij lijken de kleine, door het lemmet gescheurde stukjes huid wel wat op kantwerk.

Ze draait haar arm om en rolt haar mouw verder omhoog. Voorzichtig, onderzoekend drukt ze het mes tegen de huid van haar linkerarm. Het zinkt daarin weg zonder erdoorheen te breken. Ze is niet zeker of ze het wel kan. Misschien begaat ze een fout. Misschien kan ze beter gaan slapen; dromen over de zomer en over ijsjes, en morgen wakker worden, toast met marmelade eten en op tv kijken naar de tekenfilms op zondagochtend. Misschien zou ze wel iemand anders moeten zijn dan dit meisje dat met een mes in haar hand in de hoek van haar kamer zit. Maar ze wil dit spel uitproberen, ze wil kijken of het bij haar past – net als een jas in een warenhuis, die op het eerste gezicht nog onbekend aandoet.

Ze houdt haar adem in en verplaatst het mes een stukje omhoog, trekt een snelle, scherpe snee in de huid van haar arm. Er gaat een schok door haar heen en ze hoort haar eigen gekreun, hoort hoe haar stem de zachte rust van de nacht doorbreekt. Ze staat er versteld van. Het is een vreemd, volledig nieuw geluid; even vreemd en nieuw als haar eigen stem op het hoogtepunt van genot, toen ze zich voor het eerst streelde en zichzelf hoorde kreunen, toen ze haar allergevoeligste plekjes vond. Ze maakt een tweede snee. Een brandend kloppen omringt de wonden. Het voelt lekker, zuiver – hier, waar degene is die 'ik' zegt. Ineens wordt ze overvallen door het nu – alleen dit moment, en een zachte pijn. Geen gemis. Als gemis een kap over je hoofd is, dan valt die nu van haar af, vormt een kloppende knoop en nestelt zich in de open wond op haar arm. Ze haalt diep adem. Dit past bij me, denkt ze. Dit past bij me.

Ze neemt het verbandgaas uit de doos en wikkelt dat om de wond. Ze trekt een shirt met lange mouwen aan en gaat naar de badkamer om het mes schoon te spoelen. Het bloed mengt zich met het water, haar eigen bloed. Het mengt zich ermee en verdwijnt in de afvoer. Dit past bij me, denkt ze. Dit past bij me.

Mari bevindt zich in de hoogte, op een ongemakkelijke trap die steil naar beneden leidt; veel te steil, tot ver in het onzichtbare. De trap is eigenlijk geen trap, maar de tribune van een sportstadion. Ze staat hoog op de tribune, en de tribune wankelt en overal om haar heen is lawaai; met één been schuifelt ze naar een lagere tree maar ze kan er net niet bij; de tribune wankelt en ze kan niet naar beneden. Kanerva staat naast haar, hij staat daar al de hele tijd. Hij is haar redder. Hij kijkt haar aan zonder te glimlachen en zegt dan iets met gedempte stem. Ze verstaat het niet en strekt haar hand naar hem uit. Hij plaatst zijn hand als een koepeltje over haar borst en zegt, duidelijk verstaanbaar nu, dat alles is toegestaan; ze moeten alleen oppassen voor de bloeding, dat die niet aanzwelt tot een vloedgolf. Bloeding? Bedoel je de geur soms, vraagt ze. Nee, de bloeding, herhaalt hij, en hij glimlacht. De trappen zijn nu veranderd in een klaslokaal en Kanerva vraagt haar de deur in de gaten te houden, terwijl hij nog steeds Mari's linkerborst in de kom van zijn hand houdt. Alles is goed zolang de vloedgolf haar maar niet bereikt, zolang er geen bloed over de drempel stroomt.

Anja

'Waar ga ik naartoe? Waarom moet ik ergens naartoe? Ik krijg hier zelfs een toetje. Zoveel ik maar op kan.'
Haar man zat onderdanig op de rand van zijn bed terwijl Anja bezig was zijn veters te knopen. Ze was van plan haar man die middag naar huis te brengen om in de tuin naar de prachtige herfstkleuren van de bomen te kijken. Ze hadden meer dan eens over dat uitstapje gepraat, en hij was er altijd enthousiast over geweest. Hij had zich zelfs plekjes in de buurt van het huis herinnerd: de grote vederesdoorn aan het einde van het tuinpad, en het bosweggetje dat in hun tuin begon en waar je 's avonds soms hazen zag. Maar nu wilde hij toch niet weg, hij was al een paar uur aan het zeuren dat hij toch liever in het verpleeghuis wilde blijven, en waarom. Ze probeerde haar irritatie te beteugelen door druk in de weer te blijven. Ze knoopte de veters stevig dicht, strakker dan ze had gewild. Ze veegde het speeksel dat uit een van zijn mondhoeken droop, weg met een kwieke veeg van haar papieren zakdoekje.
'Nee, we gaan nu toch echt. We hebben het er al zo vaak over gehad,' zei ze bits, en ze kamde met kribbige halen zijn dunner wordende haar.
Het moest wel ingrijpend voor hem zijn, om in een andere omgeving terecht te komen. Vreemde blikken en het lawaai van de stad, en altijd dezelfde taxichauffeur die over koetjes en kalfjes zat te praten zonder iets van de situatie te begrijpen, en die beleefd maar nieuwsgierig in de achteruitkijkspiegel naar de reacties van haar man gluurde. 'Het is toch wat, hebben ze het belastingpercentage weer verlaagd, zo gaan die dingen, dat is het

einde van onze gezondheidszorg,' babbelde de taxichauffeur en haar man knikte onzeker. 'Ja, nou, inderdaad,' zei hij altijd, schuchter en hulpeloos, zonder te weten waarover hij het had, of met wie. Anja had voor geen geld ter wereld willen toegeven dat ze zich schaamde. En ze gaf het ook nooit toe. Ze voelde alleen een tintelende razernij jegens al die idioten die nieuwsgierig het vertroebelde beoordelingsvermogen van haar man wilden testen.

Toen ze de gang op stapten, kwam er een familielid van de dementerende vrouw in de kamer ernaast voorbij; hij groette beleefd. De man was hoogstens een jaar of veertig, en Anja had zich al eerder afgevraagd of hij de zoon was van de oudere dame. Ze had geen nauwe banden met de familieleden van de andere bewoners in het verpleeghuis aangeknoopt, ook al had ze gehoord dat er een vereniging voor verwanten bestond. Het laatste wat ze wilde, was zich identificeren met deze vreemde groep mensen, die door het lot waren samengebracht en maar één ding gemeen hadden: hun machteloosheid ten aanzien van het feit dat hun dierbaren elke dag meer van zichzelf verloren.

Zonder erbij na te denken keek ze om toen de man en zijzelf elkaar voorbij waren gelopen, en ze zag dat ook hij omkeek. De blik van de onbekende man voelde op een of andere vage manier ongepast, onrustbarend. Hij glimlachte niet, keek gewoon. Die ene seconde liep uit tot een eeuwigdurend moment, en bezonk tussen hen in tot jaren – totdat ze haar hoofd wegdraaide, haar man bij de hand nam en hem over de drempel hielp.

In de tuin rees de vochtige geur van eind oktober als een onzichtbare walm voor hen op. Anja had niet genoeg geharkt, er waren nieuwe bladeren van de berken en van de esdoorns in de tuin van de buren naar beneden gedwarreld, en door de regen waren ze tot een geurend tapijt samengeperst. Vroeger had ze samen met haar man in de tuin gewerkt. Nu had Anja geen tijd meer om alles alleen te doen.

Hij stond op de veranda en bekeek de tuin met een ondoorgrondelijke uitdrukking op zijn gezicht.
'Wat... Wat zie je?' vroeg ze voorzichtig.
'Nee, ik kijk gewoon maar,' zei hij aarzelend, haast verlegen.
'Het lijkt wel of ik het ken.'
Anja's hart sprong op. Die broze momenten van herinnering waren hartverscheurend. Hij draaide zijn hoofd en keek naar haar. Zijn blik deed kwajongensachtig aan, schalks. Soms kon ze moeilijk geloven dat hij zich echt niets meer herinnerde. Dan schoot haar een absurde gedachte te binnen: wat als hij deed alsof, en haar voor de gek hield. Zijn gelaatsuitdrukking verstarde af en toe tot een opgewekte grijns, en zijn ogen glinsterden. Zo had hij er vroeger altijd uitgezien als hij een grapje had verteld of iets geks had gedaan. Misschien was het gewoon een soort test. En toch wist ze dat het niet zo was.
Binnen liep hij naar de keuken, en hij nam een wijnglas uit de kast.
'Wilt u witte wijn?' vroeg hij, alsof ze een afspraakje hadden.
Anja was van haar stuk gebracht. Wat ging er in hem om? Probeerde hij haar dronken te voeren? Wilde hij zich bedrinken? Nee, hij dacht helemaal niets, beleefde alleen maar een oude herinnering opnieuw.
'Nou ja, waarom ook niet,' zei ze uiteindelijk instemmend.
Ze openden een fles die ze voor een bijzondere gelegenheid hadden bewaard – zijn zestigste verjaardag. Het schoot haar te binnen dat hij die nooit zou vieren. Die wetenschap deed haar maag samentrekken van radeloosheid. Ze gingen naar de woonkamer. Zijn tred was veranderd in getrippel. Ze wist wel dat het door de medicatie kwam, en toch irriteerde het haar. Trippelbeen. En sneller kon hij niet. Hij morste wijn op het tapijt in de woonkamer. Vroeger had hij nooit wijn gemorst, dacht Anja.
Hij ging op de bank zitten en klopte opgewekt op de plek naast hem, ten teken dat ze moest gaan zitten. Ze ging zitten. Hij keek haar aan met een vreemde blik in zijn ogen.

'Hoe lang hebt u deze zaak al?' vroeg hij, nippend aan zijn wijn.
'Wat bedoel je? Nu ben je blijkbaar iets vergeten. Dit is ons huis. Hier hebben we twintig jaar gewoond,' probeerde ze.
'Nee maar,' zei hij plomp.
Hij zat een tijdje stil, nam een slokje wijn en keek door het raam naar buiten. Al snel keek hij haar weer aan, en hij legde een hand op haar knie.
'Goed, laten we zeggen: de hele nacht. Is vijftienhonderd mark dan genoeg?'
Ze keek hem in de ogen en zag hoe twee werelden van elkaar waren weggedreven. Ooit hadden hun banen elkaar gekruist, lichtjaren geleden. Op dat snijpunt had de wereld op zijn plaats rondgedraaid, en zich weerloos en werkelijk getoond. Zo wordt geluk deel van de mens. En nu: een vreemde die daar zat, met een lege blik en een hulpeloze uitdrukking.
'Je begrijpt het niet,' zei Anja beslist, en ze schoof zijn hand weg. 'Ik ben jouw vrouw en dit is ons huis.'
Zijn gezicht betrok, en een waas schoof over de glinstering in zijn ogen, ten teken dat de voorstelling was afgelopen. Vergetelheid, en de sluier der vergetelheid. In één ogenblik was zijn gelaatsuitdrukking veranderd van geïnteresseerd naar radeloos en verward.
'Thuis,' herhaalde hij aarzelend. 'Ik wil naar huis,' zei hij met hese stem, zachtjes, als een kind dat zijn moeder iets toefluistert als het bezoek bij vrienden van de ouders te lang is uitgelopen.
'Dit ís je huis,' probeerde Anja nog.
'Dat andere huis. Waar ze van die lekkere soep hebben, of dat lekkere toetje,' zei hij. 'Dat toetjeshuis. Daar wil ik naartoe.'
Aan de andere kant van het raam stond de esdoorn nog steeds te blaken. Het venster werd omgeven door de gloed van de klimop. Anja nam de hand van haar man in de hare, en zo stonden ze op. Ze merkte hoe hij met zijn hele gewicht op haar steunde, hoezeer hij haar vertrouwde. Bij de deur van de woon-

kamer draaide hij zich nog eenmaal om. Hij liet zijn blik door de kamer dwalen alsof hij de hoeken en bogen van deze ruimte in zich wilde opnemen: de manier waarop het licht werd gebroken, en de schaduw van de traag wiegende esdoornbladeren op de muur.

'Wat ik wilde vragen,' zei hij haast fluisterend, 'waren we gelukkig?'

Zachtjes drukte Anja een vinger op zijn geopende mond, en met haar andere hand streelde ze over zijn slaap. In zijn blik lag opnieuw wanhoop.

'Kom, we gaan naar huis,' zei Anja.

In bed in het verpleeghuis zuchtte hij opgelucht, en hij smakte met zijn mond. Tijdens de hele taxirit had hij benauwd in haar hand geknepen, zijn blauwe aders strakgespannen onder zijn vliesdunne gerimpelde huid. Anja zat stilletjes naast hem en streelde over zijn hoofd. De tijd verloor er elke betekenis, de seconden en minuten verdwenen in het niets.

Pas toen ze wakker schrok en opstond om te vertrekken, merkte ze hoe er een schemerige, melkachtige zachtheid in alle hoeken van de kamer was geslopen, en ze begreep dat er vele uren waren verstreken.

Ze stond op en ging de kamer uit, trok de deur achter zich dicht.

'Het is net een caleidoscoop, vind je niet?'

Ze schrok op en dacht eerst dat een bewoner van het tehuis haar had aangesproken.

Ze draaide zich om en zag dezelfde man die hen eerder die dag had gegroet.

'Sorry, maar ik begrijp niet wat u bedoelt,' zei ze koel.

'De gedachten van iemand die dementeert; het lijkt wel een caleidoscoop,' herhaalde hij met een voorzichtige glimlach.

'Hm,' zei Anja op haar hoede. Ze had geen zin om met een onbekende in gesprek te raken over hoe merkwaardig dementie wel was. 'Zo had ik er nog nooit over gedacht.'

'Maar zo is het wel,' vervolgde hij verrassend direct. 'De manier waarop we onze werkelijkheid ordenen, is helemaal niet meer van toepassing als iemand begint te vergeten. Er ontstaan nieuwe, broze wetten, die voor een buitenstaander moeilijk zijn waar te nemen. En toch heeft het een vage logica, is er een reden waarom mensen zich het ene herinneren terwijl iets anders in de schemering verdwijnt. Een caleidoscopische logica. De werkelijkheid valt in scherven en de scherven worden op een nieuwe manier gecombineerd.'

Anja's interesse was gewekt. De man leek oprecht.

'Is dat uw moeder?' vroeg ze terwijl ze wees in de richting van de kamer van de oude vrouw.

Hij knikte.

'Mijn man,' beantwoordde ze zijn vragende blik. 'Zeven jaar, zo lang is hij al... ziek.'

'Hij heeft veel van je gehouden,' zei hij, en zijn woorden brachten haar in de war. 'Je ziet het aan de manier waarop hij je vertrouwt.'

Ze was niet zeker of ze het gesprek met deze onbekende wilde voortzetten. Ze deed een paar stappen vooruit. Hij liep mee. In haar gedachten weergalmde de verleden tijd die hij had gebruikt: 'heeft van je gehouden'. De betekenis van de verstrijkende tijd: hield van je, heeft van je gehouden, had van je gehouden.

Ze stapten de frisse buitenlucht in; de esdoornbladeren dansten als razende miniatuurtornado's over de asfaltpaden. Hij keek naar de lucht, sloeg de kraag van zijn jas op. Aan de hemel bewogen de wolken zich in noordwestelijke richting – donkere, majestueuze schaduwen.

'Nou, tot ziens,' zei hij onbeholpen.

'Tot ziens,' zei Anja.

Hij nam zijn mountainbike uit het fietsenrek – het soort fiets waar jonge jongens normaal gesproken op reden – sprong op het zadel, knikte gedag en reed weg.

Toen hij bij het kruispunt was afgeslagen, begon het te regenen. Grote druppels kletterden schuin op het asfalt neer en Anja besefte dat ze was vergeten zich voor te stellen of zijn naam te vragen.

Mari

'Mari, blijf je nog even?' vraagt Kanerva.
Het lesuur is afgelopen. Mari is opgestaan en staat opzettelijk traag haar spulletjes in te pakken. De rest van de klas stommelt gehaast naar buiten, het is middagpauze. Tinka kijkt verbaasd naar Mari en dan naar de leraar. Mari weet zich geen houding te geven.
'Ik heb die boeken voor je meegebracht,' zegt hij opgewekt; hij lijkt Tinka's verbazing of Mari's schaamte helemaal niet te merken.
'O ja,' zegt Mari.
'Ik wacht op je in de hal van de kantine,' zegt Tinka, en ze vertrekt. Ze kijkt nog een keer om voordat ze door de deur verdwijnt.
Kanerva glimlacht en kijkt naar Mari. Weer die glimlach: nieuwsgierig, open. Mari voelt zich onder zijn blik als een mystieke vrouw – het lijkt wel of hij haar diepste geheimen zou willen ontrafelen. Het zachte licht van de oktobermiddag stroomt het verstilde klaslokaal binnen, en twee mensen staan tegenover elkaar. Een brug tussen twee paar ogen. Ze zou uit zichzelf willen treden en door die ogen naar binnen willen duiken. Ze weet dat ze niet meer terug kan.
'Ik heb een paar klassiekers meegebracht, het kan nooit kwaad te weten wat je voorgangers hebben gedacht,' zegt hij schertsend.
Hij overhandigt haar twee boeken. Tolstojs *Anna Karenina* en *De dame met de camelia's* van Dumas. De boeken ruiken muf; de geur van gedachten uit een lang vervlogen tijd.

'Goh,' weet Mari nog net uit te brengen; dan wendt ze haar blik naar de grond om haar schaamte te verbergen.
Ze draait zich om om te vertrekken; hij zegt gedag en Mari ook, ze zeggen allebei gedag.
Het is 15 oktober, denkt Mari terwijl ze door de gang naar de kantine loopt; buiten schudden de bomen hun bladeren af en levenssap stroomt door de spelonken van haar warme lichaam. In de kantine knijpt ze haar benen dicht tegen elkaar. Ze voelt hoe ze nat wordt – een glad, bonzend gevoel tussen haar benen. Het is net of ze een naam heeft gekregen, vrouw is geworden, compleet.
'Hebben jullie geneukt of zo?' vraagt Tinka plagerig, ook al hoort Mari gekwetstheid in haar woorden doorklinken.
'Debiel, natuurlijk niet,' zegt Mari, maar ze slaagt er niet in haar vreugde weg te stoppen.
Ze eet wat aardappelen en saus met stukjes worst, maar het eten smaakt haar niet; ze moet de hele tijd denken aan Kanerva, aan de kuiltjes in zijn wangen en zijn heldere blik.
'Wel waar!' roept Tinka. 'Stel je voor, straks krijgen jullie verkering en kun je me alle gore details vertellen. En wat voor lul hij heeft.'
'Hou op,' giechelt Mari blozend.
Tinka's vork blijft in de lucht hangen. Ze neemt Mari onderzoekend op.
'Nou, wat wou hij dan van je?
'Gewoon, praten over filosofie en literatuur,' zegt Mari met een mysterieuze glimlach.
'Bullshit,' zegt Tinka terwijl ze knarsend een hap van haar cracker neemt.
Speels neemt ze een papieren servetje en doopt dat in een glas water.
'Een kleine demonstratie. Zodat je weet hoe het moet. Kijk maar, dáár gaat Mari's maagdelijkheid.'
'Hou op,' giechelt Mari.
Tinka spant het natte servet om haar glas.

'Maagdenvlies yeah,' kwettert ze. 'En hier komt Kanerva's kloppende lul,' loeit ze met haar mes in de aanslag. 'Ah, kom bij me binnen, ja, ooooooh,' gaat ze maar door, terwijl ze haar mes door het servet-maagdenvlies steekt. 'Oh yeah, bedankt zeg, nu ben ik een vrouw, een vrouw,' ratelt ze theatraal door.

Mari zit blozend te giechelen. Een van de keukenhulpjes nadert onheilspellend met een karretje voor de glazen en werpt een giftige blik op Tinka, die maar door blijft tateren.

'Meisjes, ga eens naar buiten als jullie klaar zijn met eten, jullie zouden je moeten schamen zo met eten te spelen, jullie zijn toch geen kinderen meer.'

'Oké, oké,' zucht Tinka terwijl ze haar mes op tafel legt. 'Dat stomme wijf is gewoon jaloers, zo'n afgeleefd oud wijf is op de vrije markt natuurlijk niks meer waard,' fluistert ze als de keukenhulp is doorgelopen. 'Trouwens,' gaat ze verder, 'hoe is het zaterdagavond afgelopen met die gast die ik voor je had geregeld?'

Mari kijkt geheimzinnig naar Tinka, die glimlacht. Mari heeft al heel wat geleerd: ze weet hoe ze dit spelletje moet meespelen. Glimlachen, veel glimlachen. En nooit toegeven dat iets niet gelukt is.

'Nou?' eist Tinka.

'Nou, natuurlijk heb ik hem gepijpt. En toen, eh...'

'En toen?' moedigt Tinka haar aan.

Ze denkt aan de verschillende standjes die in het artikel in de *Cosmopolitan* stonden: 'Voer je man naar de zevende hemel'. Op zijn hondjes? Waarschijnlijk te gewoontjes voor Tinka. Staand tegen de muur?

'En daarna hebben we het dus gedaan – tegen de muur,' zegt ze, en ze kijkt Tinka recht in de ogen.

'Nee!'

'Jawel!'

Bewondering schemert door in Tinka's blik. Mari schrikt van de kracht van haar eigen leugen, van het gemak waarmee de woorden haar mond uit komen rollen, en van het effect dat ze hebben. Ze heeft zomaar iets verzonnen, wat nu een deel van de werkelijkheid wordt. Ze frunnikt aan haar servet en hoopt dat Tinka niet zal doorvragen.

Julian

Julian Kanerva liet zijn blik over de rijen met leerlingen dwalen. Altijd zagen ze er hetzelfde uit; ieder jaar nog jonger en meer zelfingenomen, van een schoonheid zonder gebreken: volmaakt op die vanzelfsprekende manier, zoals alleen jonge lichamen eruit kunnen zien, en er schaamteloos van overtuigd dat de toekomst zich geheel voor hen zal openstellen en hun het beste zal geven van wat ze kunnen bedenken. Zó voelden ze zich als ze zestien waren en in de vierde klas van het vwo zaten: geen angsten, geen twijfels. Alleen maar kansen.
Hij genoot ervan les te geven aan de bovenbouw. Een deel van de leerlingen deed geen moeite om hun gebrek aan belangstelling te camoufleren, maar de meerderheid was toch voorzichtig bereid tot nadenken. En dan was er ook het soort leerlingen in wier ogen je de wereld geleidelijk zag opengaan – na elke les glansde in hun blik het ontkiemende besef van de fundamentele ondoorgrondelijkheid van de wereld, en van alle mogelijkheden die de literatuur en de filosofie te bieden hadden. Elk jaar zag hij het bij een paar leerlingen: het was haast afschuw, alsof ze niet konden wachten om te begrijpen, maar tegelijkertijd ook vreselijk bang waren óm te begrijpen. De doordenkertjes – zo noemde Julian die bijzondere leerlingen bij zichzelf – waren meestal meisjes. Soms waren er ook een paar jongens bij – gedeprimeerde en miskende, artistiekerige jochies. Maar meestal ging het toch om meisjes met een ernstige blik in hun ogen en gelouterd door een aangeboren zwaarmoedigheid – gevoelige, aandoenlijk kinderlijke en onschuldige meisjes.

Omwille van hen gaf hij les. Omwille van hun afgrijzen, hun ongeduld, van het enthousiasme dat glinsterde in de ogen van de leerlingen die op de drempel stonden van een hoger besef. Er zat één doordenkertje in deze klas. Ze zat op de tweede rij, altijd op hetzelfde plekje naast haar luidruchtige vriendin. Een meisje met een schuchtere, open blik en een timide glimlach, terwijl in haar ogen al het besef te lezen was van de zwaarte van het bestaan. Zo'n meisje. Mari, zo heette ze. Een veel te gewone naam voor zo'n meisje.

Julian genoot ervan te provoceren. Vaak las hij tijdens de les iets voor wat bij de leerlingen een felle discussie uitlokte. Dan gloeiden de wangen van de meisjes van ergernis en de jongens grinnikten geschrokken, totdat iemand een tegenargument aanvoerde, waarop weer iemand anders een opmerking maakte, en voor je het wist had je een discussie.

Vandaag had hij een heel bijzonder citaat in gedachten. Hij had de passage vroeger ook al gebruikt, en altijd was er een geanimeerd gesprek ontstaan. Vandaag was het citaat een spelletje. Het was een boodschap gericht aan het meisje, aan Mari. Geen ernstige boodschap – een speelse zin waar ze op in kon gaan als ze dat wilde. Het was een van zijn kleine pleziertjes, die verborgen betekenissen die over onoplettende hoofden heen en weer vlogen en aan de meeste oren voorbijgingen, en die in de lucht bleven hangen om door een gevoelige ziel te worden opgepikt. Hij had bedacht dat hij haar zou kunnen voorstellen om ergens koffie te gaan drinken. Ze had toch al om leestips gevraagd, dus het voorstel om wat te gaan drinken zou niet uit de lucht komen vallen. Ze zouden over literatuur kunnen praten en hij zou een ijsje voor haar kunnen kopen. Niets ernstigs, gewoon een spelletje.

Hij begon met een ontspannen, speelse benadering
'Liefde,' begon hij, en hij plooide zijn mond in een plagerige glimlach.

De leerlingen werden stil. Een paar meisjes op de eerste rij glimlachten terug.

'Liefde, en verlangen,' zei hij, elk woord benadrukkend, en hij liet een berekende pauze vallen voordat hij vervolgde: 'Bestaan er thema's die in de literatuur al vaker zijn behandeld dan deze twee? Is er ook maar één modern werk dat hierover nog iets nieuws kan vertellen? En kan de literatuur ons nog iets nieuws leren over liefde en verlangen, als alles wat belangrijk is toch al in *Cosmopolitan* staat?'

Enkele leerlingen lachten, maar toch niet zo uitgelaten als hij had gehoopt.

Hij vervolgde wat ernstiger: 'Ik durf te beweren dat met name de liefde de drijvende kracht is in de literatuur. Liefde geeft ons de mogelijkheid het onmogelijke te hopen. Ze geeft ons de mogelijkheid te verlangen. De literatuur toont ons situaties waarin een bewering even gegrond kan zijn als het tegenovergestelde van wat er beweerd wordt. De literatuur kan goed en kwaad in twijfel trekken. Bestaan ze eigenlijk wel, goed en kwaad, en als ze bestaan, waar trek je dan de grens tussen die twee? Deze vraag stelt ons de literatuur.'

Hij liet wederom, voor het dramatische effect ditmaal, een pauze vallen; hij wierp een blik op het meisje op de tweede rij, registreerde haar brandende, opgewonden blik en keek toen pas weer naar zijn boek, waaruit hij voorlas: 'De schoonheid van een vrouw is niet van haar alleen. Het is een onderdeel van de gift die ze aan de wereld schenkt. Het is haar plicht die met anderen te delen.'

De leerlingen waren van verwarring helemaal stil geworden. Niemand durfde iets te zeggen. Een paar jongens op de achterste rij knikkebolden. De meisjes vooraan giechelden zachtjes. Een energiek meisje links vooraan – een feministe in spe, zo'n humorloos meisje dat met de volle kracht van haar jeugdige sentimentaliteit tot het inzicht was gekomen dat gelijkheid niet bestaat – stak uiteindelijk haar hand op en snauwde, nog voordat hij de kans had gekregen om haar het woord te geven: 'Hoezo dan? Natuurlijk is het hele wezen van een vrouw gewoon van die vrouw zelf.'

Hij genoot van het antwoord en van de kans die hij kreeg om het geplande tegenargument naar voren te brengen: 'Dat klopt. Het lichaam van een vrouw en haar hele wezen, natuurlijk zijn die alleen van de vrouw zelf. Maar haar schoonheid. Haar schoonheid. Hoe kan schoonheid iemands privébezit zijn?' De herhaling was een trucje. Schoonheid. Hij benadrukte het woord, en terwijl hij dat deed, keek hij naar Mari. Ze glimlachte. Ze had het begrepen.

Nu stak ze haar hand op.

Hij knikte, zei haar naam niet, knikte alleen maar.

'Maar wat betekent dat eigenlijk, dat een vrouw haar schoonheid met anderen deelt?' vroeg ze uitdagend. 'Als het de plicht is van een vrouw om haar schoonheid te delen, moet ook gedefinieerd worden wat daarmee bedoeld wordt.'

'Spijker op de kop,' zei Julian met een glimlach, en hij keek haar recht in de ogen. 'Dat is precies het probleem. Van wie is schoonheid, en welke verplichtingen brengt ze mee? Allesbehalve een makkelijke vraag.'

Ze keek niet weg. Dus toch niet verlegen, dacht hij. Misschien gevoelig, maar niet verlegen, eerder vrijpostig, brutaal. Ze keek hem uitdagend aan. Er hing spanning in de lucht. Het was een prettig spel, en toch onschuldig. Makkelijk, prettig en onschuldig.

Hij zou haar vragen samen koffie te gaan drinken. Niks aan de hand. Hij zou het haar vragen.

Mari

'Zou je, zullen we samen een kop koffie gaan drinken? Vanmiddag bijvoorbeeld? Kunnen we over die boeken praten.'
Kanerva vraagt het zo nonchalant dat het onschuldig klinkt. Het is weer middagpauze en ze zijn alleen in het klaslokaal.
'Na school bedoel je? Ergens de stad in of zo?' vraagt Mari ongelovig.
'Ja. Tijdens zo'n korte middagpauze hebben we geen tijd genoeg om alles te bespreken wat literaire klassiekers zo de moeite waard maakt,' zegt hij met een knipoog.
Hij glimlacht, maar ze voelt dat hij zenuwachtig is.
'Oké,' zegt ze glimlachend.
'Nou, zullen we dan maar afspreken op de parkeerplaats buiten, na tweeën?'
'Oké, tot straks.'
Hij kijkt Mari in de ogen, en ze ziet dat de zijne eigenlijk niet blauw zijn, maar groen als water, als vijvers. En onder het wateroppervlak, achter die ogen: iets wat opvlamt en fonkelt, en wat haar onrustig maakt.

Tijdens de les aardrijkskunde kijkt Mari steels op haar horloge. Kwart voor twee. Nog een half uur. Tinka zit op de stoel naast haar te kronkelen.
'Gaan we na de les ergens koffie drinken? Hé ja, zullen we naar de McDonald's in Forum gaan? Ik wil je die jongen laten zien met wie ik vorig weekend heb staan rotzooien, die werkt daar,' fluistert Tinka.
'Eh nee, of jawel.'

Mari weet niets te zeggen. De leraar aardrijkskunde doet het licht uit om een video te tonen, het lesuur loopt ten einde. Een computeranimatie over de oerknal. Ze probeert koortsachtig een reden te bedenken waarom ze niet met Tinka mee kan. Tinka mag niet zien hoe ze samen met Kanerva vertrekt. Niemand mag het zien. Ze realiseert zich dat alle lessen van de bovenbouw om kwart over twee zijn afgelopen. Ze moet ofwel eerder uit de les vertrekken, ofwel blijven treuzelen tot alle anderen zijn vertrokken. Maar wat zal ze tegen Tinka zeggen? Ze moet een uitleg bedenken. Plotseling heeft ze het.
'O nee, ik moest om tien voor twee bij de studieadviseur zijn,' fluistert ze Tinka toe. 'Ik haal het net. Zien we elkaar om vier uur bij de McDonald's? Dan kan ik eerst nog even langs huis, oké?'
'Oké, maar wel klokslag vier uur, ik heb geen zin om daar alleen te staan wachten, anders denkt die jongen dat ik hem zit te stalken.'
'Ja oké, tot straks.'
Mari stopt haar boeken en pennen in haar rugzak, fluistert de leraar iets toe over de studieadviseur en stormt de klas uit. Vanuit het raam in de gang ziet ze Kanerva, die op de parkeerplaats tegen zijn auto geleund staat te wachten. Als Mari de deur uit komt, klaart zijn gezicht op. Een glimlach als een maansikkel.

Hij drinkt het laatste restje koffie en kijkt Mari glimlachend aan. Ze slaat haar blik niet meer neer. Ze glimlacht terug.
'Waarom wilde je iets met me gaan drinken?' vraagt Mari, en ze verwondert zich tegelijkertijd over haar eigen directheid en beheerstheid.
'Tja, waarom?' lacht hij. 'Nou, een leraar mag best een favoriete leerling hebben, toch?' zegt hij met een knipoogje.
'Ben ik je favoriete leerlinge dan?'
Hij wordt ernstig en kijkt haar aan. Mari bedenkt dat zijn blik een mes is dat haar wegsnijdt uit de toevallige realiteit.
'Er zit poëzie in jou. Dat is heel mooi en heel zeldzaam. Daar

kun je niet aan voorbijgaan. De muzen eisen dat je er niet aan voorbijgaat,' zegt hij ernstig, en Mari weet niet of hij een grapje maakt of het echt meent.

'Heb je *Anna Karenina* gelezen?' gaat hij onverstoord verder. 'Wat vind je van Anna's minnaar Vronski, vind je niet dat hij, meer dan wie dan ook, poëzie uitstraalt?'

'Ach', zegt Mari uitdagend. 'Is het poëtisch als je iemand anders de dood in drijft?'

Hij laat zich niet van zijn stuk brengen, en blijft haar strak in de ogen kijken.

'Maar is hij echt verantwoordelijk voor Anna's dood? Is er eigenlijk ook maar één personage in een tragisch verhaal dat zijn of haar lot kan kiezen? Wat als alle oplossingen al aan het begin van het verhaal aanwezig zijn, en de plot niet meer is dan een spanningsboog die onvermijdelijk naar een vastliggend eindpunt leidt?'

Ze hapt naar adem. Ze begrijpt niet alles wat hij zegt. Het onderwerp ligt Kanerva op de een of andere manier zeer na aan het hart; ze ziet hoe hij zich over de tafel naar haar toe buigt. Zijn ogen glinsteren; het is enthousiasme, maar ook iets anders, iets wat haar van haar stuk brengt en haar bang maakt. Het is iets wat niet bij deze werkelijkheid hoort, maar bij een andere, vreemde werkelijkheid.

'Maar,' begint ze voorzichtig. 'Zo zit het leven niet in elkaar. Dat alles wat er gebeurt op voorhand is vastgelegd. Ik kan zelf kiezen wat ik doe.'

'Maar wat als je alleen maar *het gevoel* hebt dat het je eigen vrije keuze is? Misschien is het niet meer dan een *gewaarwording*, terwijl in werkelijkheid alle keuzes in je leven al bestaan, en dat ze worden bepaald door wie je bent; en dat je niets anders kunt doen dan keuzes maken die al vanaf het begin je enige werkelijke keuzes waren.'

Ze schudt aarzelend het hoofd.

'Dat geloof ik niet.'

'In de tragedie gaat het precies zo. Denk maar eens aan Sophocles' *Oedipus*. De ouders van Oedipus sturen hun kind weg om te ontsnappen aan het door het orakel voorspelde noodlot, namelijk dat hij zijn vader zal vermoorden en met zijn moeder zal trouwen. Later doet Oedipus toch – onbewust, dat wel – alles precies zoals het was voorspeld. En als hij later, als koning, koortsachtig de moord op de vorige koning van zijn stad – zijn eigen vader dus – begint te onderzoeken, bezegelt hij door zijn ogenschijnlijke vrijheid van handelen zijn eigen onvermijdelijke lot. In de tragedie is vrijheid altijd schijn,' zegt Kanerva met een zachte glimlach.

Hij heeft altijd diezelfde vredige uitdrukking, die milde blik, die alles werkelijker maakt, die alles goed maakt.

'Maar hoe denk jij daarover? Ik zou graag willen weten wat jij denkt...' gaat hij verder.

Met zelfbewuste bewegingen roert Mari met een lange lepel in haar *caffè latte*. Ze voelt zich volwassen en belangrijk, nu er iemand naar haar luistert en haar mening respecteert.

'Nou,' begint ze, en ze houdt een plechtige pauze, 'volgens mij kun je vrijheid niet uitsluiten, zelfs niet in de kunst. Verantwoordelijkheid en vrijheid zijn eigen aan alle mensen.'

Ze zwijgt even terwijl ze naar de juiste woorden zoekt. Kanerva gebruikt prachtige woorden, af en toe van die woorden die ze nog nooit gehoord heeft. Haar eigen woorden lijken haar plotseling niet toereikend.

'We hebben allemaal verantwoordelijkheid en vrijheid, ze horen bij het leven,' gaat ze verder, en ze merkt dat haar stem zeker klinkt. 'En als kunst niet zomaar een reflectie van het leven en van deze werkelijkheid is, maar er deel van uitmaakt, dan moeten verantwoordelijkheid en vrijheid ook deel uitmaken van de kunst.'

Hij glimlacht uitdagend.

'Verantwoordelijkheid hoort bij het leven, bij het alledaagse leven. Het speelt geen rol als motief in de kunst. Lust, waanzin, noodlot, verlangen. Díe vormen de drijvende kracht van de kunst. En dááruit ontstaat de tragedie.'

Nu is het haar beurt om een tegenargument naar voren te brengen.

'Maar is dat niet hetzelfde als wat ik daarnet probeerde te zeggen? Dat het niet nodig is om zomaar een grens te trekken tussen de kunst en het leven?'

Hij lacht en kijkt haar bewonderend aan.

'Je bent veel te slim – hoe zou ik je nog iets kunnen leren over de kunst of het leven?'

Zijn antwoord wordt onderbroken door de beltoon van zijn mobieltje. Hij kijkt op het display, aarzelt even maar antwoordt dan toch.

'Hallo. Ja, ik heb het druk, ben met iets bezig. Ja. O, nu meteen? Oké dan maar, ik haal haar wel op. Ja, oké, dag.'

'Wie was dat?' vraagt Mari nieuwsgierig.

'Ik moet mijn dochter ophalen van de crèche. Ik kan je thuis afzetten als je dat wilt,' zegt Kanerva terwijl hij al van tafel opstaat.

'O,' weet Mari uit te brengen, en ze voelt dat ze een teleurgesteld gezicht trekt.

Ze denkt aan zijn gezin. Ze ziet het zo voor zich: hoe hij zijn kinderen een sprookje voorleest voor het slapengaan, hoe hij hen instopt en hun een nachtkus geeft en zich dan naast zijn vrouw in hun tweepersoonsbed nestelt. Daar liggen ze, lepeltje lepeltje – de hele nacht laten ze elkaar niet meer los. En ze denkt aan zijn vrouw: vast en zeker een schoonheid, zo'n intelligente en sprankelende dame met witte tanden en een foutloze huid.

Bij de crèche komt een klein meisje hun tegemoet gerend. Ze draagt een lichtblauwe broek en heeft springerig bruin haar. Van onder haar pony neemt ze Mari onderzoekend op.

'Wie ben jij?' vraagt ze op een veeleisende toon.

Mari kijkt verward naar Kanerva. Hij lacht.

'Dit is Mari, Mari is een leerling van papa. En dit is Anni, mijn dochter,' zegt hij tegen Mari.

Ze probeert te glimlachen, maar beseft tegelijkertijd dat de vriendschap van Anni niet met een glimlach te koop is. Anni neemt haar vader bezitterig bij de hand en zo begeven ze zich naar de auto. Mari loopt schoorvoetend achter hen aan. Ze voelt zich een indringer.

Tijdens de rit vertelt Anni haar vader honderduit over de dag op de crèche. Mari zit zwijgend in de passagiersstoel naast hem. Ze verwenst zichzelf: hoe heeft ze ooit van hem kunnen dromen? Het is toch overduidelijk dat hij niet de minste interesse voor haar kan hebben. Stom, stom wicht.

Ze kijkt naar het trottoir, dat aan haar ogen voorbijschiet, en hoopt dat de rit snel achter de rug is. Een misselijk gevoel golft door haar maag. Plots herinnert ze zich Tinka: die wacht op haar in de stad.

'Hé, ik herinner me net dat ik weg moet, dat ik om vier uur in het centrum moet zijn,' roept ze, opgelucht over deze vluchtmogelijkheid.

Hij stopt bij een bushalte en Mari opent zonder iets te zeggen het portier.

'Tot ziens, op school,' zegt hij.

'Ja, tot ziens,' zegt ze terwijl ze zich omdraait om weg te lopen.

Ze kijkt nog even om. De dochter van Kanerva zit op de achterbank geconcentreerd naar haar te kijken, en plotseling voelt ze dat het meisje alles weet, meer dan wie dan ook. Die ernstige blik – en Mari ziet dat ze het weet: de baan van de sterren en de richting van de wind, en dat wat er zal gebeuren. En het meisje deinst niet terug voor die kennis, ook dat ziet Mari; stil en met een heldere blik draagt ze het gewicht van die kennis in zich mee.

Terwijl ze voorbijloopt, ziet Mari in het glas van de bushalte haar eigen spiegelbeeld: een vreemde jonge vrouw, een volslagen onbekende. Het lijkt wel of ze een verborgen macht bezit, waarvan Mari zelf zich niet bewust is. Dat moet ze in het oog houden, en ook alle andere dingen; geen moment mag ze haar aandacht laten verslappen.

Anni

Anni loopt van de crèche naar huis en blijft aan de kant van de weg staan om met een stokje in een mierennest te prikken. Prikken mag niet. Maar ik doe het maar een beetje, denkt ze, net genoeg om de mieren wat te laten schrikken.

Anni is zes jaar, en ze mag al bijna naar de grote school. Natgeregende bladeren liggen in de greppel te stinken. Het ruikt tegelijkertijd prettig en vies. Ik ben best al een groot meisje, denkt ze, terwijl ze de stok het bos in gooit. Ze zou nog groter willen zijn; ze zou al alleen naar huis willen lopen. Maar de kinderen van de crèche mogen nog niet alleen naar huis, ook al gaan ze al bijna naar school. Daarom loopt Silja, het buurmeisje, dat al op de grote school zit, met Anni mee. Op de dagen dat de crèche maar tot aan de middag duurt, wacht Silja buiten op Anni – twee keer per week. Silja houdt altijd Anni's hand vast als ze de straat oversteken. Silja heeft de liefste ogen ter wereld, en zachte handen. Als ze groot is, wil Anni net zo zijn als Silja. Silja is nu bezig te bellen met haar mobieltje; ze loopt een paar stappen voor Anni uit en kijkt af en toe achterom.

Die korte dagen zijn de leukste. Dan hoeft ze 's middags niet op de crèche te blijven wachten totdat papa of mama komt, en hoeft ze niet samen met de luierkinderen een middagdutje te doen. Ze mindert vaart, blijft een beetje achter en speelt dat ze is weggelopen. Ze fantaseert dat ze een prinses is die door haar boze stiefmoeder slecht werd behandeld en daarom uit het koninklijk slot is weggelopen. Ze strooit steentjes achter zich, zodat haar zusjes de weg kunnen vinden als ze bij het vallen van de nacht voor de boze stiefmoeder vluchten.

Ze bereiken de straat waar ze wonen, Silja voorop, gevolgd door Anni. Anni treuzelt nog steeds en schraapt met een stok een ruwe lijn over de grindweg. (Het is een herkenningsteken, met behulp van deze lijn kan ze de weg van de gevangenis van de boze stiefmoeder naar huis terugvinden.) Silja kijkt om naar Anni, glimlacht en zwaait met haar arm. Anni zwaait terug. Silja verdwijnt om de hoek.

Hun huis is een laag bakstenen rijtjeshuis. Buiten staan een zandbak en twee schommels. Anni loopt naar de schommels en gaat zitten. Ze heeft nog geen zin om naar binnen te gaan. Ze kijkt naar het raam van de familie Kuusela. Sanna is nog niet te zien. Met papa en mama hebben ze afgesproken dat Anni 's middags naar de Kuusela's gaat. Sanna's mama is 's middags thuis. Anni heeft geen zin om erheen te gaan voordat Sanna thuis is.

Sanna is nog op school. Anni voelt een steek van jaloezie. Zij wil ook al naar school. Sanna is haar beste vriendin en heeft haar allerlei spannende dingen verteld: over letters leren lezen, en over de tafels van vermenigvuldiging en over de handwerkles, waarin ze een knuffeldier haken. Anni heeft al besloten dat ze volgend jaar tijdens de handwerkles een kat gaat haken. Sanna maakt een worm. Een kat is veel moeilijker om te haken dan een worm.

Ze ziet Sanna door de poort komen. Sanna heeft een paarse rugzak en vlechtjes met roze linten.

'Hoi Anni!' roept Sanna, en ze zwaait.

'Hoo-oi.'

'Kom je?' vraagt ze.

'Hebben jullie zoete broodjes?'

'Ja, in de diepvries. En chocolademelk.'

Sanna is even stil en kijkt Anni dan heel even onderzoekend aan.

'Maar je moet hoe dan ook naar ons toe,' voegt ze er betweterig aan toe.

'Nietes,' beweert Anni, ook al weet ze dat het wél moet. 'En

trouwens,' zegt ze achteloos, terwijl ze wegkijkt, 'ik heb huiswerk.'
  'Dat is niet waar. Ze heeft geen huiswerk, want op de crèche krijgen ze dat nog niet. Maar ze zou graag huiswerk willen hebben.
  'Je krijgt mijn Smaragd-barbie als je komt,' probeert Sanna haar over te halen.
  'Oké.'
  'Je mag 'm niet houden, hoor,' corrigeert Sanna zichzelf. 'Alleen maar mee spelen.'
  'Nou goed dan.'

Bij Sanna spelen ze vaak prinsesje. Sanna heeft van dat mooie haar met de geur van kaneel, waar je makkelijk prinsessenkrulletjes in kan maken. En ze heeft een prinsessenjurk. Anni heeft alleen een lichtblauw gympak, met dikke plooien aan de rand, niet met zo'n fijn weefsel zoals de jurk van Sanna. Maar het gympak is het mooiste wat ze heeft. Als ze een kanten gordijn gebruikt als sleep, en op haar hoofd een kroon van aluminiumfolie zet, is ze bijna een prinses. Of ze kan haar ogen sluiten en er prinsessenkrullen bij fantaseren, en een kreukeljurk. Prinses Aardbei, de dochter van de koning van Balkurië.
  Maar soms wil het allemaal niet lukken. Ze knijpt haar ogen stijf dicht, maar er gebeurt niks, er gebeurt niks omdat Sanna naast haar staat, in haar jurk met franjes. Sanna's moeder maakt Sanna's vlechten los, en hup, nog heel even en dan heeft Sanna prinsessenkrullen. 'Zullen we jou ook zulk haar geven?' vraagt Sanna's moeder aan Anni. 'Nee,' antwoordt die. Want ze weet dat ze het verkeerde haar heeft, trollenhaar.
  'Dus dan was zij de prinses en zij de dienstmeid, en dan kwam de prins en toen was er een trouwerij en ze droeg die sluier en ze dansten en dansten maar,' zegt Sanna in vervoering.
  Als er prinsessenkrullen in Sanna's haren zitten en ze op haar hoofd een echt plastic prinsessenkroontje heeft, draait Sanna gelukzalig voor de spiegel rond, en ze ziet er zo prinsesachtig

uit als maar kan. Anni houdt de sleep vast. Alle vreugde van de wereld glanst in Sanna's ogen, en in de spiegel ziet ze er prachtig uit. Anni niet. Anni heeft het gevoel dat ze er helemaal verkeerd uitziet. Met haar ene hand bedekt ze een mosterdvlek op de kraag van haar gympak, en ze kijkt naar Sanna, die volmaakt lijkt. Ze krijgt het te kwaad. Ze zou willen dat Sanna in de modder valt en dat haar jurk vuil wordt en dat haar haren in de war raken en dat Sanna lelijk is en zijzelf mooi.

Een lelijke gedachte, weg met die lelijke gedachte.

Na een tijdje krijgt Sanna er genoeg van in het rond te draaien.

'Wat een stom spel,' zegt Sanna vermoeid, en ze stopt met ronddansen.

'Ja, hartstikke stom.'

Anni werpt een gewichtige blik op haar horloge. Ze kent het verschil al tussen de kleine en de grote wijzer.

'O jee, ik wist niet dat het al zo laat was, ik moet naar huis om huiswerk te maken,' zegt ze.

Het is een spannend plan: thuis zijn in haar eentje, voordat papa en mama komen. Ze kan lekker voor iedereen eten koken en dan zullen ze allemaal versteld staan dat het eten al klaar is, denkt Anni.

'Je mag nog niet naar huis,' zegt Sanna beweterig. 'Je moet hier wachten op je papa en mama.'

'Nietes,' zegt ze trots. 'Ik mag naar huis wanneer ik wil.'

'Ben je niet bang? Misschien komt de Maskermoordenaar wel.'

Anni denkt aan de Maskermoordenaar. Ze hebben stiekem in de kamer van Sanna's grote broer naar een film over de Maskermoordenaar gekeken. Die heeft grote gapende holtes in plaats van ogen, en een enge stem. Ze probeert de Maskermoordenaar uit haar hoofd te bannen.

'Tss, kleine kindjes zijn daar bang voor. Ik mooi niet,' zegt Anni.

Anni opent de deur met de sleutel die ze om haar hals draagt. Het lege huis geeft haar meteen een bang gevoel. Het is er stil, maar af en toe hoort ze vreemde geluiden, gekraak en geklop. Ze gaat naar de woonkamer en schommelt een tijdje op haar hobbelpaard heen en weer. Onder de manen van haar Jiehaapaardje hangt een vertrouwde geur, muf en knus als bij een echt paard. Straks komen papa en mama. Straks. Papa en mama komen straks.

Ze hoort haar maag rommelen. Ze heeft honger. Ze springt van de rug van het hobbelpaard en gaat naar de keuken. Ze werpt een blik in de koelkast. Aardappelen en spinaziepannenkoeken. Weer hoort ze iets kraken. Ze verstijft ter plaatse: de Maskermoordenaar. Ze durft niet om te kijken. Zal ze zich in een kast verstoppen totdat papa en mama thuiskomen? Of nee, niet in een kast. Ze zou zich in de keuken kunnen opsluiten, en eerst haar cassettespeler halen, als bescherming. Als ze snel heen en weer glipt en niet omkijkt, heeft de Maskermoordenaar geen tijd om haar te pakken.

Ze rent zonder een blik opzij te werpen naar de kinderkamer, pakt de cassettespeler en stormt terug naar de keuken. Ze drukt op het knopje, en de vertrouwde deuntjes beginnen te spelen. Anni zet haar My Little Pony en de van Sanna geleende Smaragd-barbie op tafel om een oogje in het zeil te houden terwijl ze kookt. Huppeldehup klepperdeklep, zingt ze terwijl ze de aardappelen wast en in een ketel op het fornuis zet. Dit is de keuken van het koninklijk paleis van het rijk Azarnafar en vanavond trouwen de prins en de prinses. Het feestmaal bestaat uit aardappelen en spinaziepannenkoeken, en Anni is het arme keukenmeisje dat het feestmaal bereidt en dat zelf afgekloven kippenbotjes te eten krijgt – afgekloven kippenbotjes, dat klinkt mooi, dat klinkt als het eten dat boze stiefmoeders in sprookjes aan hun keukenmeisje geven. Maar in werkelijkheid is ze helemaal geen arm keukenmeisje, maar een koningsdochter die als kind is verdwenen.

Ze neemt de spinaziepannenkoeken uit de verpakking en

legt ze op een bord in de magnetron. Huppeldehup klepperdeklep en het feestmaal is bijna klaar, en vanavond zal de prins het arme keukenmeisje komen redden.

Huppeldehup klepperdeklep en straks komen papa en mama. De cassette loopt met een klik ten einde. Het wordt muisstil. Anni luistert. Ergens klinkt gekraak. Ze schrikt. Ze loopt naar de keukendeur. Niemand te zien. Ze gluurt de gang in: niemand. Ze loopt naar de woonkamer. Jiehaa het hobbelpaard schommelt zachtjes heen en weer op een windvlaag uit het open raam. Ze loopt ernaartoe en gaat erop zitten.

Ze schommelt heen en weer. Niet bang zijn, denkt Anni, papa is op het werk en mama ook, en ik zit hier te schommelen, papa en mama komen straks, ik zit te schommelen. Tussen haar benen voelt ze iets vreemds, prettigs, verbodens – iets onbekends. Ze schurkt tegen de rode leren rug van het hobbelpaard aan. Straks komen mama en papa. In de manen van het paard hangt een vertrouwde geur. Straks komen mama en papa.

Julian

Julian stopte de boeken en kopieën die op tafel lagen in zijn tas en liep het klaslokaal uit. 's Middags was het altijd stil op school. Uit een raam aan het einde van de lange, schemerige gang viel licht naar binnen, en ver weg klonk het geluid van leerlingen die in de gymzaal aan het sporten waren.
Bij een groot raam keek hij instinctief naar buiten – stond ze er nog? Hij zag haar niet. Hij zette de gedachte aan het meisje uit zijn hoofd. Het had niets te betekenen, probeerde hij zichzelf te overtuigen, het was gewoon onschuldig vermaak, zonder de minste betekenis, niet meer dan een verzetje om de dagelijkse sleur wat kleur te geven. Eigenlijk kon hij de hele toestand beter wat laten bekoelen, doen of er niets aan de hand was. Of nee, dat zou te veel opvallen, alsof het toch méér te betekenen had. Het zou het makkelijkst zijn om gewoon vriendelijk te doen, net als vroeger, en het daarbij te laten. Geen gesprekken bij een kop koffie in het centrum, en geen gestolen momenten met zijn tweetjes na de les. Ze waren gewoon leerling en leraar, niet meer dan dat. Zonder er verder nog aan te denken loerde Julian toch nog eens in de richting van de andere deur. Tegelijkertijd besefte hij onwillekeurig waarom hij dat had gedaan – ze had misschien net gymnastiek gehad en kon elk ogenblik de deur uit komen gelopen.
Terwijl hij wegreed van de parkeerplaats, dacht Julian aan wat hij die middag zou doen. Zijn oudste dochter was bij de buren, en Jannika zou hun jongste dochter na haar werk ophalen van de crèche. Eerst zouden ze koken, misschien kippenborst uit de oven met rijst, en daarna zouden ze met de kinderen naar

buiten gaan om een hut te bouwen, of misschien gingen ze wel naar het zwembad.

Anni had die zomer leren zwemmen en was daar erg trots op, en Julian had overwogen haar naar een zwemclub te sturen, naar een training voor kinderen in de kleuterleeftijd. Terwijl hij voor de verkeerslichten stond te wachten, dwaalden zijn gedachten af naar de mogelijke gevolgen als hij Anni op een zwemclub zou doen. Kreten van plezier in het zwembad. Het pluizige, zeemleren ronde embleem dat Anni van de badmeester zou krijgen en dat ze stralend op haar badpak zou naaien. Hij herinnerde zich het embleem uit zijn eigen kindertijd. Heel lang had dat de belangrijkste prestatie in zijn leven geleken. Dan zouden de onvermijdelijke teleurstellingen volgen; een veeleisende trainer die haar zou uitkafferen wanneer ze tijdens haar tienerjaren een beetje molliger werd. En mannen die tijdens wedstrijden naar het achterwerk van de vijftienjarige Anni zouden kijken wanneer ze vlak voor het startschot vooroverboog om in het water te duiken. Nipt een tweede plaats tijdens de provinciale kampioenschappen. En dan: blessures, vermageringskuren, en op een dag zou haar menstruatie wegblijven. Misschien konden ze na het eten toch maar beter die hut gaan bouwen.

Hij opende de voordeur en zette de boodschappentassen op de grond in de gang. Achter het raamwerk van de woonkamerdeur staarde een paar ogen hem angstig aan. Anni.

'Papa,' zei ze gesmoord. Ze stond op het punt in tranen uit te barsten en wierp zich in zijn armen.

'Hé, liefje, wat doe je hier helemaal alleen?'

Hij tilde haar op en wiegde haar heen en weer. De golven van genegenheid en liefde die door hem heen gingen leken haast onverdraaglijk, zijn keel voelde kurkdroog aan en hij fronste zijn wenkbrauwen. Na de geboorte van Anni had het vaderschap op een vreemde manier pijn gedaan; hij herinnerde zich hoe er na de geboorte binnen in hem een dijk was doorgebroken en hoe hij de dagen erna op de meest ongepaste momenten in tranen was uitgebarsten. Toen hij Anni voor de eerste keer in zijn armen had gehouden, was hij bijna misselijk geworden, zo onvoorwaardelijk was het gevoel van verantwoordelijkheid dat hem overviel. Hij was naar de wc gerend, had de deur op slot gedaan en zijn hoofd tegen de koele witte tegels gedrukt. Licht beschaamd herinnerde hij zich nog steeds hoe zijn gesnik in de wc van het ziekenhuis had weergalmd – een geloei dat nog het meest weg had van kokhalzen. En geleidelijk aan, terwijl hij als een embryo ineengerold daar op de vloer lag, waren de misselijkheid en de paniek langzaam weggeëbd, en in plaats daarvan was die vreemde pijn gekomen, die nog steeds de kern van zijn vaderschap leek te zijn: hij was verplicht deze verantwoordelijkheid op zich te nemen, en hij besefte dat hij onmisbaar was voor het overleven van dit kleine wezen.

Toen Ada anderhalf jaar later geboren werd, had Julian al geweten dat de breuk met het verleden definitief was, en een vergelijkbare beschamende lawine van emoties was uitgebleven. Ook op andere vlakken ging alles makkelijker met Ada. Ze was een flink meisje van vijf, eigenzinnig en toch op een soort geborgen manier vertrouwd. Bij Anni voelde hij zich daarentegen vooral hulpeloos. In haar blik lag vaak opeens iets wat hij niet herkende; het had iets volwassens en vreemds, en hij werd rusteloos als hij die blik zag.

Ze hadden de gewoonte om na het avondeten met het hele gezin op het tweepersoonbed in de slaapkamer te liggen en te spelen, voor het slapengaan. Op die momenten kon Ada zich helemaal uitleven; ze babbelde en huppelde en snaterde erop los met alle kracht die ze in haar kleine lijfje had, totdat ze naar haar eigen bed in de kamer van de meisjes werd gestuurd. Maar soms gebeurde het dat Anni plotseling opstond en naar de deur van de slaapkamer liep, waar ze bleef staan kijken naar de rest van het gezin. 'Anni, wat doe je daar? Kom toch hier bij ons lieverd,' probeerden ze haar over te halen. Maar Anni had zo'n blik, een heldere en op een of andere manier ernstige en alwetende blik. 'Nee, nu sta ik hier.' 'Waarom?' vroegen ze. 'Ik sta op wacht,' antwoordde Anni, en Julian zag weer die gelaatsuitdrukking die haar tot een vreemde maakte, een onbekende.

Maar nu, in het licht van de heldere najaarsmiddag, met op de achtergrond het tikken van de keukenklok, was ze hem geschrokken in de armen gevlogen en lag ze tegen zijn schouder te sniffen, gewoon een klein meisje. Niets vreemds, niets geheimzinnigs. Gewoon zijn dochter.

'Ben je ergens van geschrokken?' vroeg hij zachtjes. Hij liet haar langzaam op de grond zakken en ging op zijn hurken zitten, zodat hij zich op ooghoogte bevond met zijn dochter.

Ze zette een pruillip op en keek naar beneden. Julian kneep teder in een van haar tenen. Haar maillot was afgezakt.

'De Maskermoordenaar,' mompelde Anni. 'Ik dacht dat de Maskermoordenaar eraan kwam.'

'Maar schat, die bestaat toch helemaal niet, er zijn geen monsters of Maskermoordenaars.'

'Nee,' antwoordde Anni lusteloos.

'Heb je ruzie gehad met Sanna?'

'Sanna is stom.'

'Alle mensen doen weleens stom.'

'Sanna wil de baas spelen,' zei Anni pruilend, en ze wriemelde met haar tenen.

'Misschien is het gewoon haar manier om je vriendin te zijn.'

'Nee. Sanna is gemeen.'

'Lieve schat,' zei Julian, en hij streelde over Anni's haar. 'Kleine meisjes zijn niet gemeen.'

Er werd een sleutel in het slot omgedraaid, en in de deuropening verscheen het uitgelaten gezicht van Ada. Ada slaakte een kreetje en wierp zich om Julians been.

Jannika kwam achter haar naar binnen, ze zag er moe uit. Julian probeerde uit haar blik op te maken of ze nog steeds boos was over de ruzie van die ochtend. Daar leek het wel op.

'O, jij bent ook naar de winkel geweest,' zei Jannika zonder hem aan te kijken, en ze liep de keuken in zonder haar schoenen uit te doen. 'Als we in dit gezin een beetje beter met elkaar zouden communiceren, zouden we tenminste niet dezelfde boodschappen doen.'

'Nou, dan stoppen we toch gewoon een deel in de diepvries,' antwoordde hij terwijl hij verstrooid over het hoofd van Ada aaide, die nog steeds aan zijn been bungelde.

Hij dacht aan hun ruzie eerder die dag – ze hadden de hele ochtend over allerlei onbenulligheden gekibbeld, en Jannika was uiteindelijk met slaande deuren naar haar werk vertrokken. Zo ging het altijd met haar; ze was altijd al wispelturig en onvoorspelbaar geweest. In het begin had hij het exotisch en bijzonder gevonden dat hij altijd weer nieuwe en onbekende kanten aan haar ontdekte. Ze was net een veranderlijke rivier geweest waaraan hij zich kon overgeven, en die hem meevoerde naar nieuwe, onbekende landen.

Ze was heel plotseling in zijn leven gekomen, dat vreemde meisje dat hem geld had geleend in de kantine van de universiteit toen hij zijn portemonnee thuis had laten liggen, dat kunstgeschiedenis studeerde en groene oogschaduw gebruikte, dat haar volle, donkere haardos nonchalant tot een luchtige suikerspin had opgestoken, en dat zelfs in november nog gekleed ging in naadkousen en een minirok. De dag nadat ze hem geld had geleend, waren ze elkaar toevallig in de Unioninkatu tegengekomen, en daarna hadden ze elkaar niet meer losgelaten.

In bed was ze een klein, geil dier geweest; ze had hem tussen haar blanke smalle benen geklemd en zijn rug opengekrabd. Maar toen alles voorbij was en ze stil naast elkaar lagen, zodat alleen nog twee laagjes natte huid verhinderden dat ze definitief en voor eeuwig zouden samensmelten, was ze melancholiek en afstandelijk geworden. Hij had zich gekwetst gevoeld, en tegelijkertijd had hij zich geschaamd voor die kinderachtige emotie, dat idee dat ze op zo'n intiem moment alleen aan hem mocht denken. Ze had haar hoofd omgedraaid en zijn gezicht in haar handen genomen. In haar ogen lag een eindeloze, haast ontroostbare zee van melancholie. 'We zullen trouwen,' had ze gezegd. 'Uiteindelijk zullen we trouwen.' Julian had nooit met zekerheid geweten wat ze daarmee had bedoeld – was het de uitspraak van een verliefde vrouw over het geluk dat hun te wachten stond, of was het haar manier om kalm en nuchter te zwichten voor de trivialiteit van het leven van alledag? In ieder geval was het zo ook gegaan: ze hadden zich verloofd en enkele jaren later waren ze getrouwd.

Nog steeds, na tien jaar samenzijn, had Jannika diezelfde karaktertrek – iets raadselachtigs wat hij niet onder woorden kon brengen, en een melancholie waar hij nooit vat op had gekregen. En nu was het niet alleen meer exotisch of aantrekkelijk. Op een willekeurige donderdag, met de kinderen en de alledaagse routine aan zijn hoofd, spaghettisaus en de vaat die stond te wachten – op zo'n dag was haar onberekenbaarheid hinderlijk en afmattend.

'Ik heb kip gehaald,' zei Julian, en hij nam Ada in zijn armen. 'Maken we die klaar, of wat heb jij gekocht?'

Ada bevoelde met haar klamme handen Julians nek. Anni verscheen in de deuropening van de keuken met een plastic pony en een barbiepop in haar armen, en glinsterende ogen.

'Nee wacht, ik heb een verrassing, jullie hoeven niet te koken, dat heb ik al gedaan!'

Jannika nam verbaasd de deksel van de pan die op het fornuis stond.

Ze zag dat de kookplaat aan was, op de laagste stand. Julian wierp een blik in de pan, er lagen drabbige aardappelen in.

'En in de magnetron staan spinaziepannenkoeken,' zei Anni trots, en ze liep naar de kast om borden te halen.

'Was je helemaal alleen thuis dan? Was je niet bij de Kuusela's zoals we hadden afgesproken?' snauwde Jannika, en ze liet het kookwater van de aardappelen in de gootsteen lopen.

Julian zag aan de kleine frons op Anni's voorhoofd dat ze zich ongemakkelijk begon te voelen. Ze staarde weer naar haar tenen, zoals ze altijd deed wanneer ze onzeker was. Jannika schudde de aardappelen uit de pan, opende de kraan en begon ze opnieuw te wassen.

'We hebben het er toch over gehad,' ging Jannika geërgerd verder, opgejaagd door een plotselinge opvoedingsdrift, 'dat je nooit in je eentje het fornuis of de oven mag aanzetten. Er kan brand uitbreken.'

'Maar,' probeerde Anni, 'ik dacht gewoon dat, dat...' Ze maakte haar uitleg niet af, ze pruilde van ellende.

'Hé, er is toch niks gebeurd,' probeerde Julian te sussen. 'En Anni, je moeder heeft wel gelijk, in je eentje mogen jullie dat niet doen.'

'Je hoeft niet alles te vergoelijken, en kom me alsjeblieft niet vertellen hoe ik mijn kinderen moet opvoeden!' snauwde Jannika. 'Waarom behandel je me altijd alsof ik een of ander hulpeloos dier ben, alsof ik niet in staat ben een ruzie met mijn eigen dochter op te lossen!'

'Ik wil anders wel spinaziepannenkoeken!' riep Ada uit. Ze spartelde zich los uit Julians armen, sprong op de grond en ging aan tafel zitten.

Jannika rukte demonstratief de bestekla open en begon de tafel te dekken. Julian zuchtte en zette de boodschappen in de ijskast. Anni zat stil aan tafel en speelde met haar plastic pony. Met kletterende paarse hoeven galoppeerde de pony over de wasdoeken weide van het tafelkleed.

Ze aten in stilte. Jannika rammelde vermoeid met haar bestek en deed of ze at. Ada hield een spinaziepannenkoek voor haar ogen, maakte er gaatjes in en gluurde erdoorheen, schaterend om haar eigen vindingrijkheid.

'Ada, niet met je eten spelen,' zei Jannika berispend en ze nam een slok water, Julian zorgvuldig negerend.

Ada propte een hele pannenkoek in haar mond, pakte het speelgoedpaardje van haar zus, en voerde het mee over het tafelkleed om het te laten drinken uit haar glas melk. De pony dronk lang en onstuimig. Ada maakte slurpende geluiden.

'Pap, hoe drinken paarden, met hun tong als een kat, of met hun neus zoals olifanten?' vroeg Ada nieuwsgierig.

'Geen idee, met hun tong, denk ik,' antwoordde Julian peinzend.

Hij keek naar Anni, die stil en ernstig iedereen aan het opnemen was, in de eerste plaats Jannika. Het leek of Anni zich verantwoordelijk voelde voor het slechte humeur van haar moeder.

'Meisjes, zullen we na het eten een hut bouwen?' stelde Julian voor.

'Jaaa!' riep Ada blij uit.

'Als mama ook komt,' zei Anni, terwijl ze voorzichtig naar haar moeder keek.

'Nee, mama moet nog wat schrijven voor haar werk, gaan jullie maar,' zei Jannika, al wat inschikkelijker nu.

'Dan blijf ik ook thuis,' zei Anni beslist.

'Nee, laten we mama nu maar met rust laten,' begon Julian, maar weer kreeg hij die norse blik van: 'jij beslist niet wanneer ik de stem van mijn kinderen wil horen en wanneer niet'.

Diplomatieker vervolgde hij: 'Anni, kom nou mee, we hebben drie dappere krijgers nodig om het dak van de hut omhoog te houden, de vier handen van Ada en mij zijn niet genoeg.'

Anni glimlachte een beetje. 'Nou goed dan.'

's Avonds, toen de meisjes al sliepen, opende Julian in het maanlicht de knopen van Jannika's bloes, zodat de ronding van haar zilverglanzende schouders zichtbaar werd. Ze was tenger, mager zelfs. Hij betrapte zich erop dat hij zat te denken of ze wel genoeg at, of ze misschien haar gewicht in de gaten hield of obsessief aan sport deed. Ze had haar ogen gesloten en liet haar hoofd strelen. Als een kat die zich voor even laat liefkozen en daarmee te kennen geeft dat ze toch wel geeft om de wezens om haar heen.

'Laten we nou ophouden met ruziemaken,' fluisterde hij zacht.

'Hmmmm,' zei Jannika, en ze voerde zijn hand langs het pad dat onmiskenbaar van haar sleutelbeenderen naar haar borsten liep.

Julian duwde haar op haar rug en trok haar rok omhoog.

Eerst voelde hij lust – het overweldigde hem zelfs. Hij kuste haar borsten en opende haar benen. In een opwelling scheurde hij het witte katoenen slipje van haar lijf – het ging verbazend makkelijk, met een zacht scheurend geluid, net als in een film – en ontlokte haar een diep in haar keel opklinkende kreun van opwinding, wat hem nog geiler maakte.

Toen dacht hij voor het eerst aan het meisje. Ze drong onwillekeurig zijn gedachten binnen. Hoe zou het zijn om het meisje zo te horen kreunen onder zijn aanraking? Gekmakend geil, onweerstaanbaar, ontzettend sexy. Toen hij bij Jannika binnendrong, sloot hij zijn ogen. Hij dacht aan de blanke borsten van het meisje. Ze waren klein, volmaakt; hij wist dat ze er zo uitzagen, ook al had hij ze nog nooit gezien. Jannika sloeg haar benen om hem heen, trok hem naar zich toe, zei dat hij haar moest aankijken. Hij opende zijn ogen en keek naar zijn vrouw, bewoog zich steeds dieper in haar, steeds dichter bij haar, hij dacht aan het meisje, aan haar bekken, dat nog geen kinderen had gebaard, aan haar kutje, hoe het zou voelen – daar dacht hij aan, ook al bedreef hij de liefde met zijn vrouw.

Ze duwde haar heupen omhoog, naar Julian toe, en gaf zich over aan zijn stoten, en toen werd hij door schuldgevoel overrompeld. De begeerte ebde traag weg, prikkelde routineus nog even na in zijn onderbuik, en verdween toen. Jannika bewoog zich niet meer en nam zijn gezicht in haar handen.

'Wat is er?'

'Sorry, ik... ik weet niet wat me overkwam,' zei hij, en hij draaide zich van haar af.

Ze keerde zich op haar zij, met haar rug naar Julian toe, en strekte in een verzoenend gebaar een hand uit om hem te strelen.

'Het is niet erg, het geeft niet, het geeft niet,' fluisterde ze.

Hij schoof naar haar toe, nestelde zich tegen haar rug en streelde voorzichtig de welving van haar middel en heupen. Haar huid glansde bleek en iel in het maanlicht. Ze huiverde. Julian voelde schaamte. Niet veel later werd haar ademhaling gelijkmatiger, zwaarder en dieper. Julian bleef nog heel lang wachten voordat hij haar losliet en zich op zijn eigen kant draaide.

Hij lag op zijn rug, in het maanlicht, en dacht aan de eerste keer dat ze na Anni's geboorte de liefde hadden bedreven. Ze hadden er lang mee gewacht, en toen ze het voor het eerst probeerden, had het haar pijn gedaan, en ze had gebloed. Ze waren toch verdergegaan, en Julian had zich een heiligschenner gevoeld. Ook verder had het gevoeld alsof hij het grensgebied tussen het heilige en het profane had betreden; uit Jannika's zware en gladde borsten was melk gevloeid, en hij had bijna moeten overgeven toen er een beetje in zijn mond was beland terwijl hij haar borsten likte. Het was zo lang geleden dat ze het voor het laatst hadden gedaan, dat zijn erectie meteen pijnlijk hard was geweest. Jannika had anders aangevoeld, zachter en gladder. Hij was bijna meteen klaargekomen, en aangezien Jannika nog niet zover was, had hij haar gevingerd, en niet veel later had hij het vertrouwde gekerm gehoord. Ze had gehuild en was tegelijkertijd klaargekomen, en toen was ze tegen hem aan gekropen, haar haren in natte slierten om haar gezicht bungelend, haar borsten zwaar en glad. Ze had alsmaar gehuild.

Die nacht had hij de slaap niet kunnen vatten; hij had wakker gelegen en had geluisterd naar de slaapgeluidjes van Jannika en de zes maanden oude Anni, en hij had gedacht: zo treedt het geluk de mens dus tegemoet, zo, op het ogenblik dat je je eigen plekje in de wereld vindt, in deze kamer, waar een flinterdun huidoppervlak twee geliefden van elkaar scheidde.

Die tijd was lichtjaren geleden, bedacht Julian. Toen was Jannika naakter geweest dan ooit, volledig weerloos. Sindsdien was ze veranderd, ze was in zichzelf weggedoken, ondoorgrondelijk geworden.

Hij merkte dat hij weer aan het meisje dacht.

Was het iets in het meisje zelf wat zijn aandacht had getrokken, iets waar hij niet aan voorbij mocht gaan? Of lag het aan de aard van de situatie, die hem een gelegenheid bood die hij niet kon laten schieten? Soms zat het leven zo in elkaar – het presenteerde zich als een nog te ontwerpen kunstwerk. Waren zijn gevoelens minder echt, omdat ze door de wetmatigheden van de kunst werden opgeroepen? Ineens moest hij denken aan Schuberts *De dood en het meisje*. Dat was het, dacht hij, door een nachtelijke helderziendheid bezield. De intensiteit van het allegro, de onthutsende openingsmaten, dof, dramatisch. Maar vooral het andantegedeelte. Het trage begin, dat haast klonk als geneurie – zacht en aarzelend als de verlegen blik van het meisje. Die dartele, speelse tonen en dan: de dramatische strijkers die zich tot in je ziel boorden, de klanken in mineur die uiteindelijk, steels en ongemerkt, aanzwollen tot een majeur. Zoals de werkelijkheid zelf: licht, haast onmerkbaar licht, naar zwaarte neigende lichtheid. Het was niet het poëtische van de situatie dat hem dwong om keer op keer aan het meisje te denken, het was het meisje zelf. Haar ritme was muziek, schubertiaanse dramatiek en een besef van de pijnlijke lichtheid van het leven.

Julian ging rechtop zitten in bed en keek omhoog naar de maan, die aan de hemel stond te glanzen. De maan was reusachtig, geelgerand, vriendelijk. Schubert dreunde door Julians hoofd en zijn bloed kolkte door zijn aders. Hij moest iets doen. Nu stond het vast, het stond vast en was gerechtvaardigd. Zo'n ritme en zo'n poëzie, daar kon hij niet aan voorbijgaan.

Anja

Anja drukte op het knopje van het kopieerapparaat en wachtte tot er iets zou gebeuren. Het apparaat zweeg. Op het schermpje stond botweg vermeld: 'Papier vastgelopen in unit 2, open de deksel en verwijder het papier.' Anja zuchtte. Ze keek om zich heen; de gang was leeg. De leerlingen waren college aan het volgen, de mensen van het departement waren ergens aan het lesgeven of waren met andere dingen bezig.

Ze moest het alleen zien op te lossen.

Ze opende het luik. Het apparaat meldde dat ze nu een of ander dingetje moest verwijderen om bij de blokkade te komen. Ze wroette in het duistere binnenste van de kopieerder aan een onderdeel dat leek op een inktcassette. Ze kon het vastgelopen blad papier diep in het binnenste van de machine ontwaren.

Weer zuchtte ze.

Altijd kwam er iets tussen. Net als je dacht dat het bestaan wat lichter begon te worden en je makkelijker kon ademhalen, werd je eraan herinnerd hoe zwaar het leven was: een kopieerapparaat dat niet werkte, een computersysteem dat crashte, de waterleiding die kapotging zodat er water over de houten vloer gutste en de tapijten doordrenkt raakten. En als je helemaal pech had, was het afvalwater, dat zelfs de klerenkast in vloeide en het netjes gehaakte kant van de lakens en het bloemetjespatroon van je zomerjurk ruïneerde. Het feit dat dingen fout liepen – dat was een waarschuwing. De wereld herinnerde je eraan hoe lastig en zwaar alles was en dat het geen zin had jezelf wijs te maken dat het leven makkelijk was. Ze moest een onderhoudsbedrijf of een andere instelling opbellen, de helpdesk of de conciërge, en altijd kwam er iemand, een loodgieter, een elektricien – altijd een man – die getuige was van de hele nietszeggende middelmatigheid die in de loop der jaren kenmerkend was geworden voor haar leven, zonder dat ze het in de gaten had. De stapel kranten op de keukentafel, en een half opgegeten boterham met kaas. Vochtinbrengende crème en een stuk zeep dat op een zitplank in de sauna zat vastgeplakt, en de berkentwijgen van de vorige zomer. Verkommerende lakens aan de waslijn. De klusjesman zag het allemaal als hij een machine kwam repareren, of de waterleiding: op de tafel in de werkkamer zag hij de rijen koffiekopjes en het stof op het scherm van de computer; en hij zag Anja's gezicht, hij zag dat geheel en al, ook al probeerde Anja het achter een glimlach te verbergen. Zulke momenten maakten haar lusteloos, als de klusjesman kwam om een machine te repareren, maar onbedoeld getuige was van de zinloosheid van de dagelijkse routine en van de zwaarte van het bestaan.

Uitgeput keek Anja naar het kopieerapparaat en naar het klem zittende stuk papier, dat net zichtbaar was. Misschien kon ze het maar beter zo laten en naar beneden gaan om in de bibliotheek te kopiëren. Iemand anders moest de klusjesman maar bellen. Iemand anders.

'Doet ie het niet?'

Anja schrok op en draaide zich om te zien wie haar had aangesproken. Het was de man van het verpleeghuis. De caleidoscoopman. De mountainbikeman.

'Ik heb ooit op het punt gestaan de hele universiteit de rug toe te keren vanwege die problemen met kopieerapparaten,' zei hij goedgeluimd. 'Telkens als ik lesmateriaal wilde kopiëren, was er in het hele gebouw niet één machine die werkte.'

'Aha.'

'Maar ik ben toch maar gebleven.'

'Goed zo.'

'Tegenwoordig kan ik er aardig mee uit de voeten.'

'Zo.'

'Blokkade of andere storing? U kunt altijd bij mij terecht.'
'Fijn voor u.'
Anja wist niet of hij een grapje maakte of dat hij het serieus meende. Hij boog zich over het kopieerapparaat en maakte het onderdeel los waarachter de blokkade verborgen lag. Het klem geraakte stuk papier kwam makkelijk los. Hij sloot het luik en wierp een snelle, wat verlegen glimlach in Anja's richting. Hun blikken ontmoetten elkaar, toen wendde hij snel zijn ogen af. Een charmeur, dacht Anja. Wie weet was hij gevaarlijk, misschien zelfs een misdadiger. Knappe mannen zijn altijd het ergst.
'Je had het zelf ook wel voor elkaar gekregen,' zei hij. 'Makkelijk zat.'
Anja merkte dat hij glimlachte als een jongen. Hij keek haar maar heel even in de ogen, daarna gleed zijn blik aan haar voorbij; zijn glimlach leek eerst om toestemming te vragen en dan pas door te breken. Hij had mosgroene ogen.
'Bedankt,' zei Anja.
'Johannes Nurmi,' zei hij terwijl hij zijn hand uitstak.
'Anja Aropalo,' zei ze, en ze schudde zijn hand.
'Hoogleraar?' vroeg hij. 'Literatuur?'
'Dat klopt. Literatuur, vooral klassieke literatuur. En esthetica, of eigenlijk filosofie in het algemeen.'
'Kunstgeschiedenis; ik bedoel, dat is mijn vakgebied. Hoewel ik geen hoogleraar ben. Ik was de afgelopen jaren in Engeland om aan mijn proefschrift te werken.'
'Klopt, ik heb je nog nooit gezien. Behalve onlangs. In het verpleeghuis.'
'Ja. Daar hebben we elkaar inderdaad ontmoet.'
Hij zweeg, misschien merkte hij dat Anja het niet over haar man en zijn ziekte wilde hebben. Johannes was jonger dan zij, rond de veertig misschien. Een gladjanus? Nee, dat niet. Een geboren charmeur. Misschien was hij zich niet eens bewust van zijn eigen aantrekkingskracht. Hij zweeg nog steeds. Stond daar maar te kijken. Hoe kon zo'n man verlegen zijn? Of mis-

schien was het geen verlegenheid; híj had haar tenslotte aangesproken in het verpleeghuis.
'Goed,' zei hij.
'Goed,' herhaalde Anja.
'Ik zat net te denken dat ik iets heb om je te laten zien, als je meer wilt horen over die caleidoscooplogica. Maar het is zo groot dat je het bij mij thuis moet bekijken.'
Anja was van haar stuk gebracht. Was het een uitnodiging voor een afspraakje? Een valstrik? Hield hij haar voor de gek? Nee, hij leek eerlijk.
'Waarom ook niet. Klinkt interessant.'
'Ik woon hier vlakbij. In het appartement van mijn moeder, voorlopig nog. Ze verblijft nog maar sinds een paar maanden in het verpleeghuis, dus ik heb haar financiën nog niet kunnen regelen.'
'Zo.'
'Als je nou, als u nou bijvoorbeeld morgenavond eens langskomt. Ik kan wat te eten klaarmaken.'
'Afgesproken. Ik kom.'
Johannes glimlachte. Vreemde man.
Hij draaide zich om en wilde weglopen.
'Heb je gemerkt dat we elkaar afwisselend met je en u aanspreken?' vroeg Anja.
'Hé. Inderdaad. Komt wellicht door uw functie.'
'Zeg maar je, hoor.'
'Komt door je functie,' herstelde hij zich met een glimlach.
Anja merkte dat de tint van zijn stoppelbaard en van de haartjes op zijn armen lichter was dan die van zijn haar. Misschien verfde hij zijn haar donkerbruin? Anja had nog nooit een man ontmoet die zijn haar verfde. Nou ja, wist zij veel – misschien was dat inmiddels de gewoonste zaak van de wereld, zonder dat zij het in de gaten had.
'Goed,' antwoordde ze, en ze glimlachte zelf ook. 'Dan zien we elkaar morgen. Om zes uur?'
'Om zes uur. Ik stuur mijn adres wel per e-mail.'

'Goed.'
Hij draaide zich om en liep de deur uit. Anja bleef bij het kopieerapparaat achter. Had ze net een afspraakje gemaakt? Als dat het geval was, dan was het per ongeluk gebeurd.

Weggegooide verpakkingen en kranten waaiden op in de wind. Het marktplein liep langzaam leeg, de laatste verkopers waren bezig hun koopwaar in bestelwagens te laden. Anja was te vroeg. Ze was zenuwachtig. De golven stegen en daalden – woest, zwartblauw, dreigend; net de ademhaling van een slapend dier. Anja had zich nooit op haar gemak gevoeld in de buurt van de zee. Hij joeg haar angst aan. Het leek wel of de weidsheid en oneindigheid ervan de spot met haar dreven. Jaren geleden had ze de vergissing gemaakt met een vriendin mee te gaan zeilen. Het was een kwelling geweest; ze had zich voortdurend duizelig en misselijk gevoeld in die benauwde kajuit, en boven had je het gladde dek, recht aflopend naar de koele omarming van het water. En aan alle kanten de zee, die als een blauwe muur dichterbij kwam en zich weer verwijderde in het ritme van de huizenhoge golven. Sindsdien erkende Anja maar al te graag haar eigen nietigheid, en ze had het vasteland niet meer verlaten.

En nu: herfst en Helsinki. De stad zag er vreemd uit. In elk jaargetijde had ze een andere identiteit. Oktober was verbazend droog geweest. Ook nu weer rees de hemel op als een hoog gewelf, als een gebed. En de zwarte, glanzende stammen in het Esplanadepark die tegen de hemel afstaken; het contrast was sprookjesachtig, haast bedreigend. Als de bomen hun bladeren hadden afgeschud klonken alle geluiden harder, het gerammel van de tram bonkte nog erger dan normaal het geval was, en je voelde de wind tot op je huid. Straks, als het sneeuwde, zou alles weer verstillen; de wereld zou vervlakken en Helsinki zou sluimerend inslapen in de plooien van de winter, in ieder geval op de dagen dat er geen wind was en de geluiden van het verkeer in een witte deken van pasgevallen sneeuw verdwenen.

Anja wandelde aan de rand van het Marktplein, voor de domkerk langs, en om de tijd te doden bleef ze even staan om de imposante uitstraling van het gebouw op zich te laten inwerken. Toen liep ze verder naar Pohjoisranta, de weg die langs het water in noordelijke richting verderging.

Hier was het voor het eerst gebeurd. Hier had ze met haar man twee uur lang lopen zoeken naar hun auto.

Het is juli, een prachtige dag. Meeuwen fladderen krijsend over Kauppatori, het marktplein bij de haven. Hun auto is verdwenen.

'Godverdomme,' zegt haar man. 'Ik weet zeker dat hij is weggesleept. Ze hebben hem zomaar weggesleept.'

Anja probeert hem te sussen. Hij trekt zich er niets van aan.

'Godverdomme, hij is weggesleept. Niks aan te doen. Weg is weg.'

'Hou eens op,' zegt Anja lachend. 'Waarom zit je opeens iedereen van alles te beschuldigen? Je bent gewoon zelf vergeten waar je hem hebt geparkeerd.'

Anja moet lachen. Hoe heeft het zover kunnen komen? Ze zijn altijd naar iets op zoek. De helft van de tijd zijn ze bezig met zoeken. Naar sokken, een bril, zijn portemonnee. Maar een auto – hoe kun je in godsnaam een auto kwijtraken? Over twintig jaar lopen ze hier nog, op zoek naar hun auto, elkaar toesnauwend op dat plein.

Hij vindt het niet grappig. Hij is bloedserieus, merkt Anja. Neemt hij het echt serieus? Snapt hij niet dat dit potsierlijk is?

'Waarom moet je me weer zitten beschuldigen?' briest hij.

'Zelf beschuldig je de autoriteiten,' snuift Anja. 'Weggesleept! Wie sleept er nou andermans auto weg!'

'Het kan toch?' verdedigt hij zich. 'De politie of zo. Iemand van de autokeuring, weet ik veel.'

Nu krijgt ze er genoeg van.

'Luister nou eens naar jezelf! Iemand van de autokeuring,

goddomme! Zoek je auto zelf maar, ik ga ergens koffiedrinken!'
Ze draait zich om en zet een paar nijdige stappen in de richting van het koffiestalletje op de markt. Hij loopt op haar af en geeft haar een duw. Het is maar een klein duwtje, maar toch. Ze beseft dat het hem menens is. Dit is helemaal geen grapje.
'Godverdomme, soms ben je een hartstikke lastig mens,' schreeuwt hij om zijn gebaar te ondersteunen. 'Soms denk ik... Soms denk ik, verdomme, Anja.'
'Begin je weer te dreigen met een scheiding?'
Achterlijke ruzies, denkt Anja. Vroeger dreigde hij nooit met echtscheiding. Nu maken ze over alles ruzie, en het eindigt altijd op dezelfde manier. Ze konden maar beter uit elkaar gaan. Zo zegt hij het: beter. Heeft ie tenminste geen last van haar.
'Wat moet ik anders, als je je zo gedraagt?' buldert hij.
Anja heeft genoeg gehoord.
'En jij dan. Verdomme, ik ga koffiedrinken.'
Ze loopt naar het koffiestalletje en bestelt koffie en een donut. De donut smaakt vertrouwd, zoet. Ze neemt een slokje van haar koffie. Haar man beent weg, om de markt heen, en verdwijnt om de hoek.
Hij meent het, denkt Anja. Waar is zijn gevoel voor humor gebleven? Houdt hij nog van me? Of misschien is ze inderdaad wel saai. Misschien moeten ze naar een huwelijkstherapeut, of naar een workshop voor mensen met relatieproblemen. Hoe kan iemand zich zo druk maken om een verdwenen auto?
Er gaat een half uur voorbij, drie kwartier.
Ze drinkt een tweede kop koffie en eet nog een donut. Die tweede smaakt haar niet meer.
Waar blijft hij toch?
Ze staat op en loopt naar de rand van het marktplein, steekt de straat over. Er krijst een meeuw, de verkopers laden hun overgebleven handelswaar in hun wagens.
Ze begint ongerust te worden. Dit is niet normaal meer. Een auto kan niet zomaar verdwijnen. Een auto die je zelf geparkeerd hebt, hoe lang moet een mens daarnaar zoeken? Er schiet

haar een gedachte te binnen. Altijd weer diezelfde gedachte. Wat is er aan de hand?
Dan ziet ze hem. Hij rijdt traag, tussen het andere verkeer op de weg naast haar. Hij heeft hem dus toch gevonden. Ze werpt een blik op haar man. Hij zit te mokken, kijkt zelfs niet om. Anja kijkt evenmin, ze loopt verder, versnelt haar pas. Hij rijdt nu naast haar, de rij auto's kruipt traag vooruit. Als ze optrekken, geeft hij ook gas; ze kan hem niet bijhouden. Ik vraag zelf de scheiding aan, denkt ze. Ik verhuis. Zo'n stijfkop, wie houdt het bij zo iemand uit.
Hij stopt bij het kruispunt, voor de verkeerslichten, opent het portier. Anja holt naar de auto en stapt in.
'Waar heb je hem gevonden?'
'Hij stond daar ergens, een paar straten verder,' gromt hij.
'Daar waar je hem had geparkeerd?'
'Natuurlijk, waar anders?'
Ze zwijgen. Hij klemt zijn handen om het stuur, kijkt voor zich uit.
Ze draait uiteindelijk bij en maakt een verzoenend gebaar. Ze strekt haar hand uit, en knijpt hem in de arm.
'Stel je voor dat we kinderen hadden,' zegt ze. 'Waar zouden we die allemaal aan hun lot overlaten? In winkels, speeltuinen...'
Hij kalmeert een beetje, glimlacht.
'Je bent toch niet echt boos geworden?' vraagt ze.
'Waarover?'
'Over het feit dat je de auto was kwijtgeraakt.'
'Ik was hem helemaal niet kwijtgeraakt,' zegt hij terwijl hij haar in de ogen kijkt. 'Hier is ie toch?'
Anja kijkt naar haar man en de onrust doet haar huiveren.
Hij glimlacht.
'Ik plaag je toch alleen maar,' zegt hij met een knipoogje.
Anja glimlacht. Ze moet zich ertoe dwingen.
Achter die glimlach raast de onrust.

Johannes woonde in het deftigste gebouw van de straat. Of beter, de moeder van Johannes woonde daar. Ik ga op bezoek bij een man die bij zijn moeder woont, dacht Anja, en ze voelde een vaag gevoel van onbehaaglijkheid. Misschien is het toch een afspraakje, dacht ze toen ze aanbelde.

Hij stond boven aan de trap op haar te wachten. De lichten in het trappenhuis gingen uit toen ze bij het portaal arriveerde. Uit het appartement kwam een heldere lichtkegel.

Ze begroetten elkaar in het halfdonker, en ze zag hoe hij haar voor het eerst echt opnam. Het was een steelse blik, ze voelde hoe zijn ogen haar silhouet op de koele, schemerige muur van het trappenhuis onderzoekend bekeken. Hij probeerde zich een beeld van haar te vormen, en daar voelde ze zich ongemakkelijk bij.

Hij leidde haar het appartement binnen. Een langharige hond met spitse oren kwam hun tegemoet gedribbeld en kwispelde opgeruimd met zijn staart. Nieuwsgierig besnuffelde hij haar, en Anja gaf hem een klopje. Ze werd overrompeld door de herinnering aan hun eigen hond Terry. Hij had vele jaren deel uitgemaakt van hun gezin. Toen haar man ziek was geworden, had de hond zijn levenslust verloren; eerst was hij gestopt met kwispelen, dagenlang had hij op hetzelfde plekje naast de oven in de keuken liggen slapen. Toen was hij gestorven. Zo voelt een dier dat zijn tijd is gekomen. Op het ogenblik dat zijn baasje het leven loslaat, voelt het zelf ook het einde naderen, en besluit het te sterven. Misschien had Terry kanker. Of misschien wilde hij gewoon niet meer leven, wilde hij niet meer willen. Zo sterft een dier – als het ophoudt nog iets te willen.

Anja wierp een verstolen blik op de woonkamer: een glanzende houten vloer, witte muren die stuk voor stuk bedekt waren met boekenkasten.

Hij leidde haar naar de keuken en schonk rode wijn in glazen die al klaarstonden op tafel. Ze maakte een vaag, afwerend gebaar.

'Ik heb de fles al opengemaakt,' verdedigde hij zich. 'Je zult

zo goed moeten zijn minstens één glaasje te drinken, zulke goede wijn kunnen we niet zomaar weggieten.'
Ze nam een slokje. Hij smaakte fluwelig, kruidig. Johannes pakte een schotel uit de koelkast, met in folie gewikkelde aardappelen die hij blijkbaar al eerder had klaargemaakt, en zette die in de oven. Daarna liet hij Anja de sla snijden en ging hijzelf met het vlees aan de slag. Ze bekeek geïnteresseerd hoe hij het eten bereidde terwijl zij de groente sneed. Het vlees stond al op de keukentafel te marineren.
Op een plankje sneed hij het vlees tot blokjes. Hij klopte de stukjes plat, kruidde ze niet, maar legde ze direct in de pan die op het vuur stond op te warmen. Hij liet ze kort bruinen, legde ze in een grote ijzeren stoofpan en strooide er zout en witte peper op uit een paar grote molens. Anja had zelf weinig verstand van koken. Bij bijzondere gelegenheden had haar man het eten altijd bereid, toen hij zich nog iets had herinnerd.
Ze zat Johannes heimelijk op te nemen. Hij had een kaarsrecht postuur en zijn lichaam zag er verbazingwekkend volmaakt uit. Brede, atletische schouders – Anja was zo'n gezonde gespierdheid niet gewend. Ze had dat soort lichamen alleen nog maar in films of tv-reclames gezien. Op het eerste gezicht zag hij er steviger uit dan hij eigenlijk was. Nader beschouwd was hij eerder slank, zeer slank, pezig bijna – net een hink-stapspringer of een hordenloper. Misschien deed hij naast zijn onderzoek ook aan sport, hij speelde misschien zaalhockey of voetbal in een of ander amateurploegje.
Johannes was het soort man dat tot op middelbare leeftijd een zekere jongensachtigheid behield. Je kon aan hem zien hoe hij op zijn zestiende was geweest, hoe hij toen in klas op de vensterbank had gezeten. Zo'n soort jongen: met een ernstige blik die door de kamer snijdt en die een ogenblik bij een meisje blijft hangen; een snelle blik die hij meteen weer afwendt. Een jongen die een kamer binnenkomt, iets zegt over het weer; die eerst niemand in de ogen kijkt, dan toch opkijkt en glimlacht – die iets vertelt over wat hij heeft gelezen, over de kromming

van het heelal of over zwarte gaten. Een jongen die praat over de kromming van het heelal, maar die een meisje niet durft mee te vragen naar de film.

Anja streek haar rok glad. Ze begaf zich op gevaarlijk terrein. Ze moest op haar hoede zijn.

Hij opende het Franse raam in de keuken, en ze merkte nu pas dat daarachter een soort terras lag. In het glas van het geopende raam zag ze de weerspiegeling van haar gezicht: ze zag er verschrikt uit, vreemd, vervormd tot een onbekende. Ze stond op en liep naar de deur om haar eigen weerspiegeling niet meer te hoeven zien. Op het terras was een zomerkeuken ingericht: een werkblad, een fornuis en een voorverwarmde oven. Hij plaatste de blokjes vlees in de oven.

'Zo, nu hoeven we alleen nog te wachten.'

Ze aten aan de eettafel in de woonkamer. Hij had pianomuziek opgezet, Anja herkende niet wat het was.

Nu keek hij haar recht in de ogen, strak en uitdagend. Hij had bruine ogen. De vorige dag hadden ze er mosgroen uitgezien. Als je van dichtbij keek, bij daglicht misschien, waren ze mosgroen. Misschien veranderde de kleur van zijn ogen naargelang zijn stemming. Bezorgdheid, tederheid, lust, haat, liefde. Misschien waren de kleurschakeringen van zijn ogen alleen maar zichtbaar voor iemand die heel dichtbij kwam. Ze betrapte zich erop dat ze zat te denken hoe hij zou zijn als hij opgewonden was. Het was een ongepaste gedachte, die ze moest wegspoelen met een flinke slok wijn.

Aan het einde van de maaltijd had ze al drie glazen op, en ze begon een onwerkelijk gevoel te krijgen.

Ze had zin om te praten, over haar man te vertellen – over hun leven, en over hoe het door zijn vergeten was veranderd.

'Weet je,' begon ze voorzichtig, 'toen mijn man begon te vergeten, was het feit dat hij zich bepaalde dingen niet meer kon herinneren niet het ergste. Wat deed dat er ook toe? Vergetelheid is bevrijdend, af en toe is het zelfs zoet. Was het maar bij vergeten gebleven. Maar hij hield op met willen. Dat deed me de meeste pijn, dat hij uiteindelijk geen enkel voornemen meer had.'

Hij knikte.

'Dat is het droevigste,' ging ze verder. 'Dat kun je niet bevatten voordat iemand die je liefhebt begint te vergeten. Pas als herinneringen verbleken, als ze al verdwenen zijn en alleen nog maar toevallig opduiken – pas dan besef je dat ook verlangens verdwijnen. Er blijven helemaal geen mogelijkheden meer over. Het lijkt wel of het menselijke brein alle mogelijkheden laat schieten als er geen herinneringen meer zijn om een verlangenshorizon te vormen. Mijn man had al jaren geen enkele wens meer, geen enkel voornemen.'

'Helemaal niet?'

'Nou, hij had er nog één. De allerextreemste wens.'

'Wat dan?'

'Te sterven. Hij wilde sterven.'

Ze nam haastig een paar slokken wijn. Nu had ze al te veel gezegd. Nu kon ze maar beter zwijgen. Hij begreep hoe gevoelig het lag, stond op van tafel en reikte haar de hand.

'Kom, ik denk dat we klaar zijn voor wat ik je wilde tonen.'

Ze veegde haar mond af met een servetje en stond op. Hij leidde haar van de woonkamer naar de hal, tot vlak voor een zware, gesloten deur. Voordat hij de deur opende, draaide hij zich om en greep hij haar hand vast. Hij keek haar vragend aan: ben je er klaar voor? Ze had geen idee wat ze moest verwachten. Ze bereidde zich voor op het ergste; een soort pervers visioen dat haar misschien zelfs misselijk zou maken? Toen Johannes de deur opende, draaide ze zich intuïtief om om te zien of ze een veilige vluchtweg had.

Binnen was het donker. Het duurde even voordat haar ogen aan de duisternis gewend waren. Het was geen kamer, maar een zaal. Er stonden geen meubels – niet meer dan een houten vloer en drie hoge ramen, die een strook bleek maanlicht binnenlieten. Eindelijk zag ze het: alle muren van de zaal waren met foto's bedekt. Zelfs het plafond was er vol van. Het waren grote foto's, paginagroot, en ze leken niet de minste samenhang te hebben.

De Mannerheimintie, de hoofdstraat van Helsinki, in de jaren zeventig, een lachend kind met een strandbal, een mysterieuze vrouw in de jaren twintig die uitdagend in de camera kijkt. Soms waren er twee foto's op elkaar geplakt: een vrouw uit de jaren twintig die voor het standbeeld *De drie smeden*, in het centrum van de stad, verleidelijk naar de camera staat te glimlachen, met op de achtergrond eenentwintigste-eeuwse verkeersdrukte. Als je je hoofd draaide en van opzij keek, kon je over het gezicht van de vrouw de trekken van iemand anders zien verschijnen.

Ze keek verbluft naar die veelheid van foto's.

'Heb jij dit gedaan?'

'Nee, mijn moeder. Ik weet niet precies wanneer. Misschien begon ze toen al te vergeten. Ik denk dat deze foto's hier al jaren hangen. Toen ik vorige zomer naar Finland kwam om haar spullen op orde te brengen, heb ik deze kamer zo aangetroffen. Mijn zus wilde de foto's meteen van de muren halen, maar ik weigerde dat. Ik dacht dat ze misschien een betekenis hebben.'

Anja knikte, zonder te weten wat ze moest zeggen.

'Snap je het nu?' vroeg hij. 'Caleidoscopische logica. Er komt zomaar iets opgeweld, wat betekenis krijgt zonder welomschreven definitie. Maar voor de persoon die het meemaakt, is het altijd van groot belang.'

Ze begreep perfect wat hij bedoelde.

'De chronologie is het eerste slachtoffer wanneer een mens begint te vergeten.'

'Inderdaad,' gaf hij toe.

Ze ging ongeremd verder; plotseling leek het of ze over alles had kunnen praten.

'Maar als iemand meer en meer gaat vergeten, verdwijnt de tijd volledig. Ervaringen raken afgevlakt. Alle verlangens en herinneringen verdwijnen.'

Ze voelde haar hart wild bonzen. Ze had plotseling alles willen uitspreken, alles – en het allerbelangrijkste als laatste. Ze kreeg het niet over haar lippen. Ze ademde zacht in en uit terwijl het zilveren maanlicht over de muren van de kamer streek. Ze bleven er nog een ogenblik staan, zwijgend, luisterend hoe de stilte uit alle hoeken oprees en hen in zich opnam.

Toen ze in de woonkamer terugkeerden en de deur achter zich sloten, leek de werkelijkheid haar normale loop weer te hervatten, en Anja dacht dat ze maar beter kon vertrekken. In de gang hielp Johannes haar in haar jas.

'Ik zou je graag nog eens zien,' zei hij zonder omwegen.

Ze vond het moeilijk om nee te zeggen, maar het leek ook misdadig om toe te stemmen. Ze was getrouwd en haar man was nog in leven – in een andere werkelijkheid, maar toch in leven.

Hij leek oprecht. Misschien kwam het door zijn manier van spreken: elke zin begon met enkele aarzelende eerste woorden, en hij sprak de eerste lettergreep van elk woord langgerekt uit. Zijn s'en klonken zacht, rondweg teder. Misschien was het een overblijfsel uit een of ander dialect. Misschien had hij als kind ergens in het noorden gewoond.

'We zien wel,' zei ze aarzelend.

Ze opende de deur, bedankte voor het eten en wilde de deur al uit gaan. Iets deed haar toch nog omdraaien; ze nam een paar stappen terug, stak onstuimig haar hand uit en greep Johannes' mouw als om genade te smeken. Haar eigen stem klonk vreemd buiten adem, fluisterend.

'Ik heb het hem beloofd. Ik heb beloofd... Dat... Dat ik hem zou doden.'

De woorden klonken warrig. Johannes keek haar kalm in de ogen. Ze zei het nog eens, nu duidelijk en traag, alsof ze de situatie voor zichzelf wilde verduidelijken.

'Ik heb mijn man beloofd dat ik hem zou doden als hij zich niets meer herinnert.'

Hij maakte zijn blik niet van haar los, knikte alleen maar rustig.

'Zoiets gebeurt nu eenmaal,' zei hij kalm. 'Mensen beloven elkaar dingen. Van alles. Ze maken beloftes die ze niet kunnen waarmaken.'
Anja voelde haar knieën knikken. De tranen brandden achter haar ogen.
'Ik kan niet. Ik kan het niet,' fluisterde ze. 'Ik denk dat ik nu al schuldig ben. Als ik het echt zou doen, verandert er niets meer aan, het maakt mijn schuld alleen reëler. Het zou alleen maar ten uitvoer brengen wat er al is. Ik heb het al gedaan door te denken dat ik ertoe in staat zou zijn.'
'Wie vraag je om vergiffenis?'
'Ik weet het niet. Ik weet zelfs niet of ik wel vergiffenis kan krijgen.'
Ze stonden daar, tegenover elkaar, een minuut ging voorbij, misschien nog een.
'Ga je dit doorvertellen?' vroeg ze. 'Ga je dit aan iemand zeggen?'
'Aan wie?'
'Ik weet het niet. Aan de politie, iemand.'
'Nee,' zei hij zonder te aarzelen. 'Ik zal het aan niemand vertellen.'
'Waarom niet?'
'Aan iemand van wie je houdt, beloof je soms zoiets. Soms zelfs een misdaad. Het is niet aan mij om daarover te oordelen.'
Ze opende eindelijk de deur, maar draaide zich nog één keer om.
'Wat wil je eigenlijk van me?'
Hij haalde zijn schouders op.
'Ik wil je leren kennen.'
Anja keek naar zijn voeten. Om de een of andere reden droeg hij geen sokken – ze merkte het nu pas. Blote, verrassend gebruinde tenen met volmaakte teennagels. Zijn blote tenen leken zo ontroerend menselijk, zo pijnlijk onschuldig – met van die gedetailleerde vormen die je terloops in je geheugen opsloeg, en die je dan plotseling te binnen schoten als je 's nachts

wakker werd: de volmaakte hulpeloosheid van die tenen, hun ongekunstelde doelmatigheid. Ongedwongen, vanzelfsprekende uitsteeksels met perfecte, kleine bijzonderheden.

Hoe makkelijk zou het zijn om hier te blijven – hier, in de hal van deze vreemd vertrouwd aandoende man; om de huiskamer in te gaan, op de bank te gaan zitten, hem te omhelzen, haar hoofd te laten rusten, de ogen te sluiten. Hoe makkelijk zou ze het tegenover zichzelf kunnen verantwoorden, en eraan toegeven.

Anja veegde de haren uit haar gezicht om maar iets te doen te hebben.

Nu werd het echt hoog tijd om te vertrekken.

Ze keek Johannes zwijgend aan.

'Ik heb slechts het verleden. Herinneringen, en door mijn herinneringen betekenis.'

Buiten was het gaan vriezen. Anja liep traag en diep ademhalend naar het centrum. Er was geen zuchtje wind. Door de schok liep ze wankelend. Anja bekeek haar handen in het maanlicht: ze trilden.

Onder de troostrijke bomen in het park bleef ze staan. Ze moest huilen. Ze deed haar best, maar er kwamen geen tranen. Ze liep langs de Esplanade. De zwarte boomstammen waren gaan glanzen – een nachtelijk, bevroren sprookjesbos. Bij hotel Kämp sloeg ze de hoek om naar de Aleksanterinkatu. Ze bleef staan bij café Fazer om naar het speculaasdorp in de etalage te kijken. Het was er al opgesteld met het oog op de kerstuitverkoop. Ze herinnerde zich hoe ze als kind altijd vol spanning had gewacht op het verschijnen van dat speculaasdorp in de etalage. Elke dag was ze erheen gegaan om te zien of het er al was, en dan, op een dag, stond het er ineens: met de volmaakte kleine raampjes en deurtjes, de met suiker bedekte daken en de speculaasmannetjes en -kabouters die dansten over straten van snoepgoed. Ze kon er uren naar kijken, naar die volmaaktheid in miniatuur, die vast en zeker echt was, en vol van leven

– in ieder geval 's nachts, als niemand het zag.
Anja liep naar het stationsplein. Ze begon te kalmeren. De tranen welden niet meer op, ze moest zelfs bijna glimlachen.
Ze was nog op tijd voor de bus van half tien, en in de bedompte warmte van de bus kwam ze eindelijk helemaal tot rust. Na Kaisaniemi ging het sneller, ze stopten maar één keer op de straat Hämeentie, en eenmaal op de snelweg ijlden ze door het nachtelijke duister. Daar, in dat warme, vredige trillen, werd haar ademhaling eindelijk weer regelmatig en stopten haar handen met beven.

De volgende ochtend werd Anja om vijf uur wakker. Het was 's nachts gaan sneeuwen. Door haar dromen heen was ze zich langzaam bewust geworden van een verandering, het leek wel of er iets vreemds van het huis bezit had genomen – misschien was het angst, of misschien hoop, ze wist het nog niet precies. En toen ze wakker was, kon ze de slaap niet meer vatten. Ze zag de vlokken, hoe die zachtjes, aarzelend naar het raam zweefden – achthoekig miniatuurkantwerk – en ze wist nog hoe ze zich als kind had gevoeld bij het vallen van de eerste sneeuw.
Ze zette koffie en haalde de krant, en liep met de grote rubberlaarzen van haar man over de nog onaangeroerde witte deken. De laarzen lieten enorme sporen achter in het ongerepte sneeuwtapijt. Bij de brievenbus keek Anja voorzichtig om zich heen; de vlokken vielen op haar haren, ze hief haar armen omhoog en stil wentelde ze in het rond, als een kind.

Mari

Tinka heeft ergens valse identiteitsbewijzen opgeduikeld. Volgens de papieren is Mari eenentwintig jaar oud; Tinka is tweeëntwintig.
Om vijf uur beginnen ze in Mari's kamer met de voorbereidingen voor de avond. Tinka zet highlights in haar haren en terwijl ze de kleur laat inwerken, bekijkt ze op een plattegrond de route van die avond: de straten Iso Roobertinkatu, Fredrikinkatu, Uudenmaankatu; de wijken rond Erottaja en Kamppi.
'We kunnen het best meteen een paar mannen vinden die de rest van de avond onze drankjes betalen. We kunnen ze ergens in een wc pijpen, dan lukt het wel,' plant Tinka.
'Nee,' zegt Mari beslist. 'Mijn moeder geeft me wel geld. Ik pijp mooi niemand.'
Van onder de folie in haar haren kijkt Tinka Mari geamuseerd aan.
'Dit zijn dus wel de spelregels van de echte wereld, hoor. Een meisje moet klaarstaan om offers te brengen,' zegt ze belerend, terwijl ze met een roze viltstift hartjes op de plattegrond tekent.
'Nee.' Met haar woorden trekt Mari een resolute lijn door de lucht. 'Ik stel mijn eigen regels op.'
Tinka kijkt nu niet meer belerend, maar medelijdend. Mari begrijpt wat die verandering te betekenen heeft. Grote zus die raad geeft aan haar domme zusje.
'Mari toch,' zegt Tinka met getuite lippen. 'Op die manier blijf je voor eeuwig miss Virginia.'
Ze schatert het uit en kleurt met haar stift de nagel van haar linker grote teen.

Mari kijkt ontdaan naar Tinka en beseft dat die geen moment geloofd heeft in haar verhaal over wilde seks in dat bijgebouw.

'Maar, ik, eh,' stamelt ze, terwijl ze de situatie probeert om te buigen.

'Schatje toch, dacht je dat ik je geloofde? Ik heb best gezien dat jullie daar maar vijf minuten met z'n tweetjes samen waren. Maar vandaag gaan we dat even rechtzetten!'

Mari kijkt beschaamd naar de grond. Stomme trut. Zielig, onervaren klein kind. En op dat moment beslist ze het: vandaag zal het gebeuren.

Tinka staat op en gaat naar de badkamer om de verf uit haar haren te spoelen. Mari gaat voor de spiegel staan, bekijkt haar spiegelbeeld en probeert een strategie te bedenken. Maagdelijkheid en hoe ervan af te komen. Er zijn twee dingen die haar zorgen baren: kussen en pijpen. Mari's talent voor kussen is al in de brugklas afgedaan als onbestaand – een jongen uit een hogere klas, een schoolfeestje, en de eerste kus in het licht van de tl-lampen in de meisjestoiletten. Na de kus – een aarzelende tocht van haar tong langs een rij tanden – volgde een geïrriteerde snauw: 'Niet zo stoten zeg, je maakt me nog misselijk met die tong van je.' Vanaf dat moment wordt ze verteerd door de zekerheid dat ze helemaal waardeloos is voor alles waar je een tong bij nodig hebt. Die zekerheid hangt boven haar hoofd in glanzende neonletters: 'Koeientong'. 'Verstikkende snol'. Het verhindert haar ooit vrouw te worden. En nu heeft ze nog een tweede zekerheid: ze weet niet hoe ze een man moet pijpen zoals een vrouw dat hoort te kunnen.

'Ik zou al wel iets kunnen drinken,' zegt Tinka ongeduldig. 'Hebben jullie hier een wijnkast of zo?'

'Ja. Maar ik heb er nog nooit iets uit weggenomen. Mijn moeder merkt het geheid.'

'Die merkt helemaal níks.' Tinka gooit geprikkeld haar hoofd in haar nek. 'We nemen gewoon wat sterkedrank en gieten er daarna water bij.'

Tinka veert op en staat al bij de deur. Mari volgt gedwee. In de huiskamer gaat Tinka recht op de kast met glazen deurtjes af.

'Wat zullen we nemen?' gilt ze uitgelaten, terwijl ze de kast opent.

Mari werpt een blik op de deur. Haar moeder kan elk ogenblik thuiskomen. Tinka bekommert zich niet om de waarschuwingen, maar begint flessen te openen en aan de drank te snuffelen. Ze neemt een stevige slok van een fles wodka. Ze trekt haar neus erbij op.

'Hè, bah. Maar we zullen het hiermee moeten doen,' zegt ze kortaf, en ze haalt een roze veldfles tevoorschijn, die ze volgiet. Er spat wodka op de tafel naast Mari's confirmatiefoto. Tinka buigt voorover en likt de wodka van de tafel.

'Snel nou, mijn moeder vermoordt me als...' probeert Mari.

'Hou eens op, dit gaat lekker, toch? En je moeder is best wel een tof mens, ik heb met 'r zitten kletsen en ze vindt me leuk,' zegt Tinka op sussende toon.

'Wanneer heb je dan met haar gesproken?'

'Aan de telefoon. Ik belde je en kreeg haar aan de lijn. Ik zei dat ik Mari's hartsvriendin was. Ik weet hoe je met volwassenen moet omgaan. Gewoon zo'n taaltje gebruiken. Geloof me, je moeder vindt me leuk.'

'Vast wel ja.'

Nu moeten ze nog naar de keuken glippen en water in de wodkafles gieten om hun sporen uit te wissen. Tinka loopt voorop met de fles, Mari schuifelt achter haar aan. Tinka staat al in de keuken als Mari hoort hoe een sleutel in het slot van de buitendeur wordt omgedraaid. Mama.

'Wat sta je daar te doen?' vraagt haar moeder verbaasd terwijl ze haar boodschappen op de grond zet.

'Ik eh, of dus eh...'

Ze hoort Tinka rommelen in de keuken en begrijpt dat die haar moeder niet heeft horen binnenkomen. Mari ziet in gedachten het hele scenario dat zich zal afspelen als haar moeder de fles ontdekt: eerst een diepe stilte, daarna zou ze aan tafel gaan zitten; opnieuw een diepe stilte, drukkend, beschuldigend. Dan een kruisverhoor, en alcoholvoorlichting. En dan de afkeurende blik, die ze ijzig beleefd op Tinka zou werpen, Tinka de verleidster, die kleine feeks die Mari in het verderf heeft meegesleurd.

Moeder trekt haar schoenen uit en pakt de boodschappentas op. Mari raakt in paniek. Ze mag haar moeder de keuken niet binnenlaten.

'Nou, wat is er aan de hand?' vraagt haar moeder ongeduldig. 'Sta daar niet te staan, we gaan thee zetten,' gaat ze verder, terwijl ze ondanks Mari's vage tegenwerpingen de keukendeur opent.

Mari slaakt een gilletje terwijl het wanhopige ogenblik verstrijkt waarop alles zal worden ontdekt; haar moeder opent de deur, staat in de deuropening en ziet Tinka. Maar tegelijkertijd merkt Mari dat de fles is verdwenen, en ze ziet dat Tinka stralend haar meest innemende glimlach opzet: zelfverzekerd, zelfbewust, met de roze veldfles vol wodka in haar handen.

'Ah,' zegt Mari's moeder verbaasd, 'ben jij Tinka?'

'Ja hoi, hallo,' zegt Tinka met een glimlach, en ze schudt haar beleefd de hand.

Mari ziet verbijsterd hoe goed Tinka ook dit spelletje onder de knie heeft. Haar moeder is meteen verkocht.

'Wat fijn dat Mari een nieuwe vriendin heeft. Je bent best een leuke meid,' zegt ze vleiend, terwijl ze water opzet voor de thee. Tinka knipoogt naar Mari over de schouder van haar moeder heen, en ontzet ziet Mari hoe Tinka een flinke slok uit de veldfles neemt.

Aan tafel windt Tinka Mari's moeder spelenderwijs om haar vinger, en ze vertelt glimlachend over haar toekomstplannen terwijl moeder goedkeurend zit te knikken. Van tijd tot tijd neemt Tinka een slokje van de roze plastic fles, en ze zegt met heldere ogen dat een meisje erop moet letten dat ze genoeg water drinkt.

'Dat is goed voor je huid en voor je haren,' grijnst ze, en ze kijkt samenzweerderig naar Mari. Die slaat haar blik neer, kauwt zwijgend op een van de scones die moeder heeft meegebracht, en slurpt van haar thee.

Het gevolg van de hele episode: geen catastrofe, geen alcoholvoorlichting en geen huisarrest. In plaats daarvan krijgt Mari van haar glimlachende moeder veertig euro mee.

'Kunnen jullie lekker naar de McDonald's,' zegt ze vrolijk.

'Ja, we gaan eerst naar de film en dan naar de McDonald's,' zegt Tinka stralend.

Zonder een spier te vertrekken.

Bij de bushalte komt Tinka zo dichtbij dat Mari de natte warmte van haar adem kan voelen. Zelfs nu, in een walm van wodka, ruikt ze nog naar rozen en herfstappeltjes. Tinka neemt lippencrème met aardbeiengeur uit haar rugzak en smeert haar lippen in.

'Nu ga ik je leren hoe je een man van zijn sokken kust,' fluistert ze, en ze drukt zich tegen Mari aan.

'Wat wil je, wat doe je nu?'

Ze glimlacht en neemt Mari's gezicht in haar handen. Haar blik wordt ernstig, met haar zachte vingers streelt ze over Mari's gezicht. Mari voelt haar hart bonzen en een slag overslaan.

'Je bent zo mooi,' fluistert Tinka. 'Niemand mag je ooit iets anders laten geloven.'

Mari probeert een glimlach op te zetten, maar die blijft steken in haar keel. Ze voelt dat er iets nieuws te gebeuren staat, en dat houdt haar glimlach vast, houdt hem tegen. Ze kijkt Tinka onderzoekend aan. Tinka staat maar terug te staren, zonder een woord te zeggen, ernstig. Ze streelt met haar ene vinger over haar lippen en veegt lippencrème over Mari's lippen, die in de herfstwind zijn verkleumd. Mari opent haar mond om iets te zeggen, maar Tinka duwt een vinger tegen haar lippen.

'Ssst,' zegt ze, en ze brengt haar gezicht vlakbij dat van Mari,

blijft daar ademen alsof ze haar eigen plekje op de wereld heeft gevonden.
Tinka sluit haar ogen en ook Mari doet haar ogen dicht.
'En nu heel traag,' fluistert Tinka, en ze raakt voorzichtig met haar lippen die van Mari aan.
Het is een trage kus, licht en zacht – een kus die haar knieën doet knikken en het tempo van haar ademhaling versnelt, de wereld mooier maakt. Tinka likt met haar tong Mari's tong en drukt hem dan zachtjes tegen die van Mari. Ze voelt glibberig en opwindend aan, en Mari dompelt zich diep onder in die kus. IJzige grassprietjes knisperen onder hun voeten en de wereld tolt en is veranderd in een grote draaikolk van geluiden en kleuren, met op de bodem twee monden die met elkaar zijn verstrengeld alsof alles vanaf het begin der tijden duidelijk is geweest, alsof er nooit iets anders heeft bestaan dan die weidse sterrenboog aan de hemel in oktober, en de eindeloze draaikolk van die kus.
Als alles voorbij is, maakt Tinka zich van Mari los alsof er niets is gebeurd, en ze bukt zich om de roze veldfles uit haar rugzak te nemen. Ze slaat relaxed de wodka naar binnen, net als een man, en biedt Mari ook wat aan. Mari neemt voorzichtig een slokje. Tinka grijnst.
'Dat was dus geen fucking lesbogedoe of zo. Gewoon iets wat een vrouw moet kunnen,' zegt ze, en ze spuugt op de grond om haar woorden te onderstrepen.
Mari knikt ernstig.

Het blijkt niet zo eenvoudig met valse papieren een café binnen te komen. Het lukt ze pas bij de derde poging. Binnen begint Tinka meteen het aanbod in kaart te brengen.
'Kijk eens naar die gozer, die heeft een versierdersblik,' fluistert ze in Mari's oor, en ze knikt in de richting van een blonde vent. 'Hé, hij komt hierheen! Nu glimlachen, die gaan we versieren!'
De man komt dichterbij op dezelfde manier als Mari in films

heeft gezien. Het is middernacht, er hangt sigarettenrook, het café is vol en lawaaierig. Wat is het eerste wat hij zal zeggen? Komen jullie hier vaak, denkt Mari, en ze besluit dat ze zal doen of hij lucht is als hij dat zegt. Hij komt dichterbij en ze merkt dat het geen man is maar een jongen, gewoon, nog maar een jongen. Ze zet een glimlach op. Ze kan aan hem zien dat hij het weet, dat hij – en zij allemaal – het weten: geen gevolgen, geen telefoonnummers, geen beloftes. Misschien zelfs geen namen. Tinka schudt haar vlammende haren op en werpt hem een betoverende glimlach toe.

'Je hebt mooie ogen,' zegt hij tegen Mari.

Tot Mari's verbazing, en tot Tinka's verstomming, lijkt hij Tinka helemaal niet op te merken, hij kijkt alleen maar Mari strak in de ogen.

Hij biedt Mari een drankje aan. Tinka eist een *Cosmopolitan* en hij koopt ook een drankje voor haar.

'Wat zou je ervan vinden als we je zouden groepsversieren?' vraagt Tinka uitdagend.

Hij glimlacht geamuseerd en draait zich om naar Mari.

'Is je vriendin altijd zo direct, of alleen vandaag?'

Mari glimlacht. Tinka snuift geprikkeld, staat op van tafel en laat Mari met de jongen alleen. Mari draait haar hoofd en probeert Tinka, die in het gedrang verdwijnt, met haar ogen te volgen, maar de jongen draait haar gezicht weer naar zich toe.

'Maak je maar geen zorgen om haar. Als ze zo direct is, dan redt ze het alleen ook wel.'

'Waarschijnlijk.'

'Maar jij. Hoe heet jij?'

'Eh, Mari, of ik ben eh, gewoon ik.'

Hij glimlacht en buigt naar haar toe. Mari ruikt de alcohol in zijn adem en ze bedenkt dat ze geen zin heeft om hem te kussen zoals Tinka het haar heeft geleerd.

'Ik denk dat jij vanavond bij mij blijft slapen,' fluistert hij.

Ze glimlacht. Dit gaat vlot, precies zoals ze het bedoeld had.

En ze weet hoe dit spelletje zal aflopen: vandaag zal het gebeuren.
Ze staan op van tafel en hij slaat zijn arm om haar schouders. Ze lopen in de richting van de garderobe en Mari ziet nog een keer Tinka. Ze staat wat verderop naar hen te kijken, door de rook heen, met haar *Cosmopolitan* nog in haar handen en met een glazige, ernstige blik. Voor een kortstondig moment ziet Mari verdriet in haar ogen, maar dan komt er iemand tussen hen in en ze verdwijnt uit het zicht. Mari draait haar hoofd en loopt de deur uit.

Op weg naar huis, naar een vreemd huis met een vreemd iemand, luistert Mari naar het gebabbel van de jongen. Hij praat onophoudelijk. Alle stiltes moeten opgevuld worden, er mag geen plaats overblijven voor de waarheid. Daarover praten mensen dus, over hun werk of over hun studie of wat dan ook, en Mari luistert. Met zachte stem bekent de jongen dat hij zich soms, heel soms zelf ook zo down voelt. Zo down, denkt Mari. Zelf ook.

Als de deur achter hen dichtvalt, komt hij dichterbij; hij heeft een stijve, zijn stem klinkt hees. Mari's hart bonst. Hij kust haar. Hij smaakt naar sigaretten en bier, denkt ze. De combinatie is op een of andere manier vlezig, ze moet denken aan de vleespasteitjes die ze op de crèche halfgedwongen moesten opeten. Ze voelt een vage misselijkheid. Hij trekt zijn broek uit. Het uiteinde van zijn penis steekt nat en glanzend uit zijn broek, en ze bedenkt dat zijn lul lijkt op die van mannen in pornofilms – zouden ze dan allemaal hetzelfde zijn, gewoon kleiner en met meer haar eromheen?

Ze gaat op het bed liggen, trekt haar slipje uit en laat hem komen. Hij neukt onervaren, onvoorzichtig, te diep, en Mari denkt dat ze mee moet wiegen. Op een gegeven moment is de pijn niet meer snijdend, maar wit, broeierig, troebel – ze moet meewiegen. Als hij komt, volgt er een plakkerige kreet, Mari's blik valt op de lamp op het nachttafeltje, en ze herinnert zich dat er bij haar grootmoeder net zo'n lamp stond, met stukjes glas in verschillende kleuren die aan elkaar waren gesoldeerd. Waarschijnlijk heeft zijn moeder die lamp en de gordijnen uitgezocht, denkt ze, of anders misschien zijn vriendin. Hij draait zich om en slaapt in. Mari blijft wakker liggen. Ze kijkt naar de rode digitale nummers van de wekker. Twaalf over twee. Dertien over twee. Veertien over twee. De ademhaling van de jongen wordt dieper, verandert in gesnuif. Eenentwintig over twee.

Als je naast een vreemde slaapt, kom je soms zonder het te willen te dichtbij. Iemand die slaapt is hulpelozer, naakter dan ooit – als een kind. Slaap ontdoet iemand van al zijn maskers; het enige wat overblijft zijn de intiemste gebaren, smakken, zuchten, zacht gerochel. Wie wakker blijft liggen in deze plotselinge afgrond van intimiteit tussen twee vreemden in, wie getuige is van alle bewegingen van die slapende vreemde en van de veranderingen in zijn ademhalingsritme – die heeft alle macht in handen. En het is geen macht waar je je goed bij voelt; het is verontrustend, bevreemdend, gevaarlijk zelfs. Alsof je plotseling wordt ingewijd in een geheim waar je niets over wilde weten.

Ze ziet hem zuchten, hoe hij slapend zijn ene been krabt, zijn hoofd op het kussen een beetje verlegt. Ze kijkt nog eens naar de klok. Twintig voor vier. Nog een uur en dan zijn de krantenbezorgers al op pad. Mari voelt een kloppende pijn tussen haar benen. De muffe condoomgeur hangt nog in de lucht. Hij begint te snurken. Door het raam ziet ze hoe het buiten is gaan sneeuwen. Nog een uur en dan kan ze vertrekken, de deur achter zich sluiten en door de sneeuw wegwandelen, haar sporen achterlaten in het smetteloze, pasgevallen sneeuwdek, zacht als watten.

Maar ze wacht niet tot de ochtend. Ze vertrekt midden in de nacht en gaat naar buiten, de sneeuw in. Ze loopt moeilijk, ze voelt pijn tussen haar benen, bloedt.

Een onverwachte euforie overvalt haar. Zo, dat was het dus?

Niet helemaal wat ze ervan verwacht had, eigenlijk helemaal niet. Ze heeft er niet bepaald van genoten, er nauwelijks echt plezier aan beleefd. Maar het is beslist nieuw, en zeker vreemd. Nieuw en vreemd. Volwassen.

Mari komt thuis, loopt naar de badkamer en laat het water stromen; ze neemt het scheermesje waarmee ze haar benen scheert, breekt het beschermende hulsje om het mesje weg en trekt schuine kerven in haar dij. Eentje, een tweede, een derde. Ze hoort zichzelf kreunen. Het gebeurt zo makkelijk, zonder de minste dwang. Haar gekreun, waarin een vreemde klank doorklinkt. Het is werkelijker dan willekeurig welke van de half gedwongen kreten van daarnet, in een vreemd bed met een vreemde jongen. Met water vermengd bloed vloeit naar de afvoer – water, slagaderlijk bloed, kutbloed; alles door elkaar. Mari laat haar bloed vloeien. Ze laat het vloeien.

*

's Ochtends, in de keuken, schenkt moeder net de kopjes vol met van die eeuwige kruidenthee als Mari een fatale fout maakt: ze strekt zich uit om een broodje uit het mandje te nemen en leunt onoplettend tegen de tafel, waardoor haar dij, die door haar pyjama wordt bedekt, tegen de rand van de tafel drukt. Haar dij, die behalve door de pyjama ook wordt omhuld door vijf lagen verbandgaas. Het verbandgaas, dat drie zoete japen bedekt. Het zijn gapende wonden; wijdopen, bloedend zoals het leven van degene die de wonden heeft veroorzaakt.

Maar nu – een fout. Een fout en het gevolg: haar been drukt tegen de tafel en ze kreunt van de pijn, zakt terug in haar stoel. De blik van haar moeder wordt alert.

'Wat is er? Wat heb je? Ben je ziek?' vraagt ze op veeleisende toon.

'Ah, gewoon steken in mijn rug,' probeert Mari nog, en ze legt heimelijk een hand op haar been.

Ze voelt tegelijkertijd haar hand nat worden, en ontzet registreert ze hoe bloed door het verbandgaas komt gestroomd. Ze probeert wanhopig, met beide handen, de vloedgolf te bedekken. Maar het helpt niet, moeders blik valt op Mari's handen en op haar pyjama, met de over het flanel huppelende schaapjes die langzaam van kleur verschieten – van wit tot helderrood, naarmate de stof het verse bloed in zich opneemt.

'Wat heb je, goeie god wat is er aan de hand?' stamelt moeder boos, met een stem die ontzetting verraadt.

'Alsjeblieft, het is vast eh, mijn menstruatie, niet kijken, mama alsjeblieft niet kijken,' hakkelt Mari stilletjes, en ze draait haar hoofd weg. Tranen springen in haar ogen. Nu mag ze niet huilen, nu niet huilen, herhaalt ze steeds opnieuw in gedachten.

'Mari. Kijk me aan en vertel me wat er aan de hand is. Wat is er godverdomme aan de hand?'

'Niks, helemaal niks.'

'Heeft iemand je pijn gedaan?'

Ze vraagt het gillend. Voor het eerst kan Mari de bezorgdheid van haar moeder bijna vastgrijpen – het is een angstkreet die de lucht tussen hen in doorsnijdt.

Weer vraagt ze: 'Heeft iemand je iets aangedaan?'

En even later die andere, onvermijdelijke vraag: 'Of heb je het zelf gedaan?'

'Val dood,' kermt Mari, en ze staat op van tafel.

Moeder grijpt haar bij de mouw van haar vest, houdt haar stevig vast en laat haar niet gaan. Mari trekt haar arm los. Ook dat, merkt Mari op hetzelfde moment, is een fout. Het vestje glijdt naar beneden en onthult haar arm en de littekens van de kerven die als obscene uitroeptekens haar donzige witte huid doorsnijden. Heel even bengelt de mouw nog in de hand van haar moeder, die met open mond als versteend is blijven staan, dan valt het vestje als een gesmoord bundeltje op de grond; de plastic knopen kletteren op de houten vloer. Mari kan het niet laten in de ogen van haar moeder te kijken: een lege blik, zonder de minste expressie.

'Wat heeft dit te betekenen?'
De stem van haar moeder is geslonken tot gefluister. Er keert zich iets om binnen in Mari, iets wat zich sluit, en wat haar blik een glazige glans geeft. Ze ziet zichzelf, hoe ze haar moeder staat aan te staren, onbeweeglijk, zonder een woord te zeggen. Moeder grijpt haar met beide handen bij de schouders en schudt haar door elkaar. Mari staat nog steeds als versteend op haar plaats.

Iets buiten haar om, een stem ver weg, registreert de broze gevoelens die de situatie in haar wakker roept, en legt ze in haar geheugen vast. *Kijk eens – ze wordt betrapt, en het doet haar niks. Of misschien voelt ze toch een beetje vreugde, een onder de oppervlakte borrelende euforie omdat er iets gebeurt wat geheim is; geheim, en helemaal van haar alleen.* Het is net een vermakelijk spelletje; het lijkt wel een pedagogisch toneelstukje om kinderen op de basisschool te leren wat er gebeurt als dochters dingen voor hun moeders geheimhouden. Mari voelt bloed uit de wonden in haar dij vloeien en geluidloos op het parket sijpelen. Als het bloed in de houten vloer dringt, in de poreuze nerven van het hout, dan zal het zich vastzetten en is het met geen reinigingsmiddel meer weg te wassen. Zo is mensenbloed – het laat sporen achter.

Moeder geeft Mari met vlakke hand een klap op haar wang.

Mari wijkt achteruit en komt weer tot zichzelf, stapt van buitenaf weer binnen in haar eigen ruimte. Ze ziet dat moeder geschrokken is van wat ze heeft gedaan. Moeder heeft Mari nog nooit geslagen. Het is een zachte klap, als om haar wakker te maken, niet meer dan een lichte tik, Mari voelt alleen maar een licht brandend gevoel in haar wang. Maar er is iets anders in beweging gezet, iets wat nog niet door haar zintuigen wordt geregistreerd. Iets wat niet meer tot staan gebracht kan worden.

Haar moeder is ontzet door wat ze heeft gedaan.

'Sorry, sorry, sorry,' zegt ze.

Haar stem is mechanisch, toonloos.

'Wat gebeurt er eigenlijk, wat is er nou echt aan de hand?' fluistert ze.

Ze zijgt neer op een stoel, en met trillende handen brengt ze een theekopje naar haar lippen, als om de misdaad van haar hand van daarnet met een nieuwe daad uit te wissen. Ze houdt het kopje niet goed vast, het valt kletterend terug op het schoteltje, barst in stukken. Thee gutst op tafel.

Haar vraag snijdt door de lucht, die zwaar is geworden, onmogelijk om in te ademen. De vraag stijgt tot bij de lamp in het plafond, wachtend op een antwoord.

Wat gebeurt er, wat is er nou echt aan de hand?

Er volgt geen antwoord. Mari draait zich om, loopt de keuken uit, gaat de trap op naar boven en sluit de deur van haar kamer achter zich.

Er valt een indringende stilte om haar heen.

Er gaan twee minuten voorbij. Ze kijkt naar de deur. Natuurlijk komt moeder haar achterna. Mari gaat op haar bed zitten, drukt haar hand op de wond in haar dij, bidt dat het bloeden zal stoppen.

Moeder rukt de deur open. Mari draait haar blik traag in haar richting. Moeder kijkt om zich heen. Ze heeft bewijsmateriaal nodig, belastend materiaal, wat dan ook om Mari's geheime leven aan het licht te brengen, om duidelijkheid te krijgen. Moeder zou nu haar armen om Mari heen kunnen slaan. Hoe makkelijk zou het voor haar zijn om dat te doen, om een paar stappen te nemen tot bij Mari, en haar in de armen te sluiten. Misschien zou Mari het zelfs laten gebeuren. Maar nu voelt haar moeder alleen nog maar de wil om te weten.

Ze begint doelloos, gedreven door pure paniek, Mari's spulletjes te doorzoeken. De laden van Mari's bureau, de klerenkast, het achterste deel van de boekenkast. Uiteindelijk de ladekast, die met in de bovenste la het mes en het verbandgaas, alle benodigdheden waarmee Mari haar bestaan makkelijker maakt, duidelijker.

Mari denkt aan haar verborgen instrumenten. De ontzetting

over het feit dat moeder ze zal vinden, is niet meer dan een vage gewaarwording. En het lijkt wel of moeder haar gedachten kan lezen; ze opent de bovenste la, kijkt een ogenblik naar de inhoud, haalt het mes tevoorschijn. Mari probeert haar niet tegen te houden. Het maakt niets uit, ze is ontmaskerd, nu is ze volledig ontmaskerd. Ze registreert vaag haar eigen lauwe reactie. Het is allemaal zo onbeduidend, zo nietszeggend. Paniek gaat tekeer achter haar lauwe onverschilligheid. Straks zal de paniek opsteken – straks, met een kleine vertraging, als het gegil van iemand die net een ongeluk heeft gehad.

Ook de reactie van haar moeder komt vertraagd.

Er gaat een seconde voorbij, een tweede. Moeder zegt niets, staat daar maar met het mes, waarop bloed tot een plakkerige vlek is opgedroogd.

Een hoop zinloze, ongeloofwaardige verklaringen schieten door Mari's hoofd. Ze slaagt er niet in er ook maar één te formuleren.

'Wat ben je jezelf aan het aandoen?' vraagt haar moeder uiteindelijk.

Het is een radeloos gefluister. Mari ziet dat haar moeder, hoe bang ze er ook voor is dat iemand – een vreemde – Mari pijn heeft gedaan, minstens even bang is voor het alternatief dat zich nu overduidelijk aandient: Mari heeft het allemaal zelf gedaan.

Moeder loopt met een paar grote passen naar Mari toe en grijpt haar bij de hand.

'Godverdomme, nu vertel je me alles. We gaan dit nú uitpraten.'

Moeder trekt haar overeind, duwt haar de kamer uit, sleurt haar achter zich aan de trap af. Voor het eerst denkt Mari dat het spel te ver is gegaan. Tot nu toe was het gewoon een spelletje. Ze had gedacht dat ze zo'n soort meisje zou kunnen zijn – een meisje vol verlangen, dat de werkelijkheid op haar eigen lichaam zichtbaar maakt met kleine, scherpe kerven. Ze hield van dit spel. Ze genoot ervan. Maar nu is haar moeder boos. Ze is te ver gegaan.

Moeder sleurt haar mee naar de keuken en plaatst haar op een stoel naast de tafel. Ze haalt ontsmettingsmiddel en propjes watten uit de EHBO-doos, duwt Mari op haar plaats, beveelt haar de bebloede broek uit te trekken en begint de wonden in haar dij schoon te maken. Als ze er een verband om heeft gelegd kijkt ze op. Haar bezorgdheid heeft plaatsgemaakt voor woede. Haar ogen eisen een verklaring.
'Godverdomme. Nu gaan we dit tot op de bodem uitpraten. Ben je aan de drugs?'
'Nee!'
'En je bent vermagerd ook. Eet je wel genoeg? Geef je over?'
'Wat? Nee, nee natuurlijk niet,' zegt Mari verbluft.
'Ik heb je al een hele tijd geen stevige maaltijd meer zien eten,' zegt haar moeder uitdagend, met haar ogen strak op Mari gericht.
'Wel godverdomme,' zegt Mari, en ze draait haar gezicht naar het raam.
Moeder loopt naar de koelkast en haalt er boter en kaas uit. Uit de broodtrommel neemt ze een broodje; ze snijdt het nijdig met een mes in tweeën en begint beide helften met boze bewegingen met boter in te smeren. Ze doet er nog wat plakjes kaas op en kwakt het bord met broodjes en al voor Mari's neus neer.
'En nu ga je eten, ik wil zien hoe je eet – hier, waar ik bij sta.'
Mari kijkt haar moeder ongelovig aan. Het is haar menens. Mari pakt voorzichtig een broodje, neemt een eerste hap. Moeder beveelt Mari haar linkerarm uit te strekken, en begint de wonden te reinigen.
Mari eet, haar arm prikt, het bijtend scherpe ontsmettingsmiddel dringt via haar huid haar vlees binnen en moeder waakt als een havik over de happen die ze neemt. Mari's mond vertrekt, en ze snikt. Ze slikt de droge brokken brood door. Ze moet het wel eten.
Ze werpt een smekende blik op haar moeder. Moeders mond is tot een streep samengetrokken. Ze houdt nog steeds een plukje watten vast. De enige barst in haar zelfbeheersing is een

klein, nietig trillen bij de duim en wijsvinger van haar rechterhand.

'Ik hou je in de gaten,' zegt ze.

Haar stem trilt als ze verdergaat: 'Ik kan dit niet laten gebeuren. Je bent mijn dochter, zoiets mag je niet voor me verborgen houden.'

'Mag ik nu gaan, laat me alsjeblieft gaan,' fluistert Mari, smekend, met verstikte stem.

Moeder knikt en kijkt weg. Mari meent op het gezicht van haar moeder, om haar lippen, een zweem van spijt te kunnen zien. Het zou bezorgdheid kunnen zijn. Misschien ís het bezorgdheid. Maar Mari is niet bereid dat te geloven. Het enige wat ze ziet is dit: het gezag dat heel eventjes aan de greep van haar moeder was ontglipt, is weer hersteld, en teruggekeerd waar het hoort te zijn.

Anja

Haar man werkt de laatste tijd te hard. Dag en nacht. Hij zit onder het felle licht van zijn werkkamer en tekent. Anja probeert hem tot koken te bewegen, de bladeren in de tuin te laten harken, naar de winkel te sturen; ze nodigt hem mee uit naar het theater, de bioscoop. Maar hij wil niet.
'Ik ben aan het werk, zie je dat niet?'
'Aha,' antwoordt Anja.
'Dit moet heel binnenkort af zijn. Een deadline. Volgende week,' zegt hij, en hij buigt zich weer over zijn tekeningen. Een deadline. Hij heeft altijd een deadline, elke week. Zo gaat het dus, denkt ze. Zo groeit een getrouwd stel uit elkaar: het enige wat ze nog doen, is samen aan de ontbijttafel koffiedrinken – als ze dat al doen – en zwijgen. Ze verdelen de krant en slurpen hun kopjes leeg, brommen een paar woorden over het weer en over de krantenkoppen, tot ze zich naar hun werk spoeden. Hadden ze maar kinderen gehad. Dan ben je verplicht meer met elkaar te praten: over hoe de kinderen het doen op school, de pianolessen, zomerplannen en zakgeld. Het enige wat zij hebben, is dit verschaalde samenzijn, de stiltes aan de keukentafel en het omdraaien 's avonds bij het slapengaan.
Anja probeert over zijn schouder een blik te werpen op zijn bureau: wat doet hij eigenlijk, avond na avond?
'Wat is het?' vraagt ze.
'Niet doen, je stoort me,' antwoordt hij.
Ze geeft niet op.
'Wat voor tekeningen zijn het?'

'Het is een geheim project.'
Haar achterdocht wordt gewekt. Geheim? Sinds wanneer is een opdracht van een architectenbureau geheim? Hij bedekt zijn werk met een groot tafelkleed en kijkt haar vijandig aan. Waar heeft hij dat tafelkleed vandaan, uit de linnenkast misschien? Waarom? Ze kijkt haar man besluiteloos aan. Er is iets wat haar verontrust – ergernis, of een plotselinge bezorgdheid, ze weet het niet.
'Je kunt het toch wel aan je vrouw laten zien?' zegt ze uitdagend. 'Geen enkel project is zo geheim.'
Hij stribbelt tegen, drukt het tafelkleed om de randen van de tafel, zodat ze gegarandeerd niets van het plan kan zien. Dat hele tafelkleed lijkt belachelijk, overdreven.
'Laat zien,' eist Anja.
'Nee,' zegt hij.
'Laat eens zien.'
'Goed, als je er niemand iets over vertelt. Niet rondvertellen.'
'Aan wie zou ik het moeten vertellen?'
'Het is echt topgeheim,' verduidelijkt hij nog.
'Goed, oké.'
Hij grijpt het kleed theatraal, als een goochelaar, bij de rand vast en trekt het weg. Anja ziet de tekeningen. Eerst schiet ze ongewild in de lach. Ongelovig kijkt ze haar man aan. Houdt hij haar voor de gek? Hij tuit zijn lippen als een klein kind, en kijkt vragend naar Anja, met het witte tafelkleed als een schort voor zich uit. Haar lach sterft weg. Ze kijkt weer naar de tekeningen. Weidse, schetsmatige bogen die iets moeten voorstellen wat op een gebouw lijkt. Het ontwerp lijkt op een kindertekening – kinderen maken zulke tekeningen op lange regendagen tijdens de zomervakantie. Het is zonder meer nauwgezet getekend; gedetailleerd, ingenieus zelfs. Maar kinderlijk, absoluut kinderlijk. Dit kan geen opdracht zijn.
Ze kijkt ontzet naar haar man. Hij kijkt haar vragend aan.
'Nou?'

'Wat nou?'
'Nou, wat vind je ervan?'
'Meen je dat nou?'
'Of ik het echt meen?'
'Ja. Of zit je me voor de gek te houden?'
'Bedoel je dat mijn werk maar een grap is?'
'Lieveling.'
'Wat?'
Anja begint te huilen. Tranen stromen traag over haar gezicht. Hij kijkt haar geschrokken aan, dan werpt hij een blik op zijn tekeningen. Op zijn gezicht ziet ze twijfel verschijnen – een mengsel van verbazing en bezorgdheid; net een kind dat op een kwajongensstreek is betrapt.
Hij zit onzeker op zijn stoel.
Ze gaat naar hem toe en kust hem op zijn voorhoofd, streelt over zijn haar. Hij klemt het tafelkleed tussen zijn handen.
'Ik denk dat ze op het werk over me praten. Dat ik het niet meer aankan.'
'Echt?'
'Ik heb de laatste tijd problemen met lijnen tekenen. Strepen. Zo gaat dat als je oud wordt. Ik kan geen rechte lijn meer op papier zetten. Ik denk dat ik mijn greep begin te verliezen. Ik kan niet meer ontwerpen, ik kan het niet.'
Ze neemt hem in haar armen, drukt hem tegen zich aan. Hoe komt het toch dat je soms het gevoel krijgt dat je nooit dicht genoeg bij degene die je liefhebt kunt komen, dat je in elkaar zou willen opgaan, in elkaars binnenste – en ook dat is nog niet dichtbij genoeg. Hij maakt zich los uit haar omhelzing en kijkt haar in de ogen.
'Vorige week kon ik me de naam van een klant niet meer herinneren. Een belangrijke klant, een grote ontwerpopdracht. Ik was de hele opdracht vergeten. Hoe kon ik het zomaar vergeten? Is dat normaal? Die klant vroeg naar de tekeningen, en ik kon geen antwoord geven. Ik wist niet waar het over ging, ik kon het me niet herinneren.'

'Je bent verstrooid. Je bent altijd al verstrooid geweest, dat geeft toch niet.'
Hoe lang kun je jezelf iets voorliegen, weigeren iets te zien? Zodat je je nog even veilig kunt wanen? De tekeningen liggen als een uitroepteken op tafel. Ze vermijdt ernaar te kijken, en zegt er niets meer over.
Zodat ze hier nog even kan zijn.

De misdaad die ze onherroepelijk moest plegen nu ze de verantwoordelijkheid ervoor had aanvaard, moest minutieus gepland worden. Het was belangrijk dat ze ook een plan B had, en zelfs nog een plan C.

Toen ze met de regelingen omtrent haar eigen overlijden bezig was geweest, had ze een lijst met mogelijke doodsoorzaken opgesteld. Nu opende ze de la van haar bureau, die ze toen op slot had gedaan, en ze nam de lijst er weer uit. Er kon natuurlijk geen sprake zijn van de eerste alternatieven – ophanging, polsen doorsnijden, zich voor een trein werpen. Anja schrapte ze.

Ze had ooit in een detectiveverhaal iets gelezen over een overdosis insuline. Dat was nummer vier op haar lijst. Het was een goed plan en het was nog pijnloos ook, voor zover ze bekend was met de fysiologische omstandigheden van het stervensproces. Maar hoe kon ze aan de benodigdheden komen? Insuline kon je in een apotheek niet zonder recept krijgen. Anja overwoog even of ze met behulp van een of ander verzonnen verhaal haar zus zou kunnen vragen een recept te schrijven, maar dat alternatief verwierp ze al snel. Marita was veel te nieuwsgierig en ze zou zeker willen weten waarvoor Anja de insuline wilde gebruiken.

Ze kon natuurlijk ook altijd in de medicijnkamer van het verpleeghuis inbreken. Maar ook dat was geen bijster goed idee; alle voorraadgegevens werden waarschijnlijk zorgvuldig bijgehouden. Ze zette een vraagteken naast 'dood door insuline'.

Een andere mogelijkheid was luchtembolie. Ze herinnerde

zich dat ze eens een misdaadroman had gelezen waarin dat de doodsoorzaak was geweest. Het leek in al zijn eenvoudigheid een geniaal idee. Luchtembolie met de dood als gevolg was meestal onopzettelijk en werd door onzorgvuldigheid veroorzaakt, wanneer er bijvoorbeeld via een infuusslangetje op een of andere manier een luchtbel in de aders terechtkwam; de luchtbel bewoog zich door de aders voort en kwam in het hart of de hersenen terecht.

Het was belangrijk dat het een pijnloze en vredige dood was, teder zoals alleen een weldoordachte en geplande dood kon zijn. Het was ook belangrijk, dacht Anja, dat ze zelf geen actief aandeel in zijn overlijden had. Het leek haar wat minder misdadig als ze gewoon vanaf de zijlijn zou kunnen toekijken hoe het leven zich geleidelijk uit het lichaam van haar man zou losmaken – uit dat magere raamwerk van botten en huid waaruit zijn geest met al zijn herinneringen al was verdwenen.

Ook om praktische redenen leek een embolie haar verstandig. Door zijn medicatie leed haar man regelmatig aan uitdroging, die met een infuus werd behandeld. Ook bij verschillende infecties werden hem via een infuus antibiotica toegediend. Embolie was bovendien een reëel risico. Als het echt zo zou gebeuren, zou het bij het verplegend personeel minder vragen oproepen dan een andere, onduidelijke doodsoorzaak.

Maar toen dacht ze aan het voortschrijden van de luchtbel door zijn aders. Hoe kon je zoiets sturen? En wat als die luchtbel nu eens niet in een fatale plek in zijn lichaam terechtkwam? Als het niet de dood zou veroorzaken, maar wél ondraaglijke pijn, waardoor hij misschien zou gaan gillen en het personeel zou alarmeren? Zo'n risico durfde ze niet te nemen. Ze verwierp de luchtembolie.

Anja dacht na over de gewone medicatie van haar man. Zijn ziekte werd behandeld met Ebixa. Het werkte in op de neurotransmitters en was een typisch medicijn voor het behandelen van vergevorderde alzheimer. Had Ebixa een wisselwerking met andere medicijnen? Bestonden er misschien medicijnen waarvan het gebruik tijdens een kuur met Ebixa werd afgeraden, omdat de wisselwerking ervan gevaren inhield?

Ze haalde de medicijngids *Pharmaca Fennica* uit de la van haar bureau en legde hem op tafel. Haar zus had niets gemerkt, Anja had hem tijdens haar laatste bezoek meegenomen uit Marita's werkkamer. Het was de gids van vorig jaar – die van dit jaar zou haar zus misschien nodig hebben, en Anja wilde niet dat ze zou merken dat het boek ontbrak.

Anja wierp een blik op de deur. Voor de zekerheid had ze hem op slot gedaan. Ze opende de gids en begon te bladeren. Haar ademhaling stokte, ook al probeerde ze rustig te blijven.

Ebixa. Ze zocht de passage waarin de interactie met andere geneesmiddelen vermeld stond. Ebixa had een versterkte wisselwerking met bepaalde geneesmiddelen die op het centrale zenuwstelsel inwerkten. Er stonden ook andere waarschuwingen, maar niets dat de dood kon veroorzaken. Ze las iets over veranderingen in het plasma-evenwicht. Anja wist niet zeker wat daarmee werd bedoeld.

Ze keek op van het boek en zuchtte. Als ze echt een subtiel plan wilde bedenken dat niet op haar terug te voeren was, moest ze veel meer weten over farmacologie.

Gefrustreerd bladerde ze door de *Pharmaca Fennica*. Je had niets aan die lijst met pillen als je niet thuis was in het jargon. Wat voor geneesmiddel probeerde ze eigenlijk te zoeken? Een krachtig en effectief medicijn dat een mogelijke wisselwerking had in combinatie met andere medicijnen, en dat snel uit het organisme verdween, zonder een spoor achter te laten.

Ze sloeg weer een pagina om. Plotseling, toevallig, zag ze het. 'Dormicum'. Er lag een onheilspellend, sereen ritme in die naam; het klonk noodlottig, en Anja hield geschrokken haar adem in omdat ze wist dat ze had gevonden wat ze zocht. Ze nam snel de hele uitleg door:

Medicijn met kortdurende werking, wordt voorgeschreven bij slapeloosheid. De werkzame stof in Dormicum is midazolam. Te vermijden bij gebruik van geneesmiddelen met erytromycine. Wisselwerking met antischimmelmiddelen (nizoral). Geadviseerde hoeveelheid verkrijgbaar op recept: maximaal 20 tabletten.

Er stonden nog wat opmerkingen over het gebruik van Dormicum tijdens zwangerschap en borstvoeding en andere uitzonderlijke omstandigheden, maar die hoefde Anja niet meer te lezen. Ze wist genoeg. Dit was het. Ze wist dat erytromycine de werkzame stof was in antibiotica. Haar man had vaak ontstekingen. Werden die behandeld met geneesmiddelen die erytromycine bevatten?
Het belangrijkst was toch vooral de vermelding: 'met kortdurende werking'. Dat betekende dat het geneesmiddel snel zou inwerken en snel uit het organisme zou verdwijnen. Precies zoals ze had gehoopt: zonder een spoor achter te laten.
Ze keek op van het boek en staarde uit het raam naar het gewoel op straat, in de Aleksanterinkatu. Er viel natte sneeuw. Het werd al avond, het regende en Anja stond stil te ademen, het boek met haar vondst voor zich opengeslagen. Ze voelde hoe een smalle steek van verdriet de triomf over haar ontdekking doorbrak. Nu moest ze haar plan uitvoeren. Ze had geen enkele reden meer om ervan af te zien. Nu moest ze alleen nog met een of ander smoesje een recept zien te krijgen bij de dokter van het medisch centrum.

*

'Zo,' zei de arts, terwijl hij over zijn brillenglazen heen een blik wierp op Anja. 'Deze keer hebt u dus slaapproblemen.'
'Dat klopt,' zei ze onderdanig.
Ze schaamde zich. Dit was meer dan alleen de ironie van het noodlot. Het was dezelfde dokter als vorige zomer, toen ze

Doxal had gevraagd. Ze dacht een ogenblik verschrikt aan haar patiëntendossier. Zou het bezoek aan de psychiater daar ook in staan? En stond er ook bij dat de reden voor haar doktersbezoek 'suïcidaal gedrag' was geweest? Maar hij glimlachte haar vriendelijk toe. Misschien stonden de psychiatrische gegevens in een ander dossier, dacht ze opgelucht.

'En hoe gaat het met uw neerslachtigheid? Is de situatie verbeterd met behulp van die antidepressiva?'

Hij tikte met een pen op zijn knie, hield zijn hoofd schuin en keek haar welwillend aan.

'Ik heb ze wel genomen, ja,' zei ze stil.

'Goed, en de resultaten, beantwoorden die aan je verwachtingen?' vroeg hij monter, terwijl hij een blik op zijn papieren wierp.

'In grote lijnen,' zei ze, en ze keek door het raam naar buiten.

Hij keek even in haar dossier en wierp toen een blik op Anja. Ze bedacht dat hij ook gewoon kon weigeren haar de medicijnen voor te schrijven. Nu mocht ze niet toegeven. Desnoods zou ze moeten liegen.

Hij keek weer naar zijn scherm.

'Ik zal je Tenox voorschrijven,' zei hij. 'Het is echt een slaapmiddel, efficiënt en betrouwbaar.' Ze schudde stug haar hoofd en weigerde resoluut. Hij keek haar aan, trok zijn wenkbrauwen op.

'Dat lijkt me geen goed idee,' zei ze, en ze hoorde hoe zenuwachtig haar stem klonk.

Ze zou het moeten uitleggen. Gedurende een fractie van een seconde probeerde ze een geniale uitleg te bedenken, maar ze kreeg niet meer dan een lukrake leugen ineengeflanst.

'Heb ik al geprobeerd. Ik reageer er slecht op.'

De dokter zuchtte, draaide zich om in zijn stoel, keek naar Anja. In zijn blik lag al een zweem van wantrouwen. Of misschien was hij gewoon wat verveeld.

'Aan welk medicijn had u zelf gedacht, hebt u een bepaald slaapmiddel in gedachten?' vroeg hij.

Ze frunnikte aan haar rok.

'Nou...' begon ze voorzichtig. 'Mijn zus is arts en zij heeft me eh... Dormicum aanbevolen. Ik heb gehoord... dat het een kortdurende werking heeft. Dus ik dacht, Dormicum, als het kan,' hakkelde ze, en ze voelde haar handen zweten op de gladde stof van haar rok.

'Dormicum is een oud medicijn,' zei hij veelbetekenend. 'Het heeft verschillende schadelijke bijwerkingen.'

Zijn stem klonk een tikkeltje gebiedend, er klonk onmiskenbaar wantrouwen in door.

Anja probeerde een onbezorgde toon in haar stem te leggen.

'Ik heb het vroeger al eens gebruikt, ik ken het goed.'

Hij zat haar een poosje te bestuderen, en ze loog verder.

'Ik heb met Dormicum nooit problemen gehad. Integendeel, het is, eh, precies wat voor mij.'

Hij leek het te overwegen.

'Goed dan,' zei hij ten slotte. 'Zoals u wilt. Dan wordt het Dormicum.'

Hij draaide zich om een recept te schrijven.

Anja onderbrak hem.

'Zou u een dubbele dosis kunnen voorschrijven?'

Hij keek verbaasd op. Weer bedacht ze halsoverkop een leugen.

'Eind deze maand moet ik namelijk naar een congres in de Verenigde Staten.'

Zijn wantrouwen leek weer toe te nemen. Met heldere stem loog ze verder.

'Het tijdsverschil, en zo. Het zou erg vervelend zijn als de medicijnen vlak voor een belangrijke lezing op zouden raken, waardoor ik die nacht geen oog dicht zou doen.'

De leugen was in haar uitleg hoorbaar. Of misschien hoorde ze het alleen zelf – een vaag trillen in haar stem.

Hij nam zijn pen, klopte ermee op tafel en keek Anja scherp aan.

'Ik heb zelf ook weleens in een soortgelijke situatie gezeten,' zei hij eindelijk, nadrukkelijk traag.

Haar hart bonsde.

'Wat voor situatie?'

Stilte. De leugen hing voelbaar tussen hen in, het leek wel of hij op het punt stond erop in te gaan. Het kon nu ieder ogenblik gebeuren: dat hij haar doorhad, de politie belde, aangifte deed. Ze keek naar de deur. Nu kon ze nog ontsnappen. Ze hoefde alleen snel op te staan en weg te rennen.

Maar er verspreidde zich een meelevende glimlach over zijn gezicht.

'Een lezing op een congres en een slapeloze nacht. Een echte kwelling.'

'Ah,' zei ze opgelucht. 'Inderdaad, ja.'

'Ik kan u misschien wel een dubbele dosis voorschrijven,' zei hij welwillend. 'In naam der wetenschap, met het oog op uw lezing.'

'In naam der wetenschap,' herhaalde ze, en ze verborg haar leugen achter een geforceerde glimlach.

Hij schreef een recept, printte het en overhandigde het glimlachend aan Anja.

Met neergeslagen ogen zei ze bedankt en tot ziens.

Eerst had ze gedacht dat ze zou wachten totdat hij een of andere infectie kreeg. In het verpleeghuis had ze langs haar neus weg geïnformeerd naar de medicatie van haar man. Ze kon er natuurlijk geen directe vragen over stellen om geen argwaan te wekken, maar het was duidelijk dat infecties goed in de gaten werden gehouden; bij dementiepatiënten werden die nooit behandeld met medicijnen die erytromycine bevatten. Trouwens, als ze echt wilde dat haar eigen aandeel in zijn dood verborgen bleef, kon ze zich beter niet op medicijnen verlaten die elkaars werking versterkten. Door de erytromycine zou het slaapmiddel trager uit zijn organisme verdwijnen. In dat geval zou het sporen achterlaten, waardoor de verdenking op haar zou vallen.

Erytromycine was in ieder geval geen reden om te wachten op een infectie. Maar aan de andere kant: als haar man een virusinfectie zou hebben, of een longontsteking, zou zijn dood niet meer zo onverwacht overkomen.

Twee weken lang overwoog ze de alternatieven. Op 16 november kreeg haar man een gewoon griepje. Het begon met hoesten in het weekend daarvoor, gevolgd door een lichte koorts. Hij kreeg geen medicijnen tegen infectie toegediend. Ze besloot dat ze genoegen zou nemen met die griep.

Die dag zelf had niets bijzonders. Anja wist gewoon dat het de juiste was. Een heldere hemel, het vroor een heel klein beetje, de plassen in de weg hadden een laagje ijs en het land was met rijp bedekt. Het was een dinsdag.

Anja ging die ochtend zwemmen. Ze zwom anderhalve kilometer en bleef toen nog een kwartier ronddobberen; ze liet zich op het blauwe water meedrijven in de hoop dat ze naar de bodem zou zinken, daar zou mogen blijven ronddrijven terwijl het water stilletjes haar haren streelde, net als zeewier. Als ze haar hoofd onderdompelde, was het wonderlijk stil, voelde ze zich wonderlijk licht. Als ze haar hoofd onderdompelde, kon ze alles vergeten.

Maar Anja kwam het bad uit en liep over de koude tegels naar de sauna, en ging er op een van de bankjes zitten. Een dikke vrouw met borsten die tot op haar middel hingen, gooide een halve emmer water op de stenen. Toen het water sissend verdampte, had Anja kunnen huilen, haar gesnik zou door het gesis toch overstemd worden. Maar ze bleef maar naar de stoom kijken; hoe de hoeken van de saunabanken, en de dikke vrouw die het water gooide, langzamerhand vervaagden in de oprijzende waterdamp.

Het was een heldere dag. Het zonlicht viel schuin neer op de bakstenen muur van warenhuis Stockmann, die met een glinsterend laagje ijs was bedekt. Op de hoek van de straat stonden een paar mannen de lading van een vrachtwagen te lossen; de ademhaling van een van hen dampte speels in de frisse lucht, hij riep lachend iets naar een collega die in de cabine zat. Hoe zalig moet het zijn om op een ochtend als deze een man te zijn die een lading staat te lossen, dacht ze.

Ze nam de bus op de hoek van het stationsplein. Tijdens de rit schoten haar allerlei redenen te binnen waarom ze nog van haar plan zou kunnen afzien. Het was een mooie, veel te mooie dag. Op zo'n dag had ze langs de rivier de Vantaa moeten fietsen, af en toe stoppend bij een bankje om te lunchen, met hete koffie uit de thermoskan en in papier verpakte sandwiches met ham en kaas. Het was nog steeds mogelijk, dacht ze. Het was nog mogelijk: als ze nu uitstapte, een andere bus nam en naar huis ging om boterhammen te smeren, en dan ging fietsen. De meanderende rivier, met in de bochten een dun korstje ijs dat zich 's nachts op het water had gevormd; de frisse buitenlucht en de banden van haar fiets, knarsend op het bevroren zandpad. Ze kon het nog doen, dacht ze. Ze stak haar hand in haar tas en tastte met haar vingers naar het doosje medicijnen; de nietige, onschuldige plastic omtrek van het doosje. Dormicum.

De bus vertraagde en stopte bij een halte. Anja stond op het punt uit te stappen, ze drukte haar voetzolen tegen de vloer en legde haar linkerhand op de rugleuning van de stoel voor haar. Op het ogenblik dat ze had moeten opstaan, had ze er de kracht niet voor in haar benen. Ze maakte haar beweging niet af, ze verstarde en bleef als verlamd zitten. Ze zou haar plan ten uitvoer moeten brengen.

Ze kwamen bij de halte bij het verpleeghuis aan en Anja stapte uit. Een korte wandeling, waarbij ze een verbazende kalmte over zich voelde komen. Ze opende de deur en liep door de hal, groette als altijd de dame van de receptie.

Haar man zat in de huiskamer, hij hield zijn hoofd gedraaid, en keek naar iets wat hij door het raam kon zien. Een vogel fladderde op van de voedertafel en vloog naar de dichtstbijzijnde boom, alsof hij had gemerkt dat iemand hem gadesloeg. Al snel kwam de vogel terug; hij pikte iets te eten op, draaide zijn kopje en vloog weer weg. Haar man hoestte.

Anja legde haar hand op de zijne. Hij draaide zijn hoofd om, keek naar Anja of langs haar heen.
'Nat haar,' zei hij hees, en hij probeerde zijn hand naar haar hoofd op te heffen.
'Ja,' zei ze met een glimlach, 'ik ben gaan zwemmen, daarom is mijn haar nat.'
Ze hoorde haar eigen stem. Die klonk enerzijds op een vreemde manier normaal, maar tegelijkertijd ook alsof hij van ver weg kwam – van achter gesloten deuren, uit een andere tijd, uit een volledig andere werkelijkheid.
'Een vogel vliegt, een vis zwemt,' zei hij zuchtend; hij liet zijn hand zakken en keek weer weg uit het venster. 'Mensen hebben geen vleugels,' vervolgde hij vermoeid.
Ze hielp hem opstaan en liet hem op haar steunen. Ze liepen traag naar zijn kamer. In de kamer ging hij op het bed zitten en keek weg. Ze hielp hem in bed, ging zelf op de stoel ernaast zitten.
Ze wachtte even voordat ze het potje pillen uit haar tas nam. Ze had alle medicijnen in één potje gedaan; ze had een dubbele dosis bij zich. Ze besefte dat ze beter alle tabletten thuis tot poeder had kunnen malen; misschien zou hij er niet in slagen die tientallen pillen door te slikken, soms had hij het al moeilijk met één tablet.
Ze bedacht dat dit een laatste reden was om er nog van af te zien – het feit dat ze er niet aan had gedacht de pillen fijn te malen. Ze kon naar huis gaan om dat te doen en dan wachten op een betere gelegenheid. Ze zou ze in haar vijzel kunnen malen, dan zouden ze een pepersmaak krijgen. Zou dat geen goede manier zijn om afscheid te nemen van deze werkelijkheid, met de smaak van peper in je mond?
Nee. Ze moest het nu doen.
Ze nam een lepel van tafel, die er na een maaltijd ongebruikt was blijven liggen, vouwde een papiertje dubbel dat ze in haar handtas had gevonden, en liet de tabletten in de vouw van het papier glijden. Haar hand trilde een beetje toen ze de

pillen met de lepel op tafel fijnmaalde.

Dormicum. Het woord leek zelf net een wiegeliedje. *Dormi*, dat betekende natuurlijk slapen. En *cum*: 'samen', of 'met'. *Samen slapen*. Het woord leek je gewoonweg uit te nodigen om weg te sluimeren – om je hoofd te laten wegzakken, je ogen te sluiten, ver weg te drijven van de werkelijkheid. *Laten we slapen, en nooit meer wakker worden.*

Ze keek naar het poeder in de vouw van het papier. Haar man had zijn blik van het raam weggedraaid en keek haar nu recht in de ogen, niet langs of door haar heen. Hij keek recht in haar angst en onzekerheid. En nu zag ze in zijn blik niet meer het verzoek dat de reden was van haar komst, maar een heel ander verzoek, dat je gewoonlijk door een zwakkere werd gedaan, als je de hand tegen iemand opheft die zwakker is dan jijzelf. Anja las het overduidelijk in zijn ogen, en in dat krachtige verzoek lag plotseling alle macht besloten. Het was eenzelfde soort macht als de glinstering in de ogen van een in de val gelopen dier – niet macht om te beschuldigen of te handelen, maar macht die je verantwoordelijkheid gaf, en daardoor had het alle macht van de wereld.

Anja wist niet wat er gebeurde. Ze wist niet hoe lang ze daar stond, in het krachtveld van dat onverhulde verzoek, maar ze merkte hoe haar rechterhand het papiertje met poeder van de tafel nam, en het poeder weer in het doosje liet glijden. Haar hand trilde, er viel wat op het laken naast de armen van haar man. Ze veegde het op de vloer. Op de blauwe linoleumvloer zag het eruit als fragiel stof. Met haar voet streek ze het weg.

Ze kon haar man niet meer aankijken. Met hangend hoofd zei ze nog snel gedag; ze drukte hem voorzichtig de hand en zette een paar gejaagde stappen naar de deur. Op de drempel viel het doosje kletterend op de vloer, ze raapte het op en deed het weer in haar tas, opende de deur en stormde half rennend tot het einde van de gang, naar de hal, en dan naar buiten.

De koude lucht kwam als een muur op haar af. De lucht drong te snel haar longen binnen, het leek wel of ze helemaal geen adem kreeg. Ze voelde zich misselijk. Anja liep doelloos langs de muur van het verpleeghuis, strompelde de hoek om en plofte op haar knieën in de sneeuw. Het was pasgevallen sneeuw, zacht nog, en ze duwde er gedachteloos haar blote handen in. De kou voelde vaag tintelend aan. Het deed haar goed. Eindelijk kwamen de tranen, en ze huilde hardop – daar, op haar knieën, met haar handen in de sneeuw.

Er zat een merel in de lijsterbes. Net als in de straat waar ze woonde, dacht ze. De vogel keek op haar neer zonder te oordelen, zonder te troosten. Zat daar gewoon te kijken, wakend over de besneeuwde wereld.

Het was al avond toen Anja langs het marktplein aan de haven wandelde, de domkerk voorbijliep en haar weg langs Pohjoisranta vervolgde. Ze wilde dezelfde route nemen, ook al kon ze er ook sneller naartoe. Zelfs in het donker vond ze de weg, alsof ze de route al altijd had gekend.

Johannes was thuis, hij antwoordde meteen toen ze aanbelde, en wachtte boven aan de trap.

'Kom, we gaan naar binnen,' zei hij.

Achteraf dacht Anja dat het op een vreemde manier vertrouwd had aangevoeld. Een blik van verstandhouding toen hij voorzichtig haar hals had aangeraakt en met zijn vingers haar haren had gestreeld.

Met één snelle beweging trok hij zijn trui uit over zijn hoofd. Anja deed haar rok en trui uit, en opende de haakjes van haar beha. Ten slotte waren ze allebei naakt, ze keken elkaar aan zonder iets te zeggen. Ze voelde tegelijkertijd de druk van verdriet en van troost. En het was net of hij haar intuïtief aanvoelde – hij stak een hand uit en streelde teder haar schouders, drukte lichtjes met zijn duimen op de uiteinden van haar sleutelbeenderen, daar waar de botten onder aan de hals samenkomen in een klein, zacht kuiltje.

Ze ging op het bed zitten en hij nam voor haar plaats, opende voorzichtig haar benen en gleed met zijn vingers over de binnenkant van haar dijen. Volledig natuurlijk en ongekunsteld legde hij zijn handen op haar borsten. Ze voelde er nog niet echt genot bij, maar het deed ook niet onaangenaam aan – het was op diezelfde vreemde manier vertrouwd.

Hij kuste haar borsten en kreeg een erectie. Ze keek naar zijn penis, die anders was dan het lid dat ze zo goed kende, op de een of andere manier tengerder. Ze merkte onderaan een klein, grappig moedervlekje op. Ze strekte haar hand uit en greep de penis als om hem te begroeten. Haar duim kwam op de moedervlek terecht en ze drukte er zachtjes op, bedekte het, verplaatste haar hand en bracht het weer tevoorschijn.

Johannes begon opgewonden te raken, en er werd een sluimerend gevoel in haar wakker. Het verlangen kwam van ver – het was door allerlei andere gevoelens overschaduwd. Het kwam langzaam; ze kon het oproepen als een oude bekende die ze in geen jaren had gezien. Vertrouwd en nieuw. Tegelijkertijd vertrouwd en vreemd. Zo voelde ze haar verlangen opwellen.

Johannes duwde haar teder op het bed en kwam bij haar binnen, en ze bedreven stil de liefde, met achter het raam de neerdwarrelende sneeuw, op het ritme van elkaars gelijkmatige ademhaling.

Anni

Speelgoed moet je altijd netjes op orde houden. De knuffelberen op de plank hebben allemaal hun eigen naam en ze zijn alfabetisch gerangschikt: eerst komt de grote beer, de oudste knuffel van allemaal, en als laatste het kleine zeehondje met maar één oog. Alles bij elkaar zijn het er drieëndertig. Ze kunnen niet allemaal tegelijk in bed; Anni heeft het wel geprobeerd, maar toen hadden ze het hele bed ingenomen en moest ze zelf aan het voeteneind slapen. Daarom heeft ze een namenlijst opgesteld. Ze mogen allemaal een voor een naast haar komen slapen, elke nacht één knuffel. Zodat niemand zich gekwetst voelt. Zodat ze geen ruzie krijgen. Een vreselijke gedachte: misschien willen ze wel helemaal niet bij haar slapen, misschien willen ze gewoon op de plank blijven zitten, misschien haten ze Anni en willen ze niet naast haar komen liggen.

Deze nacht is het halfblinde zeehondje aan de beurt. De vorige nacht is hij uit bed gevallen. Anni voelt zich meteen schuldig. Hij heeft het koud gehad. En nu is hij gekwetst. Ze moet het weer goed maken met hem. Misschien mag hij nu een hele week op de ereplaats slapen, op het kussen van Anni, om het goed te maken dat hij op de vloer is gevallen. Maar niet te dicht bij Anni – want misschien wil hij eigenlijk helemaal niet graag bij haar slapen. Het zou vreselijk zijn als hem iets nog ergers zou overkomen doordat het uit bed was gevallen – namelijk dat hij naast Anni moet slapen. Dus slaapt het zeehondje de rest van de week op het hoofdkussen, maar op gepaste afstand van Anni.

Ze springt uit bed en merkt dat Ada al wakker is. Ada's stem

weerklinkt in de keuken. En de stem van papa. Mama is misschien al naar haar werk.
Anni kijkt naar haar sprookjeskalender. Het is 13 november. Ze knijpt haar ogen toe en doet een wens voor ze uit het raam durft te kijken. Haar wens: dat de sneeuw nog niet is gesmolten. Samen met Sanna hoopt ze al weken op sneeuw. Ze hebben afgesproken dat ze elke dag in het bos een hut gaan bouwen als het gesneeuwd heeft. Vandaag is het een goede dag om in het bos te spelen, besluit ze. Misschien is het vandaag wel de beste dag *ooit* om dat te doen.
In de keuken ruikt het lekker. Papa heeft pannenkoeken gebakken. Anni denkt meteen dat er misschien iets mis is omdat hij pannenkoeken bakt op een morgen dat ze naar de crèche moet en dat papa moet werken. Maar als ze de keuken binnenstapt, zegt papa vrolijk dat hij die ochtend niet hoeft te werken – daarom is het nu pannenkoekendag. Hij bakt de beste pannenkoeken van de hele wereld, Pippi Langkous-pannenkoeken, of *kannenpoeken* en *koekenpannen* zoals er in het boek staat geschreven.
Ze gaat aan tafel zitten en papa schenkt haar een glas melk in. Anni kiest de grootste pannenkoek van de hele stapel. Ada heeft jam en suiker op die van haar gesmeerd. Anni doet dat ook. Ze neemt een grote hap. De suiker knarst in haar mond, de jam smaakt lekker zoet. Anni rolt haar pannenkoek op en neemt een nog grotere hap.
Op televisie is er een ochtendprogramma aan de gang. Als papa haar vanochtend met de auto naar de crèche brengt, hebben ze misschien zelfs tijd om naar tekenfilms te kijken, denkt Anni. Papa heeft suiker in zijn mondhoek. Op televisie zeggen ze dat er ergens oorlog is.
'Papa?' vraagt Ada.
'Ja?'
'Komt hier ook oorlog?'
'Nee hoor.'
'O, goed dan,' zegt ze.

Anni proeft een zoete smaak in haar mond en neemt een nog grotere hap. De suiker knarst. Er komt geen oorlog, geen oorlog, Anni reikt naar het glas melk en bedenkt dat als ze het hele glas kan opdrinken voordat de eindtune van het ochtendnieuws is afgelopen, alles goed zal komen en dat er dan nooit iets kan gebeuren met iemand van haar familie. Als ik het hele glas melk kan opdrinken, denkt Anni.

's Middags spelen Anni en Sanna urenlang in de hutten die ze hebben gebouwd. Hun lievelingsspel is 'Familie Flodder en familie Deftig'. De familie Flodder woont in een vervallen hut. Alles gaat mis met ze: eerst hadden ze een prachtige hut, maar die is nu vervallen, omdat de papa dronk en de mama gek is geworden, fantaseert Sanna. De hut van de familie Deftig is altijd tiptop in orde. Papa heeft geholpen met het bouwen van die hut, en hij heeft een muur van echte planken gemaakt, die tegen een boom zijn gezet zodat het er helemaal gezellig uitziet, en mama Deftig bakt lekkere broodjes en het tafelkleed ligt altijd netjes en de kinderen zijn lief.

De kinderen van de familie Flodder zijn stout. En vuil. Sanna en Anni halen hun poppen door de sneeuw en de modder, en dan zien ze eruit als de kinderen van de Flodders. Die hebben zelfs geen schoenen of speelgoed. Ze moeten eten halen bij de voedselbank omdat papa al het geld voor het eten heeft opgedronken.

Vaak, 's avonds laat, stiekem onder haar deken, huilt Anni om het lot van de Flodders.

'Hoer, hoer, gekke hoer, gekke hoer,' scandeert Sanna, en ze geeft een van de Flodderkinderen ervan langs in de sneeuw.

'Wat is dat, een hoer?' vraagt Anni.

'Wat ben je toch dom. Dat is een eh. Zo'n vrouw. Met mooie oorringen en een rok, en ze gaat de hele tijd naar een hotel, altijd naar een hotel. En ze krijgt geld om naar een hotel te gaan.'

'Aha.'

Anni denkt aan de reis naar Griekenland. Het was er heet en

er was een kleine koelkast in de hotelkamer, en in de koelkast lagen zalig koude blikjes limonade, en chocoladerepen. Anni probeert zich voor te stellen hoe een hoer naar een hotel gaat – ze heeft mooie schoenen en een rok en ze zit op een bank en drinkt coca-cola uit een klein blikje. Een hoer heeft een leuk leventje.

'Mama Flodder was dus eerst een hoer, maar daarna was ze gewoon gek geworden, en ze liep de hele tijd overal in haar nakie rond,' bedenkt Sanna.

Sanna wil de mama van de familie Deftig zijn, en ook de mama van de familie Flodder, want volgens haar kan Anni geen gekke hoer spelen. Niemand hoeft papa Flodder te spelen, want die drinkt toch alleen maar. Anni mag papa Deftig zijn. Die heeft een mobieltje van boomschors; Anni praat in de telefoon en sjouwt rond met een aktetas; de papa van de familie Deftig is manager en is rijk en belangrijk en vriendelijk. 'Hallo, met meneer Deftig,' zegt Anni in de telefoon. Meneer, dat klinkt goed, zo zeggen grote mensen dat. Ze probeert andere mooie woorden te bedenken. 'Beurs' zegt meneer Deftig hoogdravend. Het klinkt prachtig. Ze verzint er nog meer. Meneer Deftig koopt aandelen, dat is net als geld, maar dan waardevoller. 'Eén Beurs, alstublieft,' zegt meneer Deftig in zijn mobieltje, en hij slurpt ingebeelde koffie uit een ingebeeld kopje. Meneer Deftig is manager, hij bestuurt de hele wereld.

Dan komt Sanna's grote broer Samuli, en die verpest het hele spel. Hij komt met zijn fiets hard aangereden bij het vervallen hutje van de familie Flodder, en de muur, die uit takken is gebouwd, stort in. O jee, het zit de Flodderkinderen niet mee, papa drinkt en mama is gek en nu stort hun huis ook nog in, er blijft niets meer over!

Samuli vlucht op zijn fiets weg zonder zich om Sanna's gevloek en getier te bekommeren.

'Gelukkig was het niet de hut van de familie Deftig,' probeert Anni, maar Sanna wordt nu ook boos op Anni en duwt haar tegen de grond.

Er komt sneeuw in haar mond en neus terecht.
'Stomme trut,' zegt Sanna. 'Je bent een stomme klotetrut.'
Sanna draait zich om en holt weg.
'Niet waar,' zegt Anni.
Ze staat op, tranen branden achter haar ogen. Sanna is al ver weg, ze loopt al op de weg. Anni blijft staan in de sneeuw. Ze is bang om alleen in het bos te zijn, maar ze gaat Sanna niet achterna. Ze weet dat het weer dagen zal duren voor die met haar wil spelen.
Straks wordt het donker. Ze kijkt op haar horloge. Het maakt haar altijd zo blij dat ze een horloge heeft, dat ze maar haar pols hoeft te draaien om er een blik op te werpen. Het heeft een roze polsbandje, en op de wijzerplaat staat een afbeelding van een poes. Ze heeft het samen met mama gekocht, vlak voordat ze naar de kleuterschool ging. Er zijn veel dingen die ze niet goed snapt aan het horloge. Als ze het per ongeluk aan de verkeerde hand draagt, loopt de tijd dan achterwaarts? Nee, vast niet, besluit ze; de werkelijkheid loopt hoe dan ook altijd vooruit.
Nu is het kwart over vijf.
Ze gaat op weg naar huis. Ze beslist dat Sanna het deze keer moet komen goedmaken. Meestal doet Sanna dat niet, ook niet als ze zelf de ruzie is begonnen. Meestal moet Anni het komen goedmaken. Maar nu is het Sanna's beurt, beslist ze.

Om zes uur 's avonds eten ze met het hele gezin gehaktballen met aardappelpuree. Mama glimlacht over de tafel heen naar papa. Ook Anni glimlacht. Vandaag geen ruziedag.
'Was het vandaag leuk op de crèche?' vraagt mama.
'Ja hoor,' zegt Anni, en ze stopt een hele gehaktbal in haar mond.
Ada rolt een gehaktbal over het tafelkleed.
'Ada, niet met je eten spelen, stop die nu maar in je mond.'
Ada trekt haar neus op.
'Maar hij is rond. Wat heb je aan een ronde gehaktbal als je hem niet mag rollen?'

Mama glimlacht, papa ook. Iedereen glimlacht. Anni slaakt een zucht van verlichting; voor even kan ze gewoon vrolijk zijn zonder zich zorgen te hoeven maken.

Voordat Anni gaat slapen leest mama voor uit een sprookjesboek. Anni zit weggekropen in haar linkerarm en Ada in de rechter. Anni drukt haar hoofd tegen mama's borst en luistert naar het sprookje, ze laat alle andere gedachten los.

Soms kun je het best alle slechte gedachten in je hoofd in een papiertje wikkelen, en het pakje dichtdoen, zodat die gedachten opgesloten blijven, en dan heb je even rust. Het Pakje met Slechte Gedachten. Anni denkt aan de ruzie met Sanna, en werpt het op de bodem van het pakje: Sanna's boze blik en haar scheldwoorden, helemaal onderaan het woord waarvoor Sanna haar heeft uitgescholden, het lelijke woord dat kleine meisjes eigenlijk niet mogen gebruiken. Dan denkt Anni aan papa en aan het meisje dat bij hem in de auto zat, de blik van het meisje, en ze gooit ook die gedachte in haar pakje. Als laatste denkt ze aan mama's slechte bui en haar verwijten; ze haalt mama's slechte en goede humeur uit elkaar, en legt het slechte bovenaan in het pakje en in gedachten doet ze het pakje dicht. Het ligt in de hoek van de kamer, en Anni is niet van plan die avond nog een blik in die richting te werpen.

Ada slaapt al. Ook Anni begint in te dommelen. Nu is alles goed, denkt Anni, vlak voordat ze inslaapt. Dit is misschien wel het beste moment van de hele dag.

'Anni,' fluistert mama en streelt over haar hoofd, 'wil je mama een geheimpje toefluisteren?'

'Eh, wat?' vraagt Anni, plotseling waakzaam.

'Een geheimpje waarover je niet met papa mag praten?'

'Eh, misschien,' zegt ze aarzelend.

Normaal vindt Anni het prettig om samen met mama over geheimpjes te praten. Dan kruipen ze samen met een zaklamp onder de deken; ze verlichten om de beurt elkaars gezicht en liggen te fluisteren. Ze smiespelen over allerlei dingen, over 'geheime dingen' zoals mama het zegt. Op zo'n moment mag zelfs Ada niet onder de deken komen. Het is 'alleen voor grote meisjes', zegt mama dan tegen Ada. Op zo'n moment voelt Anni zich belangrijk. Maar nu voelt ze dat er iets onaangenaams aan de hand is – iets wat eerder thuishoort in het Pakje met Slechte Gedachten in de hoek van de kamer. En ze merkt dat dat pakje niet meer stilletjes op zijn plaats blijft liggen, maar begint te ritselen en vanzelf opengaat.

'Weet je misschien,' begint mama, en Anni hoort al aan de manier waarop mama begint dat ze nu met woorden een soort waarheid moet maken die mama wil horen. 'Weet je misschien of papa onbekende mensen heeft ontmoet, meisjes bijvoorbeeld? Of ben je ooit met papa ergens heen geweest waar zulke mensen waren... die jij niet kent?'

Anni weet dat er waarheden bestaan die waar zijn, en dat er waarheden bestaan die worden opgebouwd met woorden en met pauzes tussen de woorden in, door te zwijgen en niet alles te zeggen. Het is niet hetzelfde als liegen. Het is heel iets anders. Het is eerder een vorm van bescherming. En Anni weet dat ze nu precies op die bepaalde manier de waarheid moet vertellen, op zo'n manier dat mama hem wel *kan horen*, maar alleen *als ze dat wil*, als ze maar aandacht wil schenken aan wat er tussen de woorden ligt, en erachter, en aan de pauzes.

En ze zegt: 'Nee, geen mensen die ik niet ken... alleen papa's collega's toen ik op papa's werk was na de crèche... en leerlingen, op papa's werk.'

Ze denkt nog snel even aan het meisje met het bruine haar en met die mooie jas en prachtige ogen, van die ogen die Anni ook wil als ze groot is. Ze denkt aan hoe het meisje in de auto zat, hoe papa haar aankeek en tegen haar sprak. Een snelle gedachte waar mama op kan ingaan, als ze maar wil.

Maar mama laat de gedachte voorbijgaan, en Anni denkt dat mama het misschien helemaal niet *wíl* weten, niet hard genoeg. Mama kust Anni goedenacht en dooft het licht.

Het kleine My Little Pony-lampje blijft branden, de pony's

huppelen over het bloemenveld; Anni is blij dat het lampje er is. Zodat de Maskermoordenaar niet komt. Zodat Ada veilig is, en Anni Ada niet de hele tijd hoeft te bewaken terwijl ze slaapt. Zodat Anni haar ogen kan sluiten. De smalle rossige lichtkegel waakt over Ada's slaperige gesnuif. De kegel schijnt tot in de hoek van de kamer, tot aan het Pakje met Slechte Gedachten, en Anni merkt dat het pakje niet langer dicht is, het is opengegaan en de Slechte Gedachten zijn eruit gesprongen, zijn al op weg naar Anni.
Ze laat ze komen.
Eerst denkt ze aan boze Sanna. Stomme klotetrut, had die gezegd. Maar Sanna bedoelde het niet zo. Sanna is bazig omdat ze Anni's vriendinnetje wil zijn, zo is het.
Ze zucht. Ze besluit dat ze het zelf zal goedmaken met Sanna. Meteen morgenvroeg. Ze zal zeggen dat het haar spijt en beloven dat Sanna haar horloge mag lenen. Sanna zal het zeker willen houden. Misschien geeft Anni het haar wel.
Daarna denkt ze aan papa en mama, en aan het meisje met de prachtige ogen. En Anni besluit dat ze papa moet beschermen en mama ook, en dat ze de hele waarheid nooit aan mama mag vertellen – de waarheid over wat er gebeurt of nog gaat gebeuren.
En als laatste denkt Anni aan alles tegelijk, ze kruist haar vingertjes onder de deken met sprookjesfiguren uit de Moeminboeken, en bidt dat iedereen het goed mag hebben, en dat niemand iets slechts zou overkomen. Dan sluit ze haar ogen en laat ze het My Little Pony-lampje waken over de nacht, over de dromen van Ada en over het Pakje met Slechte Gedachten.

Julian

Julian zat naar het meisje te staren terwijl de leerlingen bezig waren een opstel te schrijven. Af en toe moest hij zich dwingen weg te kijken, zodat niemand het zou merken. Maar het meisje was zo mooi – vooral nu hij had begrepen wat hem zo aantrok in haar. Steeds weer wierp hij een snelle blik in haar richting. Ze keek op en beantwoordde zijn blik. Ze glimlachte niet, keek ernstig. Hij glimlachte een beetje. Nu lachte ze ook. Hij moest zich dwingen zijn ogen neer te slaan, naar zijn boek. Ze had zo'n stralende lach, het leek wel of de wereld op zijn plaats viel als hij die zag. De laatste tijd zag ze er wel ernstiger uit. Was er misschien iets gebeurd? Als ze zo keek, zag ze er haast aristocratisch uit, en uniek. Tijdens de les zat ze soms in gedachten verzonken naar buiten te staren, dan keek ze plotseling in zijn richting, en op zo'n ogenblik zag hij in haar ogen tegelijkertijd alle ernst en alle blijdschap van de wereld. Dan kwam hij bijna niet uit zijn woorden; hij begon te stotteren en kreeg geen greep op het ritme van de les, totdat hij zijn leerlingen maar een groepsopdracht gaf, zodat hij zelf tijd kreeg even te gaan zitten en zichzelf weer onder controle te krijgen. Zij had alle macht in handen. In de buurt van het meisje voelde hij zich machteloos en ontoerekeningsvatbaar.

Hij had over zijn eerste zet nagedacht; over wanneer hij die het best kon doen. Wanneer, en op welke manier. Hij had gedacht haar nog eens voor te stellen ergens een kop koffie te gaan drinken, of zelfs om ergens te gaan dineren. Aan de andere kant vond hij dat die fase al voorbij was. Het was zo overduidelijk dat er iets tussen hen broeide dat hij haar misschien al-

leen maar hoefde te benaderen, direct en zonder omwegen.
De week daarop was er een gelegenheid: hun school had de traditie om één keer per semester een thema-avond te organiseren. Meestal was het een ludiek thema: het wilde Westen, de jaren tachtig of *Saturday Night Fever*. De avond werd georganiseerd door de werkgroep cultuur van de leerlingenraad; altijd dezelfde soort meisjes, van die stralende, drukke meiden met blonde haren, strakke jeans en roze T-shirts, en altijd hun woordje klaar. Julian had de afgelopen jaren geamuseerd naar het feest gekeken – het leek er altijd om te gaan dat de meisjes schaarser gekleed konden rondlopen dan overdag, en met extravagante make-up en kapsels. In de loop van de avond werd er altijd gedanst, en dan werd Julian onophoudelijk op de dansvloer gevraagd. Hij glipte altijd stiekem weg nadat hij aan de onvermijdelijke verplichtingen had voldaan.

Maar nu was het anders. Het feest was de perfecte gelegenheid om haar te benaderen. Ze waren allebei door omstandigheden verplicht aanwezig te zijn, en hun wegen zouden zich als bij toeval kruisen. De helft van de lokalen werd die avond trouwens toch niet verlicht of gebruikt, alsof ze erop wachtten dat iemand er zou binnenstappen – alsof ze wachtten op daden die niet voor vreemde ogen waren bestemd.

Hij stelde zich voor hoe het zou zijn om haar aan te raken. Haar delicate, gladde huid en haar onvoorstelbaar blanke, zachte borsten. Misschien waren ze nog door geen enkele man beroerd. Als hij haar aanraakte, moest hij van achteren beginnen door de dunne haartjes in haar nek te strelen. Daarna zou hij zijn hand verplaatsen naar de huid tussen haar schouderbladen, voorzichtig op haar ruggenwervels drukkend als om zijn pad te merken, zodat hij de weg terug zou vinden in dat land der vergetelheid dat gevormd werd door haar delicate, ongerepte huid.

Hij dacht aan de binnenkant van haar dijen, en aan het genot dat hem daar wachtte. Hij voelde een erectie opkomen. Het was volkomen ongepast. Snel probeerde hij aan iets onerotisch te denken. Hij riep het beeld op van een van zijn collega's. Tanskanen gaf Engels. Het was een grappenmaker, met knappe trekken, een luide lach en aan elke vinger een vrouw. De meisjes op school noemden hem Kontje. Het had misschien iets te maken met zijn welgevormde bilspieren. Julian dacht aan Tanskanens achterwerk. Af en toe gingen ze samen naar de sportschool. Hij stelde zich het bezwete achterwerk van Tanskanen voor, als die geconcentreerd aan een Smith-machine zijn *squats* zat af te werken. Soms had Julian de vergissing gemaakt zich tijdens de *squats* achter Tanskanen te posteren, zodat hij wel gedwongen was toe te zien hoe de contouren van diens testikels door de stof van de broek opbolden op het laagste punt van de *squat*. Daaraan dacht hij nu, en het was meteen afgelopen met zijn dreigende erectie.

De snelste schrijvers begonnen hun opstellen al in te leveren. Mari diende haar werk altijd als een van de laatsten in, en Julian hoopte dat ze dat nu ook zou doen; dan waren ze eventjes alleen.

Hij merkte dat hij weer zat te denken aan hoe hij haar zou aanraken. Met haar de liefde bedrijven zou vergetelheid betekenen; hij zou alles kunnen loslaten. Hij herinnerde zich dat hij ooit ergens had gelezen dat momenten van volmaakte aanwezigheid geen afdrukken achterlaten in je herinneringen. Om te herinneren moet je eerst afstand kunnen nemen van het moment; er moet een reflexieve gewaarwording zijn die de gebeurtenissen vanaf een afstand peilt, anders kan er geen beeld ontstaan dat je je later weer kunt herinneren. Maar momenten waarin je je volledig kunt onderdompelen – de ogenblikken die eigenlijk in al hun intensiteit bepalend zijn voor de zinvolheid van het hele leven – worden door een sluier van vergetelheid verhuld. En wel omdat ze zo sterk zijn dat de herinnering eraan heel breekbaar is. Zulke momenten komen je werkelijkheid toevallig binnengeslingerd, en ze nemen je in zich op zonder zelf een spoor achter te laten. Het zijn onbewoonde eilanden in je innerlijke gedachtestroom; weidse landschappen waar stilte de overheersende melodie vormt. Zo zou het ook zijn met het meisje, bedacht Julian. Zonder een spoor in de herinnering achter te laten. Volmaakte aanwezigheid in het nu; louter en alleen de duur van het moment zelf.

Het weidse land der vergetelheid.

Hij schoot uit zijn gedachten wakker toen de op een na laatste leerling het opstel inleverde. Alleen het meisje zat nog te schrijven. Hij probeerde haar aan te kijken, erachter te komen of ze had gemerkt dat ze alleen waren. Ze zat nog steeds geconcentreerd te schrijven.

'Hé Mari,' begon hij glimlachend. 'Stop maar hoor, de les is bijna afgelopen.'

Ze keek op en glimlachte. Hij voelde zijn opgewondenheid van daarnet weer ontwaken. Het was gewoon zo: hij kon er niets aan doen, zij had alle macht in handen.

'Ik ben bijna klaar,' zei ze met een lachje, en ze boog zich weer over haar opstel.

Hij liep op haar toe en voelde de onweerstaanbare drang om zijn arm uit te strekken, haar aan te raken. Zijn hand schampte als bij toeval langs haar schouder.

'Ik geef je toch een tien,' fluisterde Julian. 'Je schrijft zo goed dat je me gewoon geen andere mogelijkheid laat.'

Ze keek weer op en glimlachte.

'Dan is het wel af, denk ik,' zei ze terwijl ze opstond, en ze gaf hem het blad papier.

'Ja,' begon hij traag.

Hij wilde het moment samen zo lang mogelijk rekken, het liefst was hij daar gewoon stil blijven staan, in het krachtveld van haar broze aanwezigheid.

'Kom je volgende week naar de thema-avond? Of ja, natuurlijk kom je, voor leerlingen is het immers verplicht.'

Hij merkte hoe zijn hart opgewonden begon te bonzen. Hij schaamde zich gewoon. Hij was bang dat ze de verwarring zou merken die zich van hem meester maakte. Maar ze glimlachte alleen maar.

'Ik denk dat mijn opstel deze keer niet aan de verwachtingen zal beantwoorden,' zei ze zenuwachtig. 'Ik kon me maar niet concentreren, er schoot me niks te binnen.'

Julian greep de aangeboden kans.

'Echt? Heb je problemen, is er iets waarover je zou willen praten?'

Ze keek weg. Hij vroeg zich af of hij misschien een zere plek had geraakt. Misschien was er iets mis. Zonder na te denken stak hij zijn hand uit, en hij raakte zachtjes haar gezicht aan, verschikte een lok die voor haar ogen hing. Ze huiverde, maar deinsde niet achteruit. Hij werd vrijmoediger en met de rug van zijn hand streelde hij de contouren van haar gelaat, en ter hoogte van haar mond voelde hij haar zachte, vochtige ademhaling op zijn pols. Ze keek hem haast onthutst in de ogen. Een helder gevoel van ontzetting ging door hem heen. Het weidse land der vergetelheid – de poort daarheen lag hier voor hem.

'Je bent... je bent heel bijzonder,' hoorde hij zichzelf zeggen, hees en in de verte.

Nu deinsde ze achteruit, en de betovering werd gebroken. Ze raapte gehaast haar spulletjes bijeen en ademde gejaagd. Met een verwarde blik stamelde ze gedag en rende ze de klas uit.

Julian bleef een hele tijd als versteend achter; de muurklok tikte in de schemering van de middag, en hij voelde hoe zijn opgewondenheid geleidelijk aan begon weg te ebben. Hij had nog steeds een erectie, bonzend, opdringerig; al zijn gedachten richtten zich daardoor op het meisje, op hoe haar huid had aangevoeld, en op de warme belofte van wat zou gebeuren, die in haar ademhaling had gelegen.

Julian kwam om vijf uur thuis. Jannika stond in de keuken eten te bereiden. Hij trok zijn jas uit en bleef op de drempel van de keuken staan. Hij probeerde uit Jannika's bewegingen op te maken in welk humeur ze vandaag was; kon hij zich ontspannen en over koetjes en kalfjes praten, of moest hij op zijn hoede zijn.

Hij voelde zich dodelijk vermoeid. Hij moest haar voortdurend proberen te lezen – altijd diende hij gevoelig te zijn voor haar wisselende stemming, altijd moest hij haar benaderen alsof ze een raadsel was waarvan het geheim zich aan zijn blik onttrok. Uit kleine gebaren kon hij soms afleiden hoe ze zich voelde. Ze stond met haar rug naar hem toe, had hem niet horen binnenkomen. Hij kwam dichterbij en probeerde een glimp van haar gezicht op te vangen. Vreemd gevoel: net of hij bang was voor zijn eigen vrouw. Ze keek op en glimlachte. Hij voelde opluchting.

'Waar zijn de meisjes?' vroeg hij, en hij kuste haar vluchtig op de wang.

'Allebei bij de buren.'

'Aha. Wat ben je aan het klaarmaken?'

'Kip. Ik heb ook wijn gekocht,' zei Jannika met een lachje, en ze keek hem met een steelse blik aan.

Hij glimlachte zelf ook. Vandaag zou alles op rolletjes lopen. Ergens onder de oppervlakte kwam een vreemd gevoel opgeweld – het leek wel of hij het vertrouwen van het meisje bedroog door naar iemand anders te lachen, iemand anders aan te raken. Hij realiseerde zich hoe bespottelijk die gedachte was, en besefte voor het eerst dat hij bezig was zijn vrouw te bedriegen. Weloverwogen, zonder gewetenswroeging. Maar Jannika deed al lange tijd zo moeilijk. Ze moest er zich wel van bewust zijn dat hun relatie niet helemaal goed zat. Jannika begreep vast wel dat ze door haar wispelturige gedrag uit elkaar groeiden. En die verwijdering die tussen hen optrad – die gaf hem niet zonder meer het recht op een verhouding, maar het was wel een soort verzachtende omstandigheid.

Ze dekten de tafel en schonken wijn in de glazen. Ze aten in het licht van een kaars en genoten van de stilte; af en toe zei de een iets en dan knikte de ander, alsof ze hadden afgesproken alleen over onbelangrijke dingen te praten, en alsof de stilte hun welkom was.

Tijdens het tweede wijnglas begon het. Julian liet zijn voorzichtigheid varen; door de wijn werd hij losser en hij vergat op zijn hoede te blijven.

'Ik heb zitten denken dat ik weer wat aan mijn proefschrift zou kunnen werken,' zei Julian. 'Er zijn een paar interessante lessenreeksen aan de universiteit. Ik zou naast mijn werk colleges kunnen volgen, zo krijg ik weer een beetje greep op het onderwerp.'

Hij had zijn proefschrift al jaren zitten voorbereiden, was zelfs al een paar keer begonnen met schrijven. Maar altijd was er iets tussen gekomen: de geboorte van Ada, Jannika's fulltime baan. Nu had hij echter het gevoel dat hij er tijd voor zou kunnen vrijmaken.

Hij begon enthousiast te praten over zijn plannen, schonk in eerste instantie geen aandacht aan Jannika's zwijgzaamheid. Hij had een grootse theorie: de tragische mens en de vrijheid. Hij was daar al in zijn doctoraalscriptie mee begonnen, maar in zijn proefschrift zou hij zich er volledig op kunnen toeleggen. Toen ze nog maar net samen waren, was Jannika enthousiast geweest over het onderwerp. Hij herinnerde zich haar brandende blik en hoe ze geconcentreerd voorovergebogen had zitten luisteren tijdens hun adembenemende, door wijn verhitte gesprekken tot in de vroege uurtjes, toen hij zijn ideeën over de filosofische reikwijdte van de tragedie aan haar had uitgelegd. Ze was toen heel anders geweest. Bij elk woord dat hij zei, hing ze aan zijn lippen.

Nu zat ze met een afwezige blik voor hem; ze keek naar het raam, waarin een deprimerende kerstlamp van papier tot in het oneindige weerspiegeld werd. Julian bleef midden in een zin steken.

Hun ruzies begonnen altijd met de belachelijkste, onbeduidendste opmerkingen. Hij ergerde zich aan Jannika's afwezigheid. Als ze in een slechte bui was, had ze de gewoonte om met niet meer dan wat gemompel te antwoorden als hij iets tegen haar zei. En nu begon het weer – zonder de minste waarschuwing, toen hij was begonnen over zijn proefschrift. Jannika

keek weg, trok zich terug, verdween in een andere werkelijkheid.
'Wat heb je opeens?' probeerde hij.
'Hm.'
Hij voelde meteen ergernis opkomen.
'Oké,' zei hij, alsof hij zich gewonnen gaf. 'Het interesseert je dus niet?'
Ze mompelde weer iets, bleef maar naar het venster kijken.
'Werk jij maar aan je proefschrift. Als je daar je tijd aan wilt verspillen,' zei ze, en ze sloeg haar blik neer, nam met toegeknepen lippen een slokje wijn.
Daar gingen ze. 'Als je daar je tijd aan wilt verspillen.' Het was onverholen hatelijkheid. Een provocatie, en meer was er niet nodig. Hij voelde meteen hoe hij begon te zieden van woede. Hij merkte ook terloops een zweem van voldoening in zijn kwaadheid, maar besteedde er geen verdere gedachte aan.
'Wat moet dat nou? Wil je soms zeggen dat ik de kinderen en het huishouden heb verwaarloosd? Ik heb anders wel altijd de prioriteit gegeven aan ons gezin.'
Jannika prevelde weer: 'Dat bedoel ik ook niet.'
'Wat bedoel je dan wél?'
'Gewoon, een carrière is een carrière. Als je van plan bent je te concentreren op je onderzoek, dan zul je zeker keuzes moeten maken tussen je carrière en ons gezin...'
'Godverdomme! Ben jij misschien de enige die hier carrière mag maken?'
Het was Jannika geweest die de laatste jaren het meest had gewerkt. Hijzelf was zes maanden thuisgebleven toen Ada een jaar oud was; Jannika had na haar zwangerschapsverlof onverwacht een goede betrekking aangeboden gekregen bij de rijksmusea. Julian had gedacht dat er later tijd zou zijn voor zijn proefschrift.
'Laat maar zitten,' zei ze kortaf.
Haar blik was niet langer verdedigend, maar bot toen ze zei: 'Maar je hoeft niet te denken dat ik hier thuis je sokken ga was-

sen als je besluit om onderzoekertje te spelen. Doe maar waar je zin in hebt, schrijf je proefschrift maar, schrijf er voor mijn part twee, godverdomme.'

'Misschien doe ik dat wel. Hoef ik tenminste niet meer thuis naar dat theater van jou te zitten kijken.'

Ze sloeg haar wijnglas op tafel. De steel brak halverwege af. De wijn spatte op het tafelkleed. Ze keek op naar Julian; staarde hem aan met van haat verduisterde ogen. In haar blik glom woede, die even snel weer doofde als hij was opgevlamd. Ze trok zich weer terug in zichzelf. De wijn verspreidde zich traag als een donkere vlek over het tafelkleed, en trok langzaam in het weefsel van de stof. Jannika keek dwars door Julian heen. Op haar gezicht leek niet de minste uitdrukking te liggen. Hij werd met zijn woede alleen gelaten.

Ze stond op met trage, stijve bewegingen, liep naar de keukenkast en pakte het zoutvat. Even langzaam kwam ze terug, als een slaapwandelaar; ze strooide zout over de wijnvlek op het tafellaken.

Haar onverschilligheid deed zijn woede nog verder toenemen. Hij stond op en greep haar bij de arm. Ze keek weer weg uit het raam. Ze leek haast verveeld, alsof het hele gezinsleven met al zijn problemen haar op een of andere manier fundamenteel tegenstond. Het was onmogelijk zo ruzie met haar te maken, maar Julian was nu zo woedend dat hij het er niet zomaar bij kon laten. Hij had zin om haar door elkaar te schudden. Hij kneep in haar arm en wist nu al dat hij haar te stevig vasthield; er zou een blauwe blek achterblijven. Ze leek nog verder weg te drijven. De situatie was een stereotiepe herhaling van hun eerdere stomme ruzies.

'Zeg toch iets, verdomme,' siste hij terwijl hij haar arm harder vastklemde.

Ze draaide haar hoofd. Op haar gezicht lag nog steeds diezelfde dommige, verveelde uitdrukking.

'Maakt niet uit. Doe maar wat je wilt. Het kan me niet schelen,' zei ze onverschillig.

Het leek of hij iets hoorde knappen in zijn hoofd. Ergens in zijn achterhoofd begon het te gonzen en te suizen, hij zag de hele toestand voor zich als een beverige foto: de troebele wijnvlek op het tafelkleed, met zout bedekt; de voet van het wijnglas parmantig ernaast, als een absurd, eenzaam uitroepteken. Jannika's verstarde blik en de papieren kerstster voor het raam. En zijn eigen hand, opgeheven om te slaan – hijzelf, klaar om een pad te betreden waarvan geen terugkeer mogelijk was. De tijd stond stil en wentelde zich om die opgeheven arm. Nu keek ze hem recht in de ogen. In haar blik lag angst noch verbazing, verwondering noch ontgoocheling. Slechts een onbewogen, ernstige blik.

'Paps?'

Anni en Ada stonden verschrikt in de deuropening. Anni keek vragend naar Julian. Jannika wierp een blik op haar dochters. Haar blik bleef onveranderd. Julian loste zijn greep en liet zijn arm zakken. Jannika nam het zoutvaatje en zette het met een lege blik terug in de kast. De meisjes stonden nog steeds op de drempel. Ze hadden versierde hartjes van peperkoek in hun handen, die ze als schilden voor zich uit staken. Hij ging terug aan tafel zitten. Opeens voelde hij zich misselijk, volkomen uitgeput. De kerstster voor het raam wiegde in de tocht heen en weer en wierp een rode, zachte flikkering op de keuken.

Anja

Anja was bezig de kopieën voor haar college te verzamelen, die op haar bureau verspreid lagen. Ze zou haar lesmateriaal in de toekomst beter moeten ordenen. Het college begon over een kwartier en een deel van de kopieën voor de studenten was nog steeds onvindbaar. Ze opende een la van haar bureau. Er lag een zwart notitieboekje in. Het was niet hetzelfde schriftje dat jaren geleden zo pijnlijk haar ogen had geopend. Het zag er alleen zo uit: zwart en klein; met een dunne omslag, onschuldig. Zo onschuldig dat je je moeilijk kon voorstellen dat een dergelijk schriftje zo een grote uitwerking kon hebben.

Ze is de werkkamer van haar man aan het opruimen. Het bureau ligt vol papier. Er liggen altijd allerlei vellen papier, schetsboekjes, overheadsheets en paperassen van vergaderingen. De stofzuiger stoot tegen een stoelpoot. De stoel gaat aan het schommelen, waardoor een van de papierstapels van de tafel valt. Een van de schriftjes valt open op de vloer en Anja ziet wat er geschreven staat.

Waarom zou ze kijken? Er is iets wat mensen zo nieuwsgierig maakt dat ze wel moeten kijken, ook als ze weten dat ze het eigenlijk niet zouden willen zien, niet zouden willen weten.

En met precies zo'n blik kijkt Anja naar het schriftje, naar de inhoud ervan, die eerst nog onschuldig lijkt: ze weet dat ze niet wil weten, maar ze kijkt toch. Het lijkt op een dagboek. Onder elke datum staat een eenvoudige uitleg geschreven: namen waarin ze de collega's van haar man herkent, de ligging van bepaalde plaatsen, een gedetailleerde beschrijving van de route van zijn werk naar huis.

Nu is ze gedwongen onder ogen te zien wat overduidelijk is. Het schriftje is geen dagboek. Het is een gedenkschrift. Haar hart bonst een paar keer veelbetekenend, en een verblufte, haast geamuseerde gedachte schiet door haar hoofd; dit is het moment waarop haar leven radicaal verandert. Vanaf nu zal haar leven nooit meer hetzelfde zijn, vanaf dit moment, door dit zwarte, onschuldig lijkende notitieboekje.

Ze raapt het met trillende handen op.

Ze kan de neiging niet weerstaan erin te bladeren.

'Mijn echtgenote', staat er op een van de pagina's. Onder die titel staat Anja's volledige naam, geboortedatum, wat ze gestudeerd heeft, het onderwerp van haar proefschrift en haar titel, hoe lang ze al getrouwd zijn, wanneer ze elkaar voor het eerst hebben ontmoet, haar lievelingseten en -films, haar favoriete literatuur. Alle zaken die een mens in zijn geheugen hoort mee te dragen, waaraan je jezelf niet zou hoeven te herinneren.

Ze houdt het schriftje een hele tijd in haar handen, wacht op de tranen, die niet komen, en kijkt naar de zomer aan de andere kant van het raam; ze ziet de vogels in de bomen en de klimroos in de hoek van de poort. De rozen zien er hartverscheurend rood uit, het doet bijna pijn aan haar ogen als ze ernaar kijkt. Bijna wordt ze door radeloosheid overweldigd, maar als ze zich volledig concentreert op die rozen en op hun pijnlijke helderheid, dringt de waarheid pas geleidelijk aan tot haar door, zonder dat ze ervan in paniek raakt.

Als haar man thuiskomt, zit ze op de bank in de woonkamer. Hij doet zijn schoenen en jas uit en praat even over het rijpe zomerlicht. 'Vind je het niet zwaar, het licht in juli?' vraagt hij half aan zichzelf. Nee, nog niet zwaar, wel drukkend zoals licht soms zijn kan, alwetend. En hoe graag Anja ook had willen praten over het licht – er gewoon over praten, over het drukkende licht van juli, en over de pioenen en pompoenen die traag, geluidloos in de moestuin rijpen, zich bewust van hun eigen bestemming; hoe graag ze ook had willen praten over dat alles, toch zegt ze iets heel anders, iets wat hun leven radicaal verandert.

'Je begint te vergeten,' zegt Anja.

'Wat?' vraagt hij.

'Je begint te vergeten.'

'Ja,' geeft hij toe. 'Ik denk dat ik begin te vergeten.'

Hij komt naast haar staan en gaat op de bank zitten, reikt haar hulpeloos zijn hand. De waarheid blijft tussen hen in hangen, troosteloos, levensgroot. Nu is het uitgesproken, nu is het concreet geworden. Hij omhelst haar zoals hij het gewoon is te doen, ze zitten in elkaars armen in de hoek van de bank, en Anja denkt dat ze tenminste dit nog heeft, toch minstens dit – elkaar omhelzen.

Hij doorbreekt de stilte door te zeggen wat ze beiden weten.

'Ik moet me laten onderzoeken,' zegt hij, en hij drukt haar nog steviger in zijn armen. 'Ik moet me meteen laten onderzoeken.'

'Ik kom met je mee. We gaan er samen heen,' zegt ze.

Dat is alles wat ze zeggen. Ze blijven zitten, en kijken naar het drukkende licht van juli, en ze delen de wetenschap dat er momenten zijn die, hoe onooglijk ook, het leven compleet veranderen, onherroepelijk. Dit is zo'n moment; hun leven is onherroepelijk, radicaal veranderd, in één enkel moment. Ook al is het licht van juli even drukkend en alwetend als tijdens vorige zomers; ook al rijpen in de tuin geluidloos de pompoenen.

Anja legde het schriftje terug in de la van haar bureau. Ze zou zich zonder kopieën moeten redden. Ze sloot de deur van haar werkkamer achter zich.

De collegzaal zat bijna vol. Ze zette haar professorenmasker op – een vriendelijke, open blik, een zelfverzekerd glim-

lachje, de houding van een vrouw die haar plaats in de wereld kende – en liep naar voren.
Een snelle blik naar de aanwezigen: dag, goedendag. De leerlingen zouden haar zeker wel oud vinden, en maakten waarschijnlijk grapjes over haar, of misschien bewonderden ze haar wel. Maar Anja wist hoe ze dit moest aanpakken. Op elke andere plek zou ze zich misschien onzeker voelen. Maar niet hier, voor het publiek in de collegezaal.
Op de tweede rij zat iemand die ze niet kende. Ze herinnerde zich de man vaag van een of ander seminarie voor postdoctorale studenten. Geconcentreerd, ouder dan veel van de anderen en toch nog ondraaglijk jong. Hij zat ongeduldig voorovergebogen om te horen wat ze zou vertellen. Zulke ogen, als van een roofdier of een redder.

Na het college kwam hij op haar afgestapt. Een jongen nog, dacht Anja toen hij dichterbij kwam.
'Julian Kanerva,' zei hij terwijl hij haar de hand reikte.
Ze schudden elkaar de hand.
Ze merkte een verlovingsring aan zijn linker ringvinger. Of misschien was het wel een trouwring. Dus toch geen jongen.
'Aangename kennismaking, ik ben Anja Aropalo.'
Hij aarzelde even.
'Ik bereid een proefschrift voor,' ging hij verder. 'Mijn onderwerp is bij mijn weten uw specialiteit. Ik vroeg me af of u tijd hebt om er tijdens uw spreekuur meer over te horen.'
'Natuurlijk,' zei ze. 'Mijn spreekuur is op woensdag van één tot drie. U kunt per e-mail een afspraak maken.'
'Bedankt,' zei Julian Kanerva. 'Dat zal ik doen. Tot ziens dus.'
'Ja, tot ziens,' antwoordde ze met een glimlach.

Julian

Julian zat in zijn auto op de parkeerplaats van de school en keek voor zich uit. Sneeuwvlokken dwarrelden op de voorruit van de auto. Het meisje zou sneeuw in haar haren hebben als ze kwam. Ze hadden niet meer tegen elkaar gesproken na het verwarrende voorval van vorige week. Maar maandag had ze naar hem geglimlacht toen ze in de kantine in de rij stond te wachten. Die glimlach had hem opgewonden gemaakt. Het was een uitnodiging. Een belofte.
Hij stapte de auto uit en sloot de deur. Er stonden leerlingen voor het schoolgebouw. Hij keek snel langs de gezichten; het meisje was er niet bij. Hij ging naar binnen.
Tanskanen kwam hem bij de deur van de lerarenkamer tegemoet. Hij knipoogde.
'Alles kits, gozer?' gromde hij.
Ze groetten elkaar altijd op dezelfde manier. 'Alles kits, gozer,' zei Tanskanen, en Julian werd verwacht zelf droog te antwoorden: 'Gozer.' Het was stom, maar om de een of andere reden was het hun gewoonte geworden. Misschien wel omdat het op school toch altijd de meisjes heerlijk aan het lachen maakte, die toevallig in de buurt waren als ze elkaar tegenkwamen.
'Gozer,' zei Julian.
Tanskanen had vaak verhoudingen met leerlingen. Hij werd ervan verdacht, maar er werd nooit met zoveel woorden over gesproken. En hij was er nooit op betrapt. Hij was gewiekst: hij ontmoette hen nooit op openbare plaatsen, had nooit lange verhoudingen die het gevaar liepen tot serieuze relaties uit te groeien, en nooit met het soort meisjes dat verbitterd zou kun-

nen worden en zich op hem zou willen wreken door alles aan het licht te brengen. Zijn meisjes waren van die luide, klaterend lachende en stralende typetjes, voor wie Julian een beetje bang was. Maar vooral: zijn meisjes waren loyaal. Ze vertelden niets aan andere leerlingen. En geen roddels.

Doordat hij vaak met Tanskanen optrok, had Julian een verhouding met het meisje durven overwegen. Daar was eigenlijk helemaal niks mis mee. Leerlingen van de bovenbouw waren in de praktijk toch volwassen. Als ze het allebei wilden, kon je het zo interpreteren dat twee volwassen mensen uit vrije wil datgene deden waartoe ze zich aangetrokken voelden, en wat ook volmaakt natuurlijk was. Als ze het allebei wilden dus. En in dit geval leek dat ook zo te zijn.

'Ik moet vanavond toezicht houden bij de taartenbakwedstrijd,' zei Tanskanen met een brede grijns. 'Ik had me liever bij de yogagroep aangesloten.'

Julian antwoordde op dezelfde spottende toon: 'Je moet je bijnaam natuurlijk alle eer aandoen door op de eerste rij te staan bij de yoga.'

'Ik doe alleen aan yoga in zorgvuldig uitgekozen gezelschap, 's nachts en binnenskamers,' zei Tanskanen met een uitgestreken gezicht.

'Dat geloof ik graag. Maar wat is mijn rol eigenlijk in dit hele feest?'

'Als de banen der sterren en andere voortekenen kloppen, sta je de hele avond vrouwen het hof te maken,' gromde Tanskanen en hij knipoogde.

Julian verstijfde. Tanskanens grijns werd nog breder.

'Je naam staat op de lijst voor de dansles, aan de muur van de lerarenkamer,' meesmuilde Tanskanen.

'Ja, dat komt goed uit,' zei hij opgelucht.

'Gozer, houd je handen wel een beetje in bedwang. Niet vergeten: de heupen van je danspartner mag je zachtjes aanraken, maar het achterwerk laat je met rust.'

'Moet jij nodig zeggen,' antwoordde Julian met een grijns.

Om 19.07 zag Julian het meisje op de drempel van de gymzaal staan. Hij keek eerst verstrooid naar de klok boven de deur, registreerde hoe laat het was, en op hetzelfde moment zag hij haar onder de klok staan. Uit de geopende deur stroomde helder licht naar binnen en ze stond in die glimmende lichtkegel, de deurlijst omlijstte haar contouren in heldere omtrekken en de ronddraaiende spotlichten, die voor die avond in de zaal waren geïnstalleerd, gleden snel over haar silhouet voordat ze weer wegdraaiden. Het was net zoals hij het zich had voorgesteld: ze had sneeuwvlokjes in haar haren.

Hij liep op haar toe. Plotseling werd hij zich pijnlijk bewust van zijn eigen lichaam. Net als tijdens zijn confirmatiekamp, toen hij vijftien was, of in de eerste jaren van de middelbare school, dacht hij. Op de punten van haar winterlaarzen was nog sneeuw te zien, merkte hij. In één hand hield ze iets vast. Het waren dansschoentjes. Rode, met smalle riempjes die om de enkel moesten. De gedachte aan die schoenen aan haar voeten deed hem van wellust naar adem happen.

'Ik ben te laat,' zei ze met een glimlach.

Hij probeerde zijn zelfbeheersing te bewaren.

'Nee hoor, je hebt nog niets gemist.'

Ze trok haar jas uit en bukte zich om haar dansschoenen aan te trekken. Toen ze zich bukte, schoof haar rok een tiental centimeter omhoog, en hij zag op de plek die door de rok werd ontbloot een klein, vertederend moedervlekje aan de binnenkant van haar dij. Hij zag het als een vale plek door haar dunne kousen heen. Het was verbijsterend en fascinerend. Hij voelde zich van zijn stuk gebracht door op de hoogte te zijn van die intieme ligging, aan de binnenkant van haar dijen – daar, waar nog geen enkele vreemde hand ooit was geweest, in dat blanke, ongerepte universum van haar huid, dacht hij. Hij prentte het in zijn geheugen, tekende de contouren van die moedervlek jachtig in zijn geheugen, als een baken langs een nog onbekend pad.

Ze reikte merkbaar hoger dan daarnet. Haar ogen vonden

die van Julian – een snelle blik die verward weer wegdraaide. Hij merkte dat hij te lang bleef staren, draaide zich snel om en liep verder.

De studentenraad had een dansleraar uitgenodigd. Een man die beschikte over lenige heupen. Julian had het voorgevoel dat het volgende uur op een vernedering zou uitdraaien. Hij hield niet bijzonder van dansen.

Voordat het lesgedeelte begon, wierp hij nog een blik op het meisje. Haar vriendin had haar als danspartner gevraagd. Ze stonden giechelend te kletsen. Hij kon horen hoe haar gelach boven de andere stemmen uitklonk. Veelbetekenend rees het boven het geroezemoes uit, het sneed door de lucht en drong in zijn bewustzijn door, als een hamerende, dwingende prikkel. Ze had een betoverende lach – een lach die als een hees gekwetter van diep kwam opgeweld tot een heldere falset. Hij wilde die lach steeds weer horen. Hij voelde jaloezie omdat een ander die lach had uitgelokt. Hij besloot niet meer in haar richting te kijken. Nu moest hij afstand houden. Het was een welkom spel: hij moest de uitkomst rekken en uitstellen, opdat de climax onvoorwaardelijk zou zijn. En het was ook niet gepast als ze zou merken dat hij stond te staren.

De dansleraar riep iedereen bijeen en begon het programma van die avond uit te leggen. Julian glimlachte naar een leerlinge van het laatste jaar, ze kwam op hem af en vroeg of hij met haar wilde dansen. Berustend stemde hij in; hij zou dit gedeelte duidelijk niet zonder vernederende ervaringen doorkomen.

Hij nam haar bij de hand. Even keek hij nog naar de andere kant van de zaal. Een heimelijke, verstolen blik: het meisje had haar vriendin bij de hand gegrepen. Nu keek ze in zijn richting. Hij slaagde er niet in te lezen wat er in haar ogen lag. Haar blik kwam als elektrische stroom op hem af. Hij voelde zijn hart wilder bonzen.

Er volgden vernederende sambabewegingen en danspassen die Julian maar niet onder de knie kreeg. De dansleraar merkte dat hij niet goed kon dansen, en koos hem uit als middelpunt van spot; op een hatelijke manier kwam hij Julians houding corrigeren. Julian probeerde zijn goede humeur te bewaren. Vanuit zijn ooghoeken volgde hij de hele tijd het meisje. Ze leek de danspatronen goed te beheersen, glimlachte, straalde, lachte. Elk handgebaar dat ze maakte, was poëzie. De verplichte dansles duurde een uur. De vernedering had haar hoogtepunt bereikt toen de dansleraar eindelijk de leerlingen uit hun lijden verloste. De muziek veranderde van Zuid-Amerikaanse ritmes in een wals. Julian glimlachte naar zijn danspartner en verdween haastig naar de kant van de zaal.

Tijdens de avondschool was het de gewoonte dat iedereen aan het einde van de avond naar het feest in de gymzaal kwam. Het eten dat tijdens de verschillende workshops was klaargemaakt, werd op de tafels gezet. Julian griste een paar grote olijven uit de salade en schoof weg. Hij lokaliseerde het meisje meteen: ze stond met haar vriendin tegen een muur aan de andere kant van de zaal. Bekoorlijk plooide ze haar ene been, terwijl ze het andere liet rusten – net een jong veulen. Het beeld van dat half wilde, veulenachtige meisje dat hij mee zou kunnen voeren, en van hemzelf als degene die haar leidde, maakte hem nog geiler. Hij ging over tot de volgende fase van het spel: hij keek haar zo lang aan tot ze omkeek. Weer ontmoetten hun blikken elkaar, en ze keek snel weg. Hij bleef staren. Er ging een ogenblik voorbij. Ze probeerde te doen alsof ze niets had gemerkt. Ze glimlachte naar haar vriendin. Die keek in Julians richting en fluisterde haar iets toe. Het meisje keek nog eens, deze keer langer. Ze glimlachte. Het was een kwellend heldere glimlach, met een kracht die bergen naar het oosten zou kunnen verzetten en wolken aan de hemel naar het westen kon doen jagen. Maar hij kon zien hoe achter die heldere glimlach paniek gaapte: de situatie ging onweerstaanbaar haar opwindende afloop tegemoet.

Mari

Mari staat in de hal van de gymzaal, vlak voor de deur. Voordat ze de deur opent, kijkt Tinka haar nog even goedkeurend aan – ze hebben zich de hele avond grondig opgemaakt voor het feest en als ze Tinka's blik mag geloven, is de moeite niet voor niets geweest. Ze hebben wekenlang nagedacht over wat ze zouden aantrekken, hadden allerlei combinaties zitten bedenken die stralend genoeg zouden zijn om de meisjes van de leerlingenraad groen te laten zien van jaloezie en aan de jongens verblufte blikken te ontlokken.
'Snap je het nou,' fluistert Tinka. 'Het gaat erom dat we er betoverend uitzien, en toch nonchalant. Alsof we er geen enkele moeite voor hebben gedaan.'
Mari knikt. 'Ja.'
Tinka glimlacht.
'Nu hoeven we alleen nog te stralen.'
In Tinka's geval betekent dat een pluizige roze trui en een korte spijkerrok. Haar kousen hebben vijftien euro gekost; er zitten spinnenwebachtige, gladde knopen in en haar benen hebben er nog nooit zo goed uitgezien. Het effect wordt nog versterkt door de schoenen met hoge hakken, waarmee ze onmogelijk normaal kan lopen, laat staan dansen. Maar ontvelde tenen zijn een kleine prijs voor de bewonderende blikken van tientallen jongens, zegt ze.
Mari bekijkt zichzelf in de spiegel en is tevreden met wat ze ziet. Ze heeft een zwarte rok aan die perfect past – door Tinka uitgezocht – en haar haren vallen in donkere golven langs haar gezicht. Tinka heeft haar haren opgemaakt en make-up rond

haar ogen aangebracht. Nu pas kan Mari erkennen dat ze mooi is. En daar heeft Tinka voor gezorgd.
'Je bent Assepoester,' zegt Tinka teder, en ze slaat haar arm om Mari heen.
Mari weet dat ze Tinka's Assepoesterproject is. Ze lijkt net volgzame was die in Tinka's handen tot schoonheid wordt geboetseerd. Vanavond is de avond waarop Assepoester de balzaal binnen zal stappen; het moment waarop een onopvallend meisje zich zal ontpoppen tot een betoverend mooi wezen: iedereen kijkt om, ze schreeuwen het uit van pure bewondering en niemand kan zijn ogen van haar afhouden.
Ze kijkt in de spiegel naar Tinka en ziet voor het eerst in Tinka's ogen iets wat haar onrustig stemt. Is Tinka jaloers? Ze weet dat het niet Tinka's bedoeling was dat Mari nu de mooiste is geworden. Daar staan ze, naast elkaar voor de spiegel, en Mari is bang dat ze er mooier uitziet dan Tinka.
Tinka's glimlach ligt op haar lippen bestorven, in een onbestemde uitdrukking. Ze lacht geforceerd.
'Misschien kan ik toch maar beter die rode dansschoenen niet aantrekken,' probeert Mari nog.
Ze hebben samen de perfecte dansschoentjes voor Mari uitgezocht; rode, onweerstaanbare Assepoesterschoenen. Maar nu lijkt het wel of die schoenen er misschien te veel aan zijn. Ze zitten nog in haar tas, Mari heeft nog steeds haar normale winterschoenen aan.
Tinka hervindt haar glimlach.
'Doe niet zo gek, natuurlijk trek je ze aan.'
'Maar dan ben ik groter dan jij.'
'En wat dan nog? Dat geeft toch niet?'
Tinka glimlacht. Mari mag vandaag de mooiste zijn, de mooiste van allemaal. Vandaag, toch minstens vandaag.

Als Mari de zaal binnenstapt, hoeft ze maar een snelle blik in Kanerva's richting te werpen of ze weet het al: dit loopt op rolletjes. Dit loopt helemaal zoals het hoort. Ze kijkt naar Tinka, die naast haar staat, probeert Tinka met een blik in haar enthousiasme te laten delen, maar Tinka glimlacht niet. Weer die blik, waarin misschien jaloersheid ligt, of misschien verdriet of allebei tegelijkertijd.

Als de les begint, trekt Tinka Mari naar de dansvloer. Mari kijkt om naar Kanerva. Hij kijkt terug, staart haar aan. Ze voelt een steek van euforie.

Meer dan uur lang herhaalt de dansleraar zijn danspasjes. Met een mond die tot een streep vertrokken is, doet Tinka alles na, geconcentreerd en met een zweem van ergernis in haar ogen. Mari slaagt er maar niet in zich te concentreren. Ze kijkt steeds weer om, en altijd kijkt Kanerva in haar richting, de hele tijd kijkt hij naar haar.

De les is afgelopen, en Mari ziet hem naar de zijkant van de zaal lopen. Hij staat tegen de muur geleund in hun richting te kijken.

'Hij staat naar ons te staren, kijk eens hoe hij staat te staren,' fluistert Tinka in haar oor.

Mari glimlacht, durft niet te kijken, kijkt dan toch, langer nu, en glimlacht. Zo voelt het dus om volwassen te zijn, denkt ze.

Ze kijkt naar Tinka en slaagt er niet in haar geluk te verbergen. Tinka's glimlach ligt op haar gespannen kaken bestorven. Ze ziet er nijdig uit. Mari heeft geen zin om zich er nu druk om te maken.

'Gaan we dansen?' vraagt ze.

'Da's stom,' antwoordt Tinka bot. 'We kunnen nu niet meer zomaar met z'n tweetjes dansen, we moeten wachten tot iemand ons komt vragen,' zegt ze met verachting in haar stem.

'Aha.'

Tinka kijkt even weg en Mari merkt dat ze geërgerd is. Misschien is hun Assepoesterspelletje te ver gegaan; misschien is Mari echt wel mooier dan Tinka. Of misschien wil Tinka Kanerva voor zichzelf alleen hebben.

'Oké dan, laten we maar dansen,' zegt Tinka, terwijl ze zich bruusk naar Mari keert.

Ze dansen een half liedje.

Dan ziet Mari uit haar ooghoek Kanerva dichterbij komen. Julian. Op het ogenblik dat Julian de eerste stap in haar richting zet, is hij niet meer Kanerva, niet meer haar leraar, maar Julian. Julian, Nailuj. Julian, die alles heeft wat de wereld de moeite waard maakt. Ze heeft de hele avond geweten dat het zou gebeuren – dat het precies zo zou gaan: hij neemt een paar passen en eerst kijkt hij niet, hij kijkt weg, net of het hem niets kan schelen. Maar dan kijkt hij om. En geen van beiden kan het nog verborgen houden of het uit zijn of haar gedachten bannen. In deze tijd en ruimte bestaan er geen anderen meer; alleen deze twee mensen, twee lichamen die elkaars baan hier snijden. Met een even onvermijdelijke zekerheid als twee stelselmatig naar elkaar toe bewegende sterren komen ze tot elkaar. Ze ziet Tinka niet meer. Misschien zegt Tinka iets, maar ze hoort het niet meer. Later zal Mari zich misschien schamen voor deze situatie, voor haar eigen brutaliteit en voor het vanzelfsprekende recht waarmee ze haar plaats in het blikveld van Julian opeist. Maar nu schaamt ze zich niet. Nu is ze niet bang. Zijn blik tekent haar in duidelijke contouren.

Hij gaat voor haar staan, maakt een buiginkje en neemt haar vast. Het is een uitnodiging om te dansen, in de ogen van de andere aanwezigen ziet het er waarschijnlijk heel alledaags uit. Maar het is iets heel anders. Hij grijpt haar beet, en op hetzelfde moment geeft Mari haar zelfbestemmingsrecht op. Ze weet het zeker: vanaf het moment waarop ze zijn wereld betreedt, zal ze in Julian moeten wonen. Het is haar enige thuis, haar enige plaats in de wereld.

Ze voelt zijn hand op haar rug, op de welving van haar ribben. Haar vingers hebben zich tussen de zijne genesteld, en niets heeft ooit zo echt aangevoeld als die aanraking. Hun gedeelde blikken vormen een versmallende afgrond waarin Mari neerstort. Het is een ontstellende, verbijsterende afgrond, en ze ziet dat ze hetzelfde besef delen – hoe is het mogelijk dat dit tegelijkertijd zo nieuw kan aanvoelen, en toch zo uiterst vertrouwd? Hij buigt zich naar haar over, en ze voelt zijn ademhaling op haar gezicht. De warme, vochtige luchtstroom is zo'n innig teken van intimiteit dat haar knieën knikken en ze voelt hoe ze nat wordt. Een warme, huiverende golf trekt door haar lichaam en knoopt zich samen tot tedere verwachting, tot een knoop ter hoogte van haar onderbuik.

Er speelt een glimlachje om zijn lippen. Mari let niet op de muziek waarop ze dansen, ze merkt zelfs niet dat haar voeten bewegen, maar nu buigt hij zich nog dichter naar haar toe en fluistert de woorden waarop ze dansen in haar oor.

Mari glimlacht. Ze zou hem hier en nu willen kussen.

En het is of hij haar gedachten kan lezen. Hij haalt zachtjes adem vlakbij haar oor – Mari weet niet meer of hij gewoon ademhaalt of haar oorlel kust – tot hij met lage, zachte, van lust verstikte stem fluistert: 'Gaan we ergens heen waar we niet gestoord worden – om wat te praten. Wat denk je...?'

Ze knikt. Een vreemd gevoel overvalt haar, ontzetting over wat hij haar vroeg, en tegelijkertijd een overweldigende euforie en een verlammende angst voor het onvermijdelijke.

Hij doet een stap achteruit, kijkt voor het eerst om zich heen om er zeker van te zijn dat niemand kijkt, en ook Mari laat haar blik over de mensenmassa glijden. Ze herinnert zich Tinka. Mari ziet haar tegen een muur staan, naast de tafels met eten. Ze kijkt naar Mari. Er ligt weer verdriet in haar blik, Mari merkt het. Ze ziet ook nog iets anders in Tinka's ogen. Bezorgdheid misschien? Hoe kan Tinka bezorgd zijn, nu datgene gebeurt waarop Mari zich heeft voorbereid?

Ze beslist dat het haar niet kan schelen. Tinka heeft haar nu niet nodig.

Julian raakt lichtjes haar rug aan en leidt haar naar de deur. Niemand schenkt enige aandacht aan hen. Ze stappen over de drempel van de gymzaal en lopen naar buiten alsof het de normaalste zaak van de wereld is, en niemand merkt wat het te betekenen heeft dat ze die drempel overschrijden: ze betreden hun eigen ruimte, stappen buiten de tijd van andere mensen – naar een wereld die zich binnen in deze wereld opent als een eigen, onbekend universum. Dit is hun ruimte, de intieme woestijn van hun huid; waar een tong aarzelt bij het kuiltje van de navel, zoekend naar een plek om even te dralen in de welving van het heupbeen. Een oogkas vindt zijn eigen plekje in de uitstulping van het jukbeen in een ander gezicht waar het perfect blijkt te passen, als een stuk uit een oeroude puzzel.

In de hal van de gymzaal is het donker. Julian neemt ongedwongen Mari's hand beet. Ze lopen door de duisternis naar de dubbele deuren die naar de gang leiden. Twee gedachten schieten haar te binnen. Eerst bedenkt ze dat de deur een grens is tussen twee geuren. De geur in de hal van de gymzaal is een aromatische mix van citroenachtig reinigingsmiddel en de botte geur van het rubberen materiaal in de gymtoestellen. Als de deur opengaat, ruikt ze de zachtere schakeringen van de gang – er hangt altijd, ook 's avonds, een geur van koffie en het elektrische, stoffige en vertrouwde aroma van computers. Haar volgende gedachte: de warme hand van Julian. Die warmte dringt alle andere gedachten weg, ze wikkelt in een kring om Mari heen en houdt haar teder in zich binnengesloten.

In het duister van de gang voelt ze voor het eerst een vage twijfel. Het is een onduidelijk gevoel, een dunne draad die haar passen vertraagt en haar terug probeert te trekken naar de veilige lichten in de gymzaal en naar de vrolijke stemmen naast Tinka. Nog steeds ligt Julians hand warm in de hare. Maar toch.

Of toch niet: ze heeft haar beslissing al genomen. Hier ziet niemand hen, niemand houdt hen tegen. Hierop heeft ze gewacht, heeft ze zich voorbereid. Nu gebeurt het.

De deuren van de donkere klaslokalen links en rechts van de gang staan open. Als bij afspraak lopen ze hand in hand naar Julians eigen klaslokaal. Alles is er net als overdag, in de duisternis zien de vormen van de voorwerpen er alleen zachter uit. En toch is alles anders dan gewoonlijk. Ze blijven voor het raam tegenover elkaar staan, in de schaduw van een grote gatenplant. De geruststellende, diepgroene bladeren strijken over haar schouderbladen als hij een stap in haar richting zet. Hij heft zijn arm, en net of hij wil verdergaan waar zijn hand de vorige keer is blijven hangen, streelt hij met de rug van zijn hand over haar wang. Ze voelt haar hart sneller bonzen. In zijn blik zoekt ze naar een spoor van aarzeling, maar ze vindt alleen maar wachtende tederheid.

Als hun gezichten elkaar ontmoeten, sluit Mari haar ogen en ze besluit zonder omkijken de sprong te nemen. Ze voelt de stoppels op zijn wang en terwijl een verschrikte euforie door haar ingewanden en borstkas roffelt, denkt ze: hier staat een man, een volwassen man, en hij wil mij op dit moment meer dan wat ook in de hele wereld.

'Zullen we kussen?' fluistert hij hees.

Even liggen hun lippen tegen elkaar aan. Ze laat alle gedachten los en zinkt diep in Julian weg. Hun tongen tasten schuchter, verwonderd langs elkaar heen. Hij smaakt als een mens. Hij smaakt naar hoop en verwachting, naar zachte zomernachten, naar een meer; een weidse, heldere spiegel waarin een overvliegende watervogel een fladderende schaduw werpt, naar ogenblikken waarop je nergens naar verlangt, en naar geluk dat om de hoek ligt te wachten, dat hier al haast aanwezig is. De knoop van tederheid in Mari's onderbuik, in haar schoot, begint zich traag te ontwarren. Ze voelt een jonge levenskracht door haar aderen stromen en ze wordt helemaal nat, ze voelt haar clitoris bonken op het ritme van haar hartslag. Alle gedachten zijn uit haar bewustzijn verdwenen, weggevloeid naar haar vingertoppen en betekenisloos van haar af gevallen.

Hun kus wordt intenser en ze worden één ademend, steunend, vochtig wezen, waarvan de grenzen oplossen in de zachte schemering van het klaslokaal. Ze voelt zijn harder wordende lid, en een verbijsterende euforie stroomt door haar heen. Ze voelt zich vrouw.

Zonder het te willen, in een pure reflex, tast haar hand tussen zijn benen, voelend naar de wonderlijke reactie die de druk van haar lichaam heeft veroorzaakt. Hij buigt zijn hoofd naar achteren en steunt hees onder haar aanraking. Ze werpt hem een snelle blik toe: is ze te ver gegaan? Maar hij heeft zijn ogen gesloten en houdt haar met beide handen vast. Ze gaat zover zijn penis te masseren, die nu veeleisend stijf in zijn broek voelbaar is. Zou ze zijn rits moeten openen? Zou ze zover moeten gaan om hem te pijpen? Zijn kloppende lid jaagt haar opeens angst aan. Ze weet niet hoe lang ze kan pijpen voordat hij klaarkomt en zijn muffe vocht vrijkomt. Mari wil het niet in haar mond.

Hij opent zijn ogen en schuift traag zijn handen onder haar trui, bevoelt voorzichtig de contouren van haar beha. Hij trekt hem zachtjes omhoog, zodat haar gladde, kleine borsten en de strakke tepels vrijkomen. Julian trekt haar truitje over haar hoofd uit, laat het op de vloer vallen. Mari voelt zich verlegen. Ze voelt zich opeens te naakt en hulpeloos. Maar Julian merkt niet dat ze aarzelt. Zijn blik is op haar borsten gevestigd, hij kijkt er gebiologeerd naar en Mari voelt een vage schaamte. Hij drukt de palm van zijn rechterhand zachtjes op haar linkerborst en streelt met de groeven van zijn palm het glimmende knopje van haar tepel. Mari probeert adem te halen. Haar ademhaling breekt in een hortend, trillend waas naar buiten.

Hij lijkt haar gesteun te interpreteren als opgewondenheid, want hij komt nu nog dichterbij, zo dichtbij dat ze de keiharde penis tegen haar buik kan voelen. Hij buigt vooroverover en neemt haar tepel in zijn mond. Mari kijkt ontsteld toe hoe hij haar likt, ze kan er niet van genieten omdat het zo ruw en vreemd en grotesk lijkt. Misschien kan ze nog terug, denkt ze, en ze kijkt snel naar de deur van de klas terwijl hij likt. Maar dan kijkt hij op, strekt zich uit en ademt warm op haar gezicht, en hij duwt zijn tong helemaal in haar mond. Niets aan te doen, ze moet blijven, denkt ze.

Het schiet haar te binnen hoe ze als achtjarige meedeed aan een zwemwedstrijd. Haar vader had het idee gekregen dat ze aan wedstrijdzwemmen moest gaan doen, en hij nam haar mee naar de zwemschool. De eerste wedstrijden waren een schok. Iedereen wilde opeens winnen, oude vriendinnetjes werden plotseling concurrenten en zaten haar vijandig aan te staren. Haar vader wilde dat ze won; hij stond op de tweede rij van de tribune gespannen toe te kijken met een chronometer in zijn hand. En Mari stond vlak voor het startsein aan de rand van het zwembad, klaar om te springen, en ze dacht dat ze nog altijd terug kon. Ze had kunnen zeggen dat ze zich misselijk voelde. Ze had kunnen doen of ze flauwviel. Ze had kunnen doen of ze dood was, wat dan ook, als ze maar niet hoefde te springen. Maar vlak voor het startsein overviel haar een angstwekkende kalmte, een zoete onverschilligheid. Het doet er niet toe, dacht Mari. Het doet er allemaal niet toe. Het maakt allemaal niets uit, dacht ze, en ze merkte dat ze in het koele water sprong, dat als een bevrijdende droom op haar lag te wachten.

Nu herinnert ze zich dat moment. Ze wordt overvallen door een koele desinteresse en een vaag welbehagen, dat samenhangt met dat plotse, allesoverheersende gevoel dat niets ertoe doet. Nu gebeurt het, het maakt niet uit – ze laat het gebeuren. En eerder met de onverschilligheid van iemand die op het punt staat te verdrinken, dan door een dwingend verlangen opent ze de rits van Julians broek, trekt even aan het elastiek van zijn onderbroek en brengt zijn penis tevoorschijn. Ze denkt even aan wat de jongen op het feestje over pijpen had gezegd, en doorloopt het snel in gedachten voor ze vooroverbuigt en het warme, mannelijk ruikende lid tussen haar lippen neemt. Het laatste wat ze denkt voordat ze springt, voordat ze zich laat vallen in dit vlezige, harige en vochtige, eindeloos uitstrekkende moment, is een lusteloze aansporing. Ze mag niet denken, zegt ze stilletjes tot zichzelf. Ze moet gewoon loslaten en dit laten gebeuren.

Julian

Het Franse woord *désir* vindt zijn oorsprong in het Latijnse werkwoord *desiderare*. De concrete betekenis van dat woord is 'zich losmaken van de invloed van de sterren'. Eeuwenlang werden menselijk verlangens in de filosofie gezien als een zwakte: verlangen was gedetermineerd en onherroepelijk – iets dierlijks. Het zorgde ervoor dat de mens minder aan god gelijk was. En al even lang – eeuwenlang – werden de bewegingen van de sterren gezien als een kracht die de menselijke handelingen bepaalde. Maar op basis van zijn etymologische achtergrond – vrij worden van de invloed van de sterren – betekent *désir* eigenlijk dat je je verzet tegen het onvermijdelijke. Misschien is het wel een vorm van bevrijding, een radicale verlossing van alles wat door het lot op voorhand bestemd en bepaald is? Wat een prachtig idee: een mens hoeft helemaal niet aan god gelijk te zijn om vrij te zijn. Hij hoeft alleen maar te verlangen.

Alles gebeurde precies zoals Julian het zich had gedroomd. Het meisje wilde hem ook; woorden waren niet nodig, alleen een blik van verstandhouding.

Hij was bang geweest dat ze niet geil zou zijn, dat ze zo onervaren zou zijn dat ze ter plaatse onder zijn aanraking zou verstijven.

Maar ze had het zelf ook gewild en was geil gaan doen, ze had hem gelijk willen pijpen toen ze alleen waren. Hij liet haar pijpen tot hij bijna kwam, ze deed het gretig, met gesloten ogen net of ze haar enige voedsel van hem ontving. Julian keek gebiologeerd naar de lippen van het meisje die zich rond zijn kloppende pik spanden. Dat beeld maakte hem nog meer opgewonden. Gretig sletje. Hij had het hardop willen zeggen. Gretig sletje.

Ze stopte met pijpen en stond op. Hij wilde bij haar binnendringen. Hij schoof teder de lokken opzij, die over haar voorhoofd waren gevallen. Ze keek wat langs hem heen.

'Wil je verdergaan?' hoorde hij zich fluisteren, en in gedachte bad hij dat ze dat zou willen.

Ze knikte, drukte haar hoofd tegen zijn borst en greep weer zijn penis vast.

Hij draaide haar om, met haar rug naar hem toe, en schortte haar rok op. Hij trok haar kousen en roze broekje tot op haar enkels naar beneden. Het enige moment waarop hij twijfelde, was toen hij de kousen en het broekje in een bundeltje aan haar enkels zag, boven de rode dansschoentjes. Het zag er haast kinderlijk uit, hij dacht even aan Anni, die er een hekel aan had dat haar kousen in rolletjes naar beneden vielen.

Maar toen hij met zijn hand tussen haar benen ging, verdween zijn twijfel. Lekker sletje. Helemaal nat.

Hij duwde de wijsvinger van zijn rechterhand in haar natte, strakke kutje. Ze huiverde en slaakte een geilmakende zucht.

'Je bent helemaal nat,' fluisterde hij.

Hij moest haar nog die ene, noodzakelijke vraag stellen. Ze raadde wat hij wilde vragen, antwoordde nog voor hij iets had gezegd: 'Ik neem de pil. Voor mijn maandstonden.'

Hij bewoog voorzichtig zijn wijsvinger heen en weer, en drukte met zijn andere vingers tegen haar clitoris. Heerlijk strak kutje, dacht hij. Ze zuchtte en duwde haar achterwerk tegen zijn lul. Julian greep haar met beide handen bij haar middel vast, trok haar achterwerk dicht tegen hem aan en kwam bij haar binnen.

Een kut is een kut, dacht hij voordat hij alle gedachten losliet en neerstortte in dat gonzende moment, dat zich tot een eeuwigheid uitstrekte.

Mari

Mari loopt naar huis en voelt Julians vocht in haar broekje vloeien. Zo gaat het dus. Dit is wat ik wil, denkt ze. Ze opent de voordeur. De vertrouwde klik van de deur die in het slot valt, klinkt opeens helemaal anders. De hond komt haar in de hal tegemoet. Ze geeft hem verstrooid een klopje.
 Ze weet niet of ze zich wil wassen of dat ze Julian nog binnen in zich wil voelen vloeien. Ze voelt een vreemde afschuw. Nee, ze voelt zich heerlijk. Heerlijke Julian. Mijn Julian. Ze neemt een dominokoekje uit de kast en giet cacaopoeder in koude melk. Uit de werkkamer van haar moeder klinkt het vertrouwde getik op de computer. Ze hoopt dat haar moeder niet naar de keuken zal komen. Ze heeft het gevoel dat Julian van haar gezicht af te lezen is. Ze heeft het gevoel dat zijn geur in haar zit.
 Kruimelige brokken cacao beginnen in de melk te borrelen. Ze lossen op terwijl Mari in de melkspiraal roert, en smelten weg. Ze herinnert zich ochtenden op de crèche, en dezelfde soort cacao. Ze wilde nog niet wakker worden. Cacao plakte als een vliesje aan haar verhemelte. En toch moest ze wakker worden en haar regenbroek aantrekken. Nog steeds moet ze 's morgens opstaan en drinkt ze cacao. Er zijn dingen waar je nooit van af komt.
 Ze breekt het dominokoekje in tweeën. Alles komt goed als de vulling van het koekje intact blijft en aan de ene kant blijft zitten. Ze sluit haar ogen. Opeens lijkt de volmaakte bol van die koekjesvulling de belangrijkste zaak ter wereld. Alles komt goed en Julian houdt van mij en vrijen is zalig, en de wereld van

volwassenen is goed en juist – als de vulling van het koekje niet in tweeën scheurt, maar intact in het ene stukje blijft zitten, bedenkt Mari. Ze opent haar ogen. De vulling zit ongebroken in de rechterbrok van het koekje. Ze zucht en likt eraan. Ze voelt Julians vocht in haar. Zelfs als ze zit, kan ze het voelen. Zalige Julian. Dit is zeker goed, denkt Mari. Dit is zeker goed.

*

Wie eenmaal duikt, kan nooit meer terug naar het oppervlak. Hoeveel kun je aan iemand anders denken? En als het een vorm van aanwezigheid is dat je iemand in gedachten meedraagt, dan woont Julian in Mari.

Het wordt december, en dan begint de tentamenweek. Mari studeert voor de tentamens – aardrijkskunde en geschiedenis – en maakt wiskundeoefeningen. Mercantilisme en continentale platen, afgeleiden en vergelijkingen. Kanerva is voortdurend bij haar, hij kijkt over haar schouder mee als ze met een liniaal lijntjes trekt in haar geruite wiskundeschrift. Niet meer Kanerva, maar Julian. Julian zit in haar hoofd en woont achter haar neus en heeft zijn arm om haar borstkas heen geslagen. Hij zit binnen in haar. Het voelt geweldig en tegelijkertijd ook beangstigend.

Tijdens de tentamenweek is Julian surveillant bij het tentamen Fins, en Mari merkt hoe hij de hele tijd naar haar kijkt. Hij komt naast haar staan, buigt naar haar over, zodat het voor de anderen lijkt of hij haar ergens mee helpt. Hij legt zijn hand op de haartjes in haar nek. Niemand merkt het, iedereen is geconcentreerd aan het schrijven, en hij glijdt met zijn hand over haar rug naar beneden. Hij neemt een pen en schrijft zeven duidelijke woorden in de marge van het ruitjespapier: Ik verlang de hele tijd naar je.

Na het tentamen lopen ze naast elkaar door de stille, lange gang van de school naar de kamer van de leerlingenraad, en terwijl de klok aan de muur stilletjes de tijd wegtikt, likt hij haar tot ze in de ruwe stof van de bank moet bijten om het niet uit te schreeuwen.

Op het kerstfeest van de school zit Mari op de achterste rij naast Tinka, en kijkt naar Julians nek. Ze probeert zijn omtrekken in haar geheugen te prenten. Ze hebben niet gepraat over de kerstvakantie. Misschien zullen ze elkaar tijdens de vakantie helemaal niet zien.
Tinka gedraagt zich vreemd de laatste tijd. Ze heeft met geen woord over Julian gerept. Mari zou alles aan Tinka willen vertellen; alle kleine en grote dingen: de welving van zijn rug en zijn natte haren in de sneeuw, de zuchten die haar aanrakingen aan hem ontlokken. Maar Tinka stelt er geen enkele vraag over, en Mari durft het niet te vertellen. Tinka zit over de tentamenweek en over Oud en Nieuw te praten, over een reisje naar het zomerhuisje van haar familie, en over een jas met bontkraag waarvan ze weet dat ze hem als kerstcadeau zal krijgen.
'Wat was je beste cijfer? Heb je ergens een tien voor gekregen?' vraagt ze fluisterend als de muziekklas 'Stille nacht, heilige nacht' inzet.
'Voor aardrijkskunde en Fins.'
'Streber,' zegt Tinka meesmuilend. 'Ik heb voor alles een acht, behalve voor Frans een zeven.'
Mari glimlacht. Misschien is Tinka toch niet boos op haar.
'Gaan we vanavond iets drinken? We kunnen een fles schuimwijn kopen en op mijn kamer opdrinken. Kunnen we chocoladecake maken en daarna ons haar verven.'
'Ja, goed idee,' zegt Mari met een glimlach.
'Laten we gelei maken van die schuimwijn. Smaakt lekker, en je hoeft er niet veel van te eten of het stijgt al naar je hoofd.'
Even is alles perfect. Tinka glimlacht weer naar Mari, en Julian kijkt om van zijn zitje op de eerste rij en zoekt haar met zijn ogen. Hij ziet haar en in zijn glimlach ligt een tederheid

verborgen die alleen voor haar ogen is bestemd. De leerlingen van de muziekklas zingen 'Stille nacht' en vanavond zullen ze schuimwijngelei maken.

Op het schoolplein loopt Julian haar snel voorbij. Ze kijkt naar hem om. Hij maakt een snel gebaar met zijn handen: 'Ik bel je nog wel.' Mari knikt ernstig, en ze ziet hoe hij door de schooldeur naar binnen verdwijnt. Er zijn andere leraren in de buurt. Ze kan hem niet achternagaan. Ze kijkt naar haar mobieltje, met op het scherm het eigenwijze logo van een beertje. Ze weet nu al dat ze de volgende weken alleen maar zal wachten. In het geheugen van haar mobieltje staat Julian bij de letter j. Ze concentreert al haar gedachten op die letter j in haar mobieltje. Hij zal haar bellen. Hij verlangt naar haar, hij zal haar bellen. Hij verlangt de hele tijd naar haar.

's Avonds zit Mari met een borsteltje kleurshampoo in Tinka's haren te trekken. De rode kleur is al ingetrokken en uit haar haren gewassen, maar voor de *highlights* zit er in de verpakking ook nog een aparte crème om het haar te blonderen. Tinka lepelt lillende schuimwijngelei naar binnen.

'Ik was in het weekend met zo'n gozer die echt een bizarre lul had.'

Mari kijkt niet meer op van Tinka's gespreksopeningen.

'Zo,' zegt ze, terwijl ze de crème naar Tinka's kruin borstelt.

'Nou, om te beginnen,' zegt Tinka, en Mari merkt meteen dat Tinka zal gaan overdrijven, 'hij was natuurlijk enorm groot. En er zat een knik in.'

Mari ziet hoe Tinka choquerende details probeert te bedenken.

'En bovendien...' gaat ze verder in een poging spanning op te bouwen, 'die gozer was ook niet te stoppen. We hebben het een paar keer achtereen gedaan en hij had nog úrenlang kunnen doorgaan.'

'Goh,' zegt Mari.

'En nu belt ie me elke dag. En hij stuurt me obscene berichtjes.'
'Hm.'
'Het is een echte man. Een echte hunk. Niet zo'n mooiprater.'
Mari zegt niets. Ze weet waar Tinka op doelt. Of op wie.
'We moeten voor jou ook zo'n man zoeken,' zegt Tinka met verveelde stem, en ze kijkt in de spiegel om te zien of de crème al intrekt. 'Zodat je er ook wat van snapt,' voegt ze er nog aan toe terwijl ze met een nonchalante beweging haar hoofd in haar nek gooit.
Mari kauwt stilletjes op haar chocoladecake. Tinka lijkt het niet te begrijpen.
'Of wat heb je eigenlijk met Kanerva?' vraagt Tinka opeens zeurderig. 'Hij neukt je, toch? Je laat je gewoon door 'm neuken.'
Mari wordt rood als een boei. Tinka begrijpt er echt niets van.
'Dat mag je zo niet zeggen,' zegt ze verongelijkt.
'Hoezo dan?' snuift Tinka vijandig. 'Ik zie godverdomme wel waar jullie mee bezig zijn. De halve school ziet het. Alle leraren zien het. Jullie neuken elkaar. Zelfs zijn vrouw zal wel weten dat hij je neukt!'
Mari wordt razend. Welk recht heeft Tinka om zomaar tussen haar en Julian te komen? Het gaat niemand iets aan. Tinka is opgestaan, haar gezicht is van woede rood aangelopen. De klissen haar, dik van de kleurshampoo, klapperen tegen haar wangen als ze haar hoofd schudt. Ze ziet er lelijk uit, denkt Mari met een tevreden gevoel. Hoe is het mogelijk dat ze Tinka ooit mooi heeft gevonden.
'Het is helemaal geen neuken,' zegt ze kil. 'Het is helemaal geen vieze seks, zoals jij hebt met die stomme gozers van je.'
Ze is even stil. Tinka kijkt haar uit de hoogte aan. Tinka's minachting boort een gat tussen Mari's ogen en dringt binnen in haar hoofd, eist een verklaring. Mari verhardt haar blik. Tin-

ka is een kinderachtige, stomme trien. Tinka snapt niks van het echte leven.
'Het ís geen neuken,' zegt ze eindelijk traag, ijzig. 'Wij bedrijven de liefde. We zijn verliefd.'
'Val dood,' schreeuwt Tinka, en tranen beginnen over haar vlekkerige wangen te stromen. 'Snap je dan niet dat hij je gebruikt?'
'Hou op!' roept Mari woedend. 'Ik hou van Julian. En hij houdt van mij, snap je, hij hóudt van me!'
'Nee, nee, Mari, nee.'
Tinka zit stil te huilen. De tranen stromen over haar wangen, maar ze brengt geen geluid uit. Mari kijkt ontzet naar Tinka. Tinka meent het. Voor het eerst ziet Mari dat Tinka huilt, en dat ze doodernstig is.
'Ik ga nu naar huis,' zeg Mari traag, elk woord benadrukkend.
'Kanerva is een klootzak,' probeert Tinka nog.
Mari is al bijna vermurwd door Tinka's tranen, maar nu schiet een nieuwe gedachte haar te binnen: Tinka is jaloers.
'Waarom zeg je zoiets?' vraagt ze met een van woede verkilde stem.
De tranen stromen nog steeds onafgebroken over Tinka's wangen en druppelen geluidloos op haar trui.
'Ik ben je vriendin,' zegt Tinka.
'Waarom doe je zo hatelijk dan?'
'Kanerva is volwassen, hij is getrouwd.'
'Zit niet zo te zeuren,' zegt Mari kil. 'Je bent jaloers.'
Ze neemt haar tas en propt haar slaapkleding er weer in. Tinka staat stil naast haar en is nog steeds geluidloos aan het huilen. Mari kijkt niet meer naar haar om. Ze doet de deur achter zich dicht, gaat naar beneden, mompelt iets tegen Tinka's ouders over maagpijn om uit te leggen waarom ze vroeger vertrekt, en gaat naar buiten.
Buiten vriest het. De neerdwarrelende sneeuw van eerder die avond heeft de wereld in zich gesloten. De takken van de

sparren langs de weg hangen zwaar naar beneden. Tinka is jaloers, denkt Mari. Zo zit het. Want Mari en Julian houden van elkaar. Tinka weet niet wat echte liefde is. Tinka is jaloers, herhaalt Mari in zichzelf.

*

Mari's moeder ziet het kerstfeest groots. Ze vindt het belangrijk dat ze in dure interieurwinkels precies de juiste kerstballen koopt voor in de perfect gevormde kerstboom. Er moet een grote kerstham op tafel staan, ook al is er niemand om hem op te eten. En een Franse, met dikke crème bedekte kerststol, ook al heeft niemand er zin in. En kaas en wijn en een uitstapje naar het kerkhof op kerstavond, en dan naar het kerstkoor in de domkerk. Papa is weer eens op zakenreis – alweer in Japan – en hij komt pas de week voor Kerstmis terug. Mari moet met haar moeder de winkels aflopen op zoek naar de perfecte combinatie van rood en goudgeel voor de versiering van de kersttafel. Servetten. Servetringen. Bloemstukken.

Mari sleept zich in het kielzog van haar moeder van Stockmann naar de interieurwinkels in het zuiden van de stad en terug. Haar schoenen zijn nat van de vuile sneeuw die op het trottoir ligt samengepakt. De hemel hangt als een grijs tapijt over de straten met kerstverlichting.

Dit is dag drie. Mari heeft Julian al drie dagen niet gezien. De dagen zijn eenzame continenten, uitgestrekt als woestijnen. Mari's mobieltje zwijgt als een graf. Ze heeft hem een lang berichtje geschreven. Ze heeft het opgeslagen in de map met eigen berichten. Elke avond verandert ze het een beetje. Maar ze durft het niet op te sturen. Misschien leest zijn vrouw het wel. Of dat kleine meisje. Kinderen spelen soms met de telefoons van hun ouders. Die dochter van hem zou zijn berichtjes toevallig kunnen lezen. Mari verzinkt in wanhoop – ze kan hem niet bellen. Hij moet haar bellen.

Mari's moeder staat haar op te jagen bij de verkeerslichten

voor het Zweeds Theater. Net op dat moment ziet ze hem. Bij de lichten, aan de overkant van de straat. Een tram klettert voorbij en onttrekt hem even aan het zicht.

Hij houdt een meisje bij de hand – hetzelfde meisje dat in de auto zat, en dat Mari zo lang aanstaarde – en die houdt op haar beurt een kleiner meisje vast. De meisjes hebben dezelfde jasjes aan, en mutsen met kwastjes. Mari's ademhaling stokt, haar hart slaat een slag over en begint daarna zenuwachtig te bonzen. Haar moeder kijkt haar vragend aan. Het licht springt op groen. Er zit niets anders op dan over te steken. Halverwege het zebrapad merkt hij haar op. Er volgt een snelle herkenningsreactie, er ligt iets gelaten in zijn blik.

'Hé hallo,' begint hij als ze binnen gehoorsafstand zijn.

Mari probeert te glimlachen.

Julian kijkt naar haar moeder.

'U bent zeker Mari's moeder,' zegt hij met een glimlach, terwijl hij zijn hand uitsteekt. 'Julian Kanerva, Mari's leraar Fins.'

Mari ziet uit haar ooghoek hoe haar moeder begint te stralen.

'Hé hallo, ja dat klopt, ik ben Mari's moeder', zegt ze met een ergerlijk schelle stem, ze schudt hem de hand en stelt zichzelf voor.

Mari kijkt naar zijn kinderen. Het kleinste meisje staat naast het grotere te spartelen. Het oudere meisje probeert haar zusje in bedwang te houden.

Mari kijkt naar de grond. Drabbige sneeuw is aan haar schoenpunten samengepakt. Ze kan hem nu niet in de ogen kijken. Hoe kan hij zomaar met haar moeder staan praten? Ze kijkt hem snel even aan. Hij kijkt voorzichtig terug. En weer ziet ze in zijn ogen datgene wat alleen voor haar is bestemd. Ze glimlacht zwakjes.

'Ja, Mari is best wel een uitzonderlijke leerling. Intelligent en gevoelig en zo.'

Moeder lacht veel te luid.

'Echt waar? Thuis is Mari een heel normaal meisje,' zegt ze.

Mari voelt zich blozen van woede. Haar moeder staat te flirten. Staat ze echt te flirten?

'Nee hoor,' zegt Julian streng. 'Mari heeft poëzie in zich. Dat is prachtig, en heel zeldzaam in mensen.'

Moeder blijft staan, ze zegt niets, lijkt hem wat scherper op te nemen. Mari rilt van ontzetting. Even staan ze allemaal te zwijgen. Hij kijkt Mari's moeder kalm in de ogen. Die probeert te glimlachen.

'Nou, mooi dat Mari het zo goed doet op school. Fijn dat te horen van een leraar. Ze is zelf zo stil over alles wat ze doet,' zegt moeder ten slotte.

Julians kinderen beginnen ongeduldig te worden. De jongste heeft vuile sneeuw van het trottoir opgeraapt en begint er een sneeuwbal van te boetseren. De oudste trekt aan Julians mouw. Mari ziet hoe het meisje haar opneemt, hoe ze let op elk woord, op elke nonchalante glimlach en op elke achteloze stembuiging.

Trams kletteren voorbij. Dit is de enige keer dat ik Julian tijdens de hele kerstvakantie zie, denkt Mari.

Moeder zet haar innemendste glimlach op.

'Prettige kerstdagen nog, we zien elkaar zeker nog weleens tijdens de ouderavonden.'

'Ja, prettige kerstdagen,' zegt Julian.

Hij loopt weg met zijn kinderen. Mari draait zich om en volgt hem met haar ogen. Hij kijkt om en kijkt nog eenmaal op diezelfde manier naar Mari. Ze bijt zich vast in die blik. Ze kapselt zich ermee in.

'Waarom heb je me nooit iets verteld over die leraar Fins van je?' vraagt moeder bits als ze in café Esplanade zitten. Mari pulkt stukjes van haar kerstgebakje.

'Die wilde gewoon een complimentje maken. Ik ben niet zijn favoriete leerling of zo.'

'Onzin. Hij was in de wolken over je. Wat was zijn naam ook weer?'

'Julian.'
'Julian,' herhaalt moeder traag voor zich uit. Mari heeft het gevoel of ze zich uitkleedt, net of haar moeder alles kan zien. Julians naam is van háár. Alleen zij mag die naam uitspreken, die naam proeven.
'Je hebt wel een tien voor Fins, toch?'
Mari antwoordt niet, kijkt weg uit het raam. Moeder lijkt niet te merken dat Mari zich niet op haar gemak voelt.
'Goed,' zegt ze luchtig, 'dan zie ik die Julian natuurlijk nog weleens op de ouderavond.'
De pluizige stukjes kerstgebak blijven steken in Mari's keel. Ze roert in haar koffie. Heimelijk kijkt ze naar haar moeder. Zou ze het weten? Is ze zo opmerkzaam dat ze iets heeft gemerkt? Opeens lijkt het of haar sjaal haar keel dichtknijpt. Net of ze geen adem meer krijgt. Ze voelt tranen opkomen. Misschien zal ze hem proberen te bellen, misschien vandaag nog. Alleen maar om zijn stem te horen.

Anja

Het decemberlicht hing laag, de ochtenden glansden rozig en gingen langzaam in de middag over. Dan ineens een kort, helderder moment, als de zon tot aan de dennentakken in de tuin kwam – het licht werd net niet gelig toen het al weer weg begon te zakken en de schemering terug naar de voorgrond trok. Op kerstavond moest ze haar zus bezoeken. Johannes had Anja gevraagd kerstavond met hem door te brengen, maar ze vond zich door de gebeurtenissen van de afgelopen weken al laf genoeg. Op kerstavond wilde ze bij haar man zijn. Eerst zou ze 's avonds bij haar zus gaan eten en daarna ging ze naar het verpleeghuis, waar ze op de vensterbank vier lange kaarsen zou ontsteken. Ze herinnerde zich hoe ze twee jaar geleden kerst hadden gevierd. Ze hadden al afgesproken dat haar man naar het tehuis zou gaan, maar hij besefte nog alles.

Ze hadden de spreeuwen in de tuin gevoerd en glühwein klaargemaakt. 's Avonds hadden ze niets bijzonders gedaan, ze waren naar de sauna geweest en daarna waren ze naast elkaar in bed gaan liggen. Hij had zachtjes naast haar oor liggen ademhalen. Het was hun eigen tedere ritueel. Misschien voelde hij zich er werkelijker door – hij ademde zwaar, fluisterde af en toe een woord. Liefste, zou hij zeggen. Mijn vrouw. Mijn meisje. Het was niet belangrijk meer of hij zich alles nog herinnerde of dat hij het toch al was vergeten; wat maakte het eigenlijk uit of hij alles al was vergeten. Ze lagen dicht tegen elkaar aan en hij wist haar nog te noemen als een deel van zichzelf, als een lichaamsdeel dat bij hem hoorde. Lichaamsdelen van elkaar, dat waren ze geworden na al die jaren samen.

Anja ging nog tot de laatste week voor Kerstmis naar de universiteit. Het deed haar goed zich op te sluiten in haar werkkamer en te schrijven. Op de gangen van het departement zag ze niemand, alle anderen waren al op vakantie.

Anja had per e-mail nog een afspraak gemaakt op de laatste woensdag voor Kerstmis, met iemand die een proefschrift voorbereidde. Die man die ook op haar college was geweest, Julian Kanerva. Zo'n rare naam, net een romanpersonage. Hij kwam klokslag twee uur, zoals afgesproken. Hij stond in de deuropening, had daar waarschijnlijk al een minuut gestaan voor ze opkeek. Hij zag er onzeker uit. Afgelijnd binnen de omkadering van de deuropening was zijn onzekerheid nog duidelijker te zien.

'Pardon,' zei Julian Kanerva. 'Ik had een afspraak.'

'Inderdaad, ja,' zei ze met een glimlach. 'We hebben elkaar al ontmoet.' Ze stond op om hem een hand te geven. 'Ik heb u de laatste tijd wel niet in mijn colleges gezien.'

Hij stak zijn hand uit.

'Ik verdien mijn brood als leraar. Ik heb een aanstelling op een middelbare school, Fins en literatuur. Ik heb het er erg druk mee. Ik kan niet zo vaak op college komen als ik zou willen.'

Anja zocht op haar bureau naar de e-mail die hij had gestuurd en waarin hij zijn plannen voor zijn proefschrift uit de doeken had gedaan. Ze had het bericht uitgeprint voor dit gesprek, en had er met een rode pen kritische aantekeningen in aangebracht.

Hij was zeker ambitieus; eigenlijk klonk hij rondweg arrogant. In zijn e-mail stonden allerlei opgewonden theorieën over de filosofie van de tragedie. 'De grootste uitdaging bij een proefschrift is het afbakenen van het onderwerp,' had ze hem diplomatisch geschreven in haar antwoord.

Hij ging tegenover haar zitten en keek haar vragend aan.

'Goed, dus?' zei ze.

'Ja...' antwoordde hij.

'Wat wil je in je proefschrift eigenlijk precies argumenteren?'

'Precies?'

Hij raapte al zijn enthousiasme bijeen om zijn gedachten zo goed mogelijk onder woorden te kunnen brengen. Een jongen, dacht ze. Net een klein jongetje dat voor de klas mag komen om de juiste antwoorden op het huiswerk te geven.

'Ik dacht...' begon hij voorzichtig. 'Ik dacht dat ik eerst zou kunnen beginnen met een analyse van de structuur van de tragedie. In de verhaallijn van een tragedie moet er altijd een soort breuk optreden, zodat de gebeurtenissen daarna in versnellend tempo hun afwikkeling tegemoet kunnen gaan. Een sensationele gebeurtenis waardoor de tijd lijkt stil te staan. Die breuk is een beslissende verandering, die alle gebeurtenissen van de tragedie samenbrengt. Hij is onvoorwaardelijk; er is geen terugkeer meer mogelijk.'

Hij begon goed op dreef te komen. Zo had ze er al veel gezien: van die jonge onderzoekers die hun leven leefden door de theorie en die een bepaald onderzoeksproject heel persoonlijk opvatten. Je moest hen voorzichtig aansporen, hun af en toe een complimentje geven, maar ook in toom houden, zodat ze zich niet zouden vergalopperen.

'Ik ben vooral geïnteresseerd in de literaire analyse waarmee je die problemen wilt onderzoeken,' zei ze vermanend.

'Ja,' ging hij verder, 'ik denk dat de breuk die in de antieke tragedie optreedt, vaak met de dood samenhangt.'

'Je bent dus van plan een antieke tragedie te analyseren?'

'Ja, mijn bedoeling is *Antigone* van Sophocles vanuit een bepaalde invalshoek te behandelen.'

Antigone, natuurlijk, dacht Anja.

'En wat voor invalshoek had je in gedachten?'

'Ik wil de figuur van Antigone bekijken. Vooral haar verlangen te sterven, het feit dat Antigone wil sterven.'

'Hoe ben je van plan die bewering te staven?' vroeg ze uitdagend.

Ze zag dat hij behoefte had aan confrontatie. Ze moest hem tegenvragen stellen. Hij boog enthousiast naar haar toe.

'Het feit dat Antigone weigert koning Creons bevel op te volgen en toch haar broer wil begraven, die tegen de koning heeft samengezworen, heeft uiteindelijk als gevolg dat ze kiest voor de dood. Ze kiest nog liever de dood dan aan een onrechtvaardige wet te gehoorzamen – namelijk het verbod haar broer te begraven. Ze zegt: "Zalig is het sterven omwille van zo'n daad / En als ik sterf vind ik het prachtig."'

'Hoe kan het feit dat Antigone weigert zich te onderwerpen aan de wet, er volgens jou toe leiden dat ze naar de dood verlangt?'

'Omdat haar verlangen buiten alle proporties is. Ze geeft haar leven op om haar broer te begraven. Het is een onredelijk, buitensporig verlangen, dat uiteindelijk leidt tot de dood.'

Ze gaf zich niet gewonnen.

'Waarop is haar verlangen dan gegrond?'

Hij antwoordde traag, zijn woorden proevend: 'Het gaat om betekenis. Anders zou alles zinloos zijn; niets zou er nog toe doen. Zonder verlangen is er niets.'

Ze glimlachte terug. Dus deze man was helemaal geen leeghoofd. Ze gaf een andere richting aan het gesprek.

'Denk je dat het noodzakelijk is dat Antigone sterft, dat ze geen enkel alternatief heeft?'

Hij leek even na te denken.

'Ze gaat gebukt onder het noodlot van haar hele geslacht. Ik denk dat haar dood onvermijdelijk is voor het louterende effect van de tragedie. Dat is de functie van de tragedie.'

'Is de dood in de tragedie altijd onvermijdelijk?' vroeg ze uitdagend.

'Ja. In de tragedie is hij onvermijdelijk,' antwoordde hij zonder aarzelen.

Hij hield een korte pauze, keek Anja strak in de ogen en glimlachte. Ze ging even in haar stoel verzitten.

'Zo,' zei ze langgerekt. Ze wilde hem voorzichtig aanmoedi-

gen, zonder al te enthousiast te klinken. 'Dit klinkt allemaal erg veelbelovend. Ik zou je toch aanraden bijzondere aandacht te schenken aan het afbakenen van je onderwerp.'
'Natuurlijk,' antwoordde hij toegeeflijk. 'Mag ik u later nog een e-mail sturen, als het eigenlijke plan van mijn proefschrift vorm heeft gekregen?'
'Afgesproken.'
Ze stond op ten teken dat het gesprek was afgelopen. Julian Kanerva stond ook op. Hij draaide zich al om om te vertrekken. Ze kon de verleiding niet weerstaan nog te vragen: 'Is deze theorie volgens jou ook van toepassing op het leven, op onze eigen werkelijkheid? Ik bedoel je theorie dat betekenis door verlangen aan het licht wordt gebracht?'
Hij draaide zich om en keek verbaasd naar Anja. Even leek het of hij niets wist te zeggen. Toen veranderde zijn verbazing in een tergend glimlachje.
'Wie zegt dat we een grens moeten trekken tussen de tragedie en het leven? En überhaupt: wie zegt dat we een grens moeten trekken tussen de kunst en het leven?'
Ze schoot in de lach.
'Niemand,' zei ze. 'Maar het kan wel gevaarlijk zijn als kunst en het leven door elkaar beginnen te lopen.'
'Maar wat als de een nou de ander verruimt, als ze in elkaar opgaan en elkaars grenzen verleggen?'
Anja gaf zich niet gewonnen.
'Misschien is het verlangen toch altijd onderworpen aan een verzoek, in het leven dan, bedoel ik.'
Hij stond nog steeds te glimlachen.
'Dat dacht ik ook.'
'Maar nu niet meer?'
'Er is iets gebeurd waardoor ik van mening ben veranderd. Misschien is het mogelijk. Dat kunst en het leven elkaars grenzen verruimen. Misschien is het wel mogelijk om passie, verlangen en vuur het leven binnen te brengen, net zoals ze ook in de kunst aanwezig zijn.'

Ze keek hem uitdagend aan.
'En de dood? Heeft zo'n levenshouding ook een tragische dood nodig om alles een plaats te geven?'
Hij lachte.
'Ja, dat kan wel een probleem zijn.'
'Ik zou zeggen dat het een probleem ís,' zei ze glimlachend. 'Als we in het leven alleen maar veranderingen zouden nastreven door de dood.'
Hij was even stil.
'Ik vrees dat we op dit vlak fundamenteel van mening verschillen,' zei hij toen.
Ze lachte.
'Dat is goed. Meningsverschillen zijn altijd welkom. Twist is de vader van alle dingen.'
Julian Kanerva begreep de verwijzing en trok een grimas.
'Tot ziens.'
'Tot ziens.'

Mari

Er komt maar geen einde aan de saaie, zich moeizaam voortslepende dag voor Kerstmis. 's Ochtends versiert Mari de kerstboom. Om tien uur drinkt haar vader zijn eerste glas cognac. Moeder dekt de tafel voor het avondmaal. De borden van Villeroy & Boch krijgen elk tot op de millimeter nauwkeurig hun eigen plek toegewezen.

Mari trekt op haar kamer een wijnrode fluwelen kokerjurk aan, en glanzende kousen. Ze bekijkt zich in de spiegel en denkt even aan het zalige lemmet van haar mes, met zijn duidelijke, bevrijdende sneden. Het zou makkelijk genoeg zijn een mes uit de keuken te halen. Ze zou twee of drie japen in haar dij kunnen maken, of in haar arm, wanneer ze maar wil. Het is een kleine, bemoedigende gedachte. Haar eigenste eiland in de vermoeiende loop van die dag.

Om vier uur komen de gasten. Haar tante Anja, die de zus is van haar moeder, en het gezin van oom Heikki, de broer van haar vader. Mari's neven nemen meteen luid tekeergaand het hele huis in beslag. Moeder zegt Mari dat ze haar neven gezelschap moet houden. 'Speel maar een spelletje Monopoly of Hotel, zolang je er maar voor zorgt dat ze voor eventjes niet van hun plaats komen,' zegt ze. Mari schikt zich in haar taak als kindermeid en ze krijgt haar neven zover dat ze hotels gaan kopen in Erottaja en de Mannerheimintie. Ze richt zelf een hotelcomplex op in Liisankatu en op de Esplanade en verwerft zo algauw een monopoliepositie. In de loop van het spel drijven haar gedachten af naar haar mobieltje. Ik wacht nog even met kijken, denkt ze. Ik kijk pas over een uur. Ze concentreert al haar gedachten op die ene wens. Julian heeft gebeld. Julian heeft op zijn minst één berichtje gestuurd.

Na een uur zijn ze overgeschakeld op een spelletje Hotel en haar neven zijn in een gevecht verwikkeld om het grootste hotel. Mari strekt haar been op de vloer. Het tapijt heeft op haar door kousen bedekte been een kostelijk bont wafelpatroon achtergelaten. Ze kijkt afwezig naar haar vader en naar Heikki, die aan hun wijn zitten te nippen. Oom Heikki kijkt met nieuwe ogen naar Mari. Ze ziet wat die blik betekent: ze is een vrouw geworden. Ze kijkt de andere kant op en probeert niet te denken aan zijn starende ogen.

Op haar mobieltje staan twee gemiste oproepen en de afbeelding van een envelopje. Haar hart springt hoopvol op. De oproepen zijn van Tinka. Ze voelt ontgoocheling als een traag beest door zich heen kruipen. Ook het berichtje is van Tinka. 'Zalig Kerstmis. Sorry dat ik zo debiel deed. Weer vrienden?' Mari antwoordt lauwtjes 'ok' en wenst haar een zalig kerst.

Het avondmaal duurt een eeuwigheid. De bietenpuree blijft aan haar verhemelte plakken en de rode wijn verft haar lippen paars. Heikki begint een geanimeerd gesprek met de zus van haar moeder. Hij doet niets liever. Het is een patroon dat zich op alle familiefeesten herhaalt. Hij hoeft nog maar een paar glaasjes op te hebben, of hij daagt Anja al uit tot een gesprek over welke vorm van wetenschap er nou toe doet. Deze keer begint hij op een gewichtig, opgewekt toontje.

'Hé Anja, heeft de fundamentele aard van de werkelijkheid zich intussen al geopenbaard?'

Anja neemt de handschoen rustig op, ze neemt een slokje van haar wijn en kijkt Heikki helder in de ogen.

'Nog niet, maar het kan elk ogenblik gebeuren. En je kunt ervan op aan dat je de eerste bent aan wie ik het zal vertellen als het zover is.'

Ze knipoogt. De ironie blijft tussen hen in boven tafel hangen.

Moeder kijkt met een gekwelde uitdrukking op haar gezicht naar Heikki. Vader zit zwijgend, gelaten te eten. Ze kennen dit patroon allemaal maar al te goed. Heikki begint door de stekelige opmerking van Anja nog meer uit de hoogte te doen.
'Waar ben je ook weer mee bezig in dat onderzoek van je? De noden van de moderne mens?'
'Ik onderzoek de tragedie,' corrigeert ze. In haar stem ligt al een vage kilte.
Hij snuift ten teken dat hij het allemaal maar niks vindt.
'Wat ligt er dan helemaal aan de basis van je onderzoek? De tragiek van de moderne mens. Wat maakt de mens nou zo bedrukt?'
'Heerlijk, die ham, lekker mals,' zegt de vrouw van Heikki in een goedbedoelde poging om van onderwerp te veranderen.
'Ja,' antwoordt moeder, het onderwerp dankbaar aangrijpend. 'Ik heb hem helemaal zelf gebakken.'
Hij lacht opgewekt.
'Ja, heus. Eten hebben we genoeg, en allerlei entertainment. En toch worden we door depressies overmand, toch, Anja?'
'Hou eens op, Heikki,' zegt zijn vrouw beheerst, ze glimlacht zelfs een beetje. Achter die glimlach is ergernis hoorbaar.
'Kom nou,' zegt hij gemaakt goedbedoeld. 'We zijn gewoon wat aan het praten over de verwezenlijkingen van de alfawetenschappen. Ongelofelijk belangrijk, heus. Zeg me nou eens wat ons, de moderne mens, nou zo depressief maakt, Anja, zo in het algemeen.'
Nu begint moeder al demonstratief met haar bestek te rinkelen. Mari ziet hoe geërgerd ze is. Het is overduidelijke wanhoop. Anja let niet op de bedrukte stemming. Ze glimlacht niet meer, maar beantwoordt Heikki's blik zonder haar ogen neer te slaan.
'Zo in het algemeen,' herhaalt Anja, en ze slaagt erin weer te glimlachen. 'Zo in het algemeen voelen we ons bedrukt door de dood. Onze eigen dood en die van anderen.'
Heikki begint hardop te lachen.

'Zo. En deze meesterlijke gedachte wil je in je wetenschappelijke publicaties bewijzen. Over zo'n geweldig idee houd jij je colleges.'
'Dat klopt,' zegt ze kortaf.
Hij denkt even na, neemt een slokje wijn.
'Vertel me dan eens wat de dood voor ons betekent, wat is de betekenis ervan?' vraagt hij geanimeerd, zonder echt een antwoord op zijn vraag te verwachten.
'Het is een ultieme mogelijkheid,' antwoordt ze.
'Een mogelijkheid?' vraagt Heikki gespeeld verbaasd. 'Is het niet eerder iets wat ons allen te wachten staat? Ik zou mijn eigen dood niet echt een mogelijkheid noemen,' meesmuilt hij.
'Natuurlijk,' zegt ze toegeeflijk. 'Daarom is het ook iets ultiems. Maar hoe dan ook, een mogelijkheid. Het staat ons allemaal te wachten, onvermijdelijk.'
'Hoe kan de dood dan een ultieme mogelijkheid zijn?'
'Dat heeft te maken met hoe we de tijd beleven. En uiteindelijk met de hele logica van de tijd.'
Nu begint hij onverholen te lachen.
'Verdomme,' zegt hij ongelovig. 'De logica van de tijd. En jij kunt ons vertellen hoe dat zit?'
'Ik niet, maar filosofen. Ik praat alleen maar over wat anderen hebben gedacht.'
'Vertel me eens wat dat is, de logica van de tijd?'
Ze proeft van haar wijn, kijkt op, en zegt met heldere ogen: 'De logica van de tijd heeft te maken met herinnering en intentie. Herinnering en intentie brengen de zinvolheid van elk afzonderlijk moment aan het licht.'
Hij schudt zijn hoofd, glimlacht smalend.
'En ik die dacht dat de tijd een opeenvolging is van nu-momenten. Dat is toch een onbetwistbaar feit? De momenten volgen elkaar op. Moeilijker is het niet.'
Anja glimlacht voordat ze antwoordt: 'Chronologie is een vergissing. Elk moment krijgt zijn betekenis door wat erbuiten

ligt: uit het verleden, of uit wat in de toekomst ligt. De mens is altijd ontwricht.'

Hij lacht, kijkt naar de anderen rond de tafel met een blik vol gespeelde verbazing.

'Werkelijk baanbrekend. Maar heb je er ooit bij stilgestaan dat het een beetje obsessief is om je zo bezig te houden met die vragen rond de dood?' Na een korte pauze gaat hij verder: 'Als er een familielid in het ziekenhuis ligt. Van minder zou je...' Hij zocht naar het juiste woord, ging toen verder: '...obsessief gaan worden.'

Nu kijkt moeder hem ontzet aan, niet eens afkeurend, ze staart hem gewoon aan, zonder een woord uit te kunnen brengen. Anja vertrekt geen spier.

'Ik wil het best vanuit mijn eigen situatie bekijken,' zegt ze ijzig. 'We zouden de dood van iemand anders als een soort absolute mogelijkheid kunnen zien. Misschien is het zelfs nog méér absoluut omdat het niet mijn eigen mogelijkheid is. Het kan bijvoorbeeld een verzoek zijn, een verzoek te mogen sterven bijvoorbeeld.'

Ze houdt een korte pauze.

'Of,' gaat ze verder, 'zelfs een verzoek om iemand daarin bij te staan.'

Ze besluit haar woorden met een slokje wijn. Nog steeds vertrekt ze geen spier.

Niemand durft een woord te zeggen. Een doffe stilte houdt alle aanwezigen in zich opgesloten. Mari's neven kijken bang naar hun moeder. Heikki begint zachtjes te lachen, maar begrijpt tegelijkertijd hoe stom zijn reactie is. Mari kijkt verbaasd naar Anja. Ze kijkt naar haar moeder, die Anja als verlamd aanstaart. Mari ziet hoe Anja wegkijkt, ze kijkt traag van Heikki naar moeder. Op dat moment ziet Mari het. Ze ziet dat haar moeder het ziet, en ze ziet dat Anja beseft dat moeder het heeft gezien. Mari begrijpt niet helemaal wat ze ziet, of misschien wil ze het niet begrijpen. Ze voelt opeens een onweerstaanbare drang van tafel op te staan en weg te rennen. Ze zou Julian willen bellen, er is niets wat ze zo graag zou willen dan nu zijn stem te horen. Julian, die echt is, die bestaat. Julian, die van haar is.

Moeders fragiele stem verbreekt de stilte. Het is een vraag, een smeekbede haast.

'Anja, help je me even met afwassen?'

Heikki's vrouw begrijpt niet helemaal wat er gebeurt, ze stelt voor ook te helpen.

'Nee,' zegt moeder, nu al beetje luider. 'Anja en ik gaan nu afwassen.'

Anja

'Godverdomme,' wist haar zus uit te brengen, terwijl ze haar tranen probeerde tegen te houden. 'Wat ben je in godsnaam van plan, zeg me wat je van plan bent?'

Anja streek met de vingers van haar linkerhand over de koele, gegroefde rand van een Villeroy & Boch-bord en vroeg zich af hoe ze haar gedachten onder woorden kon brengen. Haar zus was helemaal van slag. Wat was er opeens met haar aan de hand? Had ze zichzelf niet meer onder controle? Dit was al de tweede keer in korte tijd dat Anja in de ogen van haar zus die hulpeloosheid zag, een smeekbede om hulp. Ze kon er zich niet zomaar van afmaken. Ze zou de waarheid moeten zeggen. Maar met de juiste woorden, zonder te veel te vertellen.

'Ik eh...' begon Anja.

Verlamd van ontzetting stond haar zus voor haar, haar handen als verstijfd, alsof ze klaarstond om er haar oren mee te bedekken voor dingen die te pijnlijk waren om aan te horen.

'Ik denk dat...' wist Anja te zeggen.

Haar zus kermde en bracht haar handen voor haar gezicht.

'Zeg het niet, waag het godverdomme niet het hardop te zeggen,' schreeuwde ze door haar vingers heen.

'Ik heb nog niets gezegd.'

'Ik weet wat je gaat zeggen,' fluisterde haar zus. 'Ik weet verdomme wel wat je wilt doen.'

Ze keek Anja ontzet aan. Anja zag in haar ogen een immense vertwijfeling.

'Er zijn vragen waar je gehoor aan móet geven,' zei Anja.

'Zeg zoiets niet! Zo'n ethische houding bestaat helemaal niet!'

'Je begrijpt het niet. Je kunt het nooit begrijpen. Niemand kan het.'
'Natuurlijk niet. Geen enkel mens zou kunnen begrijpen wat jij van plan bent te doen.'
'Liefste Marita,' probeerde Anja.
Marita begon te huilen. Ze stond snikkend met naar framboos geurende Fairy de borden te schrobben, en weigerde Anja nog een blik waardig te keuren.
Anja ging naar haar toe. Nu was Marita op haar zwakst; haar betraande, van woede vertrokken gezicht zag er leeg en weerloos uit. Ze hield haar rechterhand opgeheven als om haar laatste woorden te ondersteunen. Haar linkerhand, in een gele afwashandschoen gestoken, hield een schuimende borstel omhoog. Er droop water van de borstel langs haar arm naar beneden in haar oksel. Als kind, dacht Anja, zou haar zus in zo'n staat van frustratie de borstel in haar gezicht hebben gegooid. Nu stond ze Anja als aan de grond genageld aan te staren. Anja werd overspoeld door genegenheid. Ze greep haar zus bij de schouders.
'Je kunt het niet begrijpen, je kunt niet begrijpen wat het is om dag en nacht bij iemand te zijn van wie je houdt, en die weer een kind is geworden, die hardop huilt omdat hij zich niets meer kan herinneren.'
'En jij kunt niet snappen dat ik, als dokter, onmogelijk zo'n houding kan goedkeuren.' De stem van haar zus was niet meer dan een trillend gefluister.
De frambozengeur van de Fairy lag tussen hen in. Haar zus herwon haar zelfvertrouwen.
'Ik ben niet dom, als je dat soms denkt. Ik weet best dat het elke dag gebeurt. Maar er moeten wetten zijn. Iemand moet die grens bewaken. Er moeten dokters zijn die het leven koesteren. Wat er in werkelijkheid gebeurt is een andere zaak. Maar als dokter kan ik jouw houding nooit goedkeuren.'
'En als mens kan ik nooit jóuw houding goedkeuren,' antwoordde Anja.

Haar zus zweeg.
Het was zinloos om op begrip te hopen. Niets zou Marita van standpunt doen veranderen, Anja kon niets zeggen waardoor ze het had kunnen begrijpen. Zo'n verzoek moest je eerst zelf meemaken, in een uiterste grenssituatie, en pas dan zou ze het misschien kunnen begrijpen.
Marita snapte het niet, kon het niet snappen.
Hier, tussen hen in, lag een enorme afstand.

Mari

De telefoon gaat vier keer over voordat hij opneemt. Mari is naar boven geglipt en ze houdt haar mobieltje in haar handen vastgeklemd. Haar hand trilt als ze de letters j, u en l in het zoekveld intikt. Het is acht uur. In families met jonge kinderen zijn de cadeautjes waarschijnlijk al lang uitgedeeld. Misschien slapen zijn kinderen al. Daarom durft ze te bellen. De telefoon gaat over. Haar hart begint eerst hard te bonzen, maar gaat dan rustiger slaan. Ze denkt al dat hij niet zal antwoorden, maar dan hoort ze zijn vertrouwde stem. Teder.
'Hoi.'
'Hoi,' antwoordt Mari, en ze hoort dat haar stem haar gevoelens verraadt. 'Ik... Er is niets aan de hand of zo. Ik wilde alleen horen of... Of...'
'Ik heb de hele dag aan je gedacht.'
'Waarom heb je niet gebeld?' vraagt ze, en haar stem begint al te trillen, alsof ze op het punt staat te huilen.
Hij is even stil. De stilte klinkt beschuldigend. Mari heeft er al spijt van dat ze heeft gebeld. Ze mag niets van hem eisen. Ze moet gewoon alles aanvaarden wat hij bereid is te geven.
'We hebben het druk gehad met het kerstfeest, opruimen en zo. Ik heb zitten denken aan mijn proefschrift, ik ben er al mee begonnen,' legt hij lief uit. 'Heb ik je gekwetst?'
'Ehm,' zegt Mari, en ze voelt een weldadig gevoel zich verspreiden van haar hoofd naar haar hals en langs haar schouders naar beneden, verder naar beneden.
'Kan ik het goedmaken als ik je heb gekwetst?' vraagt hij, en nu voelt Mari hoe ze nat wordt door de tederheid in zijn

stem. 'Liefste,' fluistert hij nog, en Mari zucht.
'Waar ben je, ben je in je eigen kamer?'
'M-m.'
'Verlang je evenveel naar mij als ik naar jou?' fluistert hij hees.
'Ja,' zegt ze.
'Ik heb een stijve.'
'Is... is je vrouw niet in de buurt?'
'Nee, ik ben hier alleen. Zeg me wat je aanhebt. Zeg me hoe nat je bent.'
Zijn stem is teder en plakkerig, gebiedend maar teder. Ze voelt zich opgewonden worden.
'Steek je vinger in je kutje,' vraagt hij, haast bevelend.
Mari neemt haar mobieltje in haar andere hand, en duwt de middelvinger van haar rechterhand voorzichtig naar binnen. Het voelt lekker. Zijn stem klinkt heerlijk, zacht en gebiedend tegelijkertijd. Ze kreunt als haar vinger binnen in haar het juiste plekje vindt. Ze hoort hem steunen aan de andere kant van de lijn.
'Schatje, zeg me wat je voelt, is je kutje helemaal strak en nat?'
Ze laat zich meeslepen.
'Ik stel me voor hoe je me aanraakt... En hoe je mijn borsten kust en... En hoe je bij me binnenkomt. Diep.'
'Wil je dat ik je neuk?'
'Ja.'
'Zeg het.'
'Neuk me,' fluistert Mari.
'Luider. Nog eens.'
'Neuk me. Neuk me,' zegt Mari.
'Ik hou van je.'
'Ik hou van je.'
Julian kreunt. Er is gezoem in de telefoonlijn. Aan de andere kant weerklinkt geruis, en daarna Julians ademhaling, die geleidelijk aan tot rust komt. Mari trekt haar vinger weg. Ze werpt

een snelle blik op de deur en beseft nu pas dat haar neefjes elk moment binnen kunnen stormen. Hij zwijgt nog steeds. Mari zucht. Ze haalt huiverend adem.
'Ben je er nog?' vraagt hij.
In zijn stem ligt opnieuw diezelfde tederheid. Het maakt haar niet bang. De opgewondenheid in zijn stem maakt haar bang. Een beetje. Mari knikt en beseft dat hij dat niet kan horen.
'Ja, ik ben er nog,' zegt ze, en in haar stem hoort ze eenzelfde tederheid.
'Zou je op tweede kerstdag met me mee willen naar het platteland? We hebben een buitenhuisje op enkele uren van de stad. We zouden er gewoon met zijn tweetjes zijn. Een paar dagen. Ik ga er in elk geval zelf heen. Alleen. Ik was van plan er in alle rust te werken aan mijn proefschrift.'
'Ja, waarom niet. Ja, ik kan wel.'
'Ik zou je in het centrum kunnen oppikken. Om één uur. Of half één, dan hebben we nog tijd om de sauna op te warmen voor het donker wordt. Kom maar naar het Sanoma-gebouw. Neem veel kleren mee. Het kan er koud zijn, het huis is niet verwarmd.'
'Om half één,' zegt ze met een glimlach.
Ze nemen afscheid, en Mari legt neer. Nog twee nachten voor ze hem ziet. Ze telt de uren. Veertig uur. Ze bijt zich vast in zijn woorden. Hij houdt van me. Hij heeft het gezegd, en met die woorden heeft hij alles gezegd. Julian, die van haar is. Julian, in wie alles ligt wat betekenis heeft.

Julian

Op kerstavond kon hij een zucht van verlichting slaken. De avond verliep beter dan hij had durven hopen. Al een paar dagen eerder hadden ze samen het hele huis opgeruimd. De cadeaus voor de kinderen hadden ze gelukkig al in het begin van december gekocht. Voor kinderen van die leeftijd was het niet moeilijk cadeautjes te kopen, omdat ze zulke duidelijk afgelijnde verwachtingen hadden. Ada moest absoluut een barbieachtige pop hebben, zo eentje met een groot hoofd, kleurrijke make-up en een modieuze garderobe – de laatste rage onder de meisjes op de crèche. Hij had hulp gevraagd aan een verkoopster in de speelgoedwinkel. Ze had meteen geweten wat hij bedoelde. Op Anni's verlanglijstje stond ook zo'n pop en een prinsessenjurk. Hij had twee uur in allerlei winkels met kinderkleren naar zo'n jurk lopen zoeken. Uiteindelijk had hij een mooie, mosgroene jurk gevonden. De verkoopster had hem verzekerd dat die iets prinsesachtigs had. Samen met Ada en Anni hadden ze voor Jannika een sieraad gekocht, en enkele boeken. Toen was hij het meisje met haar moeder tegengekomen. De moeder had niets gemerkt. Vast niet.

Op kerstavond liep alles goed, tot de kinderen naar bed gingen. Ze waren eerst met zijn allen gaan schaatsen en daarna waren ze naar het kerkhof gegaan, en de kinderen waren tot het avondeten in de tuin bezig geweest met het bouwen van een sneeuwkasteel. Zonder grote opschudding werden de cadeaus uitgedeeld. De kinderen waren tevreden en Jannika's ogen glinsterden toen ze het pakje met het sieraad openmaakte. Ook de boeken vielen in de smaak.

Ze hadden de gewoonte om op kerstavond, als de kinderen al naar bed waren, samen een saunabad te nemen. Het eindigde er gewoonlijk mee dat ze de liefde bedreven. Jannika kocht geurolie en kaarsen, en dan dronken ze na de sauna samen in bed een goede schuimwijn. In de eerste jaren na de geboorte van de kinderen was het hun eigen romantische spelletje, net als in het kerstliedje – 'Eenzaam waakt nog het ouderlijk paar'. Nu was dat spel alleen nog maar een gewoonte. Ze speelden het zonder enthousiasme, zelfs in een sfeer van wederzijdse, nadrukkelijke minachting. In de sauna schoof Jannika naar een lager bankje toen hij water op de steentjes begon te gooien. Dat deed ze altijd. Nu irriteerde het hem mateloos. Haar stomme, knokige schouders krompen ineen terwijl ze als een martelares vooroverboog onder de genadeloze stoom. Hij werd door wanhoop overweldigd toen hij bedacht dat ze hier over dertig jaar nog steeds zouden zitten – zij op het laagste bankje in de sauna en hij, haar kwelduivel, hierboven, water op de steentjes gooiend. Zo verandert alles in stompzinnige haatgevoelens en onrechtstreekse verwijten, bedacht hij. In het begin leefden ze in hun eigen gezegende universum – het leek wel een wonder: alles aan de ander was louter een belofte van geluk. Daarna ging er een jaar voorbij en dan nog een, vijf jaar werden er tien en opeens werd een onbeduidende gewoonte, de manier waarop die ander 's ochtends koffie dronk, het wasritueel voor het slapengaan, de manier van zitten – en Jannika deed het allemaal op dezelfde onuitstaanbare manier, met die slaafse houding van haar en die uitdrukking alsof ze ver weg zou willen zijn – zo ondraaglijk dat hij door wanhoop werd overspoeld, alsof het een zondvloed was die alles onder zich bedolf. Totdat hij uiteindelijk alles had willen inruilen voor wat dan ook. Zolang het maar iets anders was. Hij keek naar zijn rimpelige penis en zijn wanhoop veranderde in schaamte. Hoe had hij zo diep kunnen vallen – wat hij aan de telefoon met het meisje had gedaan, terwijl zijn vrouw de kinderen voor het slapengaan hielp bij het wassen. Hij had zich afgetrokken als een vijftienjarige. Het had zo lekker gevoeld. Hij herinnerde zich dat hij op het hoogtepunt van genot had gezegd dat hij van haar hield. Waarom? Het was hem ontsnapt. Of misschien was het wel waar. Hij dacht de hele tijd aan haar. Wie weet – misschien was het wel waar.

Jannika ging rechtop zitten op het laagste bankje, ze draaide haar hoofd naar hem toe en leunde met haar hals tegen zijn bezwete benen. Ze strekte haar hand uit en streelde over zijn natte dij. Zijn verlangen ontwaakte.

'Gaan we?' vroeg ze, wetend wat er stond te gebeuren.

'Oké, we gaan.'

Er knapte iets in hem. Als een buitenstaander zag hij zijn eigen van lust doortrokken woede. Er ligt een fragiele lijn tussen genot en geweld. Een mens draagt het besef over het bestaan van die lijn – en vooral van zijn broosheid – in alles wat hij doet in zich mee. Hoe makkelijk is het om een strelende hand te heffen om te slaan; hoe makkelijk verandert een zucht van genot in gekerm. De vraag om door te gaan verandert in de vraag om op te houden. Een ja verandert in een nee. Keer op keer wordt die lijn getrokken; die grens die genot en pijn van elkaar scheidt. Hij ligt nooit vast. In elk van zijn daden herdefinieert de mens zijn eigen relatie tot goed en kwaad. Het is een grens die door alle mensen heen loopt en zich slechts schijnbaar tussen hen in bevindt. Elke daad heeft zijn betekenis. Het aanvaarden van verantwoordelijkheid en de rol van weldoener of onderdrukker kunnen nooit door daden alleen worden ingevuld.

Het ene moment kuste hij Jannika's rug, het volgende moment gaf hij haar een klap. Eerst deed hij het uit lust. In het begin kermde ze van genot. Ze lag op haar buik, stak haar kont naar hem toe. Hij draaide haar op haar rug en zag de afdruk van de plooien in het kussen in haar rode gezicht, ze keek wat verschrikt. Haar gezicht irriteerde hem; dat open, naakte verzoek om haar geen pijn te doen, de druk van de verantwoordelijkheid die ze hem gaf.

'Ben je een hoer of mijn vrouw?' hoorde hij zich vragen. Zijn

stem klonk als een woedend sissen.
 Er lag een vreemd waas in haar ogen. Ze dacht dat het om een spel ging.
 'Vandaag kan ik je hoer zijn als je dat wilt,' fluisterde ze.
 Hij drong bij haar binnen. Hij zag dat het haar pijn deed, maar dat deed hem nog harder stoten.
 'Kijk me aan godverdomme,' siste hij.
 Ze keek op en hij zag dat haar onverschilligheid was verdwenen. In plaats daarvan zag hij angst. Ze liet hem hard komen, liet zijn stoten over haar heen komen alsof ze zich gelaten liet martelen. Op haar gezicht lag angst, maar niet de wil om zich te verzetten. Haar gelatenheid maakte hem woedend, het leek wel of ze hem vernederde.
 'Doe niet zo onderdanig terwijl ik weet dat je me de hele tijd uitlacht,' hijgde hij met een van driftige woede verstikte stem.
 Hij hield even stil en hield haar vast. Ze had nog steeds een lege uitdrukking op haar gezicht.
 'Waarom zeg je dat?' fluisterde ze.
 'Je bent altijd afwezig. Je bent er nooit. Je bent nooit meer jezelf,' hoorde hij zich zeggen.
 De hele situatie was onwerkelijk geworden. Op het nachttafeltje stonden de geurkaarsen te flikkeren. Hij voelde nog steeds zijn kloppende, veeleisende erectie. Hij wist niet meer of zijn reactie gerechtvaardigd was geweest. Waar ging dit heen? Wat was er eigenlijk aan het gebeuren?
 Ze probeerde overeind te komen. Hij drukte haar ruw weer neer. Haar hoofd kwam tegen het hoofdeinde terecht. Ze slaakte een gil. Hij hief zijn hand op. Een snelle gedachte schoot door hem heen: hier ligt alle macht. Hier ligt alle betekenis. Alle liefde en haat. Zijn hele leven.
 Voordat hij een beweging kon maken om haar te slaan of om haar overeind te helpen, ging ze zelf rechtop zitten en sloeg haar beide armen om hem heen. 'Sssshh,' zei ze, en ze drukte hem tegen zich aan. Hij liet zijn arm vallen en zonk weg in haar omhelzing. Hij wist niet of hij snikte, of dat hij alleen maar zat

te trillen door de kracht van het gebaar van daarnet. Maar Jannika drukte hem stevig tegen zich aan.

'Ik ben hier, ik ben de hele tijd hier bij jou geweest,' zei ze stilletjes, alsof ze een kind troostte na een kwade droom.

Anja

Kerstnacht. Het sneeuwde zachtjes, de wereld zweeg. Anja liep over het met sneeuw bedekte pad naar het verpleeghuis en opende de deur. Bij de receptie knikte de nachtverpleegster, die ze kende, haar toe; ze was hier altijd welkom, ook 's nachts.

Ze opende de deur van de kamer van haar man en stapte zonder iets te zeggen naar binnen.

Ze liep naar zijn bed en ging naast haar man liggen.

Hij schrok wakker.

'Is mijn meisje daar?'

'Anja,' antwoordde ze. 'Je lieve meid is hier, het is Anja maar,' zei ze, en ze omhelsde haar man.

'Is het Terri misschien, Terri, ben jij dat?' vroeg hij.

'Nee, niet Terri, maar Anja, je vrouw. Je vrouw Anja.'

'Ja, ja, Anja. Het is Anja maar, ja,' zei hij, en hij trok haar dichter tegen zich aan.

Ze lagen stil op het bed. Buiten vroor het en de kerstnacht ging al over in de ochtend, en ze lagen naast elkaar, man en vrouw, in het veel te smalle ziekenhuisbed.

Ze herinnerde zich de dag waarop haar man voor de eerste keer naar de dokter was gegaan.

Het is april. De dokter heeft een ruige baard, net een psychiater in een goedkope televisiefilm.

Haar man zit tegenover de dokter en probeert de spot te drijven met de hele situatie. Altijd probeert hij grapjes te maken – het zal wel makkelijker zijn zijn adem te halen als je af en toe lacht.

De ernst van de situatie gaat schuil achter zijn grimlachjes.
'Zo, meneer de dokter. Zeg eens, wat is het verdict? Herinner ik me morgen nog de naam van mijn vrouw of kan ik hem maar beter gelijk opschrijven?'
De dokter lacht. Zijn baard trilt ervan.
'U kunt hem voor de zekerheid natuurlijk best opschrijven, anders krijgt u nog problemen thuis.'
'Dan schrijf ik 'm meteen maar op, hebt u een blad papier? Ik kan hem maar beter gelijk opschrijven, wat denk jij, Katariina?'
Hij draait gekscherend zijn hoofd naar Anja.
Ze vindt het niet grappig.
De dokter glimlacht nog steeds, en zet dan een officieel gezicht op.
'Maar goed. Om even terug te komen op wat ik al zei, laten we maar een kleine geheugentest doen, nu u hier toch bent. Dat doen we altijd. Gewoon een routinetest. U bent nog zo jong dat het vast zonder grote problemen verloopt. Het gaat om een zogenaamde MMSE-test. Mini Mental State Examination.'
'Mental State. Het is dus een psychiatrische test,' zegt haar man gevat.
'Inderdaad,' zegt de dokter. 'Dat klopt. Maar nu meten we eerst het geheugen. Ik stel u vragen, en u antwoordt vervolgens rustig en naar beste vermogen. Vindt u dat goed?'
'Geen probleem, laat maar komen,' antwoordt hij.
De dokter schraapt zijn keel.
'Welk jaar is het?'
Hij kijkt eerst naar de dokter en dan naar Anja, met een ongelovig, geamuseerd gezicht, en noemt dan het jaartal.
'Welk seizoen is het?'
Haar man schiet in de lach.
'Hebt u eraan gedacht dat de patiënt weleens zou kunnen spieken door uit het raam te kijken?' vraagt hij.
In zijn stem hoort Anja al een zweem van ergernis.
De dokter lacht opnieuw beleefd om het grapje van haar man.

'Antwoordt u nou toch maar.'
'Lente,' zegt hij, nu met overduidelijke irritatie.
De dokter knikt goedkeurend.
'Welke datum is het vandaag?'
Haar man schudt gemaakt geamuseerd zijn hoofd en noemt de datum.
De spanning ebt weg in Anja's lichaam en verandert in opluchting.
'In welk land zijn we?'
'Verdomme. Welk land, welke datum? Ik ben niet seniel of zo.'
'Goed,' zegt de dokter gemaakt opgewekt. 'Als dit volgens u een zinloze test is, dan is er helemaal geen probleem. Dan kunnen we het evengoed vergeten.'
'Vergeten ja,' snuift haar man. 'Wel een treffende woordkeuze, vindt u niet? Of ja, laten we maar verdergaan. Wat maakt het ook uit.'
De test gaat verder met woorden die hij moet herhalen, voorwerpen die hij moet noemen, een dictee, het tekenen van figuren. Anja volgt heimelijk de uitdrukking op zijn gezicht. Hij schrijft iets op. Krabt aan zijn kin. Vraagt een gommetje. Schrijft nog iets. Trekt een streep door wat hij geschreven heeft.
Hij kijkt naar Anja, en op dat moment weet ze het.
Hij schiet in de lach.
'Als ik zak voor deze test, kan ik dan een herexamen doen?' vraagt hij als hij het papier aan de dokter overhandigt.
'Nou, eh,' lacht die. 'We geven gewoonlijk wel een herexamen, maar dat is een andere test.'
De dokter kijkt even naar de antwoorden.
Anja voelt de onweerstaanbare drang haar man bij de hand te grijpen, weg te lopen uit die kamer, naar de kantine te gaan, de straat over te steken, de bus te nemen, zich te verstoppen in een bibliotheek of een kunstmuseum of bioscoop, ergens waar niemand hen kan vinden.

Als ze nu gewoon weg zouden gaan. Wat maakt het eigenlijk uit dat haar man zich niet alles meer herinnert. Háár geheugen is nog goed. Zolang ze de resultaten maar niet hoeft te horen van die test waarin gevraagd wordt naar landen en seizoenen en de juiste datum.
De dokter kucht. Zijn baard beweegt op en neer.
'Goed,' zegt hij. 'Ik zou toch graag nog een tweede test laten uitvoeren. Zo ziet het er nu wel naar uit.'
Haar man is even stil en kijkt uit het raam naar buiten.
'Dus het verdict is gevallen,' zegt hij dan. 'Ik ben dus gezakt?' herhaalt hij vragend.
'Ik zou niet zeggen dat u gezakt bent,' gaat de dokter verzoenend verder. 'Dit zijn toch situaties die voor verschillende interpretaties vatbaar zijn. Maar doet u toch maar een tweede test. We kunnen nu een afspraak maken. En laten we ook een afspraak maken voor een neurologisch onderzoek. Dan doen we alle tests in één keer en zijn er geen onduidelijkheden.'
'Ik hoor het al,' zegt haar man. 'Kom, Katariina, we hebben hier niets meer te zoeken,' zegt hij ten slotte grimmig, en hij staat op.
Anja staat op en registreert twee dingen: de blik van de dokter – een ernstig, verontschuldigend, nauwelijks merkbaar bedremmeld glimlachje, waarvan ze nu al weet dat ze gelijksoortige halfslachtige lachjes zal zien op de gezichten van alle dokters die in hun eigen leven zelf nog geen verlies hebben gekend. En de uitdrukking op het gezicht van haar man – een vertwijfelde grijns, die een diepe, kinderlijke verbijstering probeert te verbergen, en de zekerheid dat nu een reeks vernederingen begint waarvan hij pas door volledige vergetelheid zal worden verlost.
Anja ziet dat haar man het weet.
Ze ziet het.

Thuis trekt hij niet eens zijn jas of zijn schoenen uit, hij loopt naar de keuken en gaat aan tafel zitten. Terri komt hem kwispelend achterna. Apathisch geeft hij de hond een klopje.

Op de drempel blijft ze staan. Ze kan geen juiste woorden bedenken.
'Het hoeft nog niets te betekenen,' probeert ze. 'Misschien is er een fout gebeurd. Iedereen vergeet af en toe weleens wat.'
'Verdomme, ik kon me het woord voor polshorloge niet meer herinneren. Ik kon godverdomme zelfs geen optelsommen meer maken.'
'Je stond onder druk.'
'Goddomme.'
'Schat.'
'Beloof me dat je me niet zult voeren bij het eten.'
'Alsjeblieft.'
'Beloof het me. Dat je me niet zult voeren als een baby. Dat je geen saus rond mijn mond laat zitten.'
'Ik beloof het.'

Mari

Julian rijdt beheerst en geconcentreerd. Mari zit hem stiekem op te nemen. Ze kan haar ogen niet van hem afhouden. Ze voelt geluk door haar heen racen als ze denkt aan zijn woorden: 'Ik hou van je.' Dat had hij gezegd. Ze plaatst haar voeten op de stoel, trekt haar knieën onder haar kin. De grijze nevel van tweede kerstdag houdt alles bedekt. Ze hebben Helsinki achter zich gelaten en rijden nu door heuvelachtig platteland. Rode boerderijen, dorpsschooltjes, bruin, zacht riet rond een bevroren vijvertje aan de kant van de weg. Julian kijkt naar Mari en glimlacht.

'We stoppen straks bij een tankstation, we moeten eten kopen, en olie voor in de lampen.'

Hij strekt zijn hand uit en streelt haar zachtjes over de knie. Ze glimlacht. Dit is helemaal oké. Het zachte riet buiten, olie voor in de lampen, en Julian. En de woorden die hij heeft gezegd – tegen haar.

In de wc van het tankstation bekijkt ze zichzelf in de spiegel. Zo wonderlijk dat hier opeens een vrouw staat aan wie iemand zijn liefde verklaart. Een vrouw, want mannen als Julian houden niet van kleine meisjes. Haar contouren tekenen zich op een heel nieuwe manier in de spiegel af. Compleet. Van deze ogen houdt Julian. Van deze schouders. Van dat moedervlekje op haar kin. Van deze neus.

Ze voelt zich echt.

Het huis ligt aan een meer. Het meer en de hemel zijn niet van elkaar te onderscheiden, ze zijn allebei even dromerig wit.

De wereld eromheen is een lage kamer, omgeven door sparren en eiken. Ergens tikt een specht. Er is geen echo te horen, de sneeuw slokt alle geluiden op, het geluid van de vogel is niet meer dan een korte lettergreep.
Op de veranda neemt Julian haar in zijn armen en hij kust haar voor het eerst. Zijn stoppelbaard voelt ruwer aan. Zijn tong is even zacht en glad als altijd.
'Kijk,' zegt hij, terwijl hij haar in zijn armen omdraait. Ze kijkt naar het meer. 'Dit wilde ik je tonen. Kijk naar die kleuren. Wit, lichtbruin. De kleuren van de winter. Straks komt het blauwe uur, waarin je ineens, zomaar, ondergedompeld wordt. De wereld keert zich naar binnen. Met jou wil ik me onderdompelen in dat blauwe uur.'

Het huis is een wit, klein zomerhuisje; Julian zegt dat het van zijn familie is. Hoogpolige tapijten op de vloer, planken die kraken als je erover loopt. Boven zijn er twee slaapkamers, en naast de keuken nog een. Op de vensterbanken liggen overblijfselen van de zomer: verwelkte bloemen en één dode, dikke bij. Eerst is het koud en vochtig, maar Julian maakt de tegelkachel aan en het wordt snel warmer. Ze zetten kaarsen op de vensterbank, steken de olielampen in de keuken aan en maken het bed op. Het is een dubbel bed. De lakens in de linnenkast zijn fris en ruiken naar lavendel. Iemand heeft ze gestreken en een geurzakje met lavendel in de kast gestopt. Julians vrouw misschien.

Het saunagebouw ligt aan het water, er is een klein achterkamertje en dan de sauna zelf. Aan weerszijden van de trapjes naar het gebouwtje steekt Julian tuinkaarsen aan. Ze ziet een gele emmer met zand in het achterkamertje staan. Er staat een afbeelding van een bloem op, en een spin heeft zijn web om het handvat gemaakt.
'Is dat van een van je kinderen?'
'Ja, van Ada.'
'Wat is de naam van je andere dochter ook weer?'

'Anni.'

'Anni,' herhaalt ze, en ze voelt een onrustig gevoel door haar heen gaan.

Maar Julian komt achter haar staan en drukt zich tegen haar aan. Daar vrijen ze voor het eerst die dag, in het achterkamertje van de sauna. Uit het raam ziet ze de rozige glans van het zonlicht achter het meer verdwijnen. Er is niets te horen dan de knetterende blokken dennenhout in de saunaoven, en het vuur, hoe het traag de schors van het hout likt. En even later haar hijgende ademhaling als Julian diep in haar binnendringt, met gelijkmatige stoten, terwijl hij tegelijkertijd zachtjes in haar oor bijt. Op het bevroren meer loopt een groot dier, een beer misschien, of een weggelopen paard dat naar het duistere bos rent, ze kan het niet goed zien. Julian liefkoost haar borsten in zijn handen en neukt haar ritmisch van achteren. Hij schuift zijn handen naar haar heupen en ze zet haar knieën op het bankje, zodat hij dieper kan komen. Op het bankje in dat achterkamertje krijgt Mari haar eerste orgasme, het is net of ze tegelijkertijd verdrinkt en wegzweeft, ze wilde er nog niet aan toegeven, maar dan wordt ze al meegesleurd in een zalige onverschilligheid die alle betekenis in zich draagt. Ze ziet nog steeds het paard – het is een paard en geen beer – aan de rand van het bos en haar voorhoofd drukt tegen het met ijs bedekte raam. Ze hoort zichzelf kreunen; het brengt haar in de war, en Julian, die tegelijkertijd zo lief en zo ruw kan zijn, verwart haar meer dan wat dan ook in de hele wereld. Het paard heft zijn hoofd op en galoppeert het bos in, het verdwijnt uit het zicht vlak voordat Mari haar ogen sluit en honderd miljoen sterren ziet die haar tegemoet komen geslingerd.

Na afloop nemen ze in het duister een sauna. Het lijkt eerder de liefde bedrijven dan een sauna nemen. Eerder in elkaars binnenste treden dan de liefde bedrijven. Eerder één worden. Ze doen het één keer in de sauna en nog een keer binnen in het huis, op de vloer in de warmte van de tegelkachel, vier keer in de slaapkamer totdat Julian zo moe is, en Mari vanbinnen zo rauw dat ze gewoon naast elkaar liggen tussen de naar lavendel geurende lakens.

Op dat moment vraagt hij het haar open en direct: 'Waarom vermink je jezelf?'

Ze huivert. Hij streelt met zijn vingers over haar dij. De littekens steken als fletse, smalle paadjes af tegen de gladheid van haar huid. Ze schuift haar hoofd tot boven op zijn borstkas, hoort zijn hart kloppen en zegt het voor het eerst hardop: 'Dan verlang ik nergens anders naar.'

'Verlang je vaak ergens anders naar? Waarnaar?'

Even is ze stil. Er schiet haar maar één woord te binnen.

'Naar huis.'

'Waar ligt je thuis?'

'Ergens anders dan hier.'

Hij schuift teder haar hand naar zijn onderbuik en vandaar verder langs het ruig behaarde pad naar beneden.

'Verlang je nu ergens anders naar?' vraagt hij met zijn tederste stem.

'Nee,' antwoordt Mari. Haar stem is niet meer dan gefluister.

'Waarom niet?'

'Omdat jij me contouren geeft.'

Hij zwijgt even. Ze voelt zich volledig, voor het eerst in haar leven bestaat ze, overduidelijk. Ik ben hier, denkt ze. Ik ben ik.

'Je moet een nieuwe naam krijgen,' fluistert hij teder.

'Waarom?'

'Omdat zo'n wonderlijk meisje als jij onmogelijk zo'n gewone naam kan hebben. Jij bent Desirée, mijn Desirée, naar wie ik verlang.'

Hij draait haar op haar rug en sluit haar handen in de zijne. Hij houdt haar vast in zijn greep. Ze weet dat ze niet kan vluchten, ook al zou ze willen. Het maakt haar opgewonden. Hij gaat over haar heen liggen en bekijkt haar nieuwsgierig.

'Vind je het geil als ik je behandel als een jonge merrie?'

Ze probeert zich uit zijn greep los te maken. Hij duwt haar

met beide handen weer neer. Een onrustige opwinding racet door haar lichaam. Het schiet haar te binnen dat hij haar pijn zou kunnen doen als hij zou willen. Ze weet dat hij haar zou kunnen doden. Of redden. Of temmen. Wat dan ook. Ze weet niet of het haar bang maakt, of geil, of allebei.

Met zijn ene knie duwt hij haar benen open, tegelijkertijd doelbewust en teder, net als bij een paard dat wordt beslagen en wiens hoef wordt vastgeklemd. Hij drukt zich tussen haar benen en dringt bij haar binnen.

Mari herinnert zich de manege waar ze als tienjarige kwam, de overdadige geur van de lucht binnen, en de schichtige paarden die iets geheimzinnigs in zich droegen. Ze herinnert zich hoe hun bewegingen haar aandacht trokken en hoe ze urenlang kon staan kijken naar hun zelfverzekerde aanwezigheid, hoe ze haver uit de ruif stonden te eten, hoe ze galoppeerden tijdens de rijles, gestuurd door instructies en de druk van kuiten, en hoe de dieren van puur genot op hun rug heen en weer rolden in de weide. En hun geheim werd haar nooit helemaal duidelijk, hoe lang ze ook keek.

Hij draait haar om, trekt haar heupen in de juiste positie en dringt van achteren bij haar binnen, hij plaatst zijn handen over de hare en hun vingers raken verstrengeld, hij houdt haar stevig vast, bijt haar in de nek en neukt haar, hij neemt haar zoals hij wil.

Ze denkt aan het bezoek van de hoefsmid aan de manege, hoe op zulke dagen in de manege niet meer de normale drukte heerste, maar een ronduit devote sfeer. Er waren paarden die zich gedwee aan de hoefsmid onderwierpen, terwijl andere tot op het laatste moment tegenstand boden. In hun ogen was soms een rondweg demonische angst te zien, soms gilde een paard het uit van angst en werd het pas rustig als de smid hem bedwongen had met een methode die leek op een marteling. De smid liet het paard los en in panische angst stormde het naar buiten, waar de smid het met een zweep rondjes liet lopen om het af te matten. En toen het volledig uitgeput was, ging hij erop af, drukte het paard tegen de grond en ging eroverheen staan. Een paard gaat nooit liggen. Zelfs als een paard slaapt of een veulen werpt blijft het nog staan – alleen als het doodziek is, gaat het liggen. Behalve als het wordt getemd. Dan laat het zijn hoofd hangen, zijn poten knikken en het buigt voorover, eerst laat het zich op zijn knieën vallen, als in een smekend gebaar, dan zijgt het neer. Mari bedenkt dat ze nog nooit iets heeft gezien wat zo fascinerend was: de hoefsmid die met zijn hele gewicht op het paard drukte, dat helemaal bezweet was en onder het schuim zat; de stoom die van de flanken oprees, en hoe de ademhaling diep uit zijn keel kwam opgerezen, en hoe traag, heel traag de panische angst in zijn ogen veranderde in vertrouwen.

Het ritme van Julians stoten versnelt en Mari weet wat er zal volgen. Voor de zevende keer komt hij in haar klaar, en lost dan zijn greep. Ze liggen naast elkaar in volmaakte stilte. De nacht buiten is geluidloos en donker, de winter eeuwig. Algauw valt hij in slaap en Mari denkt nog even aan de paarden.

Ze herinnert zich de avonden, 's zomers, toen alle paarden tegelijk de weidelanden op mochten. De deuren van de stallen werden geopend en als het gerommel begon, moest je je snel in veiligheid brengen naar de andere kant van het hek. Eerst werden de hengsten vrijgelaten; ze galoppeerden met de staart omhoog en de oren plat in de nek naar hun eigen weide. Daarna de andere paarden, in één donderende horde: de ruinen, zich niet bewust van hun castratie, galoppeerden driest vooraan, dan de wilde merries en nog niet getemde veulens. Op dat moment was het voor iedereen zichtbaar, zonder dat je het hoefde uit te spreken: deze dieren bezaten alle macht. In elke centimeter en elke kilogram van hun hele wezen droegen ze het besef van hun eigen kracht mee, op zo'n vanzelfsprekende manier dat het idee om hen te temmen elke betekenis verloor. Dat moment, toen ze naar de weidegronden galoppeerden, had altijd iets stormachtigs over zich. Jarenlang vond Mari dat het mooiste wat ze maar kon bedenken.

's Ochtends wordt ze weer wakker in de echte wereld. Julian zit aan tafel koffie te drinken en Mari neemt gretig elke gelaatsuitdrukking, elk gebaar van hem in zich op. Het weer is grijs en nat. Als Julian zijn koffie heeft gedronken, loopt hij om de tafel heen, en neemt haar in zijn armen. Ze drukt haar hoofd tegen hem aan. Er zijn plaatsen waar je zou willen blijven, gebieden waar je tot het eind van je leven zou kunnen wonen.
Hier voelt ze zich goed.
'Zien we elkaar nog tijdens de vakantie? Of op school pas?' vraagt ze, ook al wil ze het antwoord niet horen.
'Op school. Na de vakantie.'

*

Tinka ontploft haast van nieuwsgierigheid. Mari houdt haar geheim nog even voor zichzelf.
'En, was het gaaf? Hoeveel keer hebben jullie het gedaan? Gaan jullie nu trouwen? Stel je voor: als jullie trouwen, word je *stiefmoeder*!'
'Nou nee, hij ís al getrouwd. Zo gauw gaat hij heus niet scheiden.'
'Maar hoeveel keer hebben jullie het gedaan, dan?'
Nu kan ze haar glimlach niet meer verbergen. Heerlijke Julian, helemaal van haar alleen. Ze toont het getal met haar vingers. Tinka giechelt.
'Hebben jullie daar ook nog iets anders gedaan?'
'Nee, niet echt, nee,' giebelt Mari.
Tinka's blik wordt ernstiger, ze staat op en loopt naar Mari toe. Ze streelt Mari's haren, en Mari ziet in Tinka's blik een tederheid die haar in de war brengt.
'Vergeef me dat ik zo gemeen deed,' fluistert Tinka.
'Nee, maakt niet uit,' zegt Mari van haar stuk gebracht.
Ze kijkt naar Tinka. Die ziet er droevig uit.
'Zul je boos worden als ik je iets vertel?' vraagt Tinka met angst in haar blik.

'Hoezo dan?'
'Je zult boos worden.'
'Nee. Vertel op.'
Tinka buigt zich tot vlak bij Mari, en even denkt Mari dat Tinka haar wil kussen. Maar Tinka fluistert haar iets toe.
'Ik ben eigenlijk nog nooit met een jongen geweest. Of ik heb wel een keer de lul van een jongen aangeraakt op een feestje, maar dat was zo raar en vies dat ik niet met hem naar bed ben geweest.'
'Ah.'
'Nu word je boos.'
'Nou nee. Ik dacht gewoon dat...'
'Dat ik het al had gedaan.'
'Ja.'
'Nee.'
'Zo.'
'Maar jij wel,' zegt Tinka pruilend. 'Nu moet je me vertellen hoe het is.'
Ze glimlacht een beetje. Mari probeert ook een glimlach op te zetten.
'Nou ja, het is... op zich best vies, maar toch ook wel weer gaaf.'
'Vooral vies, of vooral gaaf?'
'Nou, vooral gaaf. Vooral gaaf,' zegt ze met een glimlach.
Tinka glimlacht terug en legt haar hand op die van Mari. Ze blijven zwijgend zitten, Mari voelt zich ongemakkelijk bij die stilte.
Tinka zoekt Mari's blik, en als Mari Tinka in de ogen kijkt, zegt die droevig: 'Ik hou van je, dat weet je toch.'
Mari kijkt haar verward aan en probeert aan haar blik te zien of ze het misschien spottend of plagend bedoelt. Maar ze ziet alleen een immense eenzaamheid op Tinka's weerloze gezicht.
'Ik weet het,' antwoordt Mari voorzichtig. 'Ik ook wel, van jou.'

Anni

Op nieuwjaarsdag bouwt Anni samen met Sanna een sneeuwkasteel. Ze leggen de poppen die ze voor Kerstmis hebben gekregen naast een paar kaarsjes in de sneeuw. Daar liggen ze te staren. Het wordt een groot kasteel vol gangen en holen. Papa helpt met graven en Sanna's papa helpt ook mee. Als je heel diep graaft, tot aan de grond en dan nog dieper, kom je misschien wel in China terecht. Ik zou wel een kuil naar China willen graven, denkt Anni. In de lente.
'Wie van ons wordt de prinses die hier in het kasteel woont?' vraagt Sanna.
Anni kent het antwoord al. Sanna hoeft het zelfs niet te vragen.
'Jij mag prinses zijn,' zegt Anni achteloos.
'Bedankt!' Sanna haalt blij en opgewonden adem. 'Jij mag poortwachter zijn. Of conciërge van het kasteel,' gaat ze verder.
'De conciërge steekt alle kaarsen aan,' zegt Anni flink.
Ze weet dat Sanna de kaarsen wil aansteken.
Sanna staat een ogenblik pruilend te kijken naar de nog donkere holen die de ramen van het kasteel vormen.
'Een prinses mag ook kaarsen aansteken hoor. In ieder geval toch één.'
'Oké, eentje dan,' zegt Anni toegeeflijk.
Anni begint nog dieper te graven. Eigenlijk is het wel leuk om te graven. Gravers zijn sterk. Sanna mag best prinses zijn. De conciërge van het kasteel heeft veel verantwoordelijkheid,

want hij moet alle kaarsen voor de ramen van het kasteel aansteken. En er zijn heel wat ramen.
Voordat het donker wordt, eten ze binnen knakworstjes en aardappelsalade. Ze kijken door het raam naar het sneeuwkasteel en naar de kaarsjes buiten. Sanna wil de prinsessenjurk passen die Anni voor kerst gekregen heeft, omdat ze prinses is van het sneeuwkasteel. Anni zou hem liever niet willen geven.
'De conciërge van het kasteel heeft geen jurk nodig,' zegt Sanna nijdig. 'Je bent een flutconciërge als je hem niet aan mij geeft.'
'Oké dan.'
De jurk zit Sanna als gegoten.
'Zonde dat ie groen is,' zegt Sanna terwijl ze zich voor de spiegel in de gang staat te keuren.
'Eigenlijk zijn jurken van prinsessen altijd rood.'
'Ze kunnen ook groen zijn hoor,' zegt Anni verdedigend. 'In sommige kastelen wel. Sommige prinsessen hebben alléén maar groene jurken.'
'Doe niet zo stom,' snuift Sanna. 'Natuurlijk niet.'
Opeens krijgt Anni een ingeving. Ze kan stiekem koningin van het kasteel zijn. Sanna hoeft het niet eens te weten. De conciërge-koningin kan een geheime Koninklijke Mantel hebben. Anni weet al wat de conciërge-koningin van het kasteel zal dragen. Ze grist de autosleutels van het tafeltje op de gang en rent naar buiten. Ze weet dat de deur van de auto opengaat als je de grote zwarte sleutel in het sleutelgat van de linker deur stopt. Klik, hij gaat open. Anni kruipt op de achterbank en trekt het luik naar de kofferruimte open.
Daar ligt hij, achter in een bruine kartonnen doos, verstopt onder wat plastic zakken. Een mooie jas, afgezet met prachtig, zacht bont aan de mouwen en de capuchon. Ze weet van wie hij is: van het meisje met de mooie ogen. Ze heeft haar vlak voor Kerstmis met die jas aan gezien, toen op dat kruispunt. Ze weet niet waarom hij in de auto ligt. Misschien is het meisje hem daar vergeten. Anni streelt even over het zachte bont. Een

perfecte mantel voor een als conciërge verklede koningin. Ze neemt de jas en sluit de autodeur.

Misschien moet ze nog een grote stok zoeken die als geheime scepter kan dienen, denkt ze.

Ze gaat terug naar binnen en past de jas voor de spiegel. Hij is te groot en komt tot aan haar enkels, ze moet de mouwen een beetje oprollen. Verder is het een volmaakte koninginnenmantel.

'Waar heb je die vandaan?' vraagt Sanna hebberig. Aan haar stem is meteen te horen dat ze zelf ook een Koninklijke Mantel met bontkraag had gewild.

'Die lag daar, in de auto,' zegt Anni met gespeelde onverschilligheid.

'Van wie is die jas?'

'Gewoon, van een meisje.'

'Zo.'

'Maar je mag er niemand iets over vertellen.'

'Oké. Maar zo'n mooie jas is niets voor een conciërge. Het ziet er stom uit. Een conciërge moet een overall hebben,' zegt Sanna, en ze neemt Anni's lichtblauwe overall van de kapstok.

'Maar zo'n jas past wél bij een koninginnenconciërge,' antwoordt Anni snel.

Sanna snuift uit de hoogte.

'Je bent stom. Koninginnenconciërges bestaan helemaal niet.'

'Maar wel in een sneeuwkasteel,' zegt Anni verdedigend.

Sanna verzinkt in een somber stilzwijgen. Anni ziet zichzelf in de spiegel. Ze voelt zich anders. Ze moet denken aan het meisje. Of zou het toch al een vrouw zijn, vraagt Anni zich af. Het is moeilijk te zeggen wanneer grote meisjes al vrouwen zijn. Anni ziet in de spiegel dat zij zelf ooit zo'n vrouw kan zijn. De jas is te wijd aan de mouwen en reikt tot haar enkels, maar Anni ziet nu al dat ze ooit zal worden zoals het meisje over wie ze niemand iets mag vertellen.

Julian

Tijdens de week tussen Kerstmis en Nieuwjaar bleef de geur van haar kutje om zijn vingers hangen. Of was het zijn geweten dat ervoor zorgde dat hij het nog dagen later meende te kunnen ruiken? Hij waste zijn handen toen hij thuiskwam van het zomerhuisje, nam zijn trouwring van zijn ringvinger en waste die ook met zeep. Hij droogde zijn handen af en rook er nog eens aan. Nog steeds rook hij het: een volle, scherpe geur. Het was een andere geur dan die van Jannika – donkerder en zachter, geiler – en hij was bang dat Jannika hem ook zou kunnen ruiken als ze bij hem in de buurt zou komen. Hij waste zijn handen nog eens.

Hij dacht dat het meisje meteen zou bellen en dat ze moeilijk zou gaan doen. Hij had besloten niet op te nemen als ze belde. Oud en Nieuw kon hij maar beter in alle rust bij zijn gezin doorbrengen – hij kon met de meisjes in de tuin een sneeuwkasteel bouwen en proberen de hele situatie te normaliseren.

Hij kon zich er nog steeds niet toe brengen te denken aan wat er op kerstavond was gebeurd. Er was binnen in hem iets verkild, diep in zijn binnenste. Of misschien was hij zelf kil geworden en veranderd in een radicaal ander iemand. Ook Jannika was anders geworden. Hun gezin was veranderd.

Het was moeilijk geworden om vrij adem te halen.

Hij keek toe hoe Jannika neuriënd voorbereidingen trof voor hun nieuwjaarsfeestje. Er zouden een paar bevriende gezinnen op bezoek komen. Jannika was dol op zulke avonden. Vrienden en wijn, allerlei kaassoorten en overal kaarsen. Op zulke avonden glansden haar ogen en werd er over literatuur en politiek gepraat. Dan straalde ze, en het leek wel of alles mogelijk was; de kinderen waren rond hen aan het stoeien, de volwassenen lachten en de hele wereld leek volledig binnen handbereik. Op zulke avonden was het makkelijk van haar te houden. Op zulke avonden was ze echt, en helemaal aanwezig.

Om zes uur kwamen de gasten. Eerst werd er altijd over dezelfde onderwerpen gepraat: hoe het met de kinderen ging, vakantieplannen, ruzies op het werk en promotiemogelijkheden. Na een paar glazen wijn begonnen ze dan over politiek en kunst. Het leek Jannika niet te storen dat de gesprekken altijd op elkaar leken. Maar Julian begon het dan vaak benauwd te krijgen. Hij werd altijd door hetzelfde gevoel overvallen: over dertig jaar zitten we hier nog, opgeblazen en welgesteld, wijn van een goed jaar te drinken en spitsvondigheden te debiteren over hoe het met de wereld gaat. We denken dat we bijzonder zijn – intelligenter, bewust van wat er om ons heen gebeurt. Maar in werkelijkheid zijn we verveeld en kleinburgerlijk. Een stevige erectie krijgen we niet meer en er is niets wat ons nog een stijve bezorgt, nog het minst het uiterlijk van onze eigen vrouw. In onze aders ligt allerlei hinderlijke troep opgestapeld en onze meningen zijn verworden tot saaie algemeenheden. En we beginnen geld en bezittingen te vergaren, want passies hebben we niet meer.

Hij voelde zijn hart twee keer bonzen terwijl hij paniek in zijn maag rond voelde spartelen. Nerveus nam hij een slokje wijn. Zijn gedachten gingen vanzelf naar het meisje. Wat deden zestienjarigen met Oud en Nieuw? Ze gingen naar feestjes bij hun vrienden, dronken te sterke, zelfgestookte drank en kotsten in de sneeuw. Ze beten elkaar in de nek en waren al lazarus nog voor het vuurwerk begon.

De paniek werd groter. Hoe was hij in godsnaam in deze situatie terechtgekomen? Het meisje was nog maar een kind. Hij goot de rest van de wijn naar binnen. Hij moest weg, hij zei dat hij naar de keuken ging om nog wat wijn te halen en om glühwein te maken. Hij kon niet met de anderen naar zijn vrouw staan blijven luisteren, die enthousiast zat te praten over de staat van de wereld, terwijl hij zelf aan zijn handen de geur van een tienerkutje rook, en alleen maar dacht aan hoe hij het meisje eindeloos zou kunnen neuken.

Hij stond op en streelde terwijl hij voorbijliep Jannika's hals. Op de drempel draaide hij zich nog eens om en zag een vertrouwde moedervlek op haar hals. Toen ze nog maar net samen waren, had hij die moedervlek elke dag gelikt en gekust tijdens lange donkere nachten, en de hele tijd was hij meer en meer verliefd op haar geworden. Hij had toen de gewoonte het met zijn duim te bedekken. Die paste perfect binnen de contouren van de vlek. Dat weerbarstige teken had hem een ongelofelijk gevoel van geluk gegeven, vol van onbeheersbaar ongeduld en een hunkering om precies met dít meisje samen te zijn, voor altijd. Nu kreeg hij opeens datzelfde gevoel. Er was niets reëler dan die moedervlek. Niets weerlozer. Niets had meer betekenis dan dat er ooit een meisje was geweest met die moedervlek, een meisje dat nu een vrouw was en de moeder van zijn kinderen, met nog steeds diezelfde moedervlek op haar hals, daar, waar de haarlijn overging van donzige krulletjes naar haar egale bos haren. En nog steeds paste zijn duim perfect binnen die contouren.

Op de drempel van de keuken werd hij overweldigd door schuldgevoelens en schaamte. Hij moest een eind maken aan die hele verhouding. Een verhouding, godverdomme, wat voor verhouding was het helemaal – een volwassene die een spelletje speelde met een kind. Hij moest er meteen een eind aan maken. Ik bel haar niet meer, ik antwoord niet als ze belt, dacht hij. Dit is mijn leven; je valt voor iemand anders, misschien word je zelfs verliefd, maar dat gaat voorbij. Dit is mijn leven.

Anja

Anja beklom de trappen naar het appartement van Johannes. Ze trok haar jas niet uit, maar bleef in de gang staan.
'Wat is er?' vroeg hij verwonderd. 'Kom je niet binnen?'
Anja haalde eerst diep adem voordat ze vertelde waarom ze gekomen was.
'Nee. Ik kwam gewoon om te zeggen dat we zo niet verder kunnen gaan.'
Ze verplaatste haar gewicht van het ene naar het andere been en probeerde rustig adem te halen.
'Er is nog helemaal niets begonnen,' probeerde Johannes.
'Ik ben getrouwd. Wat nog niet is begonnen, kan ook niet verdergaan. Dat kwam ik zeggen.'
Ze voelde ergernis opkomen. Hij leek zich niet te bekommeren om haar irritatie, sloot de deur achter haar.
'Kom nu toch maar binnen, ik zal koffiezetten,' probeerde hij haar over te halen.
Hij maakte heel nauwgezet espresso klaar: mat water af, maalde koffiebonen in een knarsende koffiemolen en spoelde koffiekopjes schoon, die hij afdroogde met een linnen handdoek. Toen de koffie in de kopjes liep, vulde de keuken zich met een rustgevende geur die zich in Anja's achterhoofd vastzette; een donkere, troostrijke streling die naar beneden stroomde naar haar armen.
Hij zette de kopjes op tafel en ging tegenover haar zitten.
'Weet je,' zei hij, 'het klopte, wat je zei over plannen maken. Als je je niets meer herinnert, maak je ook geen plannen meer. Misschien is dat het eerste teken. Ook mijn moeder stopte met plannen maken.'

Anja's ergernis was even naar de achtergrond verdwenen, maar drong nu weer naar voren. Ze herinnerde zich de bedoeling van haar bezoek.

'Probeer hier nou niet een gesprek te beginnen,' zei ze met opzettelijk kille stem. 'Ik kwam om hier een punt achter te zetten.'

Hij vroeg haar openhartig: 'Ben je dan niet alleen? Ben je dan niet eenzaam?'

Ze had willen antwoorden. Waarom kon ze niet antwoorden, hardop spreken? Ze zei niets, maar zette een streng masker op.

'Daarover gaat het niet. Mijn eenzaamheid heeft hier niets mee te maken.'

Hij keek haar peinzend aan.

Geërgerd probeerde ze het gesprek een andere richting op te sturen.

'Heb jij dan geen vrouw? Of een vriendin? Wat stel je je eigenlijk voor, om zomaar ongegeneerd het leven van andere mensen binnen te dringen?'

'Ik had een vrouw. Maar ze is bij me weggegaan.'

'En dat is alles?'

'Hoezo, dat is alles? Het is lang geleden. Jaren geleden.'

Ze merkte dat hij zich ook begon te ergeren. Wederzijdse irritatie maakte alles eenvoudiger. Het was makkelijker er een punt achter te zetten als ze ruzie begonnen te maken. Ze probeerde hem nog wat meer te stangen.

'De dood is alles wat mijn man nog heeft,' zei ze kil. 'En zijn dood is alles wat ik nog heb. Denk maar niet dat je je hierin kunt mengen, probeer maar niet er tussen te komen.'

'Je vergist je,' zei hij. 'Misschien heeft hij inderdaad alleen nog maar de dood. Maar jij hebt je leven. Dat kun je niet ontkennen.'

Ze keek weg uit het raam. Ze voelde tranen opwellen. Ze slaagde er niet in te antwoorden en bleef zwijgend zitten.

'Wat heb je hem beloofd? Heb je het hem beloofd?' vroeg hij opeens.

Anja zuchtte. De tranen brandden achter haar ogen, deden haar stem trillen.

'Heeft hij het je gevraagd?' vroeg Johannes.

Ze gaf zich gewonnen en antwoordde: 'Zolang hij me nog kon herkennen, vroeg hij het elke dag. Of elke nacht. Hij maakte me 's nachts wakker, elke nacht. Hij eiste dat ik het zou beloven.'

'En heb je het beloofd?'

'Ik heb het nooit hardop kunnen beloven, ik kon het niet.'

Ze keek over de tafel heen naar Johannes. Hij keek terug. Altijd keek hij haar op die manier aan, rustig, zijn ogen een beetje samengeknepen. Een ernstige blik: alwetend, onderzoekend en peinzend.

'Heb je het gevoel dat je niet in staat bent uit te voeren wat hij heeft gevraagd?'

De gedachte alleen al irriteerde haar.

'Ik wacht op iets,' zei ze, en ze hoorde hoe haar stem brak. 'Hij wou dat het zou gebeuren als hij me niet meer zou herkennen. Nu herkent hij me niet meer, maar ik wacht nog steeds.'

'Waar wacht je op?'

Voor het eerst gaf ze de echte reden van haar uitstel toe.

'Ik wacht op een breuk,' zei ze traag. 'Ik wacht op een allesbepalend moment dat de gebeurtenissen een nieuwe richting zal geven en alle betekenis zo verandert dat ik in staat zal zijn om mijn belofte gestand te doen.'

Johannes stond op en kwam op haar toe. Nu kon ze het uitspreken – ze kon het evengoed toegeven.

'Maar er komt nooit een verandering,' zei ze verslagen. 'De enige reden waarom ik wacht, is omdat ik het toch niet kan. Er komt geen verandering, omdat dit het leven is. Een verandering, een breuk, hoort bij de plot van de tragedie, het hoort bij zijn dramatische spanningsboog. Maar dit is geen tragedie, dit is het leven: er komt nooit een breuk. Ik wil wel – de hele tijd – ik ben het voortdurend van plan, zonder het ook echt uit te voeren. Ik ben het van plan omwille van mezelf.'

Ze stak haar hand in die van Johannes. Ze kon het niet laten hem aan te raken. Zijn handen waren groot, groter dan de handen die ze gewend was. De handen van mannen hadden bij haar altijd tederheid opgeroepen. Ze konden er onbeholpen uitzien, met grote vingers en recht afgeknipte nagels. Maar onbeholpenheid is een illusie, dat wist ze. Handen waren sterk, teder en behendig als het nodig was, tederder dan je ooit had kunnen vermoeden. Als je naar handen keek, wist je dat onbeholpenheid een illusie was, en merkte je dat je eraan zat te denken hoe het zou voelen als die handen in het duister hun weg vonden naar de juiste plekjes. Johannes' onderarmen leken op een of andere manier niet te horen bij de rest van zijn lichaam. Misschien kwam dat ook door sport, door oefeningen in de sportschool of iets dergelijks.

Hij trok haar in zijn armen.

Nu sprak ze het hardop uit.

'Ik ben alleen.'

'Maar nu ben je hier.'

'We moeten er een eind aan maken.'

'Ja. Maar niet vandaag.'

'Ik hou van hem. Ik hou meer van hem dan je kunt weten.'

'Dat zie ik.'

'We zijn dertig jaar samen geweest.'

'Dat is langer dan ik kan bevatten.'

Hij leek haar opeens zo vertrouwd, op dezelfde manier als iemand kan aanvoelen vlak voordat je verliefd op hem wordt. Als je een droom hebt – zo begint verliefdheid, als je voor het eerst over iemand droomt – waarin die ander een kind is, een klein kind, uiterst vertrouwd. Een droom waarin je de ander ziet als zesjarige, waarin je samen door het bos loopt in de schaduw van hoge sparren, een boshut bouwt, elkaar bij de hand grijpt en zegt: 'Jou kende ik al lang.'

Ik moet hier een eind aan maken, dacht ze.

Maar nog niet. Vandaag nog niet.

Mari

Januari loopt al bijna ten einde en nog steeds heeft Julian niets van zich laten horen. Mari heeft die maand geen Fins op haar rooster. Ze durft na de les niet naar zijn klaslokaal te gaan. Ze had gehoopt dat hij zou bellen. Hij zál bellen, uiteindelijk zal hij haar toch wel bellen. Omdat hij de hele tijd naar haar verlangt.
Maar hij belt niet, ook niet tijdens de eerste week van februari.
Een keer belt ze hem op. Maandagavond, na zes uur. Ze zit op haar bed en hoort hoe het hangertje van haar mobieltje klettert tegen het plastic omhulsel van de telefoon in haar trillende hand. De telefoon gaat zeven keer over. Hij neemt niet op. Ze legt haar mobieltje op de bedsprei. Het licht op het display dooft uit, en het stomme beertjeslogo verschijnt. Ze weet dat hij niet terug zal bellen. In het raam ziet ze de weerspiegeling van haar eigen gezicht, ze ziet haar mond vertrekken vlak voordat de tranen komen.

Woensdagochtend, de derde februari, doet Mari oogschaduw op en trekt een klokvormige rok en laarzen aan.
Na het laatste dubbele uur van die middag loopt ze naar zijn klaslokaal. Ze loopt de gang door en blijft staan voor de deur. Er komen nog leerlingen naar buiten gelopen. Ze wacht tot ze allemaal weg zijn gegaan.
Hij staat het bord af te vegen en draait zich pas om als ze vlakbij is.
Ze durft hem niet aan te kijken. Zijn gezicht zou misschien

meteen datgene vertellen waar ze zo bang voor is. Maar als hij zich omdraait en haar aankijkt, ziet ze slechts een vertrouwde, kalme blik.

'Dag,' zegt Julian. Het is niet meer dan een vaststelling, een nadrukkelijk knikje met het hoofd en één neutrale lettergreep.

'Dag,' antwoordt ze.

Alleen al dat ene woordje verraadt haar onzekerheid en angst, haar hele hulpeloosheid en het verzoek haar niet in de steek te laten. Ze hoort het zelf ook. Ze kan niet anders dan het meteen te erkennen: elke betekenis is afhankelijk van dat verzoek. De tranen staan haar zo nader dat ze zich moet bedwingen om niet weg te lopen.

'Waarom heb je niet gebeld? Of opgenomen?' kan ze nog net uitbrengen.

'Ja...' zegt hij traag, en hij gaat op de rand van de lerarentafel zitten.

Hij kijkt door het raam naar buiten en zucht. Ze kent het antwoord al.

'Wat denk jij zelf over deze situatie?'

Ze kan alleen maar de waarheid zeggen.

'Ik wil met je samen zijn.'

'Je bent zestien.'

'Wat heeft dat er nou mee te maken?' Haar stem is gaan trillen. Over haar wang rolt een eerste, grote traan.

Hij komt dichterbij en neemt haar in zijn armen. Ze drukt haar hoofd tegen zijn overhemd. Alles aan hem is zo vertrouwd en toch zo vreemd. Ze begint nog harder te huilen.

'Niet huilen, schatje,' fluistert hij.

Hij neemt haar gezicht tussen zijn handen en kust haar wangen. Hij zoent haar beide ogen en dan haar mond. Eerst zachtjes op de lippen, dan dieper. Ze drukt zich tegen hem aan en haar hand glijdt zoekend naar de in zijn broek stijf wordende penis. Hij slaakt een zucht.

'Wacht, eerst die deur sluiten,' fluistert hij.

Achter gesloten deuren doen ze het opnieuw. Hij trekt haar laarzen en kousen uit, trekt haar op tafel. Als hij bij haar binnendringt, denkt Mari dat Julian misschien wel met haar samen wil zijn, zolang ze dit maar laat gebeuren, dat ze dit keer op keer moet laten gebeuren, zodat hij zich haar huid zal herinneren en al de rest, en haar niet meer zal willen loslaten, zelfs niet voor heel even.

Julian

Hij wist dat ze hem uiteindelijk zou komen opzoeken. Hij kon het haar niet verbieden. Hij zag meteen dat ze zich voor hem mooi had aangekleed en opgemaakt: haar haren waren sexy opgestoken, ze had rouge op haar wangen, en oogschaduw. De lichte rok, die tot net boven haar knieën kwam, vroeg er gewoon om naar boven te worden getrokken en in de laarzen met hoge hakken zagen haar benen er spichtig uit als van een veulen. Ze zag er droevig uit. Eerst kwam er tederheid in hem opgeweld. Daarna kwam begeerte, onweerstaanbaar.

Ze liet zich neuken, ze zat daar onbeweeglijk met haar blik op het plafond gericht.

Achteraf bekeken was het allemaal verschrikkelijk geweest: een vieze volwassen man die een tienermeisje troostte, een erectie kreeg en zich naar binnen duwde. Ze gedroeg zich gedwee, maar haar lauwe houding had meer weg van onverschilligheid dan van begeerte. Hij kwam klaar met een dwangmatige gil en beschaamd trok hij zich terug uit die groteske scène. Toen hij kwam, keek hij haar in de ogen en zag daar verdriet, onderwerping, een bodemloze smeekbede. Hij huiverde enkele keren binnen in haar, en voelde diepe vernedering en zelfverachting.

Ze maakte zich van hem los en ging op de lerarentafel rechtop zitten.

Als in een reflex omhelsde hij haar. Het was eenvoudiger haar in zijn armen te nemen dan haar in de ogen te kijken en weer die smeekbede te zien.

Hij dacht dat ze na de seks met hem zou willen praten, maar

ze zei geen woord. Ze bleven enkele minuten staan met hun armen om elkaar heen geslagen. In zijn hoofd bonsde slechts één gedachte: hij moest hier een eind aan maken, eens en voor altijd.

Mari

Als je speelt met de gedachte aan de dood, kan het spel opeens werkelijkheid worden. Toevallig? Nee, niet toevallig. Het was de hele tijd al half in ernst, voor een deel gemeend. Hoe zou de gedachte aan de dood ooit helemaal licht kunnen zijn, of speels? Misschien zit het eerder zo; misschien heeft ze de hele tijd gewacht tot er iets gebeurde wat ernstig en gewichtig genoeg zou zijn – iets wat haar spel een ander aanzicht zou geven en waardoor het echt zou worden. Haar doodsspelletje lag zelf de hele tijd te wachten op een mogelijkheid om werkelijkheid te worden.

Nu heeft ze een reden. Opeens is haar werkelijkheid zwaar geworden en hebben haar dagen hun volle gewicht gekregen. De grens tekent zich voor haar ogen duidelijk af. Zo gaat het. Misschien is het onvermijdelijk dat een spel ernst wordt, werkelijkheid wordt.

Zo te leven op de grens, en te zien hoe alles in zijn eigen tegendeel verandert – ze heeft geen eigen ik meer, er is alleen nog leegte waar die ooit was. Haar hele evenwicht kan aan het wankelen worden gebracht, als bij een ziekte, als ze zou toegeven of zelfs maar erkennen dat er ook nog een ik bestaat.

Elke dag zit ze om zes uur op de rand van haar bed en kiest in de lijst met telefoonnummers die naam met zes letters. Eerst kijkt ze naar de groteske weerspiegeling van haar gezicht in het raam, waarachter de duisternis van de winter ligt, even wreed als altijd. En even wreed is ook de weerspiegeling van haar gezicht in het raam: een potsierlijke, stomme meid. Zit ze hier echt, dat meisje dat iemand anders zou willen zijn,

dat helemaal niet zou willen bestaan?
Ze laat de telefoon zeven keer overgaan, altijd zeven keer. En Julian neemt niet op. Hij neemt nooit op.
Ze opent de folder met berichtjes, met eerst de twee berichtjes die ze van Julian heeft gekregen. Ze heeft alle later gekregen berichtjes gewist, zodat die van Julian altijd bovenaan staan. Ze opent het tweede – het is gestuurd op 3 december – en leest het voor de duizendste keer: 'In mijn dromen bedrijf ik de liefde met je, dag en nacht, in mijn dromen neuk ik je de hele tijd.'
Ze klemt de telefoon in haar hand en ziet in het raam haar eigen weerspiegeling – een onbekende figuur.
Ik geef je al mijn kracht, al mijn macht geef ik je. Teken mijn contouren. Red me, of breek me, breek me helemaal aan stukken. Dood me.

*

Het is maart. Op de uiterste grens verliest alles zijn betekenis. Leegte is het enige wat nog iets te betekenen heeft. Het is een zoete vergetelheid. Mari wordt 's ochtends wakker en als altijd eet ze in de keuken twee boterhammen met kaas en drinkt ze haar chocolademelk. Ze wast haar haren en snijdt de vertrouwde japen in haar arm. Het enige lekkere gevoel van de hele dag. Er vormt zich geen korstje meer op de littekens, en ook dat voelt goed, zo de hele tijd open te zijn.
Terwijl ze in het heldere zonlicht naar school loopt, denkt ze dat dit misschien wel altijd al haar werkelijkheid is geweest. Vanaf het begin was het duidelijk dat dit zou gebeuren, dat ze hier zou lopen, veranderd in een omhulsel waarin bij elke stap de leegte weergalmt. En dat ze ten uitvoer zou brengen wat onvermijdelijk is.
Ze opent de schooldeur en Tinka komt meteen als eerste op haar toe. Ze ziet er ernstig en bezorgd uit. Het kan Mari niet schelen.
'Hoi,' zegt Tinka en ze zoent Mari als altijd met getuite lip-

pen op de wang. De kus is nat en warm. Mari kan wel huilen.

'Gaan we na de les de stad in?' vraagt Tinka. 'Kunnen we wat nieuwe make-up scoren. Ik wil groene oogschaduw en van die glitterrouge.'

'Ik weet niet. Ik moet voor een paar tentamens studeren,' antwoordt Mari mat.

'Je hebt de hele week zitten studeren,' protesteert Tinka.

Ze kijkt naar Mari. Ze komt dichterbij en omhelst Mari, en zonder het te weten duwt ze tegen de gapende wonden onder Mari's winterjack, zodat die huivert.

'Wat is er met je aan de hand? Je ziet eruit als een spook de laatste tijd. Slaap je 's nachts eigenlijk wel?'

Ze streelt over Mari's haren. Mari kan haar tranen niet bedwingen. Traag biggelen ze naar beneden, het enige teken van leven. Mari kijkt weg. Buiten straalt de zon, ze werpt een heldere lichtkegel over de lege gang. Stofdeeltjes dansen erin rond.

'Komt 't door Kanerva?'

'Huh,' antwoordt Mari zonder haar aan te kijken. 'Die kan me niks meer schelen, die is toch gewoon een rotzak.'

'Kanerva is een klootzak,' zegt Tinka teder, en ze raakt eventjes met haar neus die van Mari aan.

Teken mijn contouren, begrens mijn angst en bescherm me, denkt Mari.

Dood me.

*

Natuurlijk gebeurt het uiteindelijk toch, natuurlijk. Het gebeurt half bij toeval, om een onbenullige reden, zonder waarschuwing. Haar moeder krijgt het opeens in haar hoofd om Mari naar haar jas te vragen. Mari had die vraag verwacht en had een hele reeks halfbakken verklaringen verzonnen. En toch, ook al is ze erop voorbereid, wordt ze door schrik overvallen.

Moeders blik is volmaakt normaal als ze de onschuldige

vraag stelt. 'Waar is je andere winterjack naartoe? Die met de bontkraag?'
   Het is een dure jas. Moeder heeft hem voor Mari gekocht. Natuurlijk wil ze weten wat ermee gebeurd is.
   Mari kijkt weg als ze antwoordt.
   'Ik weet het niet. Ik ben hem misschien kwijtgeraakt, ergens.'
   Mari weet wat ermee gebeurd is. Met Kerstmis had ze twee jassen naar het zomerhuisje meegenomen. Toen ze weggingen was het weer omgeslagen, er begon natte sneeuw te vallen. Ze heeft haar lichtere jas aangetrokken. Haar dikke winterjas, met de bontkraag, is in het zomerhuisje blijven liggen. Ze heeft Julian er niet naar durven vragen. Misschien zal hij hem teruggeven. Ze hoopt dat hij haar ervoor zal bellen – dat hij haar belt en vraagt om ergens koffie te gaan drinken. Ze hoopt dat hij haar belt en dat de jas een excuus is. Ze hoopt dat hij haar belt omdat hij nog steeds naar Mari verlangt, de hele tijd naar haar verlangt.
   'Wat bedoel je, kwijtgeraakt?' zegt moeder bits.
   'Ik weet het niet,' antwoordt Mari, nu al wat scherper. 'Gewoon, soms raak je iets kwijt. Misschien heb ik hem ergens laten liggen.'
   'Hoe kun je zomaar ergens een jas laten liggen?' vraagt moeder. 'Ik heb je er laatst met Kerstmis mee gezien. Heb je hem laten liggen in Tinka's zomerhuisje?'
   'Hoe bedoel je, Tinka's zomerhuisje?'
   'Daar was je toch een paar dagen tussen Kerst en Nieuwjaar? In Tinka's zomerhuisje?'
   Mari herinnert zich dat ze het zo aan haar moeder had verteld.
   'Ja, natuurlijk. Waar anders.'
   'Goed, zou je dan Tinka willen opbellen om haar te vragen of ze je jas heeft gezien?'
   'Ja ja.'
   'Of moet ik bellen?'
   'Als je dat durft te doen...'

Moeder kijkt naar Mari's mobieltje op het salontafeltje. Mari bedenkt nog snel dat ze ernaartoe kan rennen, hem weg zou kunnen grissen en naar buiten zou kunnen stormen. Moeder staat dichter bij de tafel en neemt hem in haar hand. Mari kijkt ontzet naar haar moeder. Die ziet de uitdrukking op Mari's gezicht.
'Wat voor geheimen houd je hier verstopt? Liefdesberichtjes of zo?' vraagt moeder plagend, en ze houdt de telefoon in de lucht.
Het hangertje, dat glimlachende plastic beertje, klettert tegen het omhulsel van haar mobieltje.
'Niets, helemaal niets,' antwoordt Mari, en ze hoort haar stem ieler worden, onherkenbaar.
'Hé,' zegt moeder verbaasd. 'Je mag best een vriendje hebben hoor. Daar is heus niks mis mee.'
'Ik heb geen vriendje,' zegt Mari op vlakke toon.
'Wat is er dan...?' vraagt moeder, en ze kijkt weer naar het mobieltje.
Haar ogen gaan van de telefoon naar Mari. Mari kijkt terug. Daar zit het, in haar mobieltje, het eerste van de berichtjes die ze heeft gekregen. 'In mijn dromen bedrijf ik de liefde met je, dag en nacht, in mijn dromen neuk ik je de hele tijd.'
'Mam, heus, niet doen,' probeert ze.
Moeder kijkt haar geamuseerd aan. Mari neemt twee stappen en grijpt het mobieltje vast. Moeder houdt hem nog steeds in haar handen, laat niet los.
'Wat heb je opeens, je denkt toch niet...' stamelt moeder.
Mari neemt de telefoon. Moeder kijkt haar verbluft aan, ze snapt niet wat er aan de hand is.
Mari legt het op tafel.
Waarom? Waarom doet ze dat?
Waarom laat ze het daar zo nodig liggen, binnen handbereik van haar moeder? Waarom neemt ze het niet mee naar boven, om het achter slot en grendel in de la van haar bureau op te bergen?

Misschien wil ze wel dat moeder het te weten komt van Julian, misschien wil ze dat alles ophoudt. Of misschien heeft het allemaal niets meer te betekenen, helemaal niets meer. Misschien is alles zo futiel geworden dat ze evengoed haar mobieltje op de tafel voor haar moeder kan laten liggen. Om haar te tarten en uit te dagen.

Mari loopt de woonkamer uit, draait zich om en loopt weg, zodat ze de blik in haar moeders ogen niet meer hoeft te zien. En nu, op de drempel, als ze nog even omkijkt, ziet ze hoe haar moeder brutaal, onbeschaamd, open en bloot haar telefoon vastgrijpt en Mari aankijkt. Alles is van mij, zegt de blik in haar ogen. Alles aan jou is van mij.

Of is het toch bezorgdheid? Was het al de hele tijd bezorgdheid? Geen brutaliteit, maar louter bezorgdheid die haar moeder ertoe brengt om binnen te dringen in Mari's leven. Misschien merkt Mari het nu pas. Misschien is het zelfs haar laatste reddingsboei, als ze nu maar bereid zou zijn om het toe te geven en die bezorgdheid te zien. Maar ze heeft niet de energie om die gedachte vast te houden, het heeft toch allemaal niks meer te betekenen. Ze is aan het verdrinken, ze geeft zich over aan de koele omhelzing van het water; het maakt niet uit.

Opeens ziet ze zichzelf van buitenaf: haar eigen, lusteloze gebaren. Eerst zet ze twee passen in haar moeders richting, steekt haar hand uit net of ze van de andere kant van de kamer tot bij haar mobieltje zou kunnen komen. Dan verstijft ze, en ze laat haar uitgestoken hand vallen.

Moeder leest het berichtje.

Mari hoort de stilte om haar heen zachtjes knisperen als zijdepapier, een stilte die ruist en suist. Een moment dat uit zijn voegen barst.

Ze registreert twee dingen. Ten eerste: het geluid van hondennagels over het parket, het vrolijke, onwetende getik als de hond door de gang naar zijn mandje loopt, waar hij met de wijzers van de klok mee drie rondjes maakt voor zich er te installeren. En ten tweede: de uitdrukking op het gelaat van haar moeder: een hulpeloze, lege blik, van alle verbazing ontdaan, alleen nog in staat te registreren.

Daarnaast merkt ze ook enkele bijkomstige zaken.

Ze ziet de kamerpalm op de vensterbank, hoe die zich groen en gretig uitstrekt naar het licht.

Ze ziet een vogeltje in een struik achter het raam – het neemt twee flinke sprongetjes van het ene takje naar het andere, en dan naar de grond.

De warme gloed van de dikke zijden gordijnen in de woonkamer, die haar nu geen bescherming bieden, de klok die de onbeduidend geworden seconden wegtikt, de wereld die van geen ophouden weet, een moment dat maar voort blijft duren, de onverschillige glans van het parket en de gevoelloze knopen van het Perzische tapijt.

Als er geen andere verlossing bestaat, dan heeft ze toch dit nog: wat maakt het ook uit, wat heeft het ook allemaal te betekenen? Moeder zwijgt en vertrekt geen spier. Eerst is er op haar gezicht geen enkele uitdrukking te bespeuren. Ze kijkt bleek naar Mari, met trillende lippen. Zelfs de hand die de telefoon nog steeds in de lucht houdt trilt, eerst een beetje, dan meer, zodat het plastic beertje tegen het omhulsel klettert. De telefoon valt op de vloer. Moeder staat nu over haar hele lijf te trillen. De telefoon valt in stukken op het parket uiteen. Het beerhangertje schuift onder de bank, Mari ziet hoe het vrolijk om zijn as draait en tegen een poot van de bank terechtkomt. Het beertje blijft er rechtop staan, met zijn vrolijke speelgoedglimlach, onwetend van de breuk die zich heeft voorgedaan.

Na alles wat er is gebeurd, in dit zachte vacuüm van onverschilligheid, neemt Mari nog de moeite te liegen. Ze hoort hoe haar stem paniek verraadt.

'Het is niets. Het is helemaal niks, gewoon een grapje, niet meer dan een grapje.'

'Ju-Julian,' zegt moeder hortend.

Ju-li-an. Zoals moeder het zegt, in korte, gefluisterde lettergrepen, klinkt die naam vreemd, anders.

'Is dat je leraar?' vraagt ze met verstikte stem en ze geeft tegelijkertijd zelf al antwoord: 'Het ís je leraar.'
'Nee, niet waar,' zegt Mari. Ze fluistert het.
'Toch wel, het is je leraar,' herhaalt haar moeder.
Mari zegt niets.
'Wat haal je nog meer met hem uit? Wat nog, behalve van die berichtjes te sturen?' vraagt moeder.
Mari ziet dat haar moeder zou willen dat ze zegt: 'Niets, helemaal niets, we sturen elkaar alleen berichtjes.' Moeder zou willen dat Mari het zegt, maar tegelijkertijd weet ze dat het niet klopt.
En Mari zegt het niet, ze hoeft het niet te zeggen, want haar moeder weet het al.
Moeder ploft neer in de bank en drukt haar hoofd in haar handen. Mari blijft een ogenblik staan, en kijkt naar haar moeder. Dan draait ze zich om en loopt de woonkamer uit.
Op de drempel schiet haar weer dezelfde gedachte te binnen, nu voor het eerst in ernst. Dat wat een spel was – niet meer dan een lichte gedachte – is nu werkelijkheid geworden. Het is nu duidelijk en echt geworden.
En werkelijk, ze verlangt niet naar haar moeders dood, of die van Julian. Nee, Mari hoopt niet dat ze sterven. In plaats daarvan is het dit meisje, deze jonge vrouw, bedrogen en in de steek gelaten: zij moet sterven.
Ze denkt het helderder dan ooit tevoren. Er bestaan meisjes die sterven. Er bestaan meisjes wier leven eindigt en die door de achtergebleven familie worden betreurd. Zulke meisjes bestaan. Ze blijven eeuwig mooi, ze verliezen zeker nooit hun onschuld, ze worden misschien zelfs heilig. Wat zou er anders met haar moeten gebeuren, hoe zou dit anders moeten eindigen dan met een prachtige stilte, die over haar hele wezen neerdaalt?
Op de drempel, hier, terwijl haar moeder stil in de woonkamer zit, neemt Mari haar lot in eigen handen. Zo gaat het, precies zo. Ze voelt een lichte huivering van welbehagen door haar

heen gaan. Moeder kan haar niet tegenhouden. En Julian, Julian wil niet anders. Hij wil het. Dit is van haar: de onvermijdelijke afloop van haar eigen verhaal. Er bestaan meisjes die sterven. Ze grijpt zich eraan vast. Ze hult zich in die gedachte.

Julian

De lessen van die middag waren afgelopen. Julian zat in de lerarenkamer koffie te drinken. Tanskanen zat naast hem en was bezig de invalster Zweeds te versieren. Hij was altijd aan het flirten, en altijd met verschillende vrouwen. Julian zat te luisteren zonder zich in het gesprek te mengen. Groot kind, dacht hij, terwijl hij naar Tanskanen keek.

Hij wierp terloops een blik in de richting van de deur. Zijn hart sloeg over: in de deuropening stond de moeder van het meisje. Ze keek hem starend aan. Het was een blik die een verklaring eiste – ijzig, vol lege woede.

Er liep iemand van het ondersteunend personeel op haar toe om te vragen wie ze zocht. Ze zei iets, keek naar Julian. Hij stond op. Hij kreeg het koud; hij besefte dat hij een uitleg moest bedenken.

In haar blik lag een diepe, kille haat.

'U bent de moeder van Mari, toch?' zei hij, terwijl hij zijn verwarring met een open blik probeerde te camoufleren.

'Dat klopt,' antwoordde ze.

Hij stak zijn hand uit. Ze keek ernaar, maar verroerde geen vin. Hij zag haar denken: die hand heeft de borst van mijn dochter aangeraakt.

'Ja, ik herinner me u nog,' zei hij in een poging zich niet verder van zijn stuk te laten brengen door het kille optreden van de vrouw.

'Ik wil met u spreken, onder vier ogen,' deelde ze kortaf mee.

'Natuurlijk, geen probleem. We kunnen naar mijn klaslokaal gaan.'

Toen de deur in het slot viel, zei ze meteen wat ze op haar hart had. 'Jij neukt mijn dochter.'

Hij antwoordde niet. Hij wist niet wat hij moest zeggen. Moest hij alles ontkennen? Toch maar niet; ze zou zich geminacht kunnen voelen als hij loog over iets wat overduidelijk was. Hij zweeg, gaf het niet toe, maar ontkende het ook niet.

'Wat is je verklaring voor dit walgelijke gedrag?' vroeg ze, en haar gezicht vertrok van onmiskenbare verachting.

'Is dat nou het belangrijkst – een verklaring?'

Zijn eigen stem klonk van ver; hij klonk niet zo beheerst als hij had gewild.

'Waarom heb je het gedaan?' herhaalde ze.

En Julian zei wat hem zover had gebracht, wat volgens hem zijn reden en rechtvaardiging was geweest. 'Ik deed het omwille van de muzen. De muzen eisen dat je er niet aan voorbijgaat.'

De kille woede van de moeder veranderde in consternatie. Ze zette een stap in zijn richting, tot ze vlak voor hem stond. Hij deinsde niet terug. Ze bloosde van razernij, haar opgeheven armen beefden.

'De tyfus met je muzen. Die flauwekul slik ik niet.'

Hij deinsde onwillekeurig achteruit en merkte dat die beweging zijn twijfel ontmaskerde.

Haar haat was onverholen, lelijk, haast zelfingenomen.

Haat heeft altijd ook iets wellustigs. Alsof je opeens het recht hebt gekregen om alle mogelijke wreedheden te begaan, zelfs die welke de grenzen van het voorstellingsvermogen te boven gaan. Het recht om een grens te overschrijden – om het even welke – stroomt woedend, als bloed, naar je hoofd en je benen; dat recht doet je de hand heffen om een gezicht te slaan, rechtvaardigt het overhalen van de trekker. In de kern van haatgevoelens ligt genot over het feit dat alles gerechtvaardigd is. Niets is verboden, want de woede rechtvaardigt zichzelf en dwingt je tot handelen. In woede – zoals in verlangen – word je deel van het vuur.

Haar stem was niet meer dan een door woede verwrongen

gefluister. 'Jouw houding is een vorm van extreem geweld.'
'En jouw houding dan? Zomaar de grens trekken tussen goed en kwaad, is dat niet een vorm van het grofste geweld?' vroeg hij.
'Je mag me beschuldigen van wat je maar wilt. Maar je kunt niet ontkennen dat je mijn dochter pijn hebt gedaan. Dat kun je niet ontkennen.'
'Het spijt me als dat is gebeurd. Vergeef me. Dat was niet mijn bedoeling. Het is nu in elk geval voorbij, dat kan ik beloven.'
'Zo makkelijk kom je er niet van af.'
Ze keek hem even aan. Hij zag hoe afschuw zich over haar gezicht verspreidde. Het was een uitdijende zee die haar ogen verduisterde. Ze liep naar de deur, draaide zich nog eenmaal om en sprak haar laatste woorden. 'Ik zal doen wat ik moet doen. Tot ziens.'
Ze ging de deur uit. Julian bleef naast de lerarentafel staan. Hij voelde walging opkomen.

Toen hij de deur van de lerarenkamer opende, kwam Tanskanen hem tegemoet. Julian zei hem mat gedag. Hij keek Tanskanen niet in de ogen en probeerde hem snel voorbij te lopen. Tanskanen leek op een vreemde manier te weten wat er aan de hand was, misschien zou hij hem willen uitvragen.
'Alles kits, gozer?' grapte Tanskanen.
'Gozer,' zei Julian, nog steeds zonder hem aan te kijken.
'Hé,' probeerde Tanskanen, 'waar moet je zo snel heen?'
'Niks bijzonders. Ik ga naar huis.'
'Ga mee naar de gym.'
'Nee, heb ik helemaal geen tijd voor.'
'Kom nou.'
'Goed, een uurtje dan.'
'Goed zo.'

Julian trok tien keer de staaf van het fitnessapparaat naar beneden en liet hem weer los. Tanskanen stond achter hem commentaar te geven op zijn houding.

'Je trekt 'm te veel naar beneden. Je moet hem tot vlak boven je nek brengen, anders is de beweging niet meer ergonomisch. Concentreer je erop dat je schouderbladen samentrekken, en denk er niet aan of je de staaf nog verder naar beneden krijgt, dan scoor je de beste resultaten.'

'Tja, de beste resultaten scoren,' antwoordde Julian half snerend op de raad van Tanskanen. 'Jij weet het best hoe je moet scoren.'

Tanskanen grijnsde.

'Op basis van de laatste weken zou ik zeggen dat je niet voor me onderdoet.'

Julians glimlach verbleekte.

'Hoe bedoel je?'

'Doe maar niet alsof je neus bloedt. Ik weet best dat je op een heel ander gebied nogal een succesje hebt behaald.'

Tanskanen keek hem uitdagend in de ogen.

'Godverdomme,' wist Julian uit te brengen.

'Ja, zeg dat wel. Hoe heette ze ook weer? Mari?'

Julian keek snel om zich heen.

'Praat er hier niet over. Het gaat niemand iets aan.'

Tanskanens blik werd ernstig, behulpzaam.

'Je speelt het helemaal verkeerd. En ik zeg dit als vriend.'

Julian ging geërgerd staan, zette enkele stappen in de richting van de kleedkamer.

'Ik speel helemaal geen spelletje. Ik leef gewoon mijn leven.'

'Luister nou eens naar jezelf. Hoe oud is ze, zestien?'

'Het is voorbij, het hele gedoe.'

'En dat moet ik geloven?'

'Geloof wat je wilt. Ik denk niet dat jij de beste persoon bent om me hierover advies te geven.'

'Kom nou. Eerst en vooral zou ik nooit iets beginnen met een zestienjarige. En ík ben niet getrouwd.'

Julian nam zijn drinkfles en ging naar de kleedkamer. Hij sloeg de deur harder achter zich dicht dan de bedoeling was. Tanskanen had niets te betekenen. Een groot kind. Een opschepper die niets snapte van de hele situatie. Hij kon er maar beter niets meer over zeggen.
 Tanskanen kwam met een ernstige blik de kleedkamer binnen. Julian ging op een bankje zitten en dronk wat, om maar niets te hoeven zeggen. Tanskanen kwam naast hem zitten.
 Julian zuchtte.
 Wat als hij hem toch in vertrouwen zou nemen? Het maakte niets meer uit, dacht hij berustend. Tanskanen was de enige die ook maar enigszins aan zijn kant stond. Aan Jannika kon hij het niet vertellen; het hele gedoe zou onafzienbare afmetingen krijgen als hij het haar nu zou zeggen. Later misschien. Maar nu niet. Het meisje zelf was nog een kind – waarom zou hij het nog ontkennen? Een kind, niet meer dan een kind. Als hij er met iemand over zou willen spreken, waren een priester of een psycholoog de enige alternatieven. En Tanskanen. Hij kon het maar beter erkennen: in deze situatie was die zijn enige vriend.
 Hij slaakte een diepe zucht voordat hij begon.
 'En als ik nu eens van haar houd?'
 Tanskanen keek hem ongelovig aan.
 'En, hou je van haar?'
 Julian keek weg.
 'Haar moeder kwam me vandaag opzoeken. Ze eiste een verklaring. Ik vraag me af of ik er in haar ogen dan minder schofterig zou hebben uitgezien, minder slecht. Als ik nou eens had bekend dat ik van haar hield?'
 'Dat heb je toch niet echt gezegd?'
 'Nou nee. Maar als ik het hád gezegd? Ben ik dan minder slecht, als ik beken dat ik van haar hou? Verandert het de zaak?'
 'Ik denk dat je verlangen en liefde door elkaar zit te halen,' zei Tanskanen.
 'Kun je die wel echt uit elkaar houden, verlangen en liefde?' vroeg Julian.

'Als je tussen die twee geen verschil ziet, dan heb ik niks meer te zeggen,' merkte Tanskanen op.

Hij stampte met zijn schoenen op de grond en masseerde zijn gezicht.

'Je zou je treurig voelen,' merkte Tanskanen op. 'Als je van haar hield, zou je je treurig voelen.'

'Ik zit klem,' zei Julian, en hij liet wanhoop in zijn stem doorklinken. 'Ik kan geen kant meer op.'

Hij keek snel naar Tanskanen en probeerde te zien of er in diens blik spot lag, minachting, of medelijden. Dit was vernederend.

Tanskanen antwoordde met woorden die al in de lucht hingen. 'Vraag je me om raad?'

'Ik weet het niet. Zou ik moeten?'

'Als je me om raad vraagt, kan ik zeggen dat je maar twee alternatieven hebt.'

Julian besefte dat zelf ook.

'En?' vroeg hij toch.

'Je kunt wachten totdat de moeder het naar buiten brengt. Als je wacht, heb je een kleine kans om het heelhuids te overleven. Je kunt hopen dat ze er om de een of andere reden niets mee doet.'

Hij had er niet aan gedacht dat de moeder van het meisje dat zou kunnen doen. Als hij het zelf niet zou vertellen, had hij misschien een beetje tijd; een paar dagen, wie weet zelfs een paar weken. Maar hij had nooit gedacht dat ze het zo zou laten.

'Waarom zou ze dat doen?'

Tanskanen nam een slok van zijn flesje voordat hij antwoordde. Er schoot Julian een komische gedachte te binnen: zover was het dus gekomen dat hij raad kreeg van Tanskanen. Misschien klopte het wel dat Tanskanen dit spel onder de knie had.

'Tja,' zei Tanskanen met een bedachtzame blik. 'Het meisje zou het nog moeilijker krijgen als alles bekend werd. De leerlingen zouden roddelen, ze zou van school moeten veranderen, van die dingen. Het is mogelijk dat haar moeder niet nog meer problemen wil en er verder niets meer mee doet.'

'Zou ze dat kunnen doen?'

'Natuurlijk. Moeders en dochters, alles is mogelijk. Maar als je 't mij vraagt, dan zou ik er maar niet op rekenen. En als het toch in elk geval aan het licht komt, is het met je afgelopen.'

'Godverdomme,' stamelde Julian.

'En het andere alternatief,' zei hij, elk woord benadrukkend, 'je komt er zelf mee naar buiten.'

Julian schudde zijn hoofd.

'Als ik het vertel, is het met me gedaan. Ik geloof niet dat Jannika het aan zou kunnen.'

'Je moet er gewoon op vertrouwen.'

'Zoveel vertrouwen bestaat niet.'

Tanskanen stond op, wierp een blik naar de deur, en zei toen wat Julian zelf ook wist. 'Wat blijft er nog over? Het enige wat je nog hebt, is vertrouwen.'

Julian opende de voordeur en ging naar binnen. Jannika had de kinderen al opgehaald en zat aan de keukentafel, verdiept in een boek. In een pan was rijst aan het koken. Hij hoorde de kinderen spelen in de woonkamer, ze waren over iets aan het ruziën. Al in de gang begon hij zich weer misselijk te voelen. Het lag hier, hier voor hem: er was geen weg meer terug.

Hij liep naar de keukendeur.

Jannika zat met haar rug naar hem toe. Ze had een oud shirt aan, die ze al een eeuwigheid had; een T-shirt met de naam van een band van jaren geleden. Ze droeg hem alleen thuis, op zondagochtend of op doordeweekse avonden. Hij had vaak zo naar haar staan kijken – als ze met haar rug naar hem toe zat; en dan was hij dichterbij gekomen, als ze haar tanden stond te poetsen in de badkamer, of op de bank in de woonkamer zat te lezen of aan haar bureau aan het schrijven was; dan was hij naar haar toe gegaan en had zijn handen onder dat shirt geschoven, of had haar haren losgemaakt.

Had hij het alleen maar gedroomd dat ze veranderd was?

Vertrouwd – dat was ze; door en door vertrouwd. Ze vermoedde niets. Misschien had ze gemerkt dat er iets fout zat, maar ze kon geen vermoeden hebben van het meisje. Het zou bijna makkelijker geweest zijn, als ze het zelf had doorzien en het hem zou hebben gevraagd.

Nu draaide ze zich om, ze zag hem en stond op.

'Wat is er?' vroeg ze.

Misschien zag ze aan zijn blik dat hij iets wilde zeggen. Hij stond onbeweeglijk in de deuropening.

Nu, dacht hij. Nu.

'Is er iets aan de hand?' vroeg ze.

Nu, voor het te laat was. Nu.

Ze kwam op hem toe, streek door haar haren, kwam nog dichter, omhelsde hem. Nu was het nog mogelijk, hij kon het haar toefluisteren. Het moment ging voorbij, bleef nog even achter haar schouders zweven, nú, nu kon het nog. Zijn armen leken loodzwaar, hij slaagde er niet in ze op te heffen, kon ze onmogelijk om haar heen slaan. Rijst was in de pan aan het koken, de deksel kletterde sloom op het ritme van het borrelende water. In de woonkamer hoorde hij de stemmen van de kinderen.

Julian liet het ogenblik voorbijgaan.

Hij hief eindelijk zijn armen op, ze waren zwaar, net als soms in dromen, waarin je er maar niet in slaagt je armen of benen te bewegen. Hij dwong zijn armen omhoog en sloeg ze om Jannika's schouders, hij omhelsde haar, gleed met zijn handen onder haar shirt. Met zijn vingertoppen streelde hij het parelsnoer van haar ruggengraat zoals hij zo vaak had gedaan.

'Wilde je me iets vertellen?' vroeg ze.

Het ogenblik was verstreken, hij had het voorbij laten gaan.

'Kan ik helpen met het eten?'

'Je mag de salade maken,' zei ze.

'Dan maak ik de salade,' antwoordde hij.

Mari

Natuurlijk eist haar moeder een verklaring. Ook al geeft Mari niet toe, ook al ontkent ze eerst alles. En als ontkennen zinloos blijkt te zijn, bezweert ze haar moeder dat het allemaal voorbij is, ze begint te dreinen en uiteindelijk zelfs te smeken. Het helpt niet. Moeder wil alles tot op de bodem uitpraten. Mari zit op de bank in de woonkamer en moeder loopt voor haar te ijsberen en blijft dan weer staan.

Mari weet maar één zin te bedenken, een huilerige, radeloze gil. 'Kutwijf, mijn leven gaat je niks aan!'

'Lieve schat,' probeert moeder. 'Dit is geen kleinigheidje.'

'Nou nee, precies!' roept Mari. 'Dit is mijn leven en je hebt er geen ruk mee te maken!'

Moeder kijkt Mari triest aan.

'Weet je dat het hier gaat om een strafbaar feit? Ik kan hiermee naar de politie gaan. Een verhouding met een minderjarige, daarvoor krijg je toch zeker een geldboete. Hij raakt zijn werk kwijt en...'

'Je gaat godverdomme níet naar de politie! Als je dat doet, zie je me nooit meer terug!'

Ze probeert een uitdagende toon in haar woorden te leggen, maar ze hoort zelf hoe haar woede niet meer is dan zielig tegenspartelen vóór de onvermijdelijke instorting. Haar wangen voelen koortsig aan. Haar woorden zijn plakkerig van de tranen. Ze heeft nooit eerder zo'n onvervalste haat gevoeld voor haar moeder. Dit is mijn moeder niet meer, denkt ze. Alleen nog maar de vrouw die me heeft gebaard.

Moeder kijkt Mari gelaten aan. Haar blik is eerder teder

dan boos, merkt Mari. Waarom is ze niet boos? Het zou makkelijker zijn om te schreeuwen als haar moeder ook schreeuwde.

'Je weet dat ik zo'n situatie niet zou willen. Dat we helemaal met elkaar zouden breken,' zegt moeder onderdanig.

'Nou dan. Besef dus maar goed wat je doet.'

Moeder staat op het punt te gaan zitten, doet het toch niet, kan het niet; ze blijft voor Mari heen en weer lopen.

En nu zegt ze datgene waar Mari al bang voor was. 'Ik heb die Julian een bezoek gebracht.'

Het is zover. Nu is alles ontdekt, dit is het einde.

Mari begint nog troostelozer te snikken.

Alles is afgelopen. Nu is ze ontmaskerd. De hele school zal het te weten komen. Als ze naar school zal gaan, zal ze worden uitgelachen: daar loopt dat meisje dat zichzelf aan de wereld heeft blootgegeven – wat een stomme, zielige meid. Dat meisje dat dacht dat ze belangrijk was. En Julian, die zal haar geen blik meer waardig keuren. Hij zal haar haten.

'Mama, nee,' zegt Mari door een troebel waas van tranen heen. 'Wat heb je hem gezegd?'

'Ik heb hem gezegd wat ik dacht.'

'Godverdomme, ik hááát je. Waarom kwel je me zo? Waarom doe je me dit aan?'

Moeder kijkt nog triester.

'Omdat je mijn dochter bent en ik je hoor te beschermen.'

Mari kan door haar tranen heen niets samenhangends uitbrengen. Moeder snapt er niets van, niemand snapt het.

'Maar ik hou van hem,' stamelt ze.

'Lieve schat,' zegt moeder met haar liefste stem. 'Je bent zestien. Probeer het alsjeblieft te begrijpen.'

'En ik snap het níet,' dreint Mari.

Moeder verheft haar stem om boven het gesnik van Mari uit te komen. 'Weet je wel dat het illegaal is?'

'Och, fuck.'

Moeder slaakt weer een zucht. Onderdanig, berustend.

'Zit alsjeblieft niet zo te vloeken, dit is een ernstige zaak. Ik zal dit moeten melden. Ik moet de rector bellen, en de studiebegeleider.'

'Mama, alsjeblieft, dan kan ik niet meer terug naar school, ik kan er nooit meer terug als je dat doet.'

Moeder gaat op de bank tegenover haar zitten en zucht.

'Misschien zou het ook wel beter zijn als je van school veranderde.'

'Nee, mama, néé. Ik ga dood als je belt,' gilt Mari.

Moeder schudt het hoofd.

'Ik moet het doen. Het is de enige juiste manier om dit af te handelen.'

'Wat moet ik dan doen? Ik kan niet meer terug naar school en niemand wil nog vrienden met me zijn. Als je dit doorvertelt, wat moet ik dan doen?'

Mari's vraag is door haar tranen heen hoorbaar. Eigenlijk is het zelfs geen vraag, maar een erkenning hoe hopeloos de situatie is. Er rest haar niets meer, louter leegte.

Moeder let niet op haar smeekbeden. 'In september kun je op een andere school opnieuw beginnen.'

Mari verzinkt in wanhoop. Er rest haar alleen nog een verzoek. 'Mama, doe er niets mee,' zegt ze, smeekt ze.

Ze heeft alleen nog maar dit verzoek. Moeder kan het aanvaarden; als ze wil, kan ze eraan toegeven. Het hangt tussen hen in, de enige band die hen nu nog bindt. Een almaar strakker wordende draad; dun, steeds dunner wordend.

Moeder kijkt Mari zwijgend aan.

'Mama, alsjeblieft,' herhaalt ze, dringender nu. 'Doe er niets mee.'

Moeder antwoordt nog steeds niet. Mari ziet dat ze niet kán antwoorden. Mari wordt met haar vraag alleen gelaten. Moeder kijkt haar aan met een harde, genadeloze blik, zonder te antwoorden. Ze geeft niet toe.

Er rest Mari niets meer. Nu is eindelijk alles afgelopen.

Haar blik verhardt, ze trekt haar lippen samen en veegt haar tranen weg. Ze keert haar moeder de rug toe en loopt de kamer uit zonder nog een woord te zeggen.

In de deuropening, als ze het krachtveld rond haar moeder achter zich laat, roept Mari weer diezelfde gedachte op – de gedachte die van haar alleen is. Weer zweeft ze door de lucht; ze spreidt haar armen, slaat haar vleugels uit en springt.
Of toch niet.
Plotseling lijken haar eerdere gedachten onbetekenend, kinderachtig; net onschuldige fantasietjes of dagdromen. Nee. Het spel is nu ernst geworden. In werkelijkheid vliegt ze niet, en bestaat er niet zoiets moois of luchtigs. De werkelijkheid is wreder, rauwer, gewelddadiger. Het zal gebeuren, zeker, maar op een andere manier.
Als het gebeurt, zal het onverhoeds gebeuren, haast bij toeval. Zulke meisjes, die hun plan ook uitvoeren, denken er slechts terloops aan. Misschien denken ze er zelfs niet aan; 's ochtends zitten ze nog met hun moeder over alledaagse dingen te praten: over huiswerk of hun plannen voor vrijdagavond, of over de nieuwe schoenen in de etalage van het warenhuis en de bosbessentaart die ze 's avonds na school misschien samen zullen bakken. Maar er komt geen bosbessentaart, niet voor hen, niet voor het soort meisjes die het ook ten uitvoer brengen. Zulke meisjes staan op van de ontbijttafel, stoppen de vaat in de vaatwasmachine en zeggen gedag; ze trekken hun jas en hun schoenen aan en zeggen tegen hun moeders: 'Tot vanavond.' Zo zeggen ze het, 'tot vanavond', voordat ze de buitendeur openen en weer achter zich sluiten, net als op alle nietszeggende dagen daarvoor; ze trekken de deur achter zich dicht en zien de bomen langs het tuinpad, en nemen de tram naar het centrum. Zulke meisjes lopen in de stad langs de etalage van het warenhuis en zien er nieuwe schoenen liggen, dezelfde waar ze het net nog over hadden; ze gaan aan de schoenen voorbij, en aan hun eigen weerspiegeling in het glanzende oppervlak van de etalage; zulke meisjes gaan helemaal niet naar school, die gaan

naar de rivier, klimmen op een dak of gaan naar de spoorweg, waar een steile val naar beneden hun wacht.

Zo gebeurt het.

'Tot vanavond.' Zonder plannen, zonder vooraf genomen besluit. Het uiteindelijke besluit is niet meer dan een bevlieging die je gedachten binnen komt gestormd op het moment dat je gezicht in het glanzende raam van het warenhuis weerspiegelt. Geen geroep van voorbijgangers. Geen vlucht die een sierlijke boog trekt over het blauwe doek van de hemel. Niets moois. De werkelijkheid is geluidloos, lukraak en wreed, gewelddadig. Een geluidloze klap en een woordeloze schreeuw die opgaan in hun eigen nietigheid.

Als een spel ernst wordt, gebeurt het precies op die manier.

Geluidloos. Nietszeggend. Toevallig. Echt.

Anja

De tweede week van maart werd het opeens lente, zonder de minste waarschuwing – zoals altijd. Vorige week had het nog gesneeuwd en 's nachts had het nog één keer gevroren, totdat de winter zich onderwierp en in het vrijpostige licht van de lente was opgegaan. De zon scheen net helder genoeg om de grauwvuile hopen sneeuw aan de kant van de weg al een beetje te doen smelten. 's Avonds vroor het nog een paar graden, zodat de gesmolten sneeuw in kreukelige groeven bevroor. De zon kleurde de westelijke hemel rood, en daar was hij dan: de eerste lenteavond, onvermoed en zelfbewust.

De volgende dag tastte de lente zijn grenzen af met schuchter getik in de regenpijpen, en een wat langer dralende schemering dan de vorige avond. En toen was de winter al vergeten.

Donderdagmiddag hield Anja om twee uur op met werken.

Op de hoek van het Senaatsplein nam ze de tram naar Hakaniemi.

Ze voelde zich licht.

De gratis dagbladen van die ochtend lagen als een knisperende stapel papier op de vloer opeengehoopt. Een leeg flesje bier rolde over het gangpad tot onder de stoeltjes. In het tussenstuk kuste een jongen een meisje, en een clochard zat tegen zichzelf te mompelen.

Bij Hakaniemi stapte ze uit en nam ze de bus naar huis. In een opwelling stapte ze al uit bij de Hogeschool voor Kunst en Design. Ze had zin om het laatste stukje naar huis te lopen.

Ze zag twee kleine meisjes aan de kant van een zijweggetje. Ze stonden over iets heen gebogen dat in de berm lag. Toen ze dichterbij kwam, zag ze dat de meisjes met een stokje in een dode egel stonden te prikken.

'Dood,' zei de ene.

'Misschien is ie gewoon bevroren en slaapt hij,' zei de ander, terwijl ze met haar rubberlaars tegen de zij van de egel schopte.

De egel rolde op zijn ruggetje. Hij was tot een zielig hoopje verstijfd. Zijn pootjes waren tot smekende uitsteeksels opgetrokken, zijn bekje was open en zijn ogen waren dicht, zodat hij op de een of andere manier menselijk aandeed. Hij was zonder twijfel dood. In zijn kleine wezen droeg hij nog de herinnering aan zijn leven als egel – aan mos in het woud en aan zonlicht op een rots in het voorjaar. Maar de dood had er zijn geluidloze stempel op gedrukt. Zijn lijkje was een teken aan de achtergebleven van wat de dood inhield: het had kennis over het hiernamaals en deelde er niets over mee, behalve dan door daar stijf en onbeweeglijk te liggen, klein maar plechtig.

Anja bleef naast de meisjes staan.

'Hoi,' zei ze om het gesprek te openen.

Ze had het gevoel dat ze zich voor moest stellen. Ze waren hier alle drie terechtgekomen, bij het lijkje van een dode egel. Het eiste onbeschaamd dat ze er niet zomaar aan voorbij zouden gaan; eiste zijn rechten op zonder daartoe toestemming te vragen, verlangde van hen dat ze de dood zouden begrijpen, en verbond hen voor een kort moment met elkaar. Opeens waren ze een begrafenisstoet geworden. Ze waren de eeuwige toeschouwers van het raadsel van de dood, en ze konden niet anders dan die eis in te willigen, niet aan het egellijkje voorbij te gaan, maar samen te komen, zich aan elkaar voor te stellen.

'Ik ben Anja,' zei Anja.

'Ik ben Sanna, en zij daar is Anni,' zei de flinkste van de twee.

Het verlegen meisje, Anni, knikte ernstig, nederig bij deze taak, die haar te boven ging.

'Kijk eens,' zei Sanna tot Anja, en ze wees met de stok naar het egeltje.

'Is ie dood?' vroeg Anni, ook al zag je aan de ogen van het meisje dat ze het antwoord wel wist.

Anja kon in de blik van de beide meisjes een hartverscheurend enthousiasme zien voor het mysterie van de dood. Ongetwijfeld hoopten ze allebei dat hij dood was en niet zomaar bevroren was. Niet omdat ze de dood van dit kleine diertje hadden gewild, maar omdat de dood op zich iets was waar ze machteloos tegenover stonden, een geheim waarvan ze niet konden wachten om het te begrijpen.

'Ja, hij is dood,' zei Anja kalm.

'Hoe weet je dat?' vroeg Anni.

'Kijk,' zei Sanna opgewonden, en ze porde met haar stok tegen de egel. 'Doden liggen heel stil, ze bewegen helemaal niet.'

'Ja,' gaf Anja toe. 'Daaraan kun je het zien.'

'Wat moeten we ermee doen?' vroeg Anni.

'Laten we hem begraven!' riep Sanna.

'Waar?' vroeg Anni.

'In de bosjes, onder het mos.'

Ze brachten de dode egel met stokjes naar de kant van de weg en rolden hem voorzichtig naar het bosje. Anni nam een natte pluk mos terwijl Sanna steentjes bijeenraapte om op het graf te leggen. Anja maakte van twee stokjes een tedere tang en tilde de egel voorzichtig in zijn graf van mos.

Ze stonden eromheen en lieten het naakte feit van de dood en de betekenis van de teraardebestelling tot zich doordringen.

'Waarom moet je doden begraven?' vroeg Sanna uiteindelijk.

Anja aarzelde even.

'Het is belangrijk dat doden begraven worden. Zo begrijpen wij, die nog leven, wat de dood betekent. Zo weten we wat er nog komt. We moeten een teken geven dat de doden hier niet meer zijn en dat ze in de herinnering voortleven.'

'Gaan ze dan niet naar de hemel?'

'Misschien. Maar ze wonen ook in onze herinneringen.'

'Ah. En toch geloof ik dat dit egeltje naar de egeltjeshemel gaat. Daar zijn een massa bloemen en zon en andere egels,' zei Sanna zelfverzekerd.

'Best mogelijk.'

Ze stonden nog een ogenblik rond het graf.

Sanna staarde somber naar de egel en verwoordde nog eens de dood, als om te bevestigen wat er was gebeurd. 'Doden liggen heel stil en ze bewegen helemaal niet.'

Ze zeiden kort gedag en gingen uit elkaar. Anja draaide zich om en wierp nog een blik op de meisjes: ze droegen allebei rubberlaarzen, het verlegen meisje liep een paar passen achter het flinkere meisje, als een trouwe lakei. Het oudere meisje sloeg met haar stok de maat bij hun stappen.

Ze zouden naar huis gaan en tekenfilms kijken; misschien zouden ze voor het slapengaan met hun springlevende hamstertjes spelen, om de volgende morgen wakker te worden in een leven boordevol barbiekleertjes, cornflakes met suiker, plastic pony's en haarspeldjes. Maar de egel zou in hun gedachten blijven leven; ze zouden hem in hun herinneringen meenemen en de dagen uit zijn leven herbeleven, hem in hun gedachten en dromen meedragen, en proberen het onvatbare te begrijpen. Misschien hadden ze het voor het eerst gezien, hier, aan de kant van de weg. Misschien zouden ze voor het eerst het besef van wat elk leven begrensde in zich opnemen – het besef van wat iedereen onvermijdelijk te wachten stond.

*

Het bleek precies zo moeilijk om het te vragen als Anja zich had voorgesteld. Haar zus zat tegenover haar koffie te drinken en over allerlei dingen te praten: over wat ze deze zomer zou doen, en dat ze nieuwe gordijnen zou ophangen. nu het lente was. Ze voelde dat er iets stond te gebeuren, en na elke pauze versnelde ze een beetje het tempo waarmee ze sprak. Anja maakte gebruik van een van de pauzes om haar zonder omwegen te onderbreken.

'Ik zou je willen vragen om zijn begrafenis te regelen, mocht ik opgepakt worden.'

Haar zus keek haar verrassend kalm aan. Ze keek misschien een halve minuut voor zich uit zonder een woord te zeggen, en weigerde toen kortweg. 'Nee.'

'Dus je bent niet bereid het te doen?'

'Nee. Ik bedoel dat ik het niet kan beloven. Ik kan je niets beloven wat met je misdadige activiteiten te maken heeft. Ik kan je niet beloven je medeplichtige te worden.'

'Je snapt er niks van.'

'Ik snap het maar al te goed.'

'Nee. Je snapt het niet. Denk je dat ik dit verdomme zelf wil? Dat ik om zo'n leven heb gevraagd?'

Haar zus antwoordde niet, liep naar het raam en plukte dode blaadjes van de bloemen op de vensterbank. Anja kwam naast haar staan en strekte haar hand uit, sloeg haar arm om de schouders van haar zus.

'Waarom moet je nou zoiets doen?' vroeg die.

In haar stem waren radeloosheid, hulpeloosheid en angst te horen. Alle gevoelens die Anja nooit eerder bij haar zus had gezien.

'Omdat hij het heeft gevraagd,' zei Anja zonder aarzelen.

'Waarom heb je het hem beloofd? Hoe kon je hem iets beloven wat buiten de wet staat?'

Anja had maar één uitleg.

'Omdat hij het heeft gevraagd. Ik heb het hem beloofd omdat hij het heeft gevraagd.'

Anja wordt 's nachts wakker en merkt dat zijn kant van het bed leeg is. Ze gaat rechtop zitten en ziet achter het gordijn de glanzende groet van de maan. Een streep maanlicht valt op een hoek in de kamer.

Haar man zit in de hoek. Hij rilt over zijn hele lichaam.

De maan verlicht zijn van ontzetting verstarde gezicht en toont angst die niet meer menselijk te noemen is. Het is door louter existentie gestuurde paniek; op zijn gezicht ligt een peilloze drang om te vluchten, en een immense angst voor het verdwijnen van de laatste ontsnappingsmogelijkheid.

Ze opent haar mond om iets te zeggen, maar ze krijgt geen woord over haar lippen.

Ze stapt uit bed en gaat naar haar man toe. Hij klemt zich tegen haar aan, als iemand in levensgevaar, en knijpt haar te hard in haar nek en haar armen. Ze is bang dat hij haar pijn zal doen. Hij huilt met hortende, lelijke snikken; als iemand voor wie tranen onbekend zijn – een echo uit de kindertijd. Hij beeft en omklemt Anja alsof hij bij haar redding wil zoeken.

Ze troost hem als een kind.

'Help me,' zegt hij.

'Hoe kan ik je helpen? Zeg me hoe ik je kan helpen.'

'Zo kan ik niet verderleven. Red me.'

Ze omklemt hem harder en wiegt hem heen en weer, ze is niet van plan hem die nacht nog los te laten. Fluisterend verwoordt ze traag, berustend en hulpeloos haar machteloosheid. 'Ik zou je redden als ik kon.'

Hij drukt haar steviger tegen zich aan, schudt haar bijna door elkaar, en zegt snikkend: 'Red me. Dood me. Dood me en red me.'

Anja maakt zich los uit zijn omhelzing. Ze ziet de uitdrukking op zijn gezicht, de doodse angst; zijn stem komt van heel ver weg.

'Doe het niet. Vraag me zoiets niet,' hoort ze zichzelf zeggen.

Hij begint nog vertwijfelder te huilen.

'Ik zou het zelf doen, als ik het maar durfde. Maar ik ben een verdomde lafaard. Er zijn nog dagen die ik wil meemaken – misschien komen er nog goede dagen.'

Ze bijt zich vast in zijn woorden en weeft er een vangnet van voor zichzelf. 'Nu hoor je het zelf, je wilt niet dat ik je dood.'

Hij stopt met huilen en grijpt haar weer vast. Hij schudt haar bij haar schouders door elkaar, houdt haar vast en zegt, elk woord benadrukkend: 'Ik wil het wél. Ik smeek je. Als er niets meer overblijft. Doe het dan.'

Ze schudt haar hoofd. Ze wil dit moment niet beleven. Nu al weet ze – in deze streep maanlicht, in de hoek van de slaapkamer – dat de betekenis van de komende jaren door dit ogenblik zal worden gevormd, er zwaar door zal worden, en echt, ondoordringbaar.

'In godsnaam, vraag me niet om dat te doen. Dat kun je niet van me vragen,' zegt ze met een stem waarin wanhoop doorklinkt. Ze schreeuwt het haast.

Hij rilt niet meer, maar staat stil en neemt met een beslist gebaar haar gezicht tussen zijn handen, houdt haar vast en zegt het nog eens, vraagt haar: 'Ik kan het niet van je vragen. Maar ik vraag het je toch. Dood me en red me.'

En nog jaren later gaat het haar begripsvermogen te boven – wat ze had gezegd en wat ze had gedaan. Had ze geknikt, had ze ermee ingestemd en zijn verzoek aanvaard? Of had ze daar gewoon gestaan, onbeweeglijk, kijkend naar de man die haar het vertrouwdst was in de hele wereld; had ze met haar blik haar instemming te kennen gegeven? Misschien had ze hem gekust; misschien had ze hem gestreeld en in haar armen genomen, en gezegd wat je hoort te zeggen: dat alles goed zal komen, en hem daarna gevraagd weer te gaan slapen. Misschien had ze dat alles gedaan, ook al had ze met zijn verzoek ingestemd. Misschien had ze wel beide dingen gedaan – had ze ja en nee gezegd. Want aan wie je liefhebt, kun je misdaad noch verdoemenis beloven. En juist aan wie je liefhebt, beloof je zelfs dat wat de wet overschrijdt – aan hem meer dan aan wie ook.

Julian

Een week ging voorbij, de helft van een tweede week, twee weken. Hij had zich er niet toe kunnen brengen het te vertellen. Hij durfde al te hopen dat het misschien voor eeuwig zo zou blijven, dat de moeder van het meisje het misschien nooit zou vertellen. Als hij eraan dacht, voelde hij eerst opluchting. Hij zou zich er toch uit redden, zou er toch zonder kleerscheuren af komen. Daarna kwam een gevoel van beklemming. Het kon eindeloos duren: wachten, halfslachtige angst, de vraag in Jannika's ogen, avond aan avond diezelfde vragende zwijgzaamheid als ze op hem af kwam, hem aanraakte, hem tussen haar benen trok en bij haar naar binnen, terwijl hun dochters in de kamer ernaast lagen te slapen. Als ze al sliep, bleef hij nog wakker liggen. Was het een kleine prijs, dat zware moment voordat hij in slaap viel, avond aan avond?

En het meisje. Het meisje was ontspoord. Hij zag het. Het was zijn schuld. Ze was stil en bleek geworden. Tijdens de tweede periode van de lente had ze weer Finse les. Ze kwam elke dag naar de les, ging in het midden van de rij tafels zitten, deed mee met de groepswerkjes zoals de anderen, en antwoordde als haar een vraag werd gesteld. De rest van de tijd zat ze afwezig door het raam naar buiten te kijken. Hij had het gevoel dat ze elk moment in tranen zou kunnen uitbarsten.

Ze keek hem nooit meer aan. Als hij een vraag stelde over een of ander literair onderwerp, of over grammatica, dan stak ze gewoonlijk altijd haar hand op. Soms liet hij haar antwoorden. Hij had het moeilijk om haar naam te noemen als hij haar aanwees. 'Mari,' zei hij nadrukkelijk nonchalant, en tegelijkertijd was hij bang dat alle andere leerlingen zouden merken wat het betekende dat hij die naam uitsprak. Hij verwachtte dat ze zou huiveren, dat ze haar ogen zou opslaan en haar onverschillige blik zou laten vallen. Maar ze keek naar de grond of naar het bord achter hem, liet haar hand zakken en antwoordde met een heldere stem waarin niet de minste emotie hoorbaar was. Ze gaf altijd het juiste antwoord. Als het ging om een literaire interpretatie was haar uitleg helder, origineel en mooi.

In de les behandelden ze de wereldliteratuur, en Julian had niet de verleiding kunnen weerstaan om de tragedies van Sophocles in het lesprogramma op te nemen. Hij had de leerlingen al eerder in groepjes verdeeld, en elke groep had een tragedie gekozen waarin ze zich verder moesten verdiepen en die ze tijdens de les aan de anderen moesten voorstellen.

Vandaag was de groep van het meisje aan de beurt. Haar groep had gekozen voor *Antigone*. De leerlingen lazen om beurten stukken van de tekst voor aan de klas.

Toen zij aan de beurt was, waren ze aanbeland bij Antigone's verdedigingstoespraak nadat ze de wet van Creon overtreden had. Het meisje had afwezig staan kijken toen de anderen voorlazen. Nu keek ze op, ze keek Julian onbeschaamd, eigenlijk ronduit brutaal aan, en sprak de woorden van Antigone zonder dat haar stem ook maar even trilde:

Dat ik moet sterven weet ik, ja. Hoe zou het anders?
Ook zonder uw verbod. Zo 'k voor mijn tijd
de dood inga, dan noem ik dat een winst.

Het meisje keek niet weg. Ze keken elkaar aan. Julian stond haar zwijgend aan te kijken. De rest van de klas was in vervelde onverschilligheid verzonken. Niemand merkte wat er aan het gebeuren was.

Maar hij wist het.

Eindelijk kreeg hij zichzelf weer onder controle en hij vroeg de groep om de voorgelezen passage te analyseren, zoals hij ook aan de andere leerlingen had gevraagd als ze hun stuk hadden voorgelezen.

Het enthousiasme van de leerlingen voor een diepgaande analyse was matig; het was het lesuur voor de middagpauze en hun concentratie was verslapt.

Maar toen stak het meisje haar hand op. Ze keek hem niet aan, stak gewoon haar hand op.

Hij moest haar naam wel zeggen.

'Mari,' zei hij.

Ze draaide haar hoofd, liet haar hand zakken en keek hem aan. In haar blik lag een onverholen aanklacht.

'Het is verkeerd,' zei ze met heldere stem, en ze keek hem brutaal in de ogen.

'Zo. Wat is verkeerd?'

'Het is verkeerd dat Antigone voor de dood kiest.'

'Maar kiest ze wel? Is het niet onvermijdelijk, de dood, in haar situatie? De dood, of de wet van Creon?'

'Nee. Ze zou het leven moeten kiezen,' zei het meisje met aandrang. 'Ze zou het leven moeten kiezen. Ondanks alles.'

Hij wist niets te zeggen.

'Bedankt,' zei hij uiteindelijk abrupt.

Ze keek hem opnieuw aan. In haar blik lag nu onmiskenbare haat. Ze wilde niet meer bedankt worden. Ze wilde geen enkel woord meer van hem horen.

'Vergeef me.' Dat had hij willen zeggen. Maar hij zei het niet.

Ze keek hem aan.

Hij voelde spijt en verlangen, het waren net pijnscheuten. Ze had moeten glimlachen en lachen; ze had zorgeloos moeten zijn, en jong, net als andere zestienjarigen. Ze had met jongens van haar leeftijd moeten rondhangen – jongens die niet praatten over verlangen of liefde. Die tijdens de pauze in de winkel om de hoek een ijsje of sigaretten gingen halen, en die praatten over wat ze die avond gingen doen, die haar zonder omwegen voorstellen deden, en die op een vanzelfsprekende manier zeker waren van hun plek in de wereld. Hij had haar met rust moeten laten, en alles wat hij nog steeds tegen haar wilde zeggen nooit mogen zeggen. 'Desirée, mijn lief, mijn beminde. Vergeef me.'

'Als niemand hier nog iets aan toe te voegen heeft, dan houden we ermee op voor vandaag,' zei Julian mat.

Hij keek nog eenmaal naar het meisje. Ze keek niet meer in zijn richting. Hij leek niet de minste vat op haar te hebben. De andere leerlingen stonden op en stommelden als één grote kudde naar buiten. Ze bleef wat achter, hij zag hoe ze deed of er niets aan de hand was, en hoe ze haar spulletjes samenraapte, waarbij ze het vermeed hem aan te kijken. Hij werd overspoeld door genegenheid. Daarna kwam een golf van verlangen: die lippen en ogen en haar haren en benen, borsten.

Haar vriendin stond nog even in de deuropening en vroeg haar mee te komen. De vriendin keek naar Julian en hij zag dat ze wist wat er aan het gebeuren was. Een beschermende blik, haast vijandig. Wat een onzinnige situatie: de vriendin van het meisje die haar tegen hem moest beschermen. Verdomme. Hij moest er een eind aan maken. Hij moest alles met haar uitpraten en hopen dat haar moeder er niets mee zou doen en de hele zaak achter zich zou laten. De vriendin van het meisje wierp hem nog een snelle blik toe, en verdween toen. Julian wachtte tot hij zeker was dat ze weg was gegaan voordat hij begon te spreken.

'Mari,' zei hij om haar aandacht te trekken.

Ze keek op en keek hem aan, keek snel weer weg.

'Zouden we niet eens moeten praten?'

'Waarover dan?'

Ze deed of ze zich van geen kwaad bewust was, en keek hem nog steeds niet in de ogen. De vrijpostigheid van daarnet was verdwenen, en in plaats daarvan was er nu die ontwijkende blik.

Hij probeerde het met een verzoenende toon. 'Ik dacht dat we er eens in alle rust over zouden kunnen praten. We kunnen ergens heen gaan, ergens koffie gaan drinken of zo.'

Ze trok een onverschillig gezicht.
'Wat valt er nog te zeggen?'
'Mari,' probeerde hij weer. 'Dat weet je best.'
Ze streek met de zijkant van haar hand over haar gezicht. Haar onverschillige uitdrukking leek weg te smelten. Julian kwam dichterbij, tot vlak bij haar. Hij greep haar hand. Een traan biggelde over haar wang, één enkele traan, traag, zo traag dat hij hem had kunnen oplikken.

'Als we nou morgen in het centrum zouden afspreken om ergens koffie te gaan drinken. Ik heb morgenmiddag les. Om half vier?'

'Oké, morgen om half vier.'
'Tot morgen dan,' zei hij nog.
'Tot morgen,' zei ze.
Ze keek hem nog eens aan en maakte haar hand los uit zijn greep, draaide zich om en liep de klas uit.

Mari

Mari loopt het klaslokaal van Julian uit en ze bedenkt dat alles zoveel makkelijker zou zijn als ze zou kunnen huilen. Maar er komen geen tranen. Hier loopt dit meisje dat niets meer voelt. Wat vreemd, denkt Mari, dat deze 'zij' bestaat.
    Ze kijkt naar haar handen. Ze zijn duidelijk omlijnd. Maar iemand anders heeft ze vormgegeven. Haar kweller. Die steeds weer opnieuw in haar leven verschijnt en haar zichtbaar maakt.
    Haar kweller zei 'bedankt'. Hij zei het, maar hij meende het niet. Het was eerder zijn manier om toe te geven aan het feit dat de gebeurtenissen tot een eind werden gebracht.

Buiten het klaslokaal wacht Tinka.
    Ze kijkt naar Mari. Tinka ziet het. Mari hoeft niets te zeggen. Tinka ziet het.
    Hier komt het, een reddingsboei: Tinka ziet Mari, ziet haar in haar volledigheid – plotseling ziet ze alles. Of is het al de hele tijd zo geweest, heeft ze de hele tijd al geweten dat alles hierop uit zou draaien?
    Tinka's reddingspoging is een eenvoudig voorstel, tot iets onschuldigs ingekleed.
    'Kom mee, we gaan ergens koffiedrinken.'
    Mari mompelt een kort antwoord dat Tinka interpreteert als twijfel.
    Tinka probeert haar over te halen. 'Kom mee, koffie of een ijsje. Het eerste ijsje van de lente, dan kopen we allebei een heleboel bolletjes met hagelslag.'

'Nee, geen zin.'

'Kom nou,' vraagt ze bezwerend.

'Nee.'

Tinka zwijgt. Even lijkt het alsof ze het zal opgeven. Hoe vaak kan Mari nog nee zeggen? Maar Tinka laat haar niet los, nog niet. Ze komt tot vlak bij Mari en omhelst haar weer zoals ze zo vaak doet. Appeltjes, rozenmelk, lavendel, alles wat lekker ruikt aan Tinka.

'Ik heb zitten denken dat we samen een vakantiebaantje zouden kunnen zoeken,' fluistert Tinka. 'Ergens in een pretpark, of ijsjes verkopen. Stel je voor, wat leuk! Kunnen we zoveel ijs eten als we willen.'

Mari antwoordt niet. Tinka laat haar los, laat haar gaan.

'Wat denk je, zal ik bellen, voor dat vakantiebaantje?' probeert Tinka nog.

'Hmmm.'

'Zal ik?'

'Misschien.'

Dat is Mari bereid haar te geven. 'Misschien'. Het betekent 'nee'. Want zulke meisjes hebben geen vakantiebaantjes; meisjes die 'tot ziens' zeggen, 'tot ziens' – en dan naar de spoorweg lopen, naar een rivier of een brug, naar de kant van de autosnelweg, en daar staan kijken naar de nietsvermoedende koplampen van de auto's, totdat alles afgelopen is.

Tinka merkt dat 'misschien' eigenlijk 'nee' is.

Zo'n verdriet – een immense zee. Mari ziet het in Tinka's ogen. Tinka weet het.

'Tot ziens,' zegt Mari

'Tot ziens,' zegt Tinka.

Mari draait zich om te gaan. Plotseling komt het, een kleine aarzeling. Ze zou zich nog kunnen omdraaien. Tinka; ijsjes, een vakantiebaantje.

'Mari,' zegt Tinka nog eens.

Ze draait zich om. Een reddingsboei, haar laatste kans om zich eraan vast te grijpen.

'Bel me,' zegt Tinka. 'Als je me toch nog wilt zien. Vanavond nog. Bel me.'

Voor de laatste keer krijgt ze een reddingsboei toegeworpen. 'Bel me. Als je me toch nog wilt zien.' Mari laat het aan zich voorbijgaan. Ze voelt zich wegzinken: maakt niet uit. Hoe zou je een ander kunnen redden? Hoe – als het haar eigen beslissing is weg te zinken; een moeiteloos genomen besluit? Onmogelijk.

Ze zou zich nog kunnen omdraaien. Tinka, ijsjes en een vakantiebaantje.

Ze doet het niet.

Ze loopt naar de deur, en gaat de deur uit.

'Tot ziens.' Ze is niet van plan Julian nog ooit te zien, of Tinka. In plaats daarvan zal ze iets anders doen. Want ook al zou het haar eigen keuze moeten zijn, een keuze heeft ze niet.

Ze heeft alleen nog deze heldere dag in maart; twee uur de tijd voordat ze het onvermijdelijke zal uitvoeren.

Het is één uur. Om drie uur zal ze het doen.

Wat doen mensen als ze twee uur de tijd hebben? Wat doet een mens, als de tijd op raakt?

Mari gaat naar het restaurant op de bovenste etage van Stockmann en koopt een grote portie ijs.

Als de tijd op raakt, krijgen mensen honger.

Ze voelt de slagroom in haar mond en proeft de smaak van de chocoladesaus tot in haar neus.

Dit is misschien wel de beste portie roomijs die ik ooit heb gegeten, denkt Mari.

'Hoi, Mari.'

Het is haar tante Anja.

'Hoi.'

'Mag ik er even bij komen zitten?' vraagt Anja, en ze zet zonder op een antwoord te wachten haar koffiekopje tegenover Mari op tafel.

'Hoe gaat het ermee? Je zit hier maar ijs te eten alsof je laatste uur geslagen heeft.'

'Alsof je laatste uur geslagen heeft.' Hoe slaagt ze er toch in om altijd de spijker op de kop te slaan, denkt Mari, en ze antwoordt op de vraag met een kort leugentje. 'Goed, best goed... denk ik.'

'Denk ik' – het is de enige opening die ze laat. Het is een twijfelende opening in haar kalme verschijning. 'Denk ik.' Als Anja wil, kan ze erop ingaan.

'Wat bedoel je daarmee?' vraagt Anja, en ze neemt een slokje koffie.

Natuurlijk. Anja is niet dom en struikelt meteen over die paar woorden. Nu zit ze daar voor haar, drinkt ze haar koffie en eist een antwoord op de meest omvattende vraag. Anja, die altijd van die twinkelende ogen heeft, zo lijkt het in elk geval. Meent ze het nu eigenlijk wel? Ja. Toch wel. Achter haar gemoedelijke, geanimeerde vragen ligt een zweem van bezorgdheid. Mari merkt het: Anja is bezorgd. Zou ze toch alles moeten vertellen, denkt ze plotseling. Ze zou alles in één zin kunnen vertellen, en het belangrijkste houden voor het laatst. *Haar plan.*

Maar Anja is haar voor. 'Hebben jullie nog interessante dingen gezien op school?'

'Eh, de klassieke tragedie,' antwoordt Mari.

Ze beseft op hetzelfde moment al dat ze Anja niets over haar plan zal vertellen. Anja is hoogleraar literatuur en nu ze het over de tragedie hebben, zal ze gegarandeerd alle andere vragen vergeten. Mari merkt half achteloos dat ze zich hier op een kruispunt bevindt; ze zal het niet meer hebben over haar plan. De laatste mogelijkheid is voorbijgegaan. Ze zal haar plan ten uitvoer brengen. Nu moet ze doorzetten. Ze voelt een vaag welbehagen bij de onherroepelijkheid ervan. Alweer een toevalligheid die ervoor zorgt dat ze haar beslissing zal uitvoeren.

'Ah,' zegt Anja opgetogen. 'Welke tragedie?'

'*Antigone.*'

'Aha, *Antigone!*' zucht Anja, en in haar stem klinkt een zweempje ironie. 'Wat vonden jullie ervan?'

'Ik vroeg me af of ze wel de juiste beslissing neemt. Of haar dood echt onvermijdelijk is.'
'Wat denk je zelf?'
'Misschien is het wel onvermijdelijk in haar situatie. De dood.'
'Gaat dit principe volgens jou op voor alle mensen? Dat het lot zich in allerlei gebeurtenissen openbaart en de mens naar zijn eindpunt leidt?'
Mari antwoordt zonder aarzelen: 'Ja. Dat geldt voor iedereen.'
'Daarmee neem je zelf al een tragisch standpunt in. Als je denkt dat het lot bepaalt wat de mensen doen. Zo'n houding voldoet aan alle kenmerken van de tragedie. Het is een hybrische beoordelingsfout als je denkt dat omstandigheden onvermijdelijk zouden zijn. De personages in de klassieke tragedie gaan gebukt onder het noodlot van hun familie, en daarom hebben ze de beslissing niet in eigen handen. Maar in het leven heb je een keuze.'
Mari staart in haar kommetje. Het ijs is op de bodem gesmolten tot een treurige, witte plas. Nog een uur en tien minuten. Anja merkt het niet. Mari laat haar niets merken van haar plan, dat als vanzelf een besluit is geworden en dat ze zal uitvoeren door naar de rivier te gaan. In de vroege lente is de rivier gezwollen. Het enige wat ze hoeft te doen is naar de rivier te lopen, en dan kan ze haar beslissing zonder de minste moeite uitvoeren.
Anja kijkt haar aan. Mari beantwoordt haar blik. Ziet ze het, merkt ze het? Anja begrijpt altijd meer dan ze laat merken. Af en toe ziet ze alles.
Mari staat op. Anja raakt even haar arm aan, alsof ze iets zou willen zeggen.
Mari draait zich om. Anja zit zwijgend te kijken.
'Dan ga ik maar,' hoort Mari zichzelf zeggen.
'Goed, tot ziens,' zegt Anja.
Mari draait zich om weg te lopen, blijft nog even staan. Anja

zit haar nog steeds aan te kijken, en zegt nog één ding: 'Het is mogelijk dat ze voor het leven kiest.'
  'Wat bedoel je?' vraagt Mari.
  'Antigone. Ze weigert de onrechtvaardige wet van Creon te gehoorzamen. We kunnen het ook zo zien dat ze hierdoor eigenlijk kiest voor het leven.'
  'Maar ze sterft. Antigone sterft.'
  'Maar ze heeft geen leven als ze onderworpen is aan de wet van Creon. Ze sterft, maar kiest voor het leven.'
  'Maar ze zegt toch: "Zo 'k voor mijn tijd de dood inga, dan noem ik dat een winst"? Hoe kan ze dan het leven kiezen, als ze wil sterven?'
  'Het gaat om het verschil tussen de tragedie en het leven. In de tragedie kun je het leven kiezen door de dood: het is een paradox, die mogelijk is. Maar in het echte leven is de dood alleen aanwezig als mogelijkheid. Antigone kiest voor de dood door te sterven, omdat de aard van de tragedie het haar mogelijk maakt dat te doen. Het gaat om het verschil tussen de tragedie en het leven.'
  Mari weet niets meer te zeggen, ze knikt alleen maar, draait zich om en loopt weg zonder nog om te kijken.

Mari neemt de roltrap naar de benedenverdieping. Ze gaat naar de cosmetica-afdeling en in een opwelling spuit ze twee verschillende parfums op haar pols. Het is een troostvolle geur, een mengeling van zoet en kruidig. Voor de laatste keer kijkt ze om zich heen, en dan loopt ze langs de glimlachende verkoopsters door de deur van het warenhuis naar buiten, naar de bushalte. De bus komt meteen. Ze neemt haar beslissing moeiteloos, precies zoals het ook hoort.
  Geluidloos. Nietszeggend. Toevallig. Echt.

Haar mobieltje rinkelt. Het is Julian. Weer wordt haar plan storend onderbroken. Wat moet hij nog van me, denkt ze.
  Ze neemt op.

Hij zegt eerst niets. Een seconde verstrijkt, nog een.
'Eh, hallo,' zegt hij ten slotte.
'Hallo.'
'Weet je,' zegt hij, 'ik herinnerde me net dat je je jas bij ons hebt laten liggen. Ik bedoel, in de auto, tijdens de kerstvakantie.'
Haar hart slaat over.
'Ah, ja.'
Hij wacht even. Een pauze vol mogelijkheden.
'Als je wilt kun je hem komen ophalen, bij mij thuis?'
'Ben je alleen?'
'Mijn vrouw is er vanmiddag en vanavond niet. De meisjes zijn bij de buren. Geen probleem.'
'Oké. Dan kom ik, denk ik.'
'Weet je waar we wonen?'
Ze schaamt zich om het te moeten toegeven. Ze heeft op een plattegrond nagekeken waar hij woont. Ze is er zelfs al in de buurt geweest, in de hoop een glimp van hem op te vangen.
'Ja, ik weet het. Ik kom meteen. Ik ben er over ongeveer een half uur.'
'Goed, tot straks.'
Mari denkt aan de rivier, pikt die gedachte eruit. Een tedere, troostvolle gedachte, haar lot; ze overdenkt het even en schuift het naar de achtergrond. De rivier is er straks ook nog, ze kan erheen wanneer ze wil. Maar eerst gaat ze naar Julian.
Misschien verlangt hij toch nog naar haar – meer dan naar wie of wat ook ter wereld.

Anni

Sanna is stom. Sanna is misschien wel het stomste meisje op de hele wereld. Ada is ook stom, omdat ze in de keuken brood wil bakken met Sanna's moeder in plaats van te spelen. Anni staat even op de drempel van de keuken te mokken, ze blijft er een hele tijd staan. De anderen zijn allemaal aan het bakken: Sanna, Ada en de moeder van Sanna. Bakken van die stomme broodjes. Anni heeft een mannetje van brood gemaakt, maar het is stukgegaan en veranderde in de oven tot een vormeloos hoopje gebak. Sanna zei dat het net een michelinmannetje was. Brood bakken is stom, denkt Anni.

Niemand let op haar.

Ze gaat naar de gang en bekijkt zichzelf in de spiegel. Ze is best al een grote meid – helemaal geen kind meer. En bovendien heeft ze een eigen spelletje, helemaal van haar alleen: wanneer ze maar wil kan ze veranderen in dat andere meisje. Het enige wat ze nodig heeft, is die jas. Ze denkt aan de jas die thuis aan de kapstok in de gang hangt, onder de andere jassen. Ze heeft hem daar verstopt. Mama mag er niks van weten, van die koninginnenmantel; mama niet en papa ook niet. Het is Anni's eigen spelletje.

Nu wil Anni dat andere meisje zijn. Ze wil de jas halen.

Ze glipt de gang op zonder dat de anderen het horen. Ze opent stilletjes de voordeur en gaat naar buiten. Ze loopt langs de muur, onder het keukenraam door – heel zachtjes – en rent dan over het knisperende gazon naar huis. Ze opent de deur met de sleutel die om haar nek hangt, en staat even te luisteren: niemand thuis.

Ze loopt naar de kapstok, duikt in de hoop jassen en snuift hun geur even in zich op. Ze zou er zich kunnen nestelen en verstoppen. Of nee, toch niet. Het zou wel eens saai kunnen zijn om daar weggedoken te zitten. Ze haalt de koninginnenmantel tevoorschijn – de geheime jas die van haar een ander maakt, en die van het mooie meisje is. Ze haalt hem tevoorschijn en trekt hem aan. De mouwen zijn nog steeds te lang en de onderkant van de jas reikt tot aan haar enkels. Maar verder past hij perfect.

Ze gaat voor de spiegel staan, draait een beetje rond en bekijkt zichzelf.

Zo'n meisje is ze, een grote meid al. En ooit zal ze een vrouw worden, wie weet zelfs een mooie vrouw.

Zo'n meisje is ze, helemaal iemand anders.

Uit de woonkamer komt gedempt geluid. Eerst schrikt ze, maar dan hoort ze dat het papa is. Ze gaat naar de deur van de woonkamer. De deur is dicht. Ze duwt hem een beetje open, op een klein kiertje.

Papa is samen met een meisje, het meisje van wie de jas is. Anni kijkt naar wat ze aan het doen zijn, dingen voor grote mensen, en ze staat er even naar te kijken. Dan sluit ze de deur en werpt nog een snelle blik in de spiegel.

Zó ziet ze eruit in die jas, in die koninginnenmantel, helemaal iemand anders.

Ze glipt de gang op en opent de deur, gaat naar buiten en sluit de deur achter zich.

Julian

Waarom? Waarom had hij haar in godsnaam bij hem thuis uitgenodigd? Waarom had hij de misdaad hier binnengebracht? Hij had zich ingeprent dat hij gewoon met haar wilde praten. Hij moest er een eind aan maken. Voordat ze kwam had hij het meermaals bij zichzelf zitten herhalen. Hij móest er een eind aan maken. Hij had gedacht dat hij haar koffie zou aanbieden en dat ze samen zouden praten, dat ze er samen een punt achter zouden zetten. Zelfbedrog.

Het ging weer net als vroeger, het gebeurde bijna meteen al toen ze binnenkwam. Ze hadden eerst in de auto naar haar jas gezocht, maar hadden hem niet gevonden. Hij had er geen idee van wat ermee was gebeurd. Het maakte niet uit, misschien was de jas gewoon een smoesje, zowel voor haar als voor hem. Het was de hele tijd niet meer dan een smoesje geweest.

Ze glimlachte even naar hem, en hij fluisterde eenmaal in haar oor de woorden 'Desirée, mijn Desirée', en weer kusten ze elkaar. Ze ging in de woonkamer op de bank zitten. Hij vroeg of ze koffie wilde of thee; ze had liever limonade. Ze kreeg niet de tijd om te drinken; ze kusten elkaar.

Ze vrijden aarzelend. De seks voelde een beetje treurig aan, teder. Tijdens het vrijen wist hij al dat hij zich schuldiger zou voelen dan ooit tevoren. Ze lag in zijn armen. Een snelle climax en weer dat gevoel van vernedering, de drang om weg te vluchten. Ze trok schuchter haar broekje en haar beha aan, zonder hem aan te kijken.

'Het spijt me dat het weer zo is gelopen,' begon hij.

Ze richtte zich op, trok haar rok aan en keek uit het raam naar buiten. Ze sloeg haar armen om zich heen, antwoordde niet.

Hij zuchtte. Hoe moeilijk zou het worden?

'Je weet best dat hier een eind aan moet komen.'

'Zeg dat niet, alsjeblieft,' zei ze, opeens smekend.

'Wat bedoel je?' vroeg hij van zijn stuk gebracht. 'Je weet best dat het een onmogelijke situatie is.'

Ze mompelde iets.

'Wat zeg je?' vroeg hij weer.

'Dood me,' zei ze, nu klaar en duidelijk. 'Dood me als je niet van me houdt. Red me of dood me.'

Hij wist niets te zeggen.

Ze huilde. Hij stond op en probeerde naar haar toe te gaan. Ze deinsde achteruit, raapte haar spulletjes bijeen en ging naar de gang. Hij volgde haar. Hij probeerde haar weer aan te raken, hij kon niets anders bedenken. Ze duwde hem weg.

'Laat maar,' zei ze, en ze trok haar jas aan.

'Waar ga je heen?'

'Gaat je niks aan, wat kan het jou nog schelen?'

'Mari.'

'Dat mag je niet zeggen!' schreeuwde ze. 'Je hebt niet het recht om mijn naam uit te spreken, je hebt het recht niet, je hebt het recht niet om nog ooit iets tegen mij te zeggen!'

'Lieve schat.'

Nu begon ze zo hard te huilen dat haar woorden onverstaanbaar werden. Ze nam haar tas en veegde met de rug van haar hand haar tranen weg. Ze opende de deur en trok hem achter zich dicht. Hij probeerde haar niet tegen te houden. Hij ging in de gang op een stoel zitten, bleef daar een hele tijd zitten luisteren naar de stilte. Een kwartier, een half uur.

'Red me of dood me, hou van me of dood me.' Dat had ze gezegd.

Hij dacht na over haar woorden.

Plotseling kreeg hij een vaag vermoeden.
'Red me of dood me. Dood me.'
Zijn vermoeden werd sterker.
Hij stond op en trok zijn jas aan.

Anni

Het is de schuld van de paarden. Door de paarden zijn Sanna en zij het bos in gegaan en tot aan de rivier gelopen. Of eigenlijk door één paard. Anni weet niet zeker of het eigenlijk wel bestaat. Misschien is het allemaal verbeelding. Maar ze wil geloven dat het bestaat. Ze heeft zijn sporen gezien op het bospaadje, sporen van grote hoeven die af en toe verdwijnen, net of het paard van tijd tot tijd door de lucht is weggevlogen, zoals een sprookjespaard met vleugels.

Anni loopt een eindje het bos in, ze heeft de koninginnenmantel aan: ze is een koningin die slecht wordt behandeld, die door niemand wordt begrepen. Er is zelfs niemand die weet dat ze een koningin is. Maar heel binnenkort zal iedereen het te weten komen, en ze zullen een groot feest voor haar organiseren – het prachtigste feest ooit. Ze huppelt over het bospaadje. Huppelen koninginnen eigenlijk wel? Nee, zeker weten van niet. Koninginnen lopen, bedenkt Anni, en ze vertraagt haar pas. De koninginnenmantel sleept over de grond. Op dat moment schiet het haar te binnen. Misschien zal ze het paard zien – hier, in het bos. Het kan zomaar achter een boom staan; het paard dat haar met gespitste oren staat op te nemen; plotseling komt het dier het paadje op gedrenteld, en het gaat er meteen weer vandoor. Misschien ziet ze het paard wel niet echt, misschien niet. Maar ze kan het zich wel voorstellen. Daar staat het, achter die rots. Ja, ze neemt haar besluit – ze heeft het paard gezien en ze zal het aan Sanna vertellen. Die heeft nog nooit een paard in het wild gezien, zeker weten.

Als ze terugkomt, zit Sanna buiten te schommelen. Anni stapt op haar af. Eerst denkt ze nog even na over het verschil tussen liegen, iemand voor de gek houden, en de waarheid spreken. Lieve meisjes liegen natuurlijk nooit. Eigenlijk is het best mogelijk dat het verhaal over het paard gelogen is. Maar aan de andere kant is het ook geen *grote* leugen. In het bos *kunnen* paarden zijn.

Nu heeft ze haar besluit genomen: ze heeft het paard gezien. Wat maakt het ook uit dat ze niet helemaal zeker weet of het echt zo is of dat ze heeft gedroomd?

'Ik heb een paard gezien,' zegt ze tegen Sanna die zit te schommelen en haar zelfs geen blik waardig keurt. 'Een paard in het wild, in het bos,' voegt ze eraan toe omdat Sanna niet verbaasd genoeg reageert.

Nu kijkt Sanna op, nieuwsgierig, verbaasd – precies zoals Anni had gehoopt.

'Ik geloof er niks van,' zegt Sanna uiteindelijk.

'Maar ik heb het écht gezien,' dreint Anni.

Ze begint nu zelf ook al in het paard te geloven.

'En toch geloof ik je niet,' zegt Sanna uitdagend.

Anni antwoordt op dezelfde toon: 'Zul je het geloven als je het ziet?'

Sanna knikt.

Even twijfelt Anni. In de lente mogen ze het bos niet in. Vanwege de rivier. Maar ze kunnen toch op het pad blijven?

'Kom, we gaan,' zegt ze.

Het is licht in het bos. De zon danst over de takken en de sneeuw op het bospad is al overal gesmolten. Anni loopt voorop terwijl de koninginnenmantel over de grond sleept. Sanna sjokt achter haar aan. Ze loopt te zeuren. Ze gelooft nog altijd niets van het verhaal en wil naar huis.

'Nog even, dan zul je het wel zien. Hij heeft het pad zeker verlaten,' zegt Anni hoopvol terwijl ze verderloopt. 'Misschien is hij naar de rivier gegaan om gras te eten.'

'Maar we mogen niet naar de rivier.'

Vandaag voelt Anni zich sterker dan Sanna. Normaal is het Sanna die zegt welk spelletje ze zullen spelen en wie er de leiding neemt. Maar vandaag heeft Anni het paard bedacht, en nu neemt zij de beslissingen.

'Dat doen we ook niet, we gaan gewoon tot vlak bij de rivier, dat is iets anders,' legt Anni achteloos uit.

'Ik weet het niet,' zegt Sanna aarzelend. 'De rivier kan gevaarlijk zijn.'

'De rivier is helemaal niet gevaarlijk. Gewoon spannend.'

Ook aan de oever van de rivier is het paard niet te zien. Er zijn een paar hoefafdrukken in het gras te zien, of beter, Anni denkt dat het weleens hoefafdrukken zouden kunnen zijn.

Ze horen het enge razen van de ijsschotsen. De rivier bruist en een lentebries doet de koninginnenmantel opwaaien. Ze zou graag wat dichterbij gaan staan om te kijken naar het breken van het ijs. Ze vindt het opeens heel belangrijk om flinker te zijn dan Sanna. Ze voelt zich ook wel bang in de buurt van de rivier, maar niet zo heel bang. Ze gelooft niet meer dat ze het paard nog zullen zien, maar ze kan haar verhaal niet zomaar opgeven. En met behulp van het paard kan ze Sanna er misschien van overtuigen nog wat dichter bij de rivier te gaan staan, waar ze beter kunnen zien hoe de randen van de ijsschotsen op elkaar botsen en dan breken.

'Wow!' roept Anni. 'Heb je 't gezien, daar is ie! Een groot paard, een echt paard!'

'Waar dan?' vraagt Sanna, ineens alert.

'Hij ging daarheen, hij is in het gras verdwenen.'

'Ik heb helemaal niets gezien,' zegt Sanna kregelig. 'Zeg me nou waar hij heen is gegaan.'

Anni rent wat dichter naar de oever. Sanna volgt.

Ze gaan op een grote steen staan, vlak bij het water. Anni beseft wel dat ze hier helemaal niet mogen staan. Rotsen zijn gevaarlijk, ze kunnen glad zijn. Maar nu is ze flinker dan Sanna, deze keer in elk geval. Ze staan op de grote steen en kijken naar de bruisende rivier.

'Ik zie nog altijd niks,' zegt Sanna ongeduldig. 'Waar had je hem gezien?'

'Daar,' zegt Anni, en ze wijst naar een bocht in de rivier. 'Ik zag hem. Heus waar. Misschien was hij te snel, is hij weggevlucht.'

Sanna rekt zich uit om te kijken. Ook Anni kijkt naar de bocht van de rivier. Ze staan er allebei te kijken, rekken zich nog een beetje verder uit, nog een heel klein beetje.

Dan klinkt er een plons.

Sanna valt in het water. Anni ziet nog net haar roze kapje en de rode pompon van haar mutsje voor ze onder water verdwijnt.

Anni probeert te gillen. Ze kan alleen maar een gesmoord gepiep uitbrengen. Sanna's mutsje wordt door de rivier meegevoerd en blijft haken bij een steen in de bocht van de rivier. Sanna is niet meer te zien, de rivier heeft haar helemaal opgeslokt.

Mari

Aan de oever van de rivier waait een ijzige, maartse wind, die alles scherp omlijnt. Het water raast en bruist. De zon schijnt zo uitbundig dat het wel lijkt of ze al haar stralen aan die ene dag zou willen besteden. Mari loopt onder de naakte berken naar de rivier. Het water schuimt: het ijs is aan het breken. De steiger, daar gaat ze heen.
 Ze kijkt naar het water. Ze moet denken aan de zwemwedstrijden. Het water ziet er nu troostvol uit, het jaagt haar niet de minste angst aan. Het betekent een welkome vergetelheid, bevrijding.
 Vanaf het begin is dit haar werkelijkheid geweest. Het was een gemakkelijke beslissing, ze heeft haar bijna onwillekeurig genomen, precies zoals ze het zich had voorgesteld.
 Ze kijkt naar de weidse hemelboog. Als zij nu zou blijven stilstaan om na te denken, zou ze misschien gaan twijfelen. Als ze kijkt naar de berken langs de oever van de rivier, schiet haar misschien te binnen dat niets onvermijdelijk hoeft te zijn. Ze kijkt naar een berk. Nog enkele weken en dan beginnen de merels weer te zingen. Als ze nu naar de berken kijkt en alles overdenkt, doet het plotseling wat gekunsteld aan dat ze dit ongelukkige meisje is. Ongelukkig – net of er geen merels zijn die over enkele weken weer zullen zingen. Net of er geen appelbloesems bestaan, die binnenkort zullen bloeien.
 Nee, denkt Mari. Haar kweller heeft haar zover gebracht. Haar kweller, die van haar hield en daarna ophield met van haar te houden; die haar contouren tekende en haar als een hol omhulsel achterliet. Hij doodde haar niet, maar maakte haar leeg.

Daarom is ze hier gekomen, bedenkt ze, en ze strekt haar linkerbeen over de rand van de steiger. Ze hoeft nu alleen nog maar te wankelen, ze hoeft niet eens te beslissen om het te doen. Niet meer dan een kleine, onvoorzichtige beweging en haar lot is bezegeld. Ze ademt zachtjes en wacht op het ogenblik dat ze zal wankelen. Ze durft niet te bewegen. Zou het een teken zijn als ze niet zou wankelen? Dan moet ze gewoon haar ogen sluiten en vooroverbuigen, zich laten vallen. Ze wacht nog even.

Ze wankelt niet.

In plaats daarvan hoort ze een plons.

Ze vangt nog net een glimp op van een klein meisje; van een roze kapje en een rode muts, vlak voordat het meisje door de stroming wordt meegesleurd. Op een steen, vlak boven de bruisende rivier, staat een ander meisje. Het is de dochter van Julian. Ze kijkt naar Mari, staat als aan de grond genageld. Ze heeft Mari's jas aan, hij reikt tot aan haar enkels.

Mari diept haar mobieltje op uit haar tas en belt het alarmnummer.

Anni

Het duurt even voordat Anni het meisje ziet. Ze staat op een steiger. Ze kijkt naar Anni. Nu neemt ze een mobieltje uit haar tas en belt. Ze beëindigt het telefoongesprek en zwaait naar Anni. Dan loopt ze van de steiger naar beneden, en komt op Anni toe gerend. Als ze dichterbij komt, merkt Anni dat het hetzelfde meisje is dat ze bij papa heeft gezien. Het meisje met de prachtige ogen. Over wie ze niemand iets mag zeggen.

'Ik heb hulp gebeld. Ik neem nu de reddingsboei die daar hangt, en dan ga ik naar het andere einde van de steiger om te zien of je vriendinnetje daar terecht is gekomen. Ren jij zo snel je kunt naar het dichtstbijzijnde huis om hulp te vragen. Zeg dat ik al een ambulance heb gebeld. Denk je dat je dat kunt doen?'

Anni knikt.

Ze zet het op een lopen naar de huizen aan de andere kant van het bos. De koninginnenmantel sleept over de grond, Anni struikelt er bijna over, het hoge gras komt tot boven haar hoofd, maar ze loopt sneller dan ze ooit heeft gedaan. Ze zou willen blijven staan om te huilen. Maar ze weet dat er toch geen tranen zouden komen, want haar hoofd is vol van iets heel belangrijks.

Ze komt tot halverwege de weide. Daar komt haar vader op haar afgerend. Hij ziet er geschrokken uit, anders.

Ze probeert iets te zeggen, maar opeens krijgt ze geen woord meer over haar lippen.

Ze begint hard te huilen.

Julian

Julian rende door het bos, biddend dat hij nog op tijd zou komen. Takken zwiepten tegen zijn gezicht. 'Dood me.' Julian wist wat ze van plan was, hij voelde dat ze naar de rivier zou gaan. 'Dood me. Red me.'

De weide, met daarachter de rivier. Hij rende met grote passen door het dorre grasveld, het gras kraakte onder zijn voeten. Hij kwam tot halverwege het veld.

Daar kwam Anni hem tegemoet gerend.

Hij bleef staan, keek naar zijn dochter.

Ze hapte naar adem en barstte in huilen uit.

Ze had de jas van het meisje aan.

'Help,' zei ze.

De jas sleepte over de grond, de randen waren vuil van de modder.

'Help, papa, help,' smeekte Anni.

Hij zag zijn eigen dochter, kon zijn ogen niet van haar afhouden. 'Help,' had ze gezegd. Hij stond daar en liet dit pijnlijk heldere beeld tot zich doordringen. Er ging misschien een seconde voorbij, een halve seconde, een vluchtig moment, en gedurende dat moment kreeg alles zijn werkelijke betekenis.

'Wat heb je, wat is er?' vroeg hij.

Ze leek eerst niet in staat iets te zeggen door haar tranen heen.

'Sanna is in de rivier gevallen, Sanna is gevallen,' stamelt ze eindelijk.

Hij nam haar in zijn armen en begon weer in de richting van de rivier te rennen.

Aan de oever zag hij het meisje. Ze zat over iemand heen gebogen. Eerst leek het alsof ze aan het bidden was; ze zat op de grond geknield en haar hoofd bewoog op en neer. Hij nam een paar stappen dichterbij en nu zag hij het beter: ze gaf mond-op-mondbeademing. Sanna lag voor haar op de grond.

Mari

Ze vindt het meisje dat in het water is gevallen, in de bocht van de rivier. De touwtjes van haar kapje zijn in haar haren verstrikt geraakt. Haar haren drijven los in het water, als van een zeemeermin. Mari rekt zich boven de slijmerige stenen uit, slaagt erin de reddingsboei om het meisje heen te werpen en trekt haar op het droge. Ze ziet meteen dat het kind lang in het water heeft gelegen, misschien al te lang.

Mari heeft op de cursus EHBO leren reanimeren. Ze controleert de luchtwegen van het meisje, draait haar hoofd in de juiste houding en begint lucht naar binnen te blazen.

Ze weet niet hoeveel tijd er voorbijgaat, ze geeft hartmassage en mond-op-mondbeademing. Het meisje ademt niet meer. Pas als de ambulance aankomt, stopt ze met reanimeren en staat ze op. Ze ziet Julian staan. Hij houdt zijn dochter in zijn armen.

Hij zegt iets. Ze hoort het eerst niet.

'Bedankt,' zegt hij. 'Ik was niet op tijd om te helpen,' zegt hij tegen de ziekenbroeders. 'Ze heeft het kind in haar eentje gereanimeerd, ik was niet op tijd. Ik ben te laat gekomen.'

'Bedankt.' Dat heeft hij gezegd; haar kweller, haar redder die niemand redt.

De ambulance vertrekt, grote sporen in de modder achterlatend. De wilgen langs het bospaadje worden door de brede wagen krakend opzij gedrukt. Over een paar weken zijn er misschien al wilgenkatjes.

Julian zegt iets. Ze verstaat het alweer niet. Een rationele gedachte schiet haar te binnen, als van een buitenstaande waarnemer: de zintuigen van iemand in shock werken niet meer naar behoren. Het gehoor verzwakt en het zicht gaat achteruit, de aandacht verslapt. Iemand die in shock verkeert, merkt alleen nog de wilgen op: die ziet de sporen van de banden, en de afdrukken van de rubberlaarzen in de zachte grond. Elke uitspraak wordt betekenisloos. Het lijkt wel of Julian haar handen staat aan te staren, en weer zegt hij iets. Ze bekijkt haar handen. Die zitten onder de modder. Er zijn wondjes in de zijkant; ze heeft haar handen opengehaald aan de scherpe rotsranden. Mari verstopt ze achter haar rug. Julian herhaalt zijn woorden.

'We gaan naar het ziekenhuis, ik neem de auto. Kom je mee?'
Mari knikt. Natuurlijk, natuurlijk komt ze mee.

Niemand zegt iets in de auto. Mari zit achterin samen met het kleine meisje, Anni. Julian ziet er misselijk uit, hij omklemt het stuur terwijl hij rijdt. Ze kijkt naar hem in de achteruitkijkspiegel. Een vluchtig moment kijkt hij terug, en draait dan zijn blik weer weg.

Hij rijdt naar een tankstation. Eerst denkt ze dat hij wil tanken; hij rijdt de parkeerplaats op en stapt uit. Anni werpt een blik op Mari. Mari ziet bezorgdheid in haar blik. Hij gaat naar binnen, blijft een tijdje weg en komt dan naar buiten; hij scheurt de verpakking van een pakje sigaretten open, neemt een sigaret en steekt hem met een lucifertje onbeholpen aan. Mari wist niet dat hij rookte. Ze heeft het hem nooit eerder zien doen.

Hij leunt tegen de auto en neemt gulzige trekken. Anni opent het portier en springt naar buiten. Mari ziet hoe haar jas over de grond sleept als Anni rond de auto naar de andere kant loopt, tot bij Julian. Anni zegt iets. Hij antwoordt en streelt mechanisch, met vertraagde bewegingen over haar hoofd.

Anni komt weer in de auto zitten. Nog even blijft Julian tegen de auto geleund staan, dan duwt hij zijn sigaret uit en masseert zijn gezicht; hij ziet er ziek uit. Mari merkt dat haar rechterhand onder het bloed zit. Er loopt een diepe wond van haar pink tot aan haar pols. Ze heeft ook wonden in haar linkerhand.

Ze schaamt zich ervoor, alsof het een schreeuw om aandacht is; net of ze zelf eist dat de anderen zich om haar ellende moeten bekommeren. Ze balt haar rechterhand tot een vuist. Misschien bloedt het minder als ze hem gebald houdt.

Julian komt terug in de auto zitten, start de auto.

'Het spijt me,' zegt hij, en hij draait de auto in de richting van de oprit naar de snelweg.

'Het spijt me', dat zegt hij, haar kweller. Sorry. Misschien wil hij zich verontschuldigen voor het oponthoud van daarnet, misschien voor iets anders, ze weet het niet. Anni staart haar vader aan, de hele rit langs de autosnelweg, tussen de andere auto's, zit ze naar hem te staren alsof ze hem met haar ogen bijeen zou kunnen houden.

Op de parkeerplaats van het ziekenhuis brengt een windstoot Mari's haren in de war. Julian grijpt zijn dochter bij de hand, ze lopen voor haar uit. Mari blijft wat achter. Weer is ze een indringster. Bij de receptie vraagt Julian waar het meisje heen is gebracht. Ze worden langs een gang naar een kleine wachtkamer geleid. De receptioniste kijkt naar Mari en werpt een vlugge blik op Anni, en antwoordt dat de ouders van het meisje in aantocht zijn. Julian knikt zwijgend, gaat zitten op een verschoten stoel. Anni gaat naast hem zitten. Mari gaat wat verder, aan de andere kant van de gang, naast een oude man zitten.

De receptioniste werpt nog een blik op haar, zegt iets tegen een verpleegster die op haar afkomt.

'Je ziet eruit of je nodig opgelapt moet worden,' zegt die vriendelijk.

Mari kijkt naar haar handen. Bloed druppelt stilletjes op de donkerblauwe tegels van de linoleumvloer. Ze schaamt zich.

'Het spijt me, ik zal het zelf wel schoonmaken, ik kan het schoonvegen.'

'Kom maar mee, dan kijken we of je gehecht moet worden.'

In de behandelkamer aan de andere kant van de klapdeuren zet de verpleegster Mari op een stoel, biedt haar wat water aan en begint de wondjes in haar handen schoon te maken met een sterkriekend middel. De geur dringt Mari's neus binnen – tot achter haar neus en in haar achterhoofd, hij nestelt zich in haar ogen tot ze ervan moet huilen.

Een traan druppelt op het papieren laken waarop ze zit, en valt vlak naast de duim van de verpleegster naar beneden. Eerst één, dan nog een en nog een. De verpleegster kijkt haar in de ogen.

'Huil maar, je mag best huilen als je wil,' zegt ze.

Ze ruikt naar Miracle-parfum. Het is een troostvolle geur, Mari heeft voor haar confirmatie dezelfde parfum gekregen. De verpleegster heeft een klein zilveren medaillon om haar hals. Mari zou het in haar handen willen nemen om de koele gladheid ervan tegen haar palm te voelen. Ze kan onder het shirt van de verpleegster kijken. Een zwarte kanten beha die perfecte borsten omhult; borsten die zacht opbollen terwijl ze zich concentreert op het schoonmaken van de wonden. Een absurde gedachte schiet Mari te binnen: die borsten hebben al die jaren bestaan, de hele tijd al, en al die tijd heeft ze er niets van af geweten. Het had niet veel gescheeld of ze had ze nooit gezien.

Hier loopt de grens: het had niet veel gescheeld, of ze had ze nooit gezien.

Maar nu zit ze hier te kijken naar de troostvolle welvingen van wildvreemde borsten, terwijl de scherpe geur van ontsmettingsmiddel haar neus prikkelt. Hier zit ze nu, op dit moment, en straks zal ze opstaan en vertrekken. De verpleegster zal naar huis gaan, hoi zeggen tegen haar geliefde, die haar zal begroeten met een kus in haar hals en die met zijn lippen het koele oppervlak van haar medaillon zal aanraken, haar beha zal openmaken en in het bleke licht van de lenteavond zijn gezicht tussen haar borsten zal drukken – borsten die echt zijn, werkelijker dan wat dan ook.

De verpleegster verbindt de gereinigde wonden met witte

pleisters, neemt verbandgaas en wikkelt het om Mari's handen.
'Hoe oud ben je?' vraagt ze.
'Zestien, bijna zeventien. In de zomer word ik zeventien.'
De verpleegster glimlacht.
'Dat is een goede leeftijd. Straks is het zomer en dan ben je zeventien. Dat is goed. Wat ga je doen in de zomer?'
'Weet ik nog niet.'
'Heb je een vakantiebaantje?'
'Misschien.'
'Wat ga je doen?'
'Misschien ga ik ijs verkopen, samen met een vriendin.'
'Dat lijkt me een goed plan voor de zomer, toch?' zegt de verpleegster met een glimlach. 'Dan kun je zoveel ijs eten als je maar wilt.'
Ze kijkt naar Mari's armen. Mari ziet haar kijken. Ze probeert haar mouwen naar beneden te trekken om de littekens van snijwonden te bedekken.
'En dat?' vraagt ze. 'Moeten we daar niets aan doen?'
'Dat heeft niets te betekenen.'
'Heus niet?'
Ze kijkt Mari indringend aan.
'Nee, heus niet.'
Ze heft haar armen omhoog, met het nieuwe, glanzend witte verband.
'Dit zijn mijn enige wonden. Dit zijn de enige echte.'
Ze kijkt Mari aan.
'Goed,' zegt ze uiteindelijk. 'Het zijn de enige die je hebt.'

Door het raampje in de klapdeuren ziet Mari de moeder van het kleine meisje door de gang komen aanlopen. Zij moet het wel zijn. Mari ziet hoe Julian iets tegen haar zegt. Het lijkt wel een vertraagde film, zonder geluid – om de een of andere reden is er niets te horen. De moeder zijgt op de vloer neer als een pop die uit iemands handen is gevallen. Ook de uitdrukking op haar gezicht lijkt op die van een pop: stram, als een masker, gedwee.

Pas een ogenblik later begint ze te gillen. Net als een kind dat zich heeft bezeerd en niet meteen de pijn begrijpt; een kind dat voor een rekbaar moment in het hart van de pijn vertoeft, in de war van hoe acuut en zuiver die is. Ze gilt ook als een kind – als een kind dat buiten het zomerhuisje, op het paadje naar de sauna, op een nagel is getrapt. Een golvend, rijzend en dalend gehuil. De vader van het meisje houdt zijn vrouw vast, gaat op de vloer zitten en laat haar niet meer los. Julian staat ernaast. Voor het eerst ziet Mari hem – ziet ze hem echt. Hij is niet meer dan volmaakte weerloosheid.

De verpleegster loopt de kamer uit om te zien of de moeder hulp nodig heeft.

De klapdeuren zwaaien open en dicht als ze is verdwenen; naar voren, naar achteren, weer naar voren. Mari ziet Julian. Roofdier en redder, haar kweller. De deurtjes zwaaien heen en weer, onttrekken Julian voor een moment, voor een fractie van een seconde, aan het zicht; dan zwaaien ze weer open. Ze ziet hem. Weerloos, louter weerloos.

De verpleegster komt terug.

'Het meisje,' zegt Mari. 'Sanna, dat is haar naam toch? Is ze dood?'

'Nee,' zegt ze.

'Zal ze sterven?'

'Dat weten we nog niet.'

Mari kijkt naar haar handen en het witte verband dat haar wonden bedekt.

'Mag ik nu naar huis?'

'Ja, nu mag je naar huis.'

Mari vertrekt, ze loopt de lange gang door, tot aan de deur. Stap voor stap begint alles wat ze de rug toekeert, meer en meer te lijken op een verstild beeld: de rivier, zijzelf in de rivier, meegevoerd door het water, terwijl ze af en toe in het kreupelhout verstrikt raakt en haar haren los in het water hangen. Niets dan een beeld. Ze kan het zo achter zich laten, even makkelijk als ze het zich zou kunnen toe-eigenen, zonder daartoe te beslissen, bijna toevallig. Stap voor stap drijven die twee beelden uit elkaar. Zij in de rivier, zij hier. Julian staat haar in de gang aan te staren. Ze draait zich om voordat ze de deur opent en naar buiten loopt. Hij kijkt naar haar. Een hele wereld ligt tussen hen in. Elke seconde wordt de afstand groter. Julian laat haar gaan.

Hij is weerloos, alleen maar weerloos, denkt ze, voor ze de deur opent en weggaat.

Anni

Ze vinden Sanna in de bocht van de rivier. Anni ziet hoe haar haren in het water uitwaaieren als van een zeemeermin. Er kleeft modder in Sanna's haar. Ze ligt helemaal stil.

Het meisje, dat mooie meisje blaast Sanna leven in, met krachtige ademstoten. Daarnet nog was ze in de woonkamer bij papa. Anni had haar gezien en gehoord, en er lag een vreemd ritme in haar zware ademhaling toen ze daar samen met papa was.

Dingen die grote mensen doen.

Nu ademt ze zwaar in Sanna's mond, en Anni bedenkt dat het ritme van haar ademhaling nu even vreemd klinkt als daarnet: beangstigend, maar anders.

Dingen die grote mensen doen.

Het meisje – daarnet nog bij papa, en nu hier, voorovergebogen over Sanna heen, die niet meer ademhaalt. Sanna: daarnet nog op het bospaadje, op de rots aan de oever, daarna in de rivier, in het water dat haar ademhaling heeft doen ophouden. En nu ligt ze daar, helemaal stil.

De ambulance komt eraan. Sanna wordt er door enkele mannen in gelegd. Papa houdt Anni in zijn armen, ze hoeft niet zelf te lopen. Ze gaan naar zijn auto, het meisje komt ook mee. Papa start de motor.

Hij stopt bij een tankstation en gaat naar binnen, komt naar buiten en steekt een sigaret op. Papa rookt nooit. Mama soms wel, als er een feestje is. Maar papa rookt nooit. Ze opent de deur van de auto en loopt naar hem toe.

'Papa, waarom rook je?'

'Ik dacht: dan voel ik me minder misselijk.'
'Voel je je misselijk dan?'
'Ja.'
'Een beetje zoals als je moet overgeven?'
'Nee... of ja, het lijkt er wel een beetje op.'
Hij streelt over haar hoofd. Ze is bang. Papa rookt nooit.

In het ziekenhuis gaan ze naar de wachtkamer. Hier ergens ligt Sanna, maar ze krijgen haar niet te zien. Ze zou het aan papa willen vragen. Gaat ze dood, papa, gaat Sanna dood? Ze zou het willen vragen maar ze durft het niet. Als Sanna nu eens echt zou doodgaan omdat Anni het heeft gevraagd.

Sanna's ouders verschijnen. Eerst komt de moeder door de gang gerend. Dan de vader, die rent niet, hij komt achter zijn vrouw aan gelopen. Ze horen dat Sanna is gevallen en niet meer ademde, dat ze een tijdje onder water heeft gelegen. Sanna's moeder valt zelf ook, ze zijgt neer als een pop. Nu al weet Anni dat dit beeld op haar netvlies zal blijven gebrand; dat het de volgende jaren zwaar zal maken, ondoordringbaar, echt: Sanna's moeder op de vloer, haar armen krachteloos naast haar als van een pop.

Papa gaat naar buiten om nog een sigaret te roken. Anni rent hem achterna. Buiten regent het. Zand knarst onder haar rubberlaarsjes. Er ligt nog wat ijs. Anni schraapt met de hak van haar laars over de natte, knarsende grond. Ze zou een dam kunnen maken. Of nee, geen dam maar een beekje, zodat er water begint te stromen en het sneller lente wordt. Papa neemt haar bij de hand.

Ze wil het hem vragen. Ze besluit dat ze het een beetje anders zal vragen. Zodat er niets slechts gebeurt als ze het doet.

'Papa, moet Sanna hier blijven?'
'Ja.'
'Blijven wij ook?'
'We kunnen nog wel even blijven.'
'Blijft ze hier ook slapen?'

'Ja.'
'En wij, blijven we hier ook slapen?'
'Nee, wij gaan straks naar huis.'

Binnen in de wachtkamer ligt Sanna's moeder op een paar bankjes te rusten. Het jaagt Anni angst aan. Bankjes zijn er om op te zitten. Een dokter vraagt Sanna's moeder of ze nog wat wil.

De moeder antwoordt onderdanig: 'Nee, ik hoef niets, alleen wat Coca-Cola, alleen maar Coca-Cola.'

Anni vindt het verkeerd dat een moeder gewoon wat cola wil, liever dan wat ook in de hele wereld.

Er loopt snot uit de neus van Sanna's vader. Misschien huilen mannen zo, denkt Anni, door hun neus.

Ze huppelt over de tegelvloer. Blauwe en groene tegels. Ze moet op de blauwe tegels blijven, ze mag niet op de groene komen.

Mari

Als Mari thuiskomt, zit haar moeder in de woonkamer op de bank zoals altijd op doordeweekse avonden. In de gang doet Mari haar jas en schoenen uit. Ze kijkt naar haar handen. Moeder zal er weer een hoop drukte over maken en een verklaring eisen. Alleen al de gedachte dat ze alles zou moeten uitleggen maakt Mari doodmoe. Ze neemt een trui en slaat die zo om haar handen dat het verband niet meer te zien is. Ze gaat naar de woonkamer.

Op de drempel blijft ze staan. Moeder zegt niets. Bezorgdheid heeft zich in haar keel vastgezet en houdt alle woorden stevig in de greep. Mari heeft de afgelopen twee weken geen woord met haar moeder gesproken. En haar moeder heeft al die tijd ook niets gezegd – geen woord over Julian. Mari heeft zitten wachten. Ze was ervan overtuigd dat het zou gebeuren, een dezer dagen. Moeder zal het allemaal vertellen, aan de rector, aan iedereen.

Hier ligt het: de afstand tussen hen in.

Moeder begint. Haar woorden verrassen Mari.

'Ik ga niemand iets over Julian vertellen. Ik ga niets vertellen.'

Mari is eerst stil, stomverbaasd.

'Waarom niet?' vraagt ze dan.

Haar moeder geeft een eenvoudig antwoord. Er klinkt geen zweempje nederigheid of onderworpenheid in door. Het is gewoon een antwoord.

'Omdat je het me vroeg.'

Mari gaat naast haar moeder zitten.
Even blijft ze er zitten zonder moeder aan te raken, zonder te spreken. Een seconde, nog een.
Moeder zegt niets, ze neemt Mari gewoon in haar armen.
Mari herinnert zich hoe ze ooit toen ze twaalf was op een nacht wakker werd, rillend over haar hele lichaam. Ze voelde zich bang. Ze maakte haar moeder wakker. Die zei dat er niets was om bang voor te zijn, ze nam Mari in haar armen en tussen haar benen, zodat Mari er zich bijna voor schaamde. Ze herinnert zich hoe ze zich schaamde omdat ze al twaalf jaar oud was en toch zo vreselijk bang dat ze als een klein kind in de armen van haar moeder lag. Maar moeder zei dat mensen soms bang zijn, zelfs als ze al volwassen zijn, en dat het iets is wat nooit overgaat. Mari herinnert zich het lome gevoel dat over haar kwam toen ze langzamerhand minder begon te rillen en haar angst vervaagde.
Nu zit ze op dezelfde manier in de armen van haar moeder. Die ziet het verband om Mari's handen, ziet het meteen. En Mari vertelt over het meisje dat in de rivier was gevallen, en over het andere meisje dat door het bos en over het veld weg was gelopen. Mari huilt een beetje, ze laat de schok en de rillingen over zich komen. Nu kan ze huilen. Misschien haalt het meisje het niet, misschien gaat ze dood, zegt Mari. Moeder zegt dat ze alles heeft gedaan wat ze kon doen. Daaraan grijpt Mari zich vast: ze heeft gedaan wat ze kon.
Ze vertelt niet waarom ze zelf bij de rivier was. Ze denkt er even aan. Het is allemaal veranderd in een vage voorstelling. Het is een verschillende wereld, een ander, haast bevreemdend beeld: de rivier. Is het kinderachtig, of stom? In elk geval is het een andere wereld dan deze. Ze kan er elk willekeurig moment op terugkomen. Maar vandaag niet, nu niet.
En Mari vertelt ook niets over Julian. Ze zegt er niets over.
De klok aan de muur tikt troostvol de seconden weg en ze zou hier in slaap kunnen vallen, ze hoeft nergens heen. Ze herinnert zich hoe ze ooit samen met haar moeder op de aanleg-

steiger bij hun zomerhuisje zat te spelen, toen ze nog klein was. Haar moeder had een bikini aan. In een opwelling beet Mari in het blote been van haar moeder – ze kan zich niet meer herinneren of het uit liefde was of uit woede. Moeder werd boos en tilde haar met beide handen in de lucht boven het water. Even dacht Mari dat moeder haar zou laten vallen. Zo'n moment: een blik van ontzetting, van het ene paar ogen naar het andere. Maar moeder trok Mari in haar armen, klemde haar tegen zich aan, sprak geen woord, berispte haar zelfs niet eens, maar hield haar stevig tegen zich aan geklemd.

Anni

Die avond zit Anni te schommelen op de rug van haar hobbelpaardje Jiehaa. Ze denkt aan het sneeuwkasteel dat ze op nieuwjaarsdag met Sanna heeft gemaakt. Een week geleden speelden ze nog samen in het half gesmolten kasteel. Ze mochten er niet meer binnenin spelen, papa had het verboden omdat het dak kon instorten. Het staat nog altijd buiten en is bijna helemaal gesmolten, maar het staat er nog steeds. Ze ziet het door het raam.

Het is best mogelijk dat Sanna doodgaat. Papa heeft gezegd dat het best mogelijk is. Anni zit te denken wat het betekent. Sanna. Die doodgaat. Misschien. Doden liggen heel stil en bewegen helemaal niet.

Twee beelden ziet ze voor zich: het meisje in de woonkamer, en haar zware ademhaling. En Sanna, die niet meer ademhaalde, aan de oever van de rivier; en het meisje met weer diezelfde zware ademhaling, nu bedoeld voor Sanna, om haar weer tot leven te wekken. Het meisje in de woonkamer en Sanna, onbeweeglijk, aan de oever van het water. Die twee beelden ziet ze. Er tekent zich een duidelijke grens tussen af. Dit is wat haar nog rest: de grens tussen die twee beelden.

Julian

Julian stond op de drempel van de woonkamer naar zijn dochter te kijken. Ze leek te spelen: eerst zat ze stil en afwezig op haar hobbelpaardje te schommelen, daarna ging ze op de grond zitten en begon een pop een jurkje aan te trekken. Ada probeerde haar over te halen om samen met de barbiepoppen te spelen. Anni zag dat hij stond te kijken en probeerde te glimlachen. Haar glimlach vervaagde, stierf weg.

Jannika kwam naast hem staan. Ze was meteen naar huis gekomen toen ze het had gehoord, ze had Ada bij de buren opgehaald en had thuis op hen gewacht; ze stond hen aan de deur op te wachten toen ze van het ziekenhuis kwamen. En weer had ze hem aan de deur op diezelfde manier omhelsd, op de drempel al, op een manier die alle woorden betekenisloos maakt.

Nu stond ze naast hem op de drempel van de woonkamer en legde haar hand op het gevoeligste plekje van zijn rug, op zijn heiligbeen; ze hield haar hand daar en liet hem rusten zoals ze wel vaker deed.

Het meisje was uit het ziekenhuis weggegaan, ze was de gang door gelopen en had de deur achter zich gesloten. Bedankt. Dat had hij willen zeggen. Vergeef me. Dat had hij nog veel liever willen zeggen. Maar hij had het niet gedaan. Of misschien had hij het haar toch gezegd – inderhaast, zonder betekenis, zonder de minste nadruk. Ze was vertrokken en weggewandeld, was bij elke stap meer van hem vervreemd. Aan de deur had ze hem nog eenmaal aangekeken en toen was ze verdwenen. Hij had haar laten gaan.

'Ik was hier de hele tijd.' Dat had Jannika gezegd. Ze was

er de hele tijd geweest – naast hem, bij hem. Jannika, die als ze boos was wijnglazen stukmaakte. Die zich van tijd tot tijd in haar eigen wereld terugtrok, maar die altijd weer terugkwam; geiler, echter, onveranderd en volledig – onweerlegbaar. Die hem twee dochters had gebaard, die ze elke avond in bed stopte en sprookjes voorlas. Jannika, die op haar hals een moedervlek had ter grootte van zijn eigen duim, en een lichaam waarvan hij elk plekje kende als de weg naar huis: het rechte pad van haar ruggengraat, het hartvormige kuiltje onder aan haar rug waar de billen beginnen.

Dit is mijn leven, besefte hij. Dit alles is echt. Dit leven is het enige – er ligt niets anders achter. Wat gebeurt er met de werkelijkheid als je bereid bent dat toe te geven? Verbleekt het, wordt het oppervlakkiger? Er is alleen maar deze werkelijkheid, waarin excuses en dankwoorden onuitgesproken blijven – en als ze worden uitgesproken, dan voor de verkeerde redenen.

Dit restte hem nog: zijn twee dochters, en zijn vrouw. Anni, die door het grasveld kwam aangelopen. 'Help me,' had ze gezegd. En zijn vrouw, hier naast hem.

Straks zouden de meisjes gaan slapen. Hij zou naast Jannika wakker kunnen liggen tot hij in slaap viel. Een drukkend moment voor het slapengaan, zwaar en eenzaam. Elke avond hetzelfde zware moment. Opblijven en wachten tot hij naast zijn vrouw in slaap zou vallen. Zo zou het vanavond weer kunnen gaan. Het zou eindeloos kunnen blijven duren; hij hoefde het nooit te vertellen, en hij zou de dans kunnen ontspringen. De moeder van het meisje had het aan niemand verteld. Er was een week voorbijgegaan, en toen nog een. Hij zou het zo makkelijk achter zich kunnen laten, zonder narigheid, op dezelfde manier zoals het ook begonnen was: als een spel.

Zo zou het kunnen gaan – als hij dat wilde.

Maar hij wilde het niet. Hij wist het al toen hij thuis was gekomen, toen Jannika hem bij de deur tegemoet was gekomen.

Jannika ging bij de meisjes zitten, pakte ongekunsteld een van de barbiepopjes en begon het een jurkje aan te trekken. Julian keek in de deuropening naar zijn vrouw en dochters, die in het bleke licht van de lenteavond op de grond van de woonkamer aan het spelen waren zoals moeders en dochters doen, omgeven door een onuitgesproken verstandhouding en een zacht stilzwijgen.

Hij wachtte nog even. Licht speelde op het raam. Een zacht licht dat al de belofte van de zomer in zich droeg. In gedachten plukte hij dat licht, en een vogel in de boom voor het raam.

Hij ging naar Jannika toe. Hij strekte zijn arm naar haar uit, zodat ze er even op kon steunen toen ze opstond. Ze greep zijn hand vast, keek hem in de ogen. Zo'n vertrouwen, niet in woorden weer te geven. Het verraste hem altijd, hoe groot het vertrouwen was dat ze in elkaar stelden – het was altijd groter dan hij besefte, altijd onvatbaar, levensgroot.

'Kom,' zei hij. 'Er is iets wat ik je wil vertellen.'

Anja

Nog eenmaal ging ze Johannes opzoeken. Ze wisten allebei dat het de laatste keer zou zijn. Het was een avond in mei. Er kwam wind van over zee aangewaaid, meeuwen krijsten en de lucht was nog koel, maar was al vol van de naderende zomer. Dit was de laatste keer.

Geen van beiden zei iets, of toch niets belangrijks. Van die momenten die te veel betekenis hebben, die te zwaar zijn voor de taal of voor woorden – zulke momenten worden opgevuld met praatjes over het weer, met opmerkingen over het licht, dat elke dag voller wordt; over de dagen, die 's avonds al wat langer blijven treuzelen, over de meeuwen, die zijn teruggekeerd, en de blaadjes aan de berken.

Ze wisten het allebei, zonder erover te spreken.

Johannes kookte – hij stond vis te bakken en perste er citroensap over uit, maalde peper en strooide er ook nog wat zout overheen. Anja zat op het terras toe te kijken. In een pot stonden aardappelen te sudderen. Hij sneed bosuitjes in stukjes voor bij de aardappelen. Ver weg vloog een meeuw in een kalme boog door de kilblauwe lucht.

Het was een gewoonte geworden, dit bedaarde, tedere ritueel: Johannes die kookte en zij die toekeek, soms de groente voor de salade in stukjes sneed of een fles wijn openmaakte. Maar het grootste deel van de tijd zat ze gewoon te kijken. Soms zaten ze wat te praten, hij over zijn onderzoek en Anja over het hare, of ze vergeleken hun reiservaringen in de wereldsteden die ze allebei hadden bezocht.

Na het eten dronken ze nog wat wijn, keken naar het vreemde licht in de hoekjes van het balkon en naar de appelboom buiten, die prachtig in bloei stond, vol van belofte over de naderende zomer.

Toen de nacht viel en het te koud werd om nog buiten te zitten, gingen ze weer naar binnen. Als bij gezamenlijke, woordeloze afspraak gingen ze naar de slaapkamer, kleedden elkaar uit, traag, alsof ze elkaars naakte lichaam wilden begroeten.

Met haar tong vond ze de gevoeligste plekjes van zijn huid, ze drukte zijn snel harder wordende penis tussen haar lippen en pijpte hem. Daarna stond hij op en trok haar beha uit. Het gedempte geritsel van de bedsprei was het enige geluid naast hun ademhaling, de sprei viel op de grond toen hij haar op het bed tilde en op zijn knieën ging zitten, haar op haar rug liet zakken, haar bekken in de juiste hoek tilde en zijn beide handen bezitterig op haar onderbuik plaatste als om zijn gebied af te bakenen, en bij haar binnendrong. Een halfslachtige gedachte: hoe was het mogelijk dat hij dit zo goed wist, die aanraking, precies de juiste plekjes? Hij duwde zachtjes tegen haar buik. Misschien ben ik hier te oud voor, dacht ze nog, voordat ze zich voor het eerst volledig overgaf en het hoogtepunt over zich heen liet komen.

Een lege gelukzaligheid.

De mens is opgebouwd uit iets wat niet door het begrip te vatten is, door iets ongrijpbaars. Een soort fundamentele melancholie die je maar heel af en toe te zien krijgt, op onverwachte momenten zoals nu – overweldigd door gelukzaligheid.

Ze had zoveel jaren gekend samen met haar man, zoveel zomers – zo vaak dat trage, aarzelende, schuchtere begin van de zomer, net zoals nu. Ze zag hem voor zich zoals hij toen was: jong, een jongen bijna. Ze herinnerde zich de eerste keer dat ze de liefde hadden bedreven – hoe lang was het al geleden, ze wist het niet meer, maar ze wist wel nog hoe het had gevoeld. Ze waren naar zijn kamer gegaan, in de kamer ernaast lag zijn huisgenoot te slapen of te doen alsof; haar man had zijn shirt uitgetrokken en zijn magere jongenslijf getoond, dat er op elk vlak volmaakt had uitgezien. Verbijsterend helder had ze het geweten: met deze man zal ik trouwen, dit lichaam zal me vertrouwd worden, in deze kuiltjes en welvingen, en in deze onder de huid voelbare benige richels zal ik me thuis voelen. En ze herinnerde zich de onweerstaanbare euforie die haar had overweldigd op het moment dat hij voor de eerste keer in haar klaarkwam, de peilloze genegenheid die ze toen al had voor deze man met zijn jongenslichaam. Een genegenheid waarin zowel dankbaarheid als verdriet lag. Een gevoel waarin haar hele leven besloten lag – alle jaren die nog moesten komen.

Na hun hoogtepunt lagen ze stil naast elkaar en lieten hun ademhaling tot rust komen.

Anja staarde naar een moedervlekje boven aan zijn borstbeen. Als ze twee rechte lijnen trok van daar tot aan de onderkant van zijn sleutelbeenderen, kreeg ze een volmaakte driehoek. Of als ze twee rechte lijnen trok van zijn sleutelbeenderen naar beneden, tot aan het zwaardvormig bot onder aan zijn borstbeen, kreeg ze een andere, scherpere driehoek. Het menselijk lichaam voert tot in de kleinste details een prachtig geometrisch ontwerp uit.

'We waren zo gelukkig, mijn man en ik,' fluisterde ze zachtjes.

'Is dat niet genoeg?' vroeg Johannes.

Ze knikte.

'Ja, het is genoeg. We waren zo gelukkig, zoveel jaren – ik had geen groter geluk durven wensen.'

'Het is genoeg,' zei hij.

'Het is genoeg,' herhaalde ze.

Misschien waren ze in slaap gevallen, het was al nacht toen ze wakker schrok. Ze stond op, trok haar kleren aan en kamde haar haren. Johannes werd ook wakker, hij volgde haar tot in de gang.

'Dit is dus een afscheid,' zei hij.

'Ja,' gaf ze toe, 'dit is een afscheid.'

Hij trok haar nog even tegen zich aan. Toen maakte ze zich los en ze zeiden kort gedag. Anja liep het trappenhuis in en trok de deur achter zich dicht.

Ze liep onder de appelboom de kille lentenacht in, zonder nog achterom te kijken.

We waren zo gelukkig, zoveel jaren, dacht ze. Zo gelukkig dat ik geen groter geluk had durven wensen.

Dat is genoeg.

*

Ze bedacht dat het eigenlijk net muziek was. Nog een laatste keer zou ze deze weg moeten afleggen. Het was eind mei. In de beschutting van het bos bloeiden bosanemonen, en het maagdelijk groene waas van de berken was nog donker zichtbaar tussen de takken. 's Avonds klonk het indringende lied van de nachtegaal. Zo'n bos was het: je kon zo binnenstappen in zijn gewelfde kamer, languit in het gras gaan liggen, terwijl de bladeren van een jonge varen over je voorhoofd streken, en je ogen sluiten.

Maar ze wist dat ze het pad niet zou verlaten, dat ze nog eenmaal deze weg moest afleggen, de deur zou openen en haar stappen op de gang zou horen.

Ze stapte enkele haltes te vroeg uit en volgde de rand van het bos. Een kalme zekerheid en een traag ritme, gespeeld door strijkers en piano; het kalme, haast onverstoorde ritme van de mars vóór het eerste dramatische deel. Een vredig andante, waarin een stom en onvoorwaardelijk verdriet was vervlochten.

Zelfs nu, nu haar hele leven en alles wat van belang was hier voor haar lagen, dreef ze af van het moment. Ze zag de bomen en een grote kraai die als een schaduw over haar heen vloog, hoorde het zachte flappen van zijn vleugels en bedacht dat ze als kind al een gelijksoortig geluid had gehoord. Ze moest denken aan de lakens thuis, hoe die na het wassen opgevouwen werden en ze dan met haar zus onder de lakens waren gedoken;

het rook er heerlijk pasgewassen als ze er samen onder zaten terwijl papa en mama ze met beide handen stonden te spannen. Het was eenzelfde gedempt geluid als de zachte vleugelslagen van die overvliegende kraai – het laken, zijzelf en haar zus en de zuivere geur van pasgewassen stof op een maandagavond in de vroege lente, jaren geleden, toen ze nog kind was. Hoe was het mogelijk dat momenten altijd zo aanvoelden: nooit naakt of volledig aanwezig – nooit naakt. Terwijl ze liep, hoorde ze het geluid van de vleugelslag van een kraai; ze zag de bomen, herinnerde zich lakens en de geur die ze hadden, bekeek de zomers groene begroeiing langs de weg en zag de wolken, terwijl ze een laatste maal die weg aflegde.

Hij sliep. Gisteren had hij een goede dag gehad, hij had met veel smaak gegeten. Hij praatte niet echt meer, sprak alleen nog afzonderlijke woordjes.
Een zin had hij toch nog uitgesproken, vlak voordat ze hem goedenacht had gewenst.
'Je bent hier geliefd.'
Dat had hij gezegd. De woorden kwamen uit zijn mond gedruppeld, hees, een beetje mechanisch als uit een oude platendraaier die steeds dezelfde passage afspeelt. Hij zei het nog eens. 'Je bent hier geliefd. Hier. Geliefd.'
's Ochtends hadden de mensen van het verpleeghuis gebeld om te zeggen dat hij een infuus zou krijgen. Altijd dezelfde kwaaltjes.
Toen was er iets in haar hoofd geknapt.
Deze keer werd hij niet wakker toen ze binnenkwam. Ze raakte zijn hand aan en ging naast hem zitten wachten. Ze peilde haar eigen gevoelens. Geen paniek meer.
Jou zal ik me altijd herinneren. Jou draag ik mee in de nacht en in de dagen die volgen, de zomer en de herfst en de jaren die nog moeten komen. Jou zal ik me altijd herinneren.
Hij haalde hortend adem. Ze wachtte nog twintig minuten, en toen opende hij zijn ogen en werd wakker.

Ze liep naar de deur en deed hem op slot.

Uit haar handtas nam ze een doosje met de tot poeder gemalen slaappillen, dat ze op tafel zette.

'Liefste,' zei ze.

Ze zei het fluisterend.

Hij antwoordde met een korte, moeizaam uitgebrachte zucht.

'Zal ik je even helpen met opzitten?' vroeg ze, terwijl ze de rugleuning van het bed naar omhoog duwde.

Ze stopte een kussen onder zijn rug.

Hij keek haar aan zonder haar te herkennen.

'Ik heb chocoladepudding voor je meegebracht. Je lievelingspudding.'

Hij wierp een blik op het bakje pudding op het nachttafeltje.

Ze opende het en stak er een lepel in. Ze nam het tot poeder gemalen slaapmiddel en goot het bij de pudding. Het loste op tot een lichtgekleurd laagje, waarna het helemaal in de zachte pudding verdween. Ze roerde er nog even in rond.

Hij keek ernaar en opende zijn mond als een vogeljong.

Anja schepte een lepel vol en voerde haar man.

Hij kauwde erop alsof het brood was, en slikte het door.

'Lekker,' zei hij.

'Ja,' antwoordde ze. 'Ik heb je lievelingspudding gekocht.'

Ze gaf hem de pudding te eten, lepel voor lepel, en schraapte daarna ook nog de randjes schoon.

Hij hield zijn mond nog steeds open toen de pudding al op was. Ze glimlachte en kuste hem op de mond.

Anja stopte het bakje pudding, de lepel en het lege doosje waarin het slaapmiddel had gezeten terug in haar tas. Toen stond ze op en opende eerst het raam om de geluiden van die meinacht, de nachtegaal en de merels, binnen te laten, en om de geur van het eerste gemaaide gras van die zomer toe te laten, en de bries die het gordijn deed opbollen. Toen draaide ze de sleutel weer om in het slot. De deur bleef dicht, maar was niet meer op slot. Ze ging naast haar man zitten, nam zijn hoofd in haar handen en streelde zijn dunner wordende haren, zat samen met hem te ademen en wachtte.

Ze werd wakker. Ze wist niet hoeveel tijd er voorbij was gegaan. Ze keek naar haar man en besefte dat het genoeg was geweest. Ze bleef nog even zitten, kuste hem nog een keer op de mond, op zijn neus en zijn wang en zijn voorhoofd; toen stond ze op en liep de kamer uit, ging de gang door naar de receptie waar de verpleegsters naar het laatste journaal zaten te kijken, en zei waarom ze was gekomen.

'Antti is dood.'

Ze keken haar aan. Ze zei het nog eens: 'Mijn man Antti. Hij is dood.'

Uitgeverij De Arbeiderspers stelt alles in het werk om op milieuvriendelijke en duurzame wijze met natuurlijke bronnen om te gaan. Bij de productie van dit boek is gebruikgemaakt van papier dat het keurmerk van de Forest Stewardship Council (FSC) mag dragen. Bij dit papier is het zeker dat de productie niet tot bosvernietiging heeft geleid.